하루애비

하루애 비·2

1판 1쇄 찍음 2015년 7월 15일
1판 1쇄 펴냄 2015년 7월 22일

지은이 | 김도경
펴낸이 | 고운숙
펴낸곳 | 봄 미디어

기획·편집 | 정수경, 박혜진

출판등록 | 2014년 08월 25일 (제387-2014-000040호)
주소 | 경기도 부천시 원미구 소향로17, 304(두성프라자) (우)420-864
영업부 | 070-5015-0818 **편집부** | 070-5015-0817 **팩스** | 032-712-2815
E-mail | bommedia@naver.com
소식창 | http://blog.naver.com/bommedia

값 9,000원

ISBN 979-11-5810-101-5 04810
979-11-5810-099-5 04810(세트)

※파본은 구입하신 서점에서 교환하여 드립니다.

하루애비

vol 2

장편 소설

김도경

목차

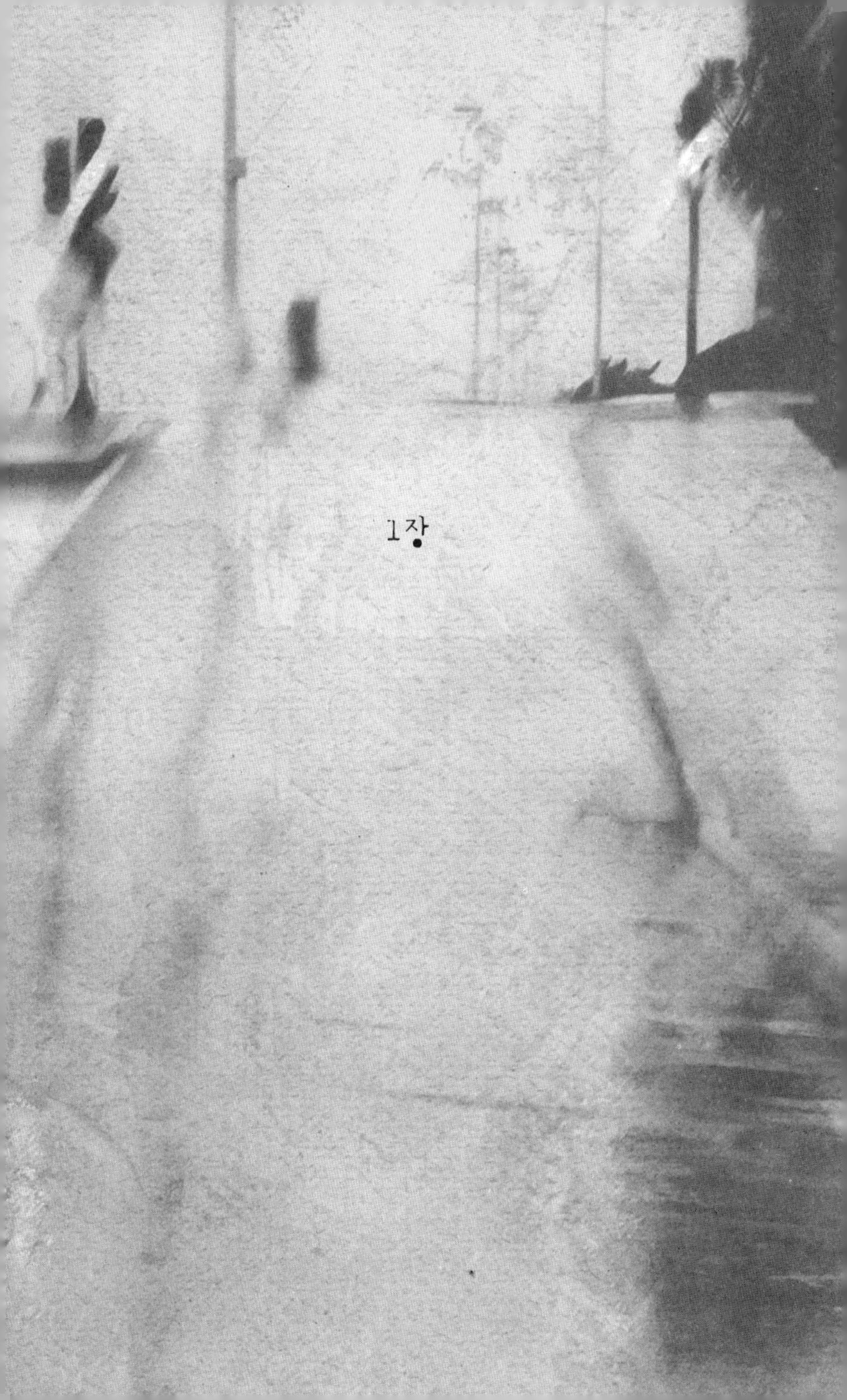

1장

무슨 이유에선지 불현듯 잠이 깨어 버렸다.

기억은 나지 않지만 악몽이라도 꾼 건지 괜스레 무서운 기분이 들었다. 크고 따스한 아빠의 품이 간절했다. 루애는 베개를 끌어안고 침대를 내려왔다. 그리고 계단을 내려와 1층에 있는 안방으로 향했다.

부모님은 다행히 아직 주무시고 있지 않았다. 살짝 열린 문틈으로 환한 불빛이 새어 나오고 있었다. 두런거리는 부모님의 목소리도 들려왔다.

반가운 마음에 루애는 안방으로 다가갔다. 순간, '아니야, 제발!' 이라며 애원하는 아빠의 다급한 목소리가 들려왔다. 그처럼 격하고 다급한 아빠의 음성은 처음 들어 보았다.

엄마와 아빠가 다투고 계실지도 모른다는 생각에 겁이 왈칵

났다. 소소한 말다툼조차 하시는 걸 본 적이 한 번도 없었는데.

흠칫 놀란 루애는 제 방으로 돌아갈까 하다가 발칙한 호기심을 이기지 못하고 열린 문틈 사이로 안을 들여다보았다.

일순 루애의 눈이 부릅떠졌다. 믿기지 않는 광경이 눈앞에 펼쳐져 있었기 때문이었다. 병약한 엄마는 티 테이블 의자에 앉아 울고 계셨고, 아빠는…… 그 앞에 무릎을 꿇고 무언가를 간절히 빌고 계셨다.

용서를 구걸하는 아빠와 숨죽여 흐느끼면서도 매섭게 아빠를 질타하며 몸서리치는 엄마.

그 믿기지 않는 광경 속에서 의미를 알 수 없는 말들이 간간이 흘러나왔다. 바람, 외도, 딴살림, 아들, 이혼, 여자구실 못 하는 아내 주제에…… 등등.

무서웠다. 무엇보다 예전에는 의미를 알 수 없던 그 말들이 무슨 의미인지 저절로 알게 되어 버린 것이 가장 무서웠다.

어느새 그녀는 어린아이에서 어른이 되어 있었다. 그와 동시에 엄마와 아빠의 모습도 다른 사람으로 바뀌어 있었다.

놀랍게도 그들은 그녀 자신과 근우였다.

근우가 소리쳤다.

"아니야! 네가 생각하는 그런 게 아니라고 했잖아! 몇 번이나 말해야 알아듣겠어. 도대체 어떻게 해야 내 말을 믿어 줄래! 그럴 수밖에 없었던 사정이 있었다니까. 후우, 그래. 네 마음, 충분히 이해해. 어느 누구라도 오해하고도 남을 만한 상황이었으니까. 하지만 루애야, 진짜 아니다. 오해야. 내가 어떻게 널 두고 그런 여자와……. 그게 말이 돼!"

근우는 답답해 미치겠다는 듯 제 머리를 감싸 쥐고 울분을 토했다. 놀랍게도 민머리였다. 탐스럽던 검은 머리카락은 모두 사라지고 없었다. 반면, 그녀 자신은 놀랍도록 차갑고 냉정했다.

자신이 무어라고 말했다. 하지만 뭐라고 하는지는 들리지 않았다. 그저 입술이 달싹거리는 것만 보였다. 무참하게 일그러져 있는 그의 얼굴에 당혹감이 스쳤다.

"그건…… 말해 줄 수가 없어. 정말 미안하다. 하지만 그 외에 너한테 말한 건 전부 사실이야. 그 여자는 물론 너 이외의 다른 어떤 여자하고도 네가 생각하는 그런 짓 한 적, 없다구. 그런 마음조차 먹어 본 적이 없어! 그래, 승원이 형이 부를 때마다 그 여자가 같이 있기는 했어. 그래서 같이 차도 마시고 밥도 먹었어. 클럽에 가서…… 그래, 춤도 췄다. 하지만 그것뿐이야. 그 이상의 일은 있지도 않았어. 그것도 내가 좋아서, 원해서 그랬던 게 아니라구!"

"……."

"나도 몰라! 그래서 나도 미치겠어. 그 여자가 왜 그따위 있지도 않은 일을 있었던 것마냥 부풀려서 정신 나간 메시지를 남겼는지 나도 모르겠다구! 난 그런 음성 메시지가 저장되어 있는지도 몰랐어. 미친 여자야. 정신이 어떻게 된 게 분명하다구. 그런 여자가 제멋대로 지껄인 말을 내가 어떻게 알아!"

근우는 미친 듯이 소리치며 극구 사실을 부인했다. 그런데 그런 그의 뒤에서 무언가가 꿈틀거렸다. 안방이었던 공간은 그의 방에서 이제는 어디인지 알 수도 없는 그저 시커먼 공간으로 바뀌어 있었다.

루애의 두려움과 경악에 찬 시선이 그의 뒤편, 꿈틀거리는 어둠을 향해 날아갔다.

어둠 속에서 누군가가 흐느껴 울고 있었다. 고개를 푹 숙이고 있어서 얼굴은 보이지 않았다. 하지만 루애는 그 사람이 누구인지 대번에 알아차렸다. 그 여자, 홍미정이었다.

언젠가 그랬던 것처럼 홍미정은 죄인같이 고개를 숙이고 흐느껴 울었다. 미안하다고, 잘못했다고, 하지만 근우를 진정으로 사랑한다고, 그도 자신을 사랑하고 있다고…….

"언니를 생각해서 우리 둘 다 어떻게든 참아 보려고 했어요. 외면하고 부정하고 때로는 밀어내기 위해서 화도 내 봤어요. 하지만 결국 이렇게 된 걸 어떻게 해요. 안 되는 걸 어떻게 해요."

홍미정이 고개를 번쩍 들고 문틈으로 훔쳐보는 루애를 똑바로 쳐다보았다.

"사랑이 죄는 아니잖아요. 억지로 막는다고, 참는다고 참을 수 있는 게 아니잖아요. 그래도 오빠는 언니를 버릴 수 없다고 했어요. 4년을 만났는데 어떻게 이제 와서 언니를 버리느냐고…… 의리상 절대 그럴 수 없다고……. 그런데 언니, 그건 더 이상 사랑이 아니잖아요. 사랑이 어떻게 정이고 의리일 수 있어요? 만약에 오빠가 나도 사랑하지만 언니도 아직까지 사랑하고 있다고 했으면, 나 여기까지 언니 찾아오지도 않았어요. 나만 사라지면, 그래서 오빠가 행복해질 수만 있다면 나 혼자 미쳐서 정신 나간 짓 했다는 욕 얻어먹고 기쁘게 물러나 줄 수 있었다구요. 언니와 행복하기를 바라면서……. 하지만 그게 아니잖아요. 내가 사라져 준다고 해서 오빠가 행복해지는 게 아니잖아요."

홍미정은 억울하다는 듯이 항변했다. 기가 막혔다. 화가 났다. 네가 뭘 안다고 그런 소리를 하느냐고, 거짓말하지 말라고 소리를 지르고 싶었다. 그러나 벙긋 벌어진 입으로는 말 한마디도 새어 나가지 않았다.

도움을 청하듯 근우를 쳐다보았다. 그런데 근우는 바로 뒤에서 말하는 홍미정의 목소리가 전혀 들리지 않는 모양이었다.

그는 계속 의자에 앉아 있는 그녀에게 무조건 자신을 믿어달라며 애원하다가 화를 내고, 또다시 애원하기를 반복하고만 있을 뿐이었다.

홍미정이 기세등등한 얼굴로 당당히 요구했다.

"그러니까 언니가 오빠를 놔주세요. 오빠는 언니한테 미안해서라도 절대로 먼저 헤어지자는 말, 못 해요. 언니도 알잖아요, 오빠 성격. 겉으로는 강해 보이지만 사실은 마음이 여려서 자기 사람이라고 한번 인정한 사람에 대해서는 어떠한 경우에도 의리를 지키고, 책임감도 유별나게 강해서 자기가 한 말에 대해선 끝까지 책임을 지는 사람이라는 거. 그래서 기왕 이렇게 된 거, 내가 나쁜 년 하려구요. 이제 그만 오빠를 편하게 놔주세요. 두 분의 사랑은 이미 예전에 끝났어요. 그런 사랑을 붙들고 있어 봤자, 언니나 오빠 두 사람 모두 불행해질 뿐이에요. 언니를 위해서도 그 편이 좋구요. 이미 끝나 버린 사랑에 미련 남아서 몸만 옆에 두고 사는 거, 너무 비참하잖아요."

그러면서 홍미정은 붉은 입술을 늘여 싱긋 웃어 보인 뒤 근우를 향해 하얀 손을 뻗었다. 그녀 앞에서 당당하게 그를 끌어안았다.

순간, 근우가 두 개로 분열되었다. 그녀한테 용서를 구하는 그는 그 자리에 그대로 있는데, 또 하나의 근우가 홍미정을 돌아보고 환하게 미소 지었다. 홍미정을 와락, 끌어안고 붉은 입술에 키스를 퍼부었다. 한 덩이로 엉킨 두 사람이 어둠 속으로 서서히 사라져 갔다.

그리고 어디선가 여자의 야릇한 교성이 흘러나오기 시작했다. 살과 살이 부딪히는 소리, 거친 숨을 헐떡이는 소리, 절정으로 치달아 가는 남자와 여자의 달뜬 교성이 사방에 메아리쳤다.

루애는 귀를 막고 몸부림쳤다.

아니야, 이건 다 악몽이야, 거짓말이야! 누가 제발 저 소리 좀 멈추게 해 줘. 제발!

"아악!"

단말마와 같은 외침과 함께 어둠 속에서 루애의 눈이 번쩍 떠졌다. 초점을 잃은 검은 눈동자가 위태롭게 흔들렸다. 루애는 자신이 어디에 있는지도 알 수 없었다. 그저 두려움에 찬 고통스런 눈빛으로 어둠을 멍하니 응시하고 있을 뿐이었다.

그러다 천천히 의식이 돌아왔다. 멍하니 부릅떠져 있는 눈동자의 초점도 조금씩 제대로 잡혔다. 눈동자를 좌우로 움직이며 주변을 살폈다. 어둠에 익숙해지자 방 안의 윤곽들이 대충 눈에 들어왔다.

왼쪽에는 책상과 책장이, 오른쪽에는 화장대와 2인용 응접 세트가 널따란 창문 앞에 얌전히 놓여 있었다.

"하아……."

절로 안도의 한숨이 쉬어졌다. 그녀의 방이었다. 그제야 루애는 자신이 또 망할 악몽을 꿨다는 사실을 깨달았다. 식은땀을 얼마나 많이 흘렸는지, 온몸이 축축하게 젖어 있었다. 루애는 떨리는 손을 들어 이마의 땀을 훔쳤다.

'젠장! 왜 자꾸 이런 꿈을 꾸는 거야. 그게 언제 적 일인데. 미치겠네, 진짜.'

벌써 4년이나 지난 일이었다. 그런데도 이놈의 빌어먹을 악몽은 지치지도 않는다. 때로는 방금 전과 같은 악몽으로, 또 때로는 전혀 다른 형태로 탈바꿈해서 그녀를 끊임없이 괴롭히고 있었다. 그중에서 가장 끔찍한 것은 단연…… 어젯밤 꿨던 악몽이었다.

근우와 뜨겁게 사랑을 나누는 꿈.

아니, 그것은 그저 단순한 섹스였다. 개나 소나 다 하는 그렇고 그런 섹스. 아무리 꿈이라지만 자존심도 뭣도 없이 그 밑에서 헐떡거리며 환호성을 지르던 자신의 모습을 생각하면 지금도 지독한 모멸감에 온몸이 부들부들 떨렸다.

하지만 내용은 달라도 악몽의 끝은 항상 같았다. 홍미정이 등장하고 그다음은…….

"그만! 떠올릴 가치도 없는 것들이야. 생각하지 마."

루애는 황급히 이불을 젖히고 침대에서 벗어났다. 아랫입술을 잘근잘근 씹으며 방 안을 어지럽게 오갔다. 양손으로 부들부들 떨리는 몸을 강하게 끌어안았다. 그럼에도 떨림은 쉬이 가라앉지 않았다.

지난 4년간 지긋지긋하게 겪은 일이라 이제는 좀 익숙해질 만도 하건만, 악몽의 여파는 쉬이 나아지질 않았다.

"지겨워, 지겨워!"

악몽도 지긋지긋하고 그런 꼴을 당하고 스스로 그를 떠났음에도 아직까지 잊지 못하고 있는 자기 자신이 원망스럽기 그지없었다.

루애는 잇새로 씹어뱉듯이 중얼거리며 힐끗 시선을 돌려 협탁 위의 시계를 쳐다보았다. 새벽 4시 35분. 출근 준비를 하기에는 이른 시간이었다. 하지만 한번 깨어 버린 이상, 다시 잠들기는 글렀다.

출근이나 일찍 해 버리자 싶었다. 뜨거운 물로 샤워를 하면 이 더러운 기분도 조금은 나아지리라. 루애는 서둘러 욕실로 달려갔다.

❋ ❋ ❋

새벽에 잠을 설친 탓에 루애는 평소보다 한 시간이나 일찍 회사에 도착했다. 지하 3층 주차장에 차를 주차하고 10층에 있는 사무실로 올라가기 위해서 엘리베이터를 탔다.

루애는 좌우 벽면에 부착되어 있는 거울을 힐끗 쳐다보았다. 화장도 잘 먹지 않은 푸석푸석한 피부에 짙은 다크서클까지, 자신이 봐도 절로 한숨이 흘러나오는 몰골이었다.

“후우, 역시 나이는 못 속인다니까.”

루애는 애써 자신의 볼품없는 몰골을 나이 탓으로 돌리며 귀 밑에서 달랑거리는 짧은 단발머리를 괜히 쓸어내렸다. 자른 지 10개월이나 됐는데도 여전히 조금은 어색하고 허전했다.

하긴 3년이나 치렁치렁한 머리를 달고 살았으니 어쩌면 허전한 게 당연한 건지도 모르겠다. 허리까지 길어 버린 머리를 감을 때마다 귀찮다는 말을 연발한 것이 엊그제 같은데.

그럼에도 3년이나 머리를 자르지 않고 내버려 뒀던 것은 그 또한 이런저런 신경을 쓰기가 귀찮았기 때문이었다. 그리고 막상 길러 보니 툭툭 말리고 질끈 묶어 버리면 그만이라서 짧은 것보다 편한 점도 있었다. 여행을 다니면서 미용실까지 찾아가서 자르는 것도 내키지 않았었고.

루애는 작년 말에 귀국하기 전까지 3년간 유럽 전역을 발길 닿는 대로 자유롭게 돌아다녔다. 근우와 헤어진 후 신문사를 그만두고 바로 프랑스로 날아갔을 때만 해도 여행이 그렇게 길어질 줄은 그녀 자신도 몰랐었다.

처음에는 연락이 끊어진 미진을 찾아 만나고만 올 요량이었다. 그런데 정작 미진은 찾지도 못하고 정처 없이 유럽 등지를 떠돌게 됐다. 여자 혼자 배낭 하나 둘러메고 3년이나 유럽 곳곳을 여행하고 다녔다니. 예전의 그녀였다면 상상도 못 할 일이었을 것이다.

여행 덕분에 얻은 것들이 참 많았다. 세상을 보는 시야가 넓어진 것은 물론, 사랑에 한 번 실패했다고 해서 세상이 끝나는 것이 아니라는 아주 간단한 진리도 뒤늦게 깨달았다. 그녀는 보다 단단하고 넉넉한 사람이 되어 돌아왔다.

물론 자의에 의해서 돌아온 것은 아니었지만.

만약 아빠가 쓰러지지 않으셨다면 어쩌면 아직도 유럽 어딘가를 헤매고 있지 않았을까 싶다. 아빠가 뇌졸중으로 쓰러지셨다는 사실을 접하고 부랴부랴 돌아온 것이 작년 말이었다.

서너 달에 한 번씩 연락을 드릴 때마다 당신은 괜찮다며 그녀 걱정만 하시기에 정말 잘 지내고 계신 줄로만 알고 있었는데. 10년이 뭔가, 3년 새 20년은 더 늙어 버린 것 같은 모습에 병색까지 완연한 하 사장을 보고 루애는 눈앞이 캄캄해지면서 커다란 망치로 뒤통수를 한 대 얻어맞은 것 같았다.

침대에만 자리보전하고 누워 계시다 돌아가신 엄마의 모습이 오버랩되면서, 못나고 이기적인 자식 걱정에 건강까지 잃어버린 아빠한테 너무 죄송하고 또 죄송해서 한동안 아무 말도 못 하고 눈물만 펑펑 흘렸다.

다행히 큰 후유증은 없어 곧 자리를 털고 일어나시기는 했지만, 루애는 그런 아빠를 홀로 두고 다시 길을 떠날 수 없었다.

아무리 양 씨 아주머니가 그녀를 대신해 아빠를 지극정성으로 보살피고 있다고 해도(분위기를 보아하니 두 분의 관계도 그동안 뭔가 야릇하게 발전한 듯싶지만), 자식으로서 그녀가 할 도리는 따로 있으니 말이다.

그녀가 집으로 돌아오자 하 사장의 건강은 거짓말처럼 몰라보게 좋아졌다. 내일모레가 일흔인 연세에 폭음과 과도한 스트레스, 불규칙적인 식사 등으로 한번 망가져 버린 건강을 완벽하게 회복한다는 것은 불가능했지만, 그래도 그 정도면 정말 몰라보게 좋아진 셈이었다.

만병의 근원은 마음이라더니, 정말 옛말 하나 그른 것 없다는 생각이 들었다.

이제는 정말 그녀만 정신 똑바로 차리고 잘 살면 되지 않을까 싶다. 과거 따위 모두 잊어버리고 주어진 삶에 최선을 다하면서 열심히 사는 것.

그러다 보면 언젠가는 그놈의 망할 악몽과 지긋지긋한 편두통에서도 벗어날 수 있겠지. 지금 하는 일도 무척 마음에 들고 말이다.

요즘 루애는 한솔소프트라는 회사에서 SI 및 ITO 업무를 맡고 있었다. 간단히 말해서 공공기업이나 일반 기업의 프로젝트를 수행하고, 필요한 곳에 IT 인력을 투입하는 업무였다.

기자 경력이 전부인 그녀한테는 다소 생소한 분야이긴 했지만 해 보니 나름 재미도 있고 보람도 있었다. 처음에는 뭐가 뭔지 몰라서 헤매고 실수투성이였는데, 10개월이 지난 지금은 제법 제 몫을 해낸다는 평가를 받을 만큼 능력을 발휘하고 있었다.

이게 모두 과거의 인연을 잊지 않고 아무것도 모르던 그녀를 덥석 채용해서 일을 맡겨 준 현설 덕분이었다.

3년이나 붕 떠 버린 경력 때문에 작은 잡지사 입사도 쉽지 않았던 그녀에게 새로운 일에 도전해 보는 건 어떻겠느냐며 먼저 손을 내밀어 준 것이 현설이었으니 말이다.

"운이 좋았지. 아니, 나름 인덕이 있었다고 해야 하나?"

둘 다일 터였다. 이력서를 들고 돌아다녔던 올 초에 우연히 현설과 마주친 것은 정말 운이 좋았던 거고, 기자였던 시절에 현설처럼 좋은 사람과 인연을 맺었던 것은 그녀의 인덕이라고 할 수 있을 테니 말이다.

예전에도 그한테 이런저런 자문과 많은 도움을 받았었는데, 이렇게 새 삶을 살 수 있는 기회까지 주다니. 이래서 사람 인연이란 모른다는 거고, 죄짓고 살면 안 된다는 말이 있는 모양이다.

엘리베이터가 1층에서 멈췄다. LA 다저스 로고가 큼지막하게 박힌 청색 스냅백을 쓴 마른 체구의 젊은 남자가 안으로 스윽, 들어왔다.

회색 후드 티에 청바지, 맨발에 슬리퍼 차림인 남자의 손에는 검은 봉지가 달랑거리고 있었다. 스냅백을 하도 푹 눌러쓰고 있어서 얼굴은 보이지 않았다. 앞쪽에 자리를 잡은 남자가 23층을 눌렀다.

이 이른 아침에 슬리퍼 차림으로 편의점에서 음료수와 간식거리를 잔뜩 사 들고 탄 것을 보아 입주민인가 싶었는데, 역시 그런 모양이었다.

한솔소프트가 있는 목동의 주상복합건물은 3층부터 13층까지는 일반 사무동이고, 그 위로 25층까지는 거주 공간이었다.

현설도 이 건물 25층에 살고 있는데, 주말에는 그도 저런 모습으로 왔다 갔다 하지 않을까 싶다. 운동 마니아가 된 만큼 주말에는 지하 1층에 있는 헬스장에서 거의 살지 않을까 싶기도 하고.

'아, 그러고 보니 지금도 헬스장에 계시겠구나.'

7시가 갓 넘은 시각이니 그럴 공산이 크지 않을까 싶었다. 8~9개월 전부터 갑자기 헬스장에서 한두 시간 정도 땀을 빼고 출근하는 사람이 됐으니 말이다.

그 덕분인지, 현설은 살이 정말 많이 빠졌다. 1톤에 육박했던 곰 같은 덩치가 몰라보게 슬림해져서 있는지도 몰랐던 턱선까지 생겼다. 만삭이었던 배가 홀쭉해진 건 말할 나위도 없고 말이다.

마흔 중반이 넘은 나이에도 운동만 열심히 하면 20대 못지 않은 몸짱이 될 수 있다는 사실을 그를 보고 새삼 알았다.

예전에는 그녀가 농담 삼아 '컴퓨터 앞에만 앉아 계시지 말고 건강을 위해서 운동을 좀 하시죠' 라고 말해도 그럴 시간이 어디 있느냐며 코웃음을 치던 사람이었는데, 갑자기 무슨 바람이 불었는지 모르겠다.

어쨌든 그 자신과 회사를 위해서 무척 다행스러운 일이 아닐 수 없었다. 그가 고지혈증으로 쓰러지기라도 하는 날에는 한솔도 한솔이지만, 우리나라 IT 업계의 미래에도 큰 타격이 아닐 수 없을 테니 말이다.

허나 운동을 너무 심하게 하는 것 같아 살짝 걱정이 되는 것 또한 사실이었다. 한창 나이도 아니고 내일모레가 쉰인 사람이 그렇게 심하게 운동을 하고 살을 빼는 것도 그다지 좋지는 않을 것 같은데 말이다.

왜, 과유불급이라는 말도 있지 않은가. 하여튼 뭐든 한번 마음먹으면 끝을 보고야 마는 그놈의 성격이 문제다.

그런 현설과 오랜 시간 함께 동고동락해 온 개발실 직원들은 우스갯소리로 그게 다 외로워서, 양기를 풀 데가 없어서 그렇다는데…… 쯧쯧. 그럼 이제라도 서둘러 재혼을 하시든가.

예전에야 외모가 영 안 받쳐 줘서 못 했다고 하지만 지금이야 어디 그런가. 어디 가도 빠지지 않는 꽃중년의 훈남으로 환골탈태했는데.

거기다 능력이 없나, 재산이 없나. 인품까지 루애와 모든 직원들이 인정하고 존경할 만큼 훌륭한 분이니, 현설이 마음만 먹으면 내일 당장이라도 그와 결혼하겠다는 여자들이 줄을 서지 않을까 싶다.

요즘 세상에 이혼 경력 한 번 있는 게 흠도 아니고, 거기다 이미 20년 가까이 지난 일인데, 뭐. 나이가 많은 게 좀 그렇기는 하지만…….

'그래도 언니가 있었으면 당장 소개시켜 주고 어떻게든 형부로 삼았을 텐데.'

친언니는 물론 친한 언니조차 없으니, 그것이 천추의 한이었다. 애석해하며 쓴 입맛을 다시는데 불현듯 누군가가 자신을 뚫어지게 쳐다보는 것 같다는 느낌을 받았다.

루애는 시선을 들어 이 엘리베이터에 자신 이외의 유일한 탑승자인 앞쪽의 깡마른 남자를 찌릿 쳐다보았다. '뭘 봐?' 라는 눈빛으로.

순간 남자는 흠칫 놀라서 고개를 획 돌려 버렸다. 그리고는 도망치듯 구석으로 아예 몸을 돌리고 서서 꼼짝도 하지 않았다. 심지어 강파른 어깨가 미세하게 떨리는 듯도 싶었다. 그러자 당황한 건 오히려 루애였다.

'뭐야. 지가 먼저 뚫어지게 쳐다봐 놓고서.'

남들이 보면 그녀가 남자한테 무슨 해코지라도 한 줄 알겠다. 기가 막힌 건 둘째치고 다른 의미로 살짝 기분이 나빠지려고 했다. 그러다 불쑥 이런 생각이 들었다.

'아, 나도 저럴 때가 있었지.'

남자들이 그녀를 쳐다만 봐도 잔뜩 긴장해서는 몸을 사리고, 구정물을 뒤집어쓴 듯 불쾌해하던 때가 있었다. 이젠 다 지난 얘기가 되어 버렸지만.

그런 생각이 들자 깡마른 남자가 측은하고 안타깝게 여겨졌다. 저 남자한테도 남모를 고충이 있나 싶어서.

얼핏 보아 20대인 것 같은데 저 나이에, 더구나 여자도 아닌 젊은 남자가 낯선 여자의 시선 한 방에 저토록 겁을 집어먹고 몸을 사릴 정도면 뭔가 아픈 사연이 있어도 단단히 있겠다 싶었다.

'쯧쯧. 안됐다.'

루애는 속으로 혀를 차며 야멸찼던 시선을 거둬들였다. 때마침 엘리베이터가 10층에서 멈췄다. 루애는 겁먹은 남자를 생각해서 얼른 엘리베이터에서 내려 주었다. 그리고 이내 남자에 대한 것을 잊어버렸다.

하지만 남자는 달랐다. 문이 닫히고 엘리베이터가 올라가기 시작하자, 벽을 향해 서 있던 남자가 비틀거리며 돌아섰다. 가쁜 숨을 몰아쉬며 떨리는 손으로 푹 눌러쓰고 있던 스냅백을 벗었다.

땀에 젖은 머리카락 아래로 웬만한 여자보다 선이 곱고 예쁜 얼굴이 드러났다. 부릅떠진 눈동자가 초점을 잃고 흔들리고 있었다.

붉은 남자의 입술이 바르르 떨리며 달싹거렸다.

"루애…… 틀림없이 루애였어."

진환은 떨리는 손으로 입을 틀어막고 믿을 수 없다는 양 고개를 가로저었다.

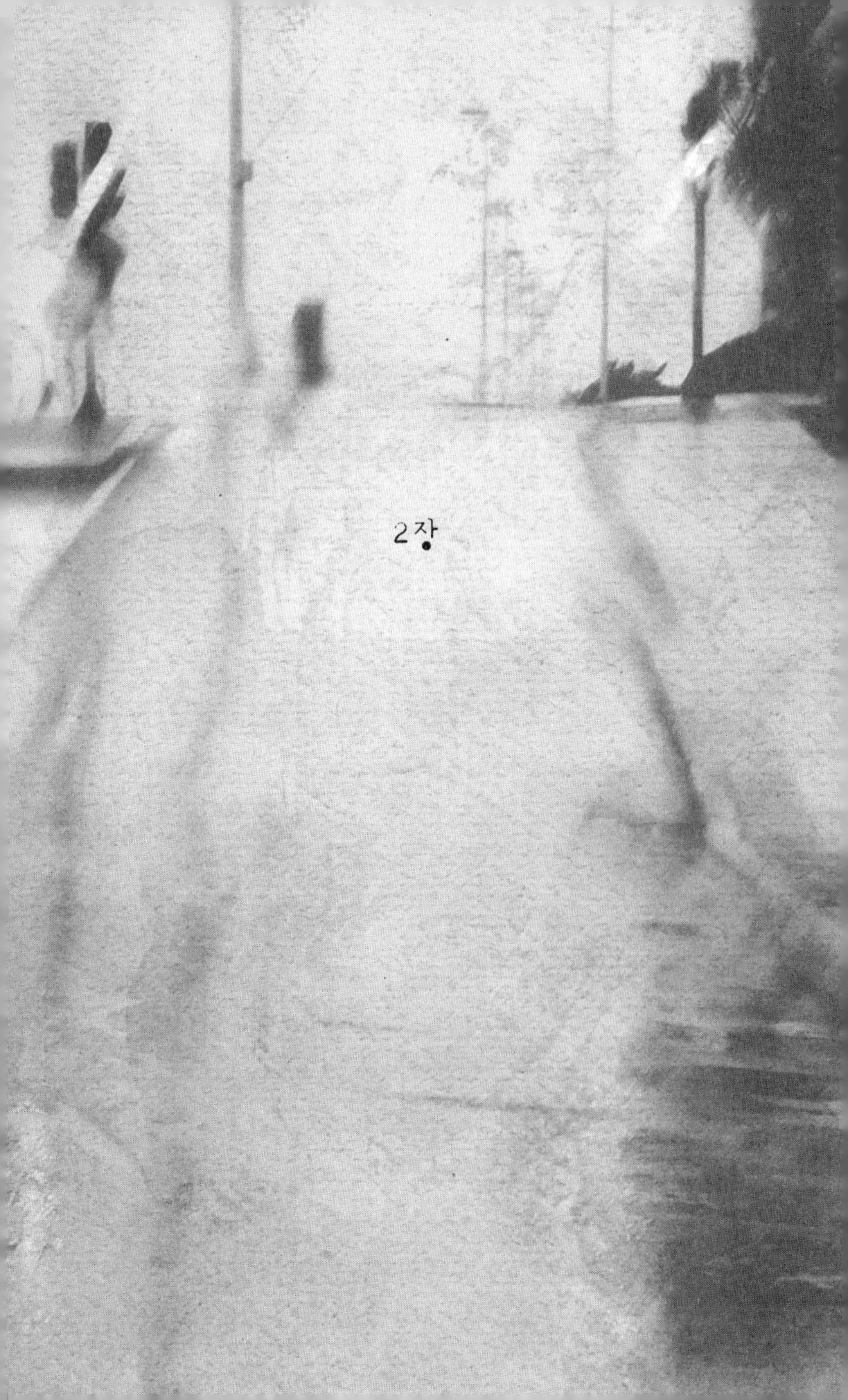

2장

"어, 루애 씨. 아직 퇴근 안 했어요?"

올라온 보고서 검토를 마치고 개발실로 향하던 길에 다른 부서 직원들은 다 퇴근했나 싶어 관리부와 SI 팀이 함께 사용하고 있는 사무실로 들어선 현설은 텅 빈 사무실에 혼자 있는 루애를 보고 깜짝 놀라 물었다.

"아, 사장님."

놀라기는 루애도 마찬가지였다. 얼른 자리에서 일어나 성큼성큼 다가오는 현설을 맞았다.

현설은 재빨리 그녀의 책상에 펼쳐져 있는 서류 뭉치를 살펴보았다. 오후에 김동우 SI 팀장이 혜성물산에서 따 온 계약서인 것 같았다. 모니터에는 IT 인력 DB에 저장되어 있는 프로그래머 파일들이 주르륵 떠 있었다.

“혜성에 파견 보낼 프로그래머들 물색하고 있었어요? 이거 야근할 만큼 촌각을 다투는 일도 아닌데. 왜요, 김 팀장이 내일까지 리스트 업 해 놓으라고 했어요? 일주일 안에만 결정해서 보내면 되는 거 아닌가?”

“아닙니다. 김 팀장이 지시한 건 아니구요, 계약서를 보다 보니까 혜성에서 요구하는 조건이 상당히 까다로운 것 같더라구요. 그래서 미리 한번 살펴보고 있…… 어머, 시간이 언제 이렇게 됐지?”

시간을 확인해 본 루애가 깜짝 놀라 말했다. 다들 퇴근하고 난 뒤에 얼마 본 것 같지도 않은데, 시곗바늘은 어느덧 9시 5분 전을 가리키고 있었다.

그제야 루애는 목 근육이 뻐근해져 오는 것을 느꼈다. 하긴 세 시간 가까이 모니터에 코를 박고 있었으니, 무리는 아니었다. 루애는 겸연쩍은 미소를 흘리며 뻐근한 목을 만지작거렸다.

현설이 못 말리겠다는 듯 고개를 절레절레 저었다.

“그래서 시간이 어떻게 가는지도 모르고 인력 DB를 뒤지고 있었어요? 나 참. 열심히 일해 주는 건 고마운데, 제발 무리는 하지 말아요. 한두 해 일하고 말 것도 아닌데 그러면 쉬 지친다구요. 몸에 무리라도 가면 어쩌려구 그래요. 처음에야 업무 익히느라고 그랬다지만, 지금은 안 그래도 되잖아요. 가끔 요령도 좀 피우고, 응?”

직원한테 요령 좀 피우면서 일하라는 사장은 아마 현설밖에 없을 것이다. 루애는 큭, 웃음을 흘리며 고개를 끄덕거렸다.

"네, 알겠습니다."

"맨날 말로만 그러지."

현설이 답지 않게 콧잔등을 찡긋거렸다. 이럴 때 보면 그는 사장님이 아니라 조카 걱정해 주는 친삼촌 같았다. 아님 나이 차 많이 나는 큰오빠나. 루애가 싱긋 미소 지으며 괜스레 엄한 표정을 짓고 있는 현설을 올려다보았다.

"그러는 사장님은 왜 매일 야근이세요?"

현설은 양복 상의와 넥타이는 어디에 벗어 던졌는지 와이셔츠 소매를 팔뚝까지 둥둥 걷어붙이고 있었다.

보나 마나 이제부터 개발실에 틀어박혀 '5D MAX—1' 개발에 몰입할 작정임이 분명했다. 낮에는 오너로서, 밤에는 프로그래머로서 쉴 새 없이 일하는 이가 바로 현설이었다.

현설이 괜히 은색 안경을 고쳐 쓰며 본인도 그 점이 불만이라는 듯 대답했다.

"그러게 말입니다. 나도 좀 이제 쉬엄쉬엄 일하며 여가도 즐기고 그래야 되는데, 하, 이놈의 팔자는 왜 이 모양인지 모르겠어. 도무지 쉴 틈이 없다니까요. 그래도 어쩝니까. 기왕 시작한 일인데 끝을 봐야지. 그놈이 이기나, 내가 이기나."

말은 그렇게 해도 '5D MAX—1' 생각만 하면 엔도르핀이 도는지, 현설의 눈동자는 흥분과 기대에 차 소풍 가기 전날 어린 아이의 그것처럼 반짝거렸다. 하여튼 천생 뼛속까지 프로그래머인 사람이었다.

'5D MAX—1' 은 현설이 5년 전부터 회사의 사활을 걸고 매달려 온 프로젝트로, 그가 15년 전에 개발에 성공했던 '5D MAX' 의 기술력을 훨씬 뛰어넘는 수준의 것이었다.

물론 당시에는 세상이 다 깜짝 놀랐을 만큼 엄청난 기술이었지만, 솔직히 '5D MAX' 는 단순히 허공에 영상을 띄워 놓고 실감 나는 무빙을 체험하게 해 주는 대형 장비에 불과했다. 가격도 억대가 넘는 고가에 크기나 무게도 엄청났었고 말이다. 때문에 결국 안타깝게도 큰 성공은 거두지 못했었다.

하여 현설은 5년 전부터 그 뼈아팠던 실패를 밑거름 삼아 '5D MAX' 의 모든 단점을 보완한 새로운 형태의 5D 영상 송출 시스템을 개발하는 일에 착수했다.

한마디로 그가 개발하려는 '5D MAX—1' 은 단순한 영상 송출 장비가 아닌, 그보다 훨씬 진일보된 혁신적인 프로토콜이었다. 허공에 영상을 띄워 놓고 직접 조작도 가능하도록 만들겠다는 것이 그의 계획이었다.

왜, 아이언맨 같은 공상과학영화를 보다 보면 주인공이 허공에 영상을 띄워 놓고 손으로 무언가를 만들었다가 지우고, 조작하는 그런 장면이 나오지 않는가. 그것을 실현 가능하게 만들겠다는 것이었다.

허무맹랑한 소리로 들리겠지만, 사실 그 같은 기술을 실현시키고자 하는 시도는 한솔뿐만 아니라 국내 대기업과 해외의 유수한 IT 기업에서도 꾸준히 진행되어 오고 있었다. 행인지 불행인지, 성공한 곳은 아직 한 군데도 없지만.

그런데 대기업도 아닌 한솔이 성공할 것이라 믿느냐고? 글째, 솔직히 객관적으로 보자면 낙관적이지는 않다. 앞으로 몇 년이 더 걸릴지도 미지수이고.

허나 루애는 세계 최초로 5D 영상 송출 장비 개발에 성공한 사람이 바로 현설이니만큼 다른 어느 누구보다 성공할 가능성이 크다고 믿고 있었다. 그녀뿐만 아니라 전 직원들도 모두 한마음으로.

손목시계로 재차 시간을 확인한 현설은 빨리 개발실로 가고 싶은 생각에 마음이 급한지, 루애를 재촉했다.

"어쨌든 이제 그만하고 빨리 퇴근해요. 아니, 그럴 게 아니라 정리하고 같이 나갑시다. 그냥 두고 가면 또 언제 퇴근할지 모르니까."

"아닙니다. 정리하려면 시간이 좀 걸릴 것 같은데 먼저 가세요, 사장님. 되도록 빨리 정리하고 퇴근할게요."

현설이 못 믿겠다는 듯이 손을 가로저었다.

"됐어요. 5분이면 충분하죠? 빨리해요."

본인은 밤낮 없이 일하면서, 개발실 직원들도 툭하면 야근에 밤샘인데 왜 그녀는 늦게까지 일하는 꼴을 못 보는지 모르겠다. 야근 수당을 달라는 것도 아닌데.

루애는 속으로 고시랑거리며 마지못해 하던 일을 정리하기 시작했다. 그런 루애를 현설은 감시자처럼 계속 뒤에 서서 지켜보았다. 그녀가 서둘러 책상 정리를 마치고 PC를 끄는데 문득 생각났다는 듯 현설이 말했다.

"아, 그러고 보니 루애 씨도 아직 식사 전이겠네. 배 안 고파요? 개발실에 가서 뭐라도 같이 먹고 갈래요? 안 그래도 녀석들이 배고프다고 야식 잔뜩 시켜 놓겠다고 했는데."

말은 고맙지만 개발실에서 시켜 먹는 야식이라면 족발 아니면 보쌈일 것이 뻔했다.

족발은 아예 입에 대지도 못하거니와 그녀가 아무리 성격이 넉넉하고 유해졌다고 해도 시커먼 남자들 틈에 끼어 아무렇지 않게 고기를 뜯을 정도로 넉살이 좋아진 것은 아니었다. 루애는 얼른 대답했다.

"아니요, 괜찮습니다. 전 그냥 집에 가서 먹을게요. 밥 생각도 없고 이렇게 시간이 지났는지 몰라서 집에 아직 연락도 안 드렸거든요. 어쩌면 아빠가 식사 안 하시고 기다리고 계실지도 몰라요."

"아, 그래요. 그럼 할 수 없죠. 다 했어요? 빨리 갑시다."

재촉하는 현설의 등쌀에 떠밀려 루애는 할 수 없이 늦은 퇴근을 했다. 개발실로 들어가는 현설에게 수고하시라는 인사를 건넨 뒤, 터벅터벅 엘리베이터 쪽으로 걸음을 옮겼다. 뒤늦게 피곤이 몰려왔다.

"으, 머리야."

루애는 지끈거리는 관자놀이를 누르며 엘리베이터에서 내렸다. 일할 때까지만 해도 말짱하더니, 갑자기 골이 지끈거리며 편두통이 일기 시작했다.

망할 악몽과 함께 4년 전부터 시작된 이놈의 편두통은 잊을 만하면 느닷없이 도지는 통에 루애에게는 악몽만큼이나 지긋지긋한 골칫덩어리였다.

남들은 있던 편두통도 편히 쉬며 놀고먹으면 낫는다던데, 어찌 된 게 그녀의 경우는 정반대였다. 그래도 요즘엔 많이 나아진 편이었다. 2년 전까지만 해도 시도 때도 없이 밀려오는 통증에 편두통 약을 아예 입에 달고 살았더랬다.

오죽하면 혹시나, 하는 생각에 귀국하자마자 바로 병원에 제 발로 찾아가서 뇌 MRI 검사까지 받아 봤겠는가. 다행히 검사 결과는 이상 무(無)였다.

과다한 스트레스로 인한 심리적 요인이라는데, 젠장. 그놈의 사랑에 한 번 실패한 게 뭐 얼마나 대단한 일이라고, 하다하다 별 후유증도 다 겪는다 싶었다.

"아우, 머리야."

이럴 땐 별수 없다. 재빨리 약을 먹어 주는 수밖에. 루애는 커다란 가방을 뒤적거려 상비약으로 가지고 다니는 약통을 찾았다.

어, 이게 왜 안 보이지? 다른 건 몰라도 편두통 약만은 잊지 않고 항상 챙겨 가지고 다니는데. 개똥도 약에 쓸라면 없다더니, 어디다 바보처럼 빠트렸는지 통 보이지가 않았다.

"으, 제발, 어디 한 알이라도 굴러다녀라."

루애는 아예 커다란 가방 속으로 얼굴을 들이밀고 미친 듯이 약을 찾았다.

에에엥, 에에엥.

차 한 대가 주차장 안으로 진입하는지, 멀리서 진입 차량을 알리는 벨 소리가 요란하게 울렸다.

끼이익, 끼이익.

주차 공간을 찾아 헤매는 타이어 소리도 끊임없이 들려왔다. 그러나 루애의 귀에는 아무 소리도 들어오지 않았다.

골이 빠개질 것 같은 편두통은 점점 극심해지는데 통증을 가시게 해 줄 약은 어디로 사라졌는지 보이질 않고. 초조함과 짜증이 극에 달한 루애의 귀에 다른 소리가 들릴 리 만무했다.

그렇게 얼마쯤 있었을까. 번쩍, 하며 쏟아지는 빛에 루애는 흠칫 놀랐다. 그제야 약을 찾느라 혈안이 됐던 정신이 분산되면서 바로 앞에서 웅웅, 하는 묵직한 차의 엔진음이 비로소 들려왔다. 그리고 잇달아 들려온 경적 소리.

빠앙.

'비켜!' 하고 고함치는 듯한 날카로운 경적 소리에 정신이 다 번쩍 났다. 그제야 루애는 자신이 차가 다니는 통로 한복판에 서 있다는 사실을 깨달았다.

'이런, 큰일 날 뻔했네.'

루애는 얼른 그곳에서 벗어나려고 했다. 그런데 그 순간, 가방에서 무언가 후드득 떨어지는 소리가 들렸다. 루애는 얼른 바닥을 살폈다. 차 키와 볼펜 등 몇 가지가 떨어져 있었다. 루애는 운전자에게 양해를 구하며 얼른 그것들을 줍기 시작했다.

딸각.

차 키와 볼펜을 줍고 저만치 떨어져 있는 시커먼 무언가를 마저 줍기 위해서 걸음을 옮기는데, 운전석 문이 열리는 소리가 들렸다. 기다리다 못한 운전자가 짜증이 나서 내린 건가 싶었다. 루애는 얼른 고개를 들고 미안하다고 말하려고 했다.

"미안합……!"

그러나 그녀는 끝까지 말을 마칠 수 없었다. 차 문을 열고 내린 사람의 모습이 너무도 충격적이었기 때문이었다. 험상궂거나 괴물처럼 생겨서가 아니었다.

차에서 내린 사람은 숨이 멎을 만큼 근사하고 믿기 힘들 만큼 매혹적인 모습을 하고 있었다. 예나 지금이나 여전히…….

아니, 그녀가 기억하고 있는 4년 전 모습보다도 훨씬 더…….

그였다!

이근우, 바로 그였다!

근우는 자신의 눈을 의심했다. 보고 있으면서도 눈앞에 서 있는 여자가 루애라는 사실을 믿을 수 없었다.

처음에는 설마, 했었다. 카키색 버버리 코트에 감싸여 있는 가녀린 몸의 실루엣이 그가 아는 누군가와 지독하게 비슷하다는 생각만 얼핏 들었을 뿐이었다.

그런 생각이 스치고 지나간 순간, '제기랄, 또 시작이군' 하며 스스로에게 버럭 짜증을 내기도 했었다. 그래서 무언가를 찾는 듯 커다란 가방에 얼굴을 파묻고 있는 여자가 알아서 비켜나 주기를 기다리지 못한 채 괜한 짜증과 욕을 퍼부어 댔었다.

그런데…….

한순간 그를 둘러싸고 있던 세상이 뒤틀리며 엄청난 충격이 뇌리를 가격했다.

그에게 억지로 굳은 미소를 지어 보이며 고개를 까닥거린 여자의 얼굴을 본 순간, 가격당한 뇌 회로가 그대로 정지해 버렸다.

루애였다. 분명 틀림없는 루애였다. 얼굴은 무언가 불편한 듯 잔뜩 일그러져 있었지만, 머리 또한 낯설도록 짧아져 있었지만, 그녀가…… 루애가 틀림없었다.

근우는 자신도 모르게 차에서 내렸다. 눈으로 보고 있으면서도 믿기 힘든 그녀의 얼굴을 보다 가까이에서 확실하게 확인하고 싶었다. 정말 하루애가 맞는지, 혹시 빌어먹게도 그녀를 꼭 닮은 여자는 아닌지!

그런데 여자도 그를 보고 석상처럼 그대로 굳어 버렸다. 일그러져 있던 얼굴은 삽시간에 하얗게 질려 충격으로 얼어붙었다. 부릅떠진 눈만큼이나 크게 벌어진 입술에서 소리 없는 비명이 들려오는 것 같았다.

4년…… 만이었다.

그럼에도 루애는 예전 그대로였다. 8년 전 처음 봤을 때 그의 숨을 멎게 만들었던 이지적인 눈매와 무언가 깊은 슬픔을 간직한 듯한 고혹적인 눈망울도 그대로였고, 도자기로 빚어 놓은 듯한 오뚝한 콧날과 고집스러움이 느껴지는 자그마한 입술도 예전 그대로였다.

루애야……!

소리 내어 그녀의 이름을 부르고 싶었다. 하지만 그럴 수 없었다. 충격으로 성대가 굳어 버렸는지 움직여지지 않았다. 아니, 그보다 겁이 나서 차마 부를 수가 없었다. 소리 내어 부르면 허망한 환상처럼, 신기루처럼 사라져 버릴까 봐.

만약 이 또한 시시때때로 그의 무의식을 침범해 오는 꿈이라면 차라리 깨지 않았으면 싶기도 했다.

그래서 근우는 그녀를 차마 소리 내어 부르지도, 가까이 다가가지도 못했다. 어느새 충격에서 벗어난 루애가 그를 마치 생판 모르는 사람마냥 지나쳐 점점 멀어져 가는데도 바보처럼 멍하니 지켜보기만 했다.

그러다 그녀의 모습이 완전히 사라진 이후에나 번쩍 정신이 들었다.

"하루애…… 하루애!"

뒤늦게 터져 나온 외침이 공허하게 널따란 공간을 울렸다. 근우는 정신없이 루애가 사라진 방향으로 달려갔다.

뭘 어쩌겠다는 생각 같은 건 없었다. 그저 한 번만 더 그녀를 제 눈으로 보고, 확인하고 싶을 뿐이었다. 그녀가 진짜 루애가 맞는지, 환상이나 꿈이 아닌 현실의 그녀가 맞는지!

네 대의 엘리베이터 중 세 대는 모두 20여 층의 고층에 머물러 있었다. 유일하게 한 대만이 1층에 올라서 있었다. 그리고 더 이상 움직이지 않았다. 두 번 생각할 것도 없이 근우는 비상계단을 통해 1층으로 뛰어 올라갔다.

한산한 로비 어디에서도 그녀의 모습은 보이지 않았다. 실성한 듯 헐레벌떡 뛰어 올라온 그를 이상하다는 눈초리로 쳐다보는 젊은 경비원뿐이었다.

지체 없이 건물 밖으로 뛰쳐나갔다. 그러나 넓지도 않은 거리 어디에서도 그녀의 모습은 보이지 않았다. 환한 가로등 아래 한가하게 거리를 거니는 사람들과 간간이 도로를 지나가는 차량들뿐이었다.

"내가 잘못 본 건가? ……또 빌어먹을 환상이었던 거야? 꿈이었던 건가?"

아니야! 이번만큼은 절대 아니었다.

근우는 주먹을 불끈 움켜쥐고 건물 안으로 황급히 들어갔다. 다시 안으로 뛰어 들어온 그를 보고 젊은 경비원이 흠칫 놀랐다.

190cm에 육박하는 장신에 근육으로 꽉 짜여진 체격, 온몸에서 풍기는 범상치 않은 기운에 바짝 기가 죽은 경비원은 근우의 눈치만 슬금슬금 볼 뿐이었다.

근우는 긴 다리로 성큼성큼 경비원에게 다가갔다.

"방금 카키색 버버리 코트를 입은 여자가 여길 지나가지 않았습니까?"

"예?"

순식간에 다가와 이글거리는 눈빛으로 자신을 잡아먹을 듯이 내려다보는 근우의 포스에 완전히 기가 눌려 움찔한 경비원은 저도 모르게 맹하게 되묻고 말았다.

탁자를 쾅! 내리친 근우가 경비원의 코앞까지 얼굴을 들이밀고 다시 한 번 물었다. 잇새로 씹어뱉듯이 말하는 중저음의 목소리는 음산하기까지 했다.

"방금 이 앞을 카키색 버버리 코트 입은 여자가 지나가지 않았느냐고!"

"지, 지나갔어요! 아까 방금."

"확실해? 어디로 갔어."

"바, 밖으로 급하게 뛰어나갔는데요."

"젠장."

근우는 낮은 욕설을 뇌까리며 움켜쥔 주먹으로 다시 한 번 기다란 경비 테이블을 내리쳤다. 놀란 경비원이 생각나는 대로 아무 말이나 내뱉었다.

"혹시 그 여자분이 무슨 죄라도 졌습니까? 하아, 그럴 여자로는 보이지 않던데. 여기 10층에 있는 회사에 근무하는 직원이거든요. 잘은 몰라도 굉장히 성실하고 성격도 좋은 것 같던……."

돌아서려던 근우가 휙 몸을 돌려 경비원의 멱살을 움켜잡았다.

"뭐라고? 방금 뭐라고 그랬어!"

"켁! 아이고, 이거 왜 이러세요. 내, 내가 뭐라고 그랬다고."

"이 건물 10층에 있는 회사에 근무하는 여자라고 했나?"

"그래요."

"확실해?"

"아, 글쎄 그렇다니까. 켁. 일단 이거 좀 놓고 얘기합시다. 내가 뭔 잘못을 했다고 나한테 이래요!"

근우는 일단 경비원의 멱살을 놓아주었다. 경비원이 마른기침을 해 대며 잡혔던 목을 연신 쓸어 댔다. 그제야 근우는 벌떼처럼 들고 일어났던 흥분을 억지로 가라앉히고 상체를 뒤로 물렸다.

"아이 씨, 진짜. 아닌 밤중에 홍두깨라고 갑자기 이게 뭔 난리인 줄 모르겠네."

원망 어린 눈빛으로 근우를 힐끔거리며 경비원이 뒤로 멀찍이 물러났다. 근우가 마지못해 사과했다.

"미안합니다. 내가 잠깐 흥분해서 실수를 했습니다. 진심으로 사과하겠습니다."

"대체 무슨 일 때문에 그러시는데요? 혹시 형삽니까? 그렇게 보이지는 않는데……."

경비원이 미심쩍은 눈초리로 근우를 아래위로 훑어 내렸다. 배우처럼 잘생긴 얼굴도 그렇지만 검정 일색의 니트나 진 또한 형사라고 하기에는 너무 고급이었다.

근우는 바지 뒷주머니에서 지갑을 꺼내 들었다. 그리곤 10만 원짜리 수표를 몇 장 꺼내 앞으로 내밀었다.

"형사는 아닙니다. 아까 그 여자한테 무슨 문제가 있어서 그런 것도 아니구요. ……아는 사람입니다. 개인적으로 한 번은 꼭 만나 봐야만 하는 그런 사람."

경비원의 눈이 휘둥그레졌다. 근우의 손 밑에 깔려 있는 수표와 그를 번갈아 쳐다보며 마른침을 삼켰다.

"아, 예, 그래요. 그럼 헤어진 애인, 뭐 그런 건가 보죠?"

"……몇 가지 물어보고 싶은 게 있는데……."

"무슨? 그 여자분에 대해서요? 에이, 그쪽이 누군지 알고 함부로 얘기를 해 준답니까. 그러다 문제라도 생기면 어쩌려고."

근우가 수표 두 장을 더 꺼내 앞으로 스윽, 밀었다.

"그런 걱정이라면 안 해도 됩니다. 그 여자 신상에 문제가 생길 일도 없고 그쪽에 피해가 가는 일도 절대 없을 테니까. 몇 가지만 확인해 주면 돼요."

'에이, 그래도' 하면서도 경비원의 시선은 50만 원으로 불어난 수표에 못 박힌 듯 박혀 있었다.

"정말 무슨 문제를 일으키거나 그럴 건 아니죠? 그럼 내가 곤란해진다구요."

"그럴 일은 절대 없을 겁니다."

"에, 뭐 그런 사람 같지 않긴 합니다만……. 근데 난 아는 것도 별로 없는데."

"괜찮습니다. 그쪽이 아는 만큼만 말해 주면 돼요."

근우가 경비원 앞으로 수표를 좀 더 들이밀었다. 근우를 슬쩍 올려다본 경비원이 입맛을 다시듯 혀로 입술을 훑었다.

"에이, 뭐, 그럼…… 그럽시다. 보아하니 빈말할 분 같지도 않고."

망설이던 경비원이 잽싸게 수표를 채 갔다.

"그런데 이건 내가 돈 때문에 그러는 게 아니고 같은 남자로서 그쪽이 오죽하면 이럴까 싶어서, 안타까운 심정에 오케이한 거니까 괜한 오해는 하지 말아요. 나도 사귀던 사람이랑 갑자기 헤어지고 나서 한동안 잊지 못하고 꽤 힘들었던 기억이 있거든요. 그러니까……."

"고맙습니다."

수표 뭉치를 얼른 재킷 안주머니에 집어넣은 경비원이 괜한 헛기침을 흠흠, 해 댔다.

"그런데 이건 정말 딴 데 가서 얘기하면 안 돼요. 그쪽하고 나하고의 비밀로 하자, 이겁니다. 나도 입 딱 다물 테니까 남자 대 남자로, 오케이?"

근우가 고개를 끄덕거렸다. 저만치 물러서 있던 경비원이 바짝 다가섰다.

"그럼 한번 얘기해 봐요. 뭐가 궁금한데요?"

"혹시 그 여자 이름이 뭔지 압니까?"

경비원이 고개를 갸웃거렸다.

"글쎄, 그것까지는 모르겠는데요. 오며 가며 자주 보기는 했는데. 주차장 업무 설 때도 보고 인사도 몇 번 나눴었구요. 그런데 이름까지는……."

"그럼 그녀를 여기서 본 게 언제부터죠?"

주변을 힐끔 살핀 경비원이 목소리를 낮춰 대답했다.

"정확하지는 않은데 올 초부턴가? 그래요, 한 그쯤 된 것 같네요."

근우가 다른 걸 물어보려고 하는데, 등 뒤에서 누군가 건물 안으로 들어오는 소리가 들렸다. 힐끗 돌아보니 입주민으로 보이는 사람 몇 명과 손에 족발집 로고가 큼지막하게 박힌 비닐 봉투를 든 배달원이 잰걸음으로 로비를 가로지르고 있었다.

그들이 엘리베이터를 타고 사라질 때까지 근우와 경비원은 고개를 숙인 채 입을 꾹 다물었다. 로비가 조용해지자 근우가 다시 입을 열었다.

"아까 여기 10층에 있는 회사에 다닌다고 했었죠? 그 회사 이름이 뭡니까?"

"한솔소프트요. 옛날부터 있던 회사예요. 15년은 족히 됐을걸요? IT 회산데, 업계에서는 꽤 유명하다고 하더라구요. 사무실도 세 개씩이나 쓰고. 그런데 예전에는 더 잘나갔었다나 봐요. 그땐 사무실을 다섯 갠가? 그 정도까지 썼었다니까. 3년쯤 전에 좀 힘들어져서 두 개는 처분하고 지금은 세 개만 남았죠."

그러면서 경비원은 거기 회사 사장이 참 좋은 사람이네, 뭐네 하면서 굳이 묻지도 않은 말까지 주절주절 늘어놓았다. 그래도 근우는 그중에 뭐 건질 거라도 있나 싶어, 경비원의 말을 한마디도 놓치지 않고 귀담아들었다.

그러나 애석하게도 모두 그녀와는 상관없는 무의미한 얘기들뿐이었다. 아무래도 경비원한테 더 이상 건질 건 없는 듯싶었다. 근우는 이내 미련 없이 그 자리를 떠났다.

지하 주차장으로 돌아가며 근우는 곰곰이 생각에 잠겼다. 이름까지는 확인하지 못했지만, 루애라는 것은 분명했다. 좀 더 확인이 필요하긴 하겠지만.

'올 초부터 여기에 있는 회사에 다니기 시작했다고? 그럼 그 전에 귀국했다는 얘긴데, 언제 돌아온 거지?'

루애를 미친 듯이 찾아다녔던 작년 중순까지만 해도 그녀는 유럽 어딘가에 있었다.

그를 숱하게 속여 온 양 씨의 말은 더 이상 믿을 수 없지만, 뒷목을 잡고 쓰러지는 순간까지도 루애가 집에 돌아오지 못하고 외국을 전전하고 있는 이유가 모두 그 때문이라며 원망의 말을 토해 대던 하 사장이었으니 그건 틀림없는 사실일 터였다.

'그렇다면 아버님이 쓰러지셨다는 연락을 받고 귀국을 결심한 건가?'

그래, 아마도 그러지 않았을까 싶다. 차갑게 얼어붙은 근우의 입에서 피식, 헛웃음이 흘러나왔다.

'그럴 줄 알았으면, 쉽게 포기하지 말 걸 그랬군.'

허나 그땐 그럴 수밖에 없었다. 그를 보자마자 이성을 잃고 골프채를 휘두르던 하 사장이 제 분에 겨워 고목처럼 뒤로 쓰러지는 것을 눈앞에서 본 순간, 근우는 이제 정말 끝났구나 하는 생각에 절망하고 말았더랬다.

솔직히 두렵기도 했다. 자신 때문에 하 사장이 쓰러져 영영 일어나지 못하게 되면 어쩌나, 반신불수가 되면 어쩌나. 그럼 그 죄를 어찌 다 갚나. 만에 하나 루애를 찾게 된다고 하더라도 그 앞에 어떻게 서고 어떻게 다시 시작할 수 있겠는가.

아무리 오해를 풀고 그녀의 이해와 용서를 얻는다고 해도 모든 것은 끝나고 말 터였다. 이 지긋지긋한 사랑도, 간절히 바라던 미래도 한 치의 여지 없이 완전히…….

그래서 근우는 먼발치서 하 사장이 양 씨의 부축을 받으며 병원을 나서는 것을 지켜본 그날부터 루애의 집 근처로는 발길도 하지 않았다. 그녀를 찾으려는 노력도 더 이상 하지 않았다.

독하게 마음먹고 제 자리를 지켰다. 심지어 그 참에 루애를 기억 속에서 아예 지워 버리려고도 해 봤다.

하지만 역시 그것까지는 무리였던 모양이다. 실루엣만 보고도 본능적으로 그녀라는 것을 알아채고, 이 우연찮은 짧은 만남에조차 이성을 잃고 미친 듯이 흥분한 것을 보니 말이다.

그는 그토록 독하게 마음먹었던 지난 10개월이 무색하도록 벌써 머릿속으로 루애를 어떻게 다시 만날 것인가, 그녀를 어떻게 다시 찾을 것인가에 대한 계획들을 세우고 있었다.

근우는 터벅터벅, 차가 정차되어 있는 곳으로 걸어갔다. 조금 전 그녀가 서 있었던 곳을 보니 차갑게 식어 가던 피가 다시금 뜨겁게 끓어오르며 심장이 무섭게 뛰기 시작했다.

우뚝 멈춰 선 근우는 전조등 불빛이 밝히고 있는 공간을 한동안 멍하니 바라보았다. 혼란과 그리움에 찬 시선이 텅 빈 공간을 한없이 긁어내렸다.

일순, 그의 눈이 바닥에 떨어져 있는 무언가를 발견하고 흠칫, 커졌다가 이내 실낱처럼 가늘어졌다. 근우는 그것을 향해 천천히 걸음을 옮겼다.

손바닥 반만 한 크기의 검은색 물체를 집어 들었다. 작은 수첩인 줄 알았던 그것은 놀랍게도 명함 케이스였다. 근우는 떨리는 손으로 케이스를 열었다.

"아……."

그의 입에서 안도와 격정이 뒤섞인 탄식이 한숨처럼 터져 나왔다. 직사각형의 새하얀 종이에는 잊고 싶어도 결코 잊을 수 없는 그리운 이름이 선명하게 찍혀 있었다.

하루애.

그리고 그 위에는 한솔소프트(주)라는 상호명과 함께 SI 팀 ITO 담당이라는 문구가 박혀 있었다. 하단에는 이 건물의 주소와 전화번호 등이 낯선 핸드폰 번호와 함께 쓰여 있었다. 근우는 그것들을 한동안 미동도 없이 하염없이 바라보았다.

하루애, 하루애, 하루애…….

근우는 떨리는 손으로 명함을 조심스럽게 어루만져 보았다. 그의 입에서 기괴하리만큼 낯선 웃음소리가 흘러나왔다.

"큭. ……드디어 찾았다."

❈ ❈ ❈

딩동.

자정 넘어 울린 초인종 소리에 진환이 깜짝 놀라 고개를 번쩍 치켜들었다. 커다래진 그의 눈동자가 불안하게 흔들렸다.

현관 밖에 있는 사람이 누구인지, 굳이 인터폰 화면을 확인하지 않아도 알 것 같았다. 약속했던 시간보다 두 시간이 훌쩍 지나 있었지만 오늘 오기로 한 사람은 한 명밖에 없었다.

근우.

바쁘다는 놈을 억지로 불러 놓고 막상 그가 왔다고 생각하니, 다시금 머릿속이 혼란스러워지면서 겁이 덜컥 났다.

"이게 정말 잘하는 짓일까?"

진환은 지난 2주간 숱하게 고민하고 갈등했던 질문을 새삼 스스로에게 던지며 움직이기를 망설였다. 그러나 역시 이번에도 돌아온 대답은 '모르겠다'였다. 정말 모르겠다. 어떻게 하는 것이 잘하는 짓인지.

근우를 생각하면 루애를 이 건물에서 만났다는, 루애가 여기 있다는 사실을 알려 줘야만 할 것 같은데, 진환 자신을 생각하면 절대 말해서는 안 될 것 같고…….

하지만 지난날에 자신이 저질렀던 죄를 생각하면 이런 식으로라도 그 죄과를 덜어야만 하지 않겠는가 싶기도 했다.

그렇다고 두 사람이 잘되리라는 보장도 없고, 만에 하나 다시 이어진다고 해도 자신이 저질렀던 짓이 밝혀질 리도 만무…….

"하아, 그게 문제란 말이야. 정말 괜찮을까?"

4년이나 지났으니 두 사람이 새삼 홍미정을 찾아가 삼자대면까지 해 가면서 그땐 대체 왜 그랬느냐고 따질 것 같지 않기는 한데, 세상일이라는 게 모르는 것 아니겠는가 싶기도 했다.

만약 그런 일이 벌어져서 홍미정이 미주알고주알 다 털어놓기라도 하는 날에는 그야말로 진환 본인은 끝장나는 것일 테니 말이다.

그러니 괜한 분란 만들 것 없이 모른 척 입 꾹 다물고 있자,

싶기도 했다. 자신만 입 다물고 있으면 근우는 루애가 여기 있다는 사실조차 알지 못할 터이고, 그럼 두 사람이 만나게 되는 일도, 그 때문에 자신이 혹시나 하는 불안감을 느끼는 일도 없을 테니 말이다.

하지만 그놈의 망할 죄책감이 자꾸 그를 못살게 괴롭혀 댔다. 인간이라면 이제라도 근우한테 용서를 구하고 보답을 해야 한다고. 안 그럼 진짜 인간 말종에, 아니, 개새끼보다 못한 쓰레기로 평생 살다가 죽을 수밖에 없을 거라고.

어쩌면 신이 그에게 마지막으로 근우한테 사죄할 기회를 준 것인지도 모르겠다는 생각이 들기도 했다. 만약 신이 있다면 말이다.

그래서 오전에 충동적으로 근우한테 전화를 걸어서 어떻게 가장 친하다는 놈이 친구가 드디어 독립을 했는데 두 달이 넘도록 한 번도 안 와 볼 수가 있느냐고 화를 벅벅 냈다.

미안하지만 오늘은 바빠서 힘들 것 같다는 놈한테 꼭 오늘이어야 한다고, 늦어도 좋으니 와 달라고 말이다.

그런데 그러고 나서 또 금방 후회했다. 만약 설마하는 일이 실제로 벌어지기라도 하면 어떡하나 싶어서 피가 다 마르는 것 같았다. 그렇다고 다시 전화를 하는 것도 겁이 났다.

그렇게 진환은 하루 종일 이러지도 저러지도 못한 채 끙끙 앓고만 있었다.

늦어도 10시까지는 오겠다던 놈이 오지 않자 다행이라는 생각도 들었다. 그런데 젠장! 누가 약속 하나는 칼같이 지키는 놈 아니랄까 봐, 이 늦은 시간에 근우가 정말 와 버렸다.

"하, 미치겠네. 진짜."

진환은 소파에서 벌떡 일어나 거실을 왔다 갔다 했다. 그러는 와중에 초인종이 다시 한 번 울렸다.

딩동.

진환은 원망스러운 눈초리로 아무 죄도 없는 현관을 죽일 듯이 노려보았다. 그러다 눈을 질끈 감고 고개를 푹 숙였다.

"에이 씨, 모르겠다. 어차피 이렇게 된 거 죽기 아니면 까무러치기지, 뭐. 후우, 그래. 까짓거 한번 해 보자."

진환은 씩씩거리며 현관으로 성큼성큼 걸어갔다.

"누구세요?"

아무 대답이 없었다. '뭐지?' 하는 생각에 미간을 찌푸리고 더 큰 목소리로 다시 물었다.

"누구세요!"

"나다, 문 열어."

그제야 문밖에서 대답이 들려왔다. 낮게 깔리는 중저음의 목소리. 근우가 분명했다. 진환은 깊이 심호흡을 한 뒤에 현관을 열었다. 바로 옆 벽에 근우가 비스듬히 기대어 서 있는 것이 보였다.

그간 맘고생을 하도 심하게 한 탓에 근우는 4년 새 살이 엄청나게 빠졌다. 허나 남들보다 우월하게 타고난 신체가 어디 가겠는가. 엄청난 장신에 근육으로 다져진 강파른 몸에서 훅, 뿜어져 나오는 압도적인 위압감에 진환은 마른침을 꿀꺽 삼켰다.

"자식, 10시까지는 오겠다던 놈이 지금이 도대체 몇 시냐? 늦으면 늦는다고 전화나 한 통 해 줄 것이지. 안 오는 줄 알았다, 짜샤."

근우가 바닥에 놓여 있던 커다란 비닐 봉투를 들고 안으로 들어왔다. 얼핏 보니 진환이 좋아하는 브랜드의 맥주병들이 잔뜩 들어 있었다. 거실로 향하는 근우의 뒤를 따라가며 진환은 계속 종알거렸다.

"형석이 형한테 맡기고 온다더니 마감까지 다 하고 온 거냐? 그건 뭐야. 나 주려고 가져온 거야? 자식, 돈도 많이 버는 놈이 비싼 양주나 좀 가져올 것이지, 쩨쩨하게. 여튼 고맙다. 잘 마실게."

진환은 근우의 손에서 얼른 묵직한 비닐 봉투를 받아 들고 주방으로 향했다. 원룸 형태로 탁 트인 거실 한가운데 서서 주변을 휘둘러보는 근우를 힐끔 쳐다보고 맥주들을 냉장고에 차곡차곡 집어넣었다.

"어떠냐, 이만하면 그런대로 괜찮지? 통으로 확 트여 있어서 꽤 넓어 보이고. 다른 데는 괜히 침실이네, 드레스 룸이네 해서 침대 하나만 들어가도 꽉 차는 조그마한 방들이 있어서 답답하고 실용성도 별로 없더라구. 그런데 여기는 하나로 뻥 뚫려 있으니까 거실하고 작업실을 반씩 나눴는데도 시원시원하잖아. 특히, 침실이 끝내주지 않냐?"

진환은 소파 뒤쪽에 별도로 구분되어 있는 침실을 턱짓으로 가리켰다.

침실이라고 해 봤자 거기도 탁 트여 있기는 마찬가지였지만 나름 분리한듯 두 계단 위에 침대 하나가 놓여 있었다. 그 주변으로 앉은뱅이 나무목들이 조르르 박혀 있어 운치까지 있는지라 진환으로서는 그곳이 집 안 중 가장 마음에 들었다.

건축가가 누군지, 볼 때마다 설계 하나는 참 끝내주게 잘했다는 생각이 들었다. 으리으리하게 넓은 고급 빌라에 사는 놈 눈에는 그저 아담하게 보이겠지만 말이다.

4년 전, 멋모르고 따라갔다가 봤던 그 청담동 빌라가 생각나자 진환의 마음은 다시 무거워졌다.

루애를 깜짝 놀라게 해 주겠다며 근우가 야심차게 준비했던 그 신혼집. 허나 그 집은 결국 단 하루도 신혼집으로 사용되지 못했다. 그 일이 있고 난 후, 2년쯤 뒤에 근우 혼자 쓸쓸히 입성했을 뿐이었다.

근우가 그곳으로 독립한다고 했을 때 얼마나 놀랐는지 모른다. 이미 다 처분하고 말았을 줄 알았는데 그 빌라를 아직 가지고 있었다는 사실도 놀라웠거니와 그곳으로 꾸역꾸역 기어들어 가 혼자 사는 근우의 심사도 이해하기가 힘들었다.

겉으로는 말짱해 보여도 속으로는 아직 루애를 잊지 못하고 있다는 것을 빤히 알고 있는데, 고통을 즐기는 마조히스트도 아니고 왜 굳이 거기까지 들어가서 스스로를 못살게 굴려고 하는 것인지.

모든 사실을 알고 있는 진환으로서는 그런 근우가 답답하고 안쓰럽고, 때로는 원망스럽기까지 했다. 일부러 두고두고 그의 죄책감을 부추기며, 네가 뭔 짓을 했는지 절대 잊지 말라고 무언의 압박을 가하는 것만 같아서 말이다.

'그래, 안다, 알아. 내가 뭔 미친 짓을 저질렀었는지.'

그래서 그 역시 아직까지 부채감에, 죄책감에 시달리고 있는 것 아닌가. 그러고 보면 이번 일이 그 무거운 짐에서 벗어날 수 있는 절호의 기회가 아닌가 싶기도 했다.

진환은 맥주 몇 병을 품에 안고 거실로 나왔다. 근우는 멀쩡한 소파를 놔두고 우두커니 서서 창밖만 말없이 내려다보고 있었다. 진환은 테이블에 맥주를 내려놓고 근우를 불렀다.

"뭐해? 천장 안 무너지니까 이리 와서 앉아."

그러나 근우는 별반 볼 것도 없는 창밖만 바라보며 요지부동이었다.

"왜, 밖에 뭔 쌈이라도 났냐? 여기선 하나도 안 보일 텐데."

할 수 없이 진환이 맥주를 들고 근우 옆으로 갔다. 그의 팔뚝을 툭 쳐서 맥주를 건네주고 어두컴컴한 창밖을 기웃거렸다. 그러나 아무리 눈을 부릅뜨고 내려다봐도 환하게 켜져 있는 가로등 불만 보일 뿐, 오가는 사람들조차 제대로 보이지 않았다.

"뭐야, 아무것도 없고만."

혼잣말로 고시랑거린 진환은 근우의 손에 쥐어 준 맥주에 제 맥주병을 탁, 부딪히고 싱긋 미소 지었다.

"어쨌든 바쁜데 여기까지 오느라 수고 많았다. 오늘은 여기서 그냥 자고 가라. 모처럼 밤새 술이나 진탕 마셔 보자구. 덕분에 술이야 넉넉하게 있으니까."

"할 말 있다고 하지 않았었나? 뭔데?"

그제야 꾹 다물려 있던 근우의 무거운 입이 열렸다. 근우를 힐끗 올려다본 진환이 머뭇거리며 말했다.

"아, 그거……. 일단 술이나 좀 마시자. 얘기는 그다음에 천천히 할게. 어차피 시간도 많은데, 뭐."

"아니, 얘기 먼저 해. 나도 너한테 묻고 싶은 게 몇 가지 있으니까."

"어? 뭐?"

"할 얘기 있다고 부른 사람은 너니까 네 얘기 먼저 듣지. 말해 봐. 오늘 꼭 해야겠다는 얘기가 뭔지."

서늘한 눈빛으로 내려다보는 근우를 올려다보며 진환은 마른침을 꿀꺽 삼켰다.

안 그래도 속을 알 수 없을 만큼 무겁고 어두워진 근우가 저런 눈빛으로 바라보면 무어라 말 한마디를 못 하겠다. 괜히 위축이 되어 초조하고 불안해지는 진환이었다.

안 되겠다. 술이라도 한 잔 마시고 해야지. 맨정신으로는 도저히 입이 떨어지지 않았다.

진환은 맥주 한 병을 벌컥벌컥 입안에 털어 넣었다. 그러고도 선뜻 입이 떨어지지 않아 한참을 더 머뭇거렸다.

"그게 그러니까…… 하아, 진짜 미치겠다. 솔직히 지금 이 순간에도 너한테 이 얘기를 하는 게 잘하는 짓인지 확신이 서지를 않는다. 다 잊고 잘 살고 있는 너한테 괜히 이 얘기를 꺼내서 네 속만 더 복잡하게 만드는 건 아닌지, 괜한 분란만 만드는 건 아닌지 싶어서 말이야. 그래서 그동안 나 혼자 얼마나 고민을 했었는지 몰라. 그냥 나 혼자만 알고 묻어 두자 싶다가도 다시 생각해 보면 그래선 안 될 것 같고. 아주 미치겠더라니까."

넋두리처럼 중언부언하는 진환의 얘기에 근우가 미간을 찌푸렸다.

"대체 무슨 일인데 그래? 알기 쉽게 얘기해. 무슨 말인지 하나도 못 알아듣겠다."

"후우, 그게 그러니까…… 에이 씨, 모르겠다. 알았어, 그냥 단도직입적으로 말할게. 있잖아, 나 실은…… 2주쯤 전에…… 루애, 봤다."

진환은 두 눈을 질끈 감고 지난 2주간 뜨거운 감자처럼 속에 담아 두고만 있던 사실을 토해 내듯 와락, 털어놓았다. 일단 포문을 열고 나니 그다음은 고민하고 말 것도 없었다. 진환은 2주 전 이른 아침에 엘리베이터에서 우연히 루애와 마주쳤던 이야기를 하나도 빠짐없이 주저리주저리 털어놓았다.

"얼마나 놀랐는지 몰라. 처음에는 내가 헛것을 본 줄 알았다니까. 그런데 루애가 틀림없더라구. 머리만 짧아졌을 뿐 옛날하고 변한 것이 하나도 없더라. 하 참, 세상에 이런 일이 다 있냐. 어떻게 다른 곳도 아니고 여기서 루애와 딱 마주치느냐구. 게다가 더 놀라운 건, 여기 있는 회사에 다니는 것 같았다는 거야. 형은이하고 은서가 루애, 유럽에 가서 연락도 더 이상 안 된다고, 거기에 계속 눌러살 것 같다고 했었잖아. 그런데 아니야. 내가 보기엔 이 건물에 있는 회사에 다니는 게 틀림없어. 그렇지 않고서야 이른 아침에, 그런 복장으로 10층에서 내렸을 리가 없어."

두서없이 자신의 추측까지 마구 늘어놓던 진환이 뒤늦게 근우로부터 아무 반응이 없다는 것을 깨닫고선 흠칫 놀라 입을 다물었다. 놀랍게도 근우는 무표정한 얼굴로 어두운 창밖만 바라보고 있을 뿐이었다.

진환으로서는 전혀 예상 밖의 반응이었다. 자신의 감정을 감추는 데 어느 누구보다 능숙해진 그라지만, 적어도 놀라기는 할 것 같았는데……. 의아함을 뛰어넘어 진환은 혼란스럽기까지 했다.

'뭐지, 저 반응은? 왜 저렇게 태연하지? 저 자식이 내가 한 말을 제대로 듣기는 들은 건가?'

근우는 마치 그가 하려던 말을 미리 알고 있었던 듯…… 설마? 혹시나, 하는 생각에 진환의 눈이 부릅떠졌다. 그리고 무심한 듯 흘러나온 근우의 차분한 목소리에 그야말로 까무러치듯 놀라고 말았다.

"고맙다. 사실대로 얘기해 줘서. 덕분에 내가 더 물을 말은 없을 것 같군."

"뭐, 뭐야. 그럼 너…… 이미 다 알고 있었다는 거냐?"

"아니. 두 시간 전까지만 해도 전혀 몰랐다. 루애가…… 여기 있다는 걸."

"그, 그게 무슨 소리야? 두 시간 전까지만 해도 전혀 몰랐다면서 어떻게……. 너야말로 알아들을 수 있게 얘기해 봐. 도대체 뭐가 어떻게 된 거냐?"

피식, 헛웃음을 흘린 근우가 진환을 스윽 쳐다보았다.

"네 덕분이지. 네가 억지로 날 여기로 불러 준 덕분에. 고맙다, 차진환."

아직도 어찌 된 영문인지 짐작이 가지 않은 진환은 커다래진 눈만 껌벅거리며 씁쓸한 미소를 짓고 있는 근우를 멍하니 올려다보았다. 그러다 불현듯 깨달아 버렸다. 진환의 커다란 눈이 더욱 크게 커졌다.

"그, 그럼 너도…… 루애와 마주친 거냐? 그래?"

근우는 부정도 긍정도 하지 않았다. 그저 입가에 맺힌 씁쓸한 미소만이 더욱 아프도록 깊어졌을 뿐이었다. 그러나 그것만으로도 대답은 충분했다.

세상에, 어떻게 이런 기막힌 우연이 있을 수 있단 말인가! 너무 기가 막혀 진환은 한동안 입을 쩍 벌린 채 아무 말도 할 수 없었다.

아니, 어쩌면 이건 그저 단순히 우연 따위가 아닐지도 모르겠다. 이건 근우와 루애, 두 사람의 질기도록 질긴 인연이 만들어 낸 필연일지도 모르겠다는 생각이 불현듯 뇌리를 스치고 지나갔다.

만날 사람은 어떻게든 다시 만나고, 이어질 사람은 어떻게든 다시 이어진다더니, 두 사람의 경우야말로 그런 인연이 아닌가 싶기도 했다. 진환의 입에서 무언가 허탈한 듯한, 맥 빠진 헛웃음이 피식 흘러나왔다.

"그랬구나, 그랬어. 하……. 역시 그런 거였어."

어쨌든 이로써 한 가지는 확실해졌다. 그의 짐작대로 이근우는 하루애를 아직 잊지 못했다는, 아니, 포기하지 않았다는 사실.

역시 자신은 발뒤꿈치도 따라가지 못할 만큼 강하고 대단한 놈이라는 사실도 새삼 깨달았다. 자신이었다면 힘들고 괴로워서라도 진작 잊고 포기해 버렸을 텐데.

아니, 그것이 불가능할 정도의 지독한 사랑이었다면, 자신의 잘못이 아닌, 선의와 오해로 어이없이 부서져 버렸다는 사실만으로도 세상을 원망하고 비관하며 형편없이 망가져 버렸을 텐데…… 근우는 그러지 않았다.

근우도 한동안 폐인처럼 망가져 방황을 하던 시절이 있기는 했었다. 그러나 그 기간은 결코 길지 않았다.

그는 금세 바닥을 치고 일어나 어느 때보다 미친 듯이 자신이 해야 할 일을 해치워 나갔다.

대학교에 복학해 1년이나 앞당겨 우수한 성적으로 조기 졸업을 하고, 'The One'을 패밀리 레스토랑으로 완전히 탈바꿈시켜 청담동에 2호점까지 개설하는 등 계획했던 모든 일들을 무서우리만치 완벽하게 이루어 냈다.

근우가 2년 전에 신혼집으로 장만했던 청담동 빌라로 독립할 수 있었던 것도 그러한 성공과 집념 덕분이었다. 만약 근우가 루애와 헤어진 충격에서 헤어 나오지 못하고 계속 허우적거리고 있었다면 그의 부모님, 특히 아버님인 이 회장이 결코 용납하지 않았을 테니 말이다.

물론 그 후에 갑자기 무슨 바람이 불어선지, 1년 가까이 유럽을 들락거리며 다시 방황을 하는 듯했다. 그러나 그 역시 이내 잠잠히 잦아들었고 최근 1년간은 다시 일에만 매달리며 흔들림 없는 모습을 보여 주고 있었다.

하여 근우가 이제는 정말 루애를 완전히 잊은 것은 아닌가, 하는 의문 혹은 안도에 빠지기도 했다. 그런데 역시 아니었던 모양이다.

그의 깊은 심중에는 여전히 하루애라는 존재가 생생히 살아 퍼덕거리고 있는 것이 틀림없었다. 그렇지 않다면, 진환 덕분이라며 고맙다고 말하는 그의 아픈 눈빛이나 씁쓸한 미소가 설명이 되지 않는다.

근우의 그러한 아픈 눈빛과 씁쓸한 미소가 진환의 가슴을 더욱 무겁게 짓눌러 왔다. 진환의 입에서 절로 무거운 한숨이 흘러나왔다. 이젠 정말 자신이 무엇을 어떻게 해야 하는지 모르겠다. 무슨 말을 어떻게 해야 할지도 모르겠다.

차라리 그때 그 일을 소재로 한 웹툰이 성공하지 않았더라면, 그래서 재기에 성공하지 못했더라면 이 망할 놈의 부채감과 죄책감도 덜하지 않았을까 싶었다.

아니, 그랬다면 지금도 근우에게 기생충처럼 빌붙어 목숨을 연명하면서도 자신에게 닥친 비극과 세상에 대한 원망을 되레 그를 향해 분출했을 것이다. 뒤틀린 시기심과 자격지심으로 근우를 상처 입힐 또 다른 꿍꿍이를 세우고 있었을지도 모르겠다. 그래, 자신이라면 충분히 그러고도 남았을 것이다.

스스로에 대한 환멸과 회의로 점차 침중해져 가는 진환의 귀로 흔들림 없는 근우의 단단한 음성이 시나브로 스며들었다.

"부탁이 있다."

흠칫 놀란 진환이 고개를 번쩍 들고 근우를 올려다보았다.

"부탁? 나한테? ……어, 말해. 뭐든 다 도울게. 내가 할 수 있는 거라면 뭐든지 다."

"그렇게 거창하게 받아들일 건 없고, 당분간 여기서 신세 좀 지자."

여자보다 더 고운 진환의 얼굴이 순간 백치처럼 멍해졌다.

"뭐?"

"너 작업하는 데 방해되지 않도록 밤에 잠깐 들러서 잠만 자고 나갈 테니까 귀찮겠지만 부탁 좀 하자. 잠은 소파든 바닥이든 아무래도 상관없다."

"이근우, 무슨 말이 그러냐! 네가 여기 있고 싶다면 얼마든지 있어. 그건 아무래도 상관없는데! ……후우. 루애 때문에 그러냐? 루애가 여기 있으니까 너도 여기 있으려고?"

기가 막힌다는 듯 되묻는 진환을 바라보며 근우는 담담히 대답했다.

"어리석은 짓이라는 건 나도 알아. 아직 뭘 어떻게 하겠다는 생각 같은 것도 없고. 하지만…… 그러고 싶다. 아니, 그래야만 될 것 같다. 어쩌면 이번이 정말 마지막 기회일지도 모르잖아. ……이 기회를 놓치고 싶지 않다."

시선을 돌려 어둠을 바라보는 근우의 옆얼굴은 무어라 형언할 수 없을 만큼 시리고 고뇌에 차 보였다. 허나 어둠을 노려보는 검은 눈동자만큼은 지독한 결의에 차 뜨겁게 일렁이고 있었다.

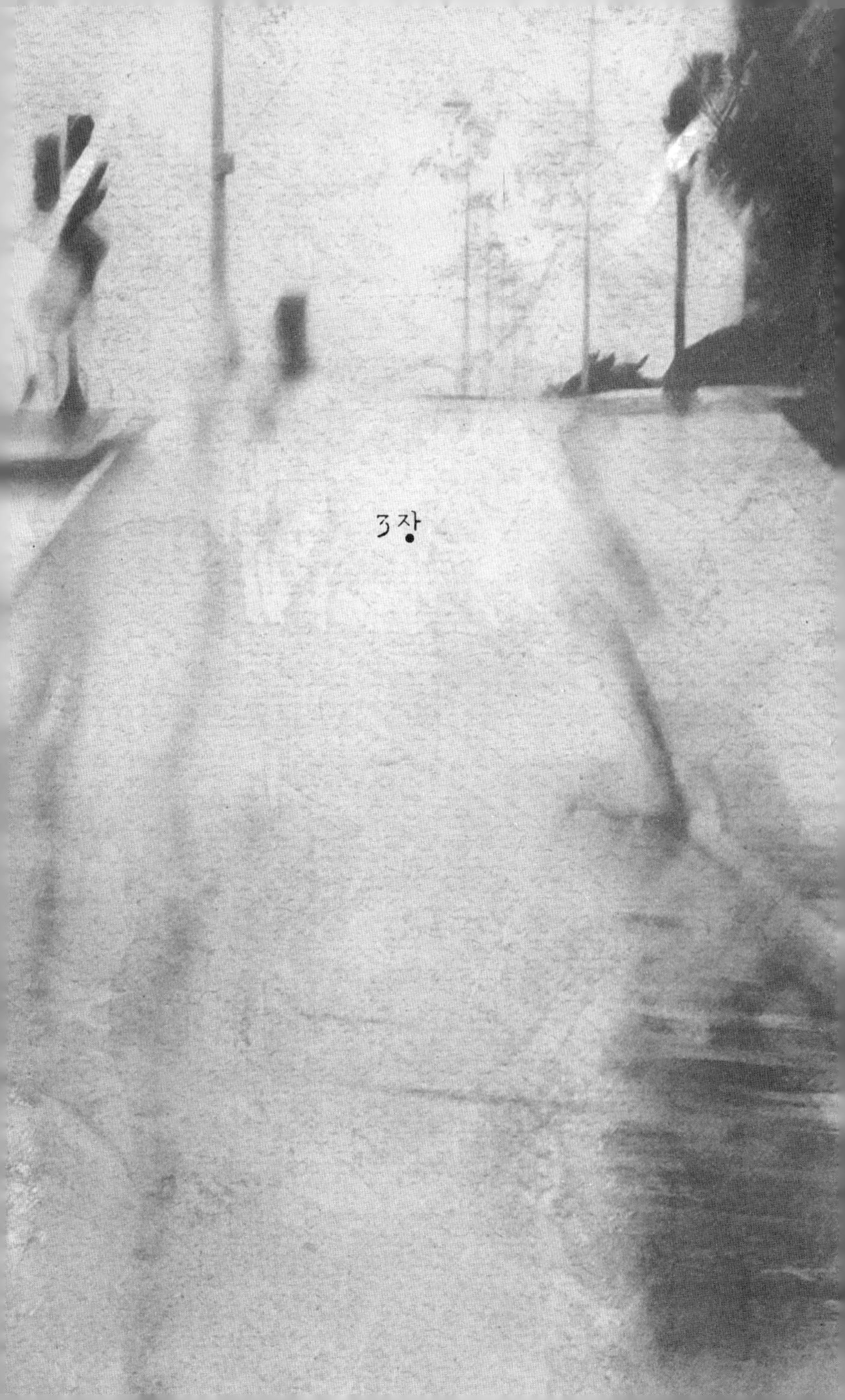

3장

루애의 컨디션은 최악이었다.

잠 한숨 자지 못하고 뜬눈으로 밤을 지새운 탓이었다. 아니, 보다 솔직하게 말하자면 뜬눈으로 밤을 지새우게 만든 원인, 우연히 마주친 이근우 때문이었다.

맙소사! 죽지 않고 같은 서울 하늘 아래 살다 보면 언젠가는 마주치는 날이 있지 않을까 막연히 상상해 본 적은 있지만, 실제로 정말 그런 일이 벌어질 줄은 몰랐다. 그것도 다른 곳도 아니고 회사가 있는 건물 주차장에서!

악연도 이런 악연이 없다 싶었다. 대체 우리 회사 건물에는 왜 나타난 걸까. 그 시간에 온 걸 보면 건물에 사는 누군가를 만나러 온 것이 분명한 듯싶었다. 여자? 하긴, 그 늦은 시간에 젊은 남자가 오피스텔에 혼자 찾아왔다면 빤하지 않은가.

'혹시…… 홍미정?'

생각만으로도 숨이 턱 막히고 피가 거꾸로 솟는 것 같았다. 루애는 재빨리 고개를 가로저으며 애써 그 같은 생각을 부정했다.

두 사람이 아직 만나고 있든 말든 그녀가 상관할 일은 아니었다. 홍미정이 아니라 다른 여자를 만나고 있다고 해도 상황은 마찬가지였다. 다만, 왜 하필 그녀가 매일 출근하는 건물이냐, 이 말이었다.

4년 만이었다. 이근우를 다시 본 것이.

끝까지 거짓말로 뻔뻔하게 홍미정과의 관계를 부정하며, 오히려 자신을 믿지 못하는 그녀의 사랑이 부족한 거라고 울분을 토해 내던 이근우의 그 마지막 모습을 본 날로부터 정확히 4년 만이었다.

"끝이라고? 웃기지 마. 넌 끝났을지 몰라도 난 아니야! 잠깐 떨어져서 생각해 볼 시간이 필요해? 그래, 그쯤이라면 얼마든지 주지. 하지만 이대로 끝이라는 건 절대 용납 못 해! 두고 봐. 네 스스로 나한테 돌아오고 말 테니까. 성급하게 날 의심하고 오해하고 우리 사랑을 헌신짝처럼 쉽게 집어던진 걸 뼈저리게 후회하며 돌아올 날이 반드시 올 테니까. ……기다려 주지. 그때가 언제가 됐든 기꺼이."

마지막 순간까지 이근우는 그토록 뻔뻔하고 저열하고 파렴치했다. 만에 하나 그전에 홍미정이 그녀를 찾아오지 않았더라면, 그래서 그 두 사람이 그녀의 등 뒤에서 어떻게 파렴치한 행각을 꾸몄는지 알지 못했다면, 또다시 그의 농간에 깜박 속아 넘어가고 말았을 터였다.

물론, 그 후 많은 시간이 흘러 외국을 전전하면서 홍미정의 말이 과연 사실이었을까 하는 의심이 들지 않았던 것은 아니었다.

차분히 돌이켜 생각해 보면 홍미정의 말들은 액면 그대로 믿기에는 너무 작위적으로 꾸며진 듯한 느낌이 없지 않아 있었다. 당시에는 그 모든 상황들이 너무 끔찍하고 충격적이어서 다른 생각을 할 틈 자체가 없었지만.

허나 그렇다 한들 어쩌겠는가. 일은 벌써 벌어져서 끝난 지 오래되었고, 이제는 무엇이 진실인지 알 방법도 없고, 알고 싶지도 않고, 그 어느 누구의 말도 더 이상 믿을 수 없고, 믿고 싶지도 않게 되어 버린 것을.

지나간 것은 지나간 대로 잊고 사는 것이 순리일지도 모른다는 생각이 들었다. 어쩌면 그와 자신의 운명은 그렇게 정해져 있었던 것이었는지 모르겠다는 생각도 들었다. 그렇지 않다면 그런 일이 벌어졌을 리 만무했을 테니까.

그래서 그녀는 뒤늦게 밀려온 의문 따위, 깨끗이 무시하고 잊어버리는 쪽을 택했다. 자신의 눈으로 직접 보고 들은 것도 믿지 못한다면, 대체 무엇을 믿는단 말인가. 그것을 믿지 못하는 것이야말로 어리석은 망상에 딱한 자기 연민일 따름이었다.

하여 이제야 겨우 과거에서 벗어나 새로운 인생을 살아가기 시작했는데, 하필 이럴 때 근우와 마주쳐 버리다니! 뭐 이런 개 같은 경우가 다 있는지 모르겠다. 그렇게 이를 부득부득 갈면서도 루애의 기억은 어젯밤 근우를 만났던 순간으로 제멋대로 거슬러 올라갔다.

근우는 여전히 숨이 멎을 만큼 매혹적이었다. 아니, 4년 전보다 훨씬 더 근사해진 듯싶었다. 확실히 20대 후반이 되어선지 남성적인 이목구비는 더욱 강렬해지고 어른스러워졌으며, 전신에서 뿜어져 나오는 기운조차 과거와는 비교도 되지 않을 만큼 위압적으로 깊어져 있었다.

위험하고 날카로워진 느낌도 들었다. 아마도 반삭처럼 짧게 자른 머리와 보다 날렵해진 턱 선 때문에 그렇게 느껴지지 않나 싶었다.

머리부터 발끝까지 온통 블랙으로 휘감고 있어선지 어쩐지, 살도 엄청 빠지고 키도 훨씬 더 커진 것처럼 느껴졌다. 물론 아무리 아직 20대라도 그 키에서 더 컸을 리는 만무하겠지만.

어쨌든 이근우는 빌어먹게도 더욱 근사하고 치명적인 매력을 발산하는 위험한 남자가 되어 있었다. 인정하고 싶지 않아도 그것만은 인정하지 않을 수가 없었다. 자신은 어느덧 서른이 넘어 이젠 화장 안 한 얼굴은 도저히 봐 줄 수도 없을 만큼 나날이 시들어 가고 있는데, 젠장!

"……초읽기에 들어갔다던데 사실일까요?"

불현듯 들려온 김 팀장의 목소리에 루애는 깜짝 놀라 얼른 정신을 차렸다. 혼자 있는 것도 아니고 회사 사람들과 함께 있는데 엄한 상념에나 빠져 있다니, 미쳐도 한참 미쳤다고 생각하며 루애는 얼른 어젯밤의 일을 머릿속에서 저 멀리 밀어냈다.

루애는 ITO 실무 담당자로서 사장인 현설, 그리고 SI 팀장과 함께 한솔의 가장 큰 거래처인 성진 C&C의 협력사 오찬 모임에 참석했다가 회사로 돌아온 길이었다.

주차장에서 엘리베이터가 내려오기를 기다리며 현설이 담담히 대답했다.

"내년 상반기 내에는 취임이 이루어질 거라는 이야기가 지배적이더군요."

"이야, 좋겠다. 조세현 전무가 지금 서른여섯인가 일곱인가 그렇죠? 그런데 벌써 내년에 사장이라니 부럽네요. 하긴 전무든 사장이든 직책이 뭔 상관이랍니까. 원래 다 지 건데. 하여튼 세상에서 가장 팔자 좋은 게 재벌들 자식 같아요. 금수저 물고 태어나서 죽을 때까지 평생 공주님, 왕자님 대접받으면서 부모님이 일궈 놓은 기업들 척척 물려받아 또 그렇게 대물림하고 사는 거잖아요."

무슨 얘기인가 했더니, 성진 C&C의 조세현 전무 이야기인 모양이었다. 김 팀장은 방금 만나고 온 조 전무가 그렇게 부러운지 연신 그 얘기뿐이었다.

하긴, 부럽긴 부럽지. 요즘처럼 먹고 살기 힘든 세상에 부모 잘 만난 덕에 평생 고생의 '고' 자도 모르고 떵떵거리며 사는 그런 사람이 부럽지 않다고 하면 거짓말일 터였다.

재벌은 아니지만, 그런 천운을 거머쥐고 태어난 사람을 그녀도 잘 알고 있었다. 이근우……. 이런, 또 이런다. 정신 차리자고 해 놓고 또 금방 이러면 어쩌자는 말인가.

어젯밤 한 번 마주친 대미지가 커도 너무 컸다. 근우에 대한 생각이 머릿속에 거머리처럼 들러붙어서 좀체 떨어질 생각을 하지 않는다.

성진 C&C의 오찬 모임에 참석해서도 내내 이런 상태였다. ITO 담당자로 처음으로 참석한 자리였는데, 성진 측 담당자나 다른 업체 실무진과 이야기를 나누면서도 정신은 계속 딴 데 팔려 있었다.

다행히 오늘은 날이 날인지라 사장인 현설과 김 팀장까지 함께 있어서 말단인 그녀는 옆에 조용히 앉아 있기만 해도 되었던 것이 그나마 천만다행이었다.

"어쨌든 그런 사람들은 전생에 나라를 구해도 몇 번은 구…… 오우, 저건 또 뭐야. 저치도 전생에 덕을 엄청 쌓았나 보구만."

열심히 수다를 떨던 김 팀장의 두 눈이 갑자기 화등잔만 하게 커졌다. 심지어 그는 낮게 휘파람까지 불었다. 뭔가 싶어서 루애와 현설도 김 팀장의 시선을 따라 고개를 뒤로 슬쩍 돌렸다.

순간, 루애의 얼굴에서 핏기가 일거에 사라지며 두 눈이 튀어나올 듯 부릅떠졌다. 믿을 수 없게도 근우가 이쪽으로 성큼성큼 걸어오고 있었기 때문이었다.

더욱이 그는 그녀를 똑바로 응시하고 있었다. 순간적으로 두 사람의 시선이 허공에서 부딪혔다. 경악에 물든 그녀의 동공을 찌를 듯이 파고드는 그 강렬한 시선에 루애는 헉, 단숨을 들이켜며 재빨리 고개를 바로 했다.

'말, 말도 안 돼! 어떻게 이틀 연속으로…….'

심장이 튀어나올 듯 미친 듯이 뛰어 댔다. 머릿속은 이미 하얗게 비어 버렸다. 그저 어떻게 이런 황당한 우연이 연속으로 벌어질 수 있는지, 말도 안 된다는 기겁한 외침만 고장 난 레코드판처럼 뇌리에서 무한 반복되고 있을 뿐이었다.

"이야, 뭐 저렇게 잘생겼어. 시쳇말로 완전 대박인데. 영화배우인가? 하루애 씨, 혹시 저 사람 누군지 알아?"

김 팀장이 눈치 없이 그녀의 팔을 툭 치며 소곤거렸다.

"그, 글쎄요. 모르겠는데요."

"루애 씨도 연예계 쪽에는 영 관심이 없구나. 내가 보기엔 딱 배우나 모델인데. 그죠, 사장님?"

"그러게요. 일반인 같아 보이진 않는군요."

"저런 사람이 일반인이면 연예인은 다 나가 죽어야죠. 여직원들이 보면 아주 난리 나겠는데요. 오우, 그 뒤에 애는 뭐 또 저렇게 예쁘게 생겼냐. 완전 아이돌이고만. 오늘 여기서 촬영이라도 있나?"

김 팀장이 연신 중얼거리는 와중에 근우와 진환이 엘리베이터 홀 안으로 스윽, 들어왔다.

근우는 캐리어를 끌며 천천히 안쪽으로 걸어갔다. 그 뒤를 진환이 고개를 푹 숙인 채 따랐다.

당분간 여기서 지내겠다는 근우를 차마 말리지 못해 간단히 짐을 챙겨 오겠다는 그를 따라 청담동 빌라에 다녀오는 길이었다.

근우가 잠시 걸음을 멈췄을 때만 해도 진환은 무슨 일인지 몰랐었다. 그러다 루애가 뒤를 돌아봐서야 엘리베이터 홀에 서 있던 세 사람 중 한 명이 그녀였다는 사실을 알았다.

근우를 보자마자 그녀는 하얗게 질린 얼굴을 휙 돌려 버렸다. 반면, 근우는 무슨 생각을 하는지 도무지 알 수 없을 만큼 여전히 무표정했다.

그녀를 향해 천천히 걸어가는 근우의 뒤를 따르며 진환은 이 모든 상황이 마냥 당황스러울 뿐이었다.

자신이 근우를 억지로 부른 어젯밤 당일에 두 사람이 바로 마주쳤다는 것만으로도 놀라운데, 이렇게 오늘 또 만나다니. 이 정도면 두 사람의 인연이 단순한 필연 정도가 아니라 질기게 엮인 지독한 운명이라는 생각이 절로 들었다.

근우도 진환과 비슷한 생각을 하고 있었다. 역시 그녀와 자신은 특별한 운명으로 연결되어 있는 존재라는 사실을 새삼스레 절감했다. 등줄기에 짜릿한 전율이 일 만큼 흥분이 되었다.

비록 루애는 귀신이라도 본 듯 기겁해서는 자신을 외면해 버렸지만, 그것만으로도 충분했다. 하루애에게 이근우라는 존재가 어떤 식으로든 여전히 깊숙이 각인되어 있다는 반증일 테니 말이다.

'일단 그 정도면 됐다. 거기서부터 다시 시작하면 돼.'

얼마 만인지 모르겠다. 이토록 짜릿한 전율과 흥분을 느껴 보는 것이. 죽어 있던 모든 감각들이 새로이 되살아나 퍼덕거리는 것이 느껴졌다. 근우는 자신을 고집스레 외면하고 돌아서 있는 루애의 뒷모습을 바라보며 떨리는 미소를 머금었다.

띵.

엘리베이터 문이 열리자 그녀와 함께 있던 중년 남자 둘이 먼저 올라탔다. 그 뒤를 따라 루애도 엘리베이터에 올랐다. 벽에 비스듬히 기대 서 있던 근우가 몸을 세우고 걸음을 옮겼다. 그 뒤를 진환이 난처한 표정으로 한숨을 쉬며 따랐다.

루애는 근우가 자신을 따라 타는 것을 보고 아랫입술을 질끈 깨물었다. 마음 같아서는 근우와 진환을 위해 열림 버튼을 누르고 있는 김 팀장의 손을 아예 부러트리고 싶었다.

루애는 근우와 진환을 피해 몸을 돌리고 구석을 찾아 들어갔다. 현설이 의아한 듯 힐끔 쳐다보는 것이 느껴졌지만 모른 척했다.

현설은 뭔지 모르겠지만, 뭔가 잘못됐다는 생각이 들었다. 갑자기 창백해진 루애의 안색이나 바짝 굳어 버린 어깨 등이 영 심상치 않아 보였다. 고개를 푹 숙인 채 구석을 찾아 들어가는 행동도 그렇고.

'갑자기 왜 저러지?'

오늘 하루 종일 그녀답지 않게 주변에 집중하지 못하고 어딘가 붕 떠 있는 것 같은 모습이 이상하기는 했었다. 고민이라도 있는 사람마냥 굳은 얼굴로 계속 딴생각에 빠져 있는 듯도 싶었고. 그러더니 급기야는 하얗게 질려서 안절부절 어쩔 줄 몰라 하고 있었다.

오랫동안 알아 왔지만, 저런 모습의 그녀는 처음 보았다. 어떤 상황에서도 침착함과 냉정함을 잃지 않는 사람이었는데. 대체 무슨 일인지 모르겠다.

그러고 보니 갑자기 창백해지기 시작한 건 저 보기 드문 장신의 미남자가 등장하고 나서부터인 듯싶었다. 무심코 돌아본 직후, 기겁하듯 놀라는 것도 같았고.

저 장신의 미남자도 유별나게 루애를 뚫어지게 쳐다보고 있는 것 같았다. 안 그래도 그녀만을 집요하게 쳐다보는 남자의 묘한 시선이 못내 계속 신경 쓰이고 있던 참이었다.

'혹시…… 아는 사이인가?'

직감적으로 그런 생각이 들었다. 투명한 안경 너머로 현설의 눈매가 실낱처럼 가늘어졌다. 현설은 긴장한 태가 역력한 루애의 창백한 얼굴을 조용히 내려다보다가 시선을 돌려 대각선 구석을 차지하고 선 장신의 미남자를 힐끗 쳐다보았다.

'흐음.'

아무래도 자신의 직감이 맞는 것 같았다. 미남자의 묘한 시선은 여전히 그녀에게만 못 박힌 듯 고정되어 있었다.

대체 무슨 사이일까. 그녀가 이토록 긴장하는 걸 보면 결코 좋은 관계는 아닌 듯싶은데……. 친구나 그냥 예전에 알던 그런 가벼운 관계도 아닌 듯싶고 말이다.

순간, 현설의 미간이 미세하게 찌푸려졌다. 그녀한테 결혼까지 약속했던 오랜 연인이 있었다는 사실이 불현듯 떠올랐기 때문이었다.

물론 루애한테 직접 들은 얘기는 아니었다. 그녀한테 사랑하는 사람이 있고, 목하 연애 중이라는 사실은 누군가와 통화할 때마다 확 달라지던 그녀의 환한 미소와 상기된 얼굴 때문에 직감적으로 알게 된 사실이었다.

사랑에 빠진 여자의 모습을 몰라볼 정도로 그가 둔감한 사람은 아니니 말이다.

그리고 그녀가 그 누군가와 결혼을 목전에 두고 그 남자의 바람기 때문에 헤어졌다는 사실은 그의 대학 동창이자, 루애의 기자 선배였던 녀석한테 나중에 들어 알게 됐었다.

그녀와 연락이 갑자기 끊어져 걱정도 되고 궁금하던 차에 동창 모임에서 만난 녀석한테 그녀가 그 때문에 신문사도 그만둬 버렸다는 사실을 전해 들었었다.

공교롭게도 그 남자가 다른 여자와 바람피우는 현장을 그녀와 친하던 후배 기자가 우연히 목격하게 된 바람에 신문사 내부에까지 그 소문이 파다하게 나돌았었다고 말이다.

안 그래도 입사 초기부터 그 남자가 매일 저녁 신문사 앞으로 픽업을 오는 등 하도 요란하게 연애를 해서 그녀한테 애인이 있다는 사실을 모르는 기자들이 거의 없었는데, 그 대단한 자존심에 그런 소문이 파다하게 퍼졌으니 신문사를 계속 다닐 수 있겠느냐고 했었다.

더욱이 소문이라는 것이 원체 입에서 입으로 전해지면서 없던 일까지 더해져 부풀려지기 마련이어서 나중에는 그녀에 대한 인신공격이라고까지 할 수 있는 온갖 억측이 난무했었다고 했다.

여자의 적은 여자라고, 특히 여기자들 사이에서 그런 질 나쁜 소문들이 흉흉했었다고 한다. 그 애인이라는 남자가 여자라면 한 번쯤 꿈꿔 봄직한 그런 기가 막히게 잘난 놈이어서 그동안 은근히 루애를 시샘하던 여기자들이 그녀를 상대로 그런 입방아들을 찧고 다닌 것이다. 겉으로는 안됐다, 딱하다 하면서 속으로는 잘됐다, 그럴 줄 알았다 하고.

그러고 보니 그때 동창 녀석한테 들었던 그 나쁜 놈의 외모가 지금 저 뒤에 서 있는 놈과 매우 흡사했다.

190cm에 육박할 만큼의 장신에 쭉 빠진 체격하며 생긴 건 또 얼마나 잘났는지, 짙은 이목구비와 강렬한 인상이 같은 남자가 봐도 감탄할 만큼 기가 막히게 잘생겼다고 했었다. 거기다 나이도 젊은 놈이 풍기는 카리스마가 보통이 아니었다고.

이 정도면 단순히 흡사한 것이 아니었다. 저 뒤에 서 있는 놈을 보고 그대로 묘사했다고 해도 과언이 아닐 만큼 하나부터 열까지 딱 들어맞았다.

그쯤 되자 현설은 자신의 직감이 맞는다는 확신이 들었다. 그러자 가슴속에서 뜨거우면서도 사나운 무언가가 치밀어 올라왔다. 불쾌감과 짜증, 장신의 미남자를 향한 가당치도 않은 적개심과 질투심이었다. 그로서도 무척 당혹스러운 감정이었다.

저도 모르게 주먹을 불끈 움켜쥐었던 현설은 제 풀에 흠칫 놀라 얼른 주먹을 풀고 얼굴을 쓸어내렸다.

'이런, 내가 왜 이러지? 저놈이 루애의 전 애인이었든 말든 나랑 무슨 상관이라고.'

아무리 그녀를 친조카나 막내 여동생처럼 아끼고 좋아한다고 해도 적개심이라니, 질투심이라니! 이건 아니지 않는가. 가당치도 않은 감정에 지나친 오버였다. 현설은 불쑥 치민 제 감정을 부인하듯 세차게 고개를 가로저었다.

'그래, 이건 내가 인간적으로 아끼는 사람을 아프게 했던 놈에 대한 짜증과 반감일 뿐이야.'

현설은 근우에게 더 이상 신경을 쓰지 않으려고 했다. 무시해 버리자 싶었다. 그러나 그러면 그럴수록 두 사람 사이에 오가는 기류라도 잡아채려는 듯 온몸의 신경이 예민하게 곤두서 버렸다.

심지어 현설은 자신도 모르게 슬쩍 자리를 옮겨 근우의 집요한 시선으로부터 루애를 가리기까지 했다. 뻔뻔하게 루애를 제 것인 양 바라보는 근우의 시선이 참을 수 없을 만큼 불쾌했다.

10층에서 엘리베이터 문이 열리자 현설은 루애의 팔목을 꽉 움켜잡고 황급히 앞으로 밀었다. 소스라치게 놀라 쳐다보는 루애의 커다래진 동공을 내려다보며 입을 꽉 다문 채 빨리 내리라는 눈짓을 해 보였다.

뒤늦게 이상한 낌새를 눈치챈 김 팀장이 '어, 이건 뭐지?' 하는 눈빛으로 현설이 붙잡고 있는 그녀의 팔목과 두 사람의 얼굴을 번갈아 쳐다보았다. 그러거나 말거나 현설은 화난 사람처럼 굳은 얼굴로, 당황해서 어쩔 줄 모르는 루애를 끌고 엘리베이터에서 내렸다.

뒤늦게 정신을 차린 루애가 김 팀장의 눈치를 살피며 서둘러 현설의 손을 밀어냈다.

"사장님, 이거 좀……."

그러면서도 그녀의 시선은 현설의 등 뒤로 날아갔다. 닫히는 엘리베이터 문 사이로 차갑게 굳은 근우의 얼굴이 보였다. 칼날처럼 가늘어진 그의 매서운 눈빛은 현설에게 붙잡혀 있는 그녀의 팔목에 고정되어 있었다.

문이 닫히기 직전, 스윽 시선을 들어 올린 그와 눈이 딱 마주쳤다. 동공을 찔러 오는 듯한 사납고 강렬한 시선에 루애는 숨이 턱 막히는 것만 같았다. 절로 온몸이 부르르 떨려 왔다. 바로 머리 위에서 들려오는 현설의 굳은 목소리마저 이명처럼 흐릿했다.

"김 팀장, 아무래도 하루애 씨 몸이 안 좋은 것 같으니까 부축 좀 해요."

"예? 아…… 그러고 보니 루애 씨 얼굴이 아주 하얗게 질렸네요. 루애 씨, 갑자기 왜 그래? 아침에 출근했을 때부터 안색이 좀 안 좋다 싶더니, 어디 아픈 거야?"

현설 대신 얼른 루애의 한 팔을 붙잡은 김 팀장이 혀를 끌끌 차며 말했다.

"에이. 사람, 아프면 아프다고 미리 말을 했어야지. 그걸 꾹 참고 여태까지 있으면 어떡하나. 성진 오찬이야 사장님하고 나만 갔어도 됐는데."

"아니요, 괜찮습니다."

"괜찮긴, 하얗게 질려서 몸도 부들부들 떨리는데. 오한이 나나 본데, 감기 된통 걸린 거 아니야? 사장님은 어떻게 용케 바로 알아보셨네요."

걱정스런 눈빛으로 그녀를 바라보며 부축을 해 주는 김 팀장의 손을 루애는 한사코 밀어내며 손을 내저었다.

"아니요, 정말 괜찮습니다. 잠깐…… 현기증이 돌아서……."

"쯧쯧, 또 그놈의 고질병인 편두통이 돈 모양이군. 이번엔 꽤 심한가 봐. 아까도 약 먹는 것 같더니, 걱정이네. 저번에 검사 한번 받았었다고 했잖아. 그때 정말 아무 이상 없다고 한 거 맞아?"

"네."

루애가 억지로 겸연쩍은 미소를 지으며 대답했다. 그리곤 현설과 김 팀장을 번갈아 쳐다보며 별일도 아닌 것 같고 신경 쓰이게 해서 죄송하다며 사과했다.

"됐어. 사장님하고 나한테 미안할 게 뭐 있어. 아픈 사람이 고생이지. 근데 병원에 가 봐야 하는 거 아니야?"

"아닙니다. 약 한 번 더 먹으면 돼요. 아깐 금방 낫겠지 하고 한 알만 먹었거든요. 두 알은 먹어 줘야 되는데."

"그래? 그럼 일단 한 알 더 먹어 보고 그래도 계속 아프면 바로 말해. 조퇴시켜 줄 테니까. 거참, 젊은 사람이 계속 그렇게 머리가 아파서 어쩐대. 걱정이고만."

말이 많아서 그렇지, 사람은 좋은 김 팀장이 못내 걱정스러운 듯 그녀의 어깨를 톡톡 두드렸다. 그런 두 사람을 조용히 바라보던 현설이 스윽 몸을 돌려 사무실로 걸어갔다. 김 팀장과 루애가 얼른 그 뒤를 따라 걸음을 옮겼다.

말이 씨가 된 걸까. 기다란 복도를 지나 사무실에 다다랐을 즈음, 어느 정도 충격에서 벗어난 루애의 머리는 이젠 참기 힘든 고통을 호소하며 욱신거리고 있었다.

❈ ❈ ❈

약을 먹었음에도 이번 편두통은 쉬이 가라앉지 않았다. 그럼에도 불구하고 루애는 이를 악물고 퇴근 시간까지 악착같이 버텼다. 김 팀장이 창백한 안색이 쉬이 나아질 생각을 하지 않는다며 조퇴를 하라고 배려해 줬지만, 루애는 괜찮다고 끝까지 버텼다.

개인적인 사정으로 회사 일에 차질을 빚고 싶지도 않았고, 그것이 이근우 때문이라면 더더욱 안 될 말이었다. 루애는 갑자기 나타나 평온하던 그녀의 일상을 뒤흔들고 있는 근우를 생각지 않으려 일에만 집중하려고 했다.

그러나 그것도 퇴근 시간 전까지만이었다. 사무실을 나와 혼자가 된 순간부터 봇물이라도 터진 듯 간신히 틀어막고 있던 근우에 대한 생각이 마구잡이로 튀어나와 머릿속을 가득 채워 버렸다.

그 바람에 그토록 참기 힘들었던 통증마저도 한풀 꺾여 희미해져 버렸다.

지하 4층 주차장에 내려서자 루애는 절로 바짝 긴장해서는 겁이 덜컥 나 버렸다. 또다시 근우와 마주치는 건 아닐까 싶어서였다. 이젠 하다하다 별 트라우마가 다 생기는구나 싶었다. 주차장이 이렇게 끔찍하고 두렵게 느껴지기는 처음이었다.

"설마 또 마주치기야 하겠어? 그래, 재수 없는 우연은 두 번으로 충분해."

만에 하나 또 마주치기라도 한다면, 그땐 아예 차를 두고 다니는 것을 심각하게 고려해 봐야 되지 않을까 싶었다.

후우. 깊이 심호흡을 한 루애는 주먹을 꽉 움켜쥐고 주저하던 걸음을 앞으로 내디뎠다. 절로 콩알만 해진 심장이 쿵쿵 뛰어 대며 눈동자가 사방으로 움직였다.

이성적으로는 이근우가 뭐라고, 또 마주치면 마주치는 거지, 내가 왜 이토록 긴장해서 경계해야 될 필요가 있느냐고 울분을 토하면서도 피가 바짝바짝 마르는 것은 어쩔 수 없었다.

그런데 정말 이근우가 왜 갑자기 여기 나타난 걸까. 아까 보니 캐리어까지 들고 있던 것 같던데 설마 이리로 이사를 온 건 아니겠지? 아, 그러고 보니 그 뒤에…… 맞다, 차진환! 진환도 있었던 것 같았다.

근우 때문에 너무 놀라서 자세히 보지는 못했지만, 여자보다 더 예쁘고 뽀얀 얼굴은 차진환이 틀림없었다.

그 둘이 왜 쌍으로 이곳에 나타난 걸까. 차진환까지 함께 있는 걸 보면 여자 때문에 들락거리는 것 같지는 않은데. 그의 친구들 중에 한 명이 이 건물에 살기라도 하는 건가? 하긴 친구가 오죽 많아야지. 일곱이나 되는 놈들 중에 어느 한 놈이 여기에 산다고 해도 이상할 것은 없을 터였다.

그런데 서울 시내의 그 많은 동네를 다 놔두고 왜 목동이냐 이 말이었다. 그리고 목동이면 목동이지, 하필 이 건물이냐고! 목동에 이 건물보다 좋고 새로 생긴 주상복합이 얼마나 많은데.

그리고 지가 뭔데 사람을 그런 눈빛으로 노려봐? 최소한의 양심이라도 있다면 우연히 마주쳤다고 하더라도 지가 먼저 눈을 피해야 되는 거 아닌가? 그런데 뭘 잘했다고 빳빳하게 고개를 쳐들고 사람을 그런 눈으로 쏘아본단 말인가!

"하여튼 재수 없는 인간. 뻔뻔하고 낯짝 두꺼운 건 여전한 모양이야. 하긴 그 인간성이 어딜 가겠어. 어쨌든 한 번만 더 마주쳐 봐. 그땐 정말 본때를……!"

비 맞은 중처럼 혼자 중얼중얼거리며 주차해 놓은 곳으로 걸어가던 루애는 방금 전 말과는 다르게 여지없이 사색이 되어선 우뚝 걸음을 멈추고 말았다.

맙소사! 설마가 사람 잡는다더니, 어떻게 이런 일이! 그녀의 설마하던 예상을 깨고 근우가 보란 듯이 눈앞에 서 있었다.

그것도 그녀의 차 바로 앞에!

"하!"

이젠 더 이상 기막히지도 않는다. 하도 어이가 없으니 그저 헛웃음만 터져 나올 뿐이었다.

어제와 다름없이 머리부터 발끝까지 시커먼 옷차림으로 그녀의 차 앞을 어슬렁거리고 있던 근우도 그녀를 발견하고 걸음을 멈췄다.

아찔하도록 긴 다리를 휘감고 있는 블랙 진 주머니에 양손을 꽂은 채 그가 그녀를 향해 천천히 돌아섰다. 그리곤 뻔뻔하게 그녀를 똑바로 응시해 왔다. 마치 그녀를 기다리고 있었던 사람마냥.

아니, 어쩌면 진짜 그녀를 기다리고 있었던 거였는지도 모르겠다. 당황하기는커녕 그녀가 다가오기를 기다리고 있는 것 같은 저 태연한 모습도 그렇고, 그녀의 차 앞에 떡하니 버티고 서 있는 것도 그렇고. 루애의 머릿속이 더욱 복잡해지기 시작했다.

'그런데 지가 왜 나를 기다려? 우연히 마주치는 것만으로도 끔찍한데 저나 나나 이제 와 새삼 만나서 뭐 좋은 사람들이라고? 헌데 내 차는 어떻게 알았지? ……우연인가?'

하지만 그조차 우연이라고 하기에는 너무 공교롭지 않은가. 모르겠다. 갑자기 왜 이런 일이 한꺼번에 마구 일어나는 건지. 루애는 혼란으로 가득 찬 머리를 흔들며 아랫입술을 질끈 깨물었다.

그래, 좋다. 어차피 이렇게 된 거 계속되는 이놈의 망할 우연을 깔끔하게 해치워 버리자. 루애는 턱을 바짝 끌어당기고 그를 향해, 아니, 자신의 차를 향해 천천히 걸어갔다.

뭐라고 따끔하게 한마디라도 할까, 아님 그냥 무시하고 지나쳐 버릴까. 이런저런 고민을 하다가 루애는 막판에 후자를 선택했다.

뻔뻔하게 시선 한 자락 돌리지 않고 자신을 똑바로 응시하는 근우한테 성질 같아서는 한마디 쏘아붙이고 싶었지만, 똥이 어디 무서워서 피하나, 더러워서 피하지.

때로는 백 마디 말보다 한 번의 단호한 몸짓과 눈빛이 주효할 때도 있는 법이다. 그러니 지금 근우를 무시하고 피하는 것은 절대 그와 대면하는 것이 두려워서가 아니라 상대할 가치가 없기 때문이다. 암, 그렇고말고.

그런데 그런 의도는 그녀의 앞을 스윽, 막아서는 근우 때문에 와장창 깨져 버리고 말았다. 움찔 놀라 멈춰 서 버린 루애는 저도 모르게 그를 쏘아보며 먼저 입을 열었다.

"뭐하는 짓이야! 비켜!"

그나마 다행으로 목소리가 떨리지 않고 차갑게 잘 나와 준 것 같았다. 그도 잠시뿐이었지만.

"오랜만이다. 아니, 어제도 보고 아까 낮에도 봤으니 몇 시간 만이라고 해야 하나?"

기가 막힐 만큼 뻔뻔하고 태연한 어투에 루애의 목소리가 이내 파르르 떨리며 터져 나왔다.

"뭐? 하! 진짜, 기가 막혀서."

"아니, 앞의 두 번은 너나 나나 서로 예기치 못하게 우연히 마주쳤던 거였으니 만남이라고는 할 수 없겠군. 말 한마디 나눌 새도 없었으니까. 그럼 이게 우리의 정식 재회라고 할 수 있겠구나. 4년 만의 재회……. 잘 있었니?"

남성적인 진한 무스크 향이 그녀의 코끝에 훅 스며들어 왔다. 잊었다고 생각했지만 사실은 그 또한 자기기만에 거짓이었나 보다.

빌어먹을 만큼 익숙한 그 향기에 한순간 심장이 멎는 것 같았다. 젠장. 그제야 루애는 그와 너무 가까이 서 있다는 사실을 깨닫고 후다닥 뒤로 몇 걸음 물러났다.

"뭐라고 지껄이는 거야. 재회 따위는 다른 데 가서 찾고, 난 너 같은 사람하고 말 섞고 싶은 생각 따위 없으니까 이만 좀 비켜 주시지."

"야박하네. 그래도 4년 만에 만났는데, 인사 정도는 할 수 있는 것 아닌가?"

이렇게 가까이에서 마주하니 그가 얼마나 크고 위압적인 남자였는지 새삼 깨달았다. 심연처럼 깊은 검은 눈동자와 영혼을 울리는 듯한 깊은 중저음의 목소리에 전신에 짜릿한 소름이 다 돋아 버렸다.

위험해, 위험해.

그녀의 머릿속에서 본능적인 경고음이 연신 울려 퍼졌다. 루애는 여린 입안의 속살을 꽉 깨물고 그를 죽일 듯이 노려보았다.

"인사? 웃기고 있네. 그것도 딴 데 가서 알아봐. 난 누구처럼 뻔뻔하지도, 넉살이 좋지도 못해서 마음에 없는 말 따위는 못하니까.”

“알아. 맘에 없는 소리를 하느니 차라리 입을 다물어 버리는 쪽을 선택하는 사람이지, 너란 사람은. 싫으면 싫은 내색을 감추지 못하고, 거짓말도 잘 못하고.”

“알면 꺼져.”

“그래서 한때는 너란 사람에 대해서 모든 것을 안다고 자신할 때도 있었다. 네가 무슨 생각을 하고 있는지, 어떤 마음을 품고 있는지. 내 눈에는 훤히 다 보였었거든.”

그가 속을 알 수 없는 심연의 눈동자로 흔들리는 그녀의 눈동자를 집요하게 내려다보며 씁쓸하게 미소 지었다.

“그런데…… 아니었어. 그야말로 큰 착각에 빠져 있었던 거지. 가장 필요했던 순간에, 절박했던 순간에 네가 무슨 생각을 하는지 하나도 읽을 수가 없었거든. 나중에서야 깨달았지. 내가 널 읽을 수 있었던 건 네가 그것을 허락했었기 때문이었다는 걸.”

“뭐, 뭐라고 그러는 거야. 술 취했니? 취했으면 집에 가서 발 씻고 잠이나 자. 엄한 사람 붙들고 헛소리하지 말고. 아, 그리고 분명히 말하겠는데, 여기서든 어디서든 또다시 우연히 마주치더라도 제발 아는 척하지 마. 이런 식으로 불쑥 나타나서 오랜만에 만난 친구인 양 반가운 척하지도 말고. 서로 얼굴 봐서 좋을 거 하나 없는 사람들끼리 뭐하는 짓이니. 우습잖아. 넌 다 옛일인데 뭐 어떻겠느냐 싶을지 몰라도 난 아니야. 무척 불쾌하고 싫어. 하 참, 제멋대로에 뻔뻔한 건 익히 알고 있었지만 이건 뭐 넉살이 좋은 건지, 생각이 없는 건지."

루애는 기가 막힌다는 듯 근우를 위아래로 훑어보다 어깨로 그를 확 밀쳤다. 그리곤 재빨리 가방에서 차 리모컨을 꺼내 문을 열었다. 삐빅, 하고 차 문이 열리는 소리와 함께 루애는 운전석 손잡이로 손을 뻗었다.

허나 그와 동시에 근우의 손도 앞으로 뻗어 나왔다. 루애가 손잡이를 잡아당기는 것과 동시에 그가 문 위쪽을 잡고 차 문이 열리려는 것을 턱! 막았다.

근우가 이렇게까지 나올 줄 몰랐던 루애는 당황해서 소리쳤다.

"뭐하는 짓이야! 손, 안 떼!"

그때, 누군가가 주차장으로 들어오는 소리가 들려왔다.

"어, 지금 갈게. 방금 나왔어. ……어디? ……어, 거기 알아. 오케이. 눈썹 휘날리게 달려갈 테니까 조금만 기다려."

통화를 마친 남자는 휘파람까지 불며 두 사람이 있는 쪽으로 걸어오고 있었다.

아무래도 그녀의 차 주변에 주차되어 있는 차들 중 한 대의 주인인 듯싶은데, 근우와 함께 있는 모습을 어느 누구에게도 들키고 싶지 않은 루애로서는 소스라치게 놀라 당황하지 않을 수 없었다.

루애는 다른 사람의 눈에 띄기 전에 차에 타려고 손잡이를 힘껏 잡아당겼다. 그런데 근우가 어찌나 세게 문을 누르고 있는지, 아무리 힘껏 잡아당겨도 문짝은 꿈쩍도 하지 않았다. 휘파람 소리는 점점 크게 들려오는데 그는 요지부동이었다.

뭐하는 짓이냐고, 빨리 비키지 못하느냐고 눈을 치뜨고 그를 노려보던 루애는 할 수 없이 차에 타는 것을 포기하고 재빨리 트렁크 쪽으로 달려갔다. 그리곤 운전석 대신 트렁크 문을 열고 무언가를 찾듯 고개를 푹 숙인 채 가쁜 숨을 몰아쉬었다.

'젠장! 내가 왜 이런 짓까지 해야 되는 거야!'

분통이 터졌지만 일단 귀찮은 소나기는 피하고 봐야 되지 않겠는가 싶었다. 그런데 이 망할 놈의 이근우가 거기까지 따라 들어왔다.

그녀와 함께 뭔가를 다정하게 찾는 듯 바짝 붙어 서서 뭐가 그리 재미있는지 한쪽 입술 꼬리를 씨익, 말아 올리기까지 했다.

정말 미치고 팔짝 뛸 노릇이었다.

잠시 후, 가까운 곳에서 차 문이 열리는 소리가 들리고 이내 시동이 걸리는 소리가 났다. 그 차가 주차장을 완전히 빠져나가고 나서야 루애가 참았던 분통을 터트렸다.

"이근우! 너 정말 이게 뭐하는 짓이야!"

"내가 뭘. 난 그냥 네가 이쪽으로 오기에 따라온 것뿐인데."

"그러니까 왜 따라오고 난리냐구! 아니, 그것보다 너 정말 왜 이러니? 대체 나한테 뭔 용건이 있다고……."

"보고 싶었다, 하루애."

……뭐? 이번에야말로 루애는 거대한 망치로 뒤통수를 얻어맞은 것처럼 멍해졌다.

수년간 떨어져 있던 연인을 극적으로 다시 만난 사람처럼 더

없이 애잔하고 그리움 가득한 눈빛으로 그녀를 내려다보며 아릿한 미소까지 짓고 있는 그를 한동안 멍하니 쳐다보았다. 그런 루애를 뜨겁게 바라보며 그가 속삭이듯 말했다.

"지난 4년간 단 하루도, 한순간도 너를 잊은 적이 없었다. 너를 기다리는 게 너무 힘들고 괴로워서 나도 너처럼 잊어 주겠다고 마음먹었던 적이 없었던 건 아니다. 하지만 돌아보면…… 항상 제자리였다."

그녀의 입에서 히스테릭한 실소가 흘러나왔다.

"하하하……. 미쳤구나, 너."

"미쳤었지. 4년 전에, 바보처럼 널 놓쳐 버렸을 때……. 하지만 지금은 아니야. 어느 때보다도 말짱해. 드디어 널 찾았으니까."

"웃기지 마."

"네가 아직 날 용서하지 못했다는 거, 알아. 용서했다면 돌아왔었겠지. 때문에 나란 놈을 네가 어떻게 생각하고 있는지도 모르지 않아. 그것 때문에 나 역시 너한테 실망하고 미친 듯이 화가 났던 적도 있었다. 솔직히 지금도 그런 마음이 아예 없다고는 말하지 못해. 하지만 그 또한 내 잘못이고, 내가 멍청하고 어리석기 때문이었다는 것을 이제는 안다. 그래서 더욱 마음이 아파."

급기야 루애는 두려운 듯 그를 피해 뒷걸음질 치며 고개를 가로저었다.

"너…… 진짜 제정신이 아니구나."

"혹시 기억하니? 4년 전 그 마지막 날, 내가 너한테 했던 말. 넌 끝이라고 말했지만 나는 절대 그럴 수 없다고 했었지. 나는 끝이 아니라고, 절대 끝낼 수 없다고. 네가 나를 믿고, 내 얘기에 귀 기울여 줄 마음이 생길 때까지 기다리겠다고도 했었지. 시간이 얼마나 걸리더라도 언제까지나……."

마치 그를 부정하듯 하얗게 질려 고개를 가로젓는 루애를 안타까이 바라보는 근우의 눈동자가 아프게 젖어 들었다.

"하지만 너는 돌아오지 않았어. 기다림에 지쳐 너를 찾아다니기도 했었다. 돌이켜 보면, 지난 4년 중 그 1년이 그나마 가장 행복한 시간이었던 것 같다. 결국 널 찾는 데 실패하기는 했지만. ……그래도 괜찮아. 이렇게 다시 널 만났으니까."

"미, 미친……."

"하루애, 다시 시작하자."

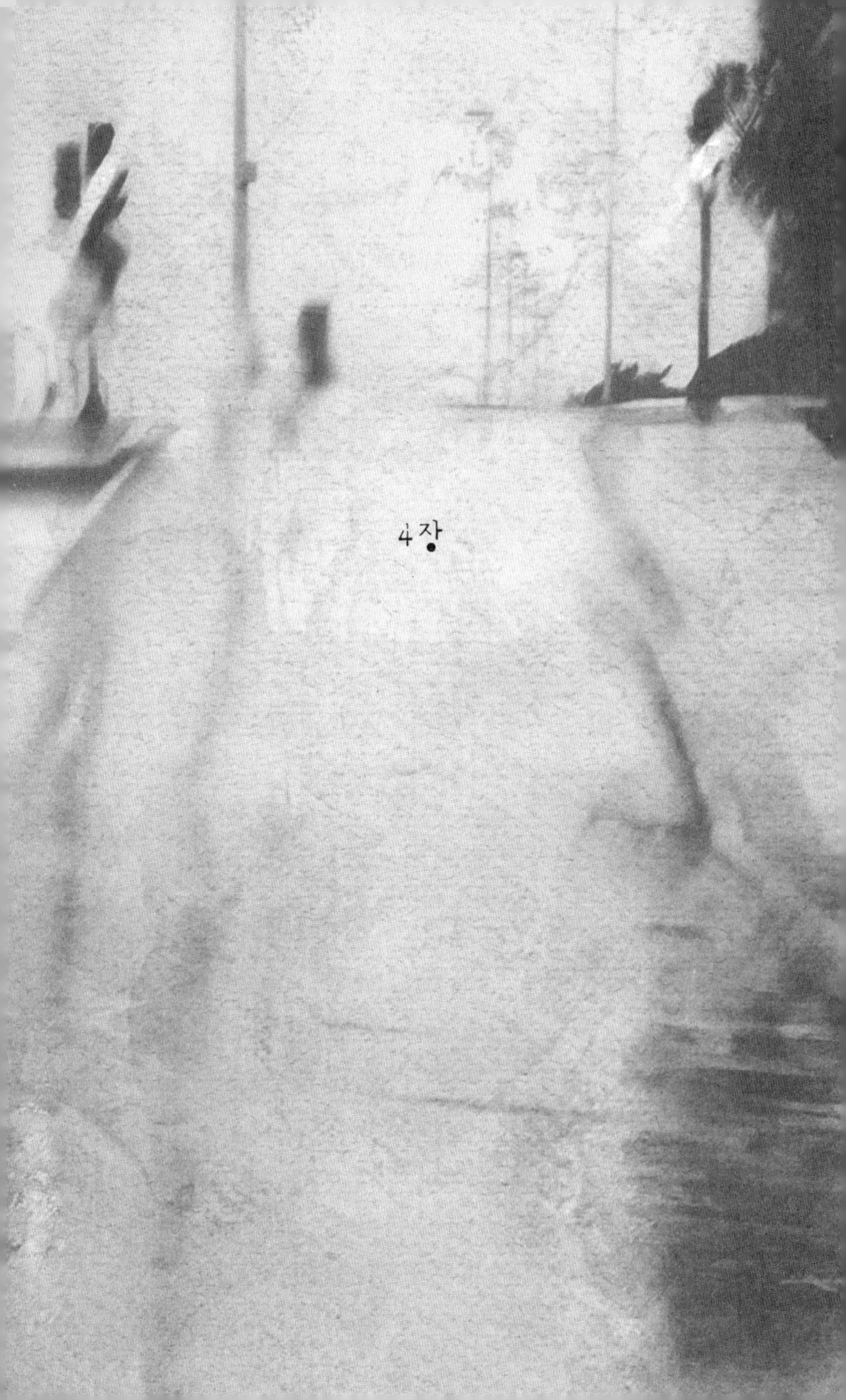

4장

"나 방금 이 앞에서 끝내주는 킹카 봤다."

은행 업무를 보고 온 관리부 김숙영이 자리에 앉자마자 동료인 박지은에게 잔뜩 들뜬 목소리로 속살거렸다.

"정말? 어디서? 얼마나 끝내주는데?"

"우리 사무실 앞에서. 완전 대박이야. 나 실제로 그렇게 잘생긴 남자 처음 봤어. 아니, 단순히 잘생긴 게 아니라 한마디로 언빌리버블이었다니까."

"왜, 어떻게 생겼는데?"

"얼굴은 요만한데 생긴 게 어우, 말도 마. 완전 조각이야, 조각. 그것도 이태리 조각."

"이태리? 어우, 그럼 좀 느끼하게 생긴 거잖아. 난 그쪽은 별로던데. 섹시하고 남성적이기는 한데 이목구비나 이런 게 너무

진해서 좀 그렇더라구. 난 샤방샤방한 꽃미남과가 좋더라."

"나도 방금 전까지는 그랬었는데, 아니야. 아까 그 남자 보니까 딱 알겠더라구. 아, 남자는 저렇게 생겨야 되는 거구나, 저런 게 진짜 남자구나! 내가 그동안 봐 왔던 꽃미남들은 다 어린애와 애송이에 불과했던 거였구나! 캬! 그 남자를 본 순간 눈이 번쩍 뜨인 심 봉사처럼 세상이 다 달라 보이더라니까. 못 봤으면 말을 말아."

연극조로 극적인 감탄사까지 터트리는 김숙영의 목소리가 어찌나 크던지, 한 라인 옆에 있는 SI 팀원들까지 그녀의 말을 듣고 키득거리며 웃음을 터트렸다. 덕분에 루애도 어젯밤 있었던 근우와의 일을 잠시 잊고 웃을 수 있었다.

그녀의 맞은편 자리에 앉아 업무를 보고 있던 박대호가 김숙영을 돌아보며 한마디 했다.

"아이구, 그럼 숙영 씨 개안했네. 축하해."

"어머, 거기까지 다 들렸어요? 어우, 창피해. 그냥 우리끼리 한 말이었는데."

"그렇게 흥분해서 떠드는데 안 들릴 수가 있나. 어쨌든 숙영 씨, 오늘부터 남자 보는 눈이 확 트였다니까 한턱 쏴."

관리부 오미숙 팀장까지 키득거리며 한마디 보탰다. 귓불까지 발개진 숙영이 다들 왜 그러냐며 울상을 지어 보였다.

"그럼 뭐해요. 때문에 눈이 이만큼은 더 올라간 것 같은데. 세상에 그런 남자가 또 있겠어요? 그런 킹카가 내 차지가 될 턱도 없고. 앞으로 남자 만나는 것만 더 힘들어진 거죠, 뭐."

“그 정도였어? 에이, 그렇다고 뭐 그렇게까지 자기를 비하하고 그래. 숙영 씨가 어디가 어떻다고. 숙영 씨 정도면 훌륭하지 뭘. 예쁘지, 날씬하지, 성격 밝고 애교도 많고. 게다가 무엇보다 젊잖아. 스물다섯, 한창 예쁜 나이인데 뭐가 걱정이야. 그 킹카가 얼마나 대단했는지는 몰라도 내가 보기에 우리 숙영 씨나 지은 씨 모두 너무 예쁘고 매력 만점이니까 맘에 드는 놈 있으면 과감하게 대시해 보고 그래. 뭐가 무서워서. 아님 마는 거지.”

“어머, 팀장님, 말씀만이라도 감사합니다. 저도 웬만하면 그렇게 하겠는데, 어휴. 누울 자리 보고 다리를 뻗으랬다고, 안 돼요. 김태희나 송혜교라면 모를까. 아니, 걔네가 와도 안 될 걸요?”

“이런, 숙영 씨가 그렇게까지 말하는 거 보니까 대단하긴 엄청 대단한 놈이었나 보네. 그래서 첫눈에 뿅 갔는데도 눈물 삼키고 돌아선 거야?”

“네. 그래서 가슴이 너무 아파요. 그러니까 팀장님, 오늘 저 위로주나 좀 사 주세요.”

“아이구, 뜯어먹는 핑계도 여러 가지다.”

오 팀장이 괜히 눈을 흘기며 타박하는 시늉을 했다. 덕분에 다들 한바탕 더 키득거리며 잠시나마 하루의 피로를 잊을 수 있었다.

이후의 시간은 빠르게 지나갔다. 팀장들은 사장실로 회의를 하러 가고 남은 직원들은 업무를 마무리 짓기 위해서 각자의 일에 몰두했다.

루애도 마찬가지였다. 그러나 오늘 하루 종일 그랬던 것처럼 통 일에 집중할 수가 없었다. 자꾸만 어제 근우가 지껄였던 헛소리들이 머릿속을 어지럽혔다. 다시 시작하자니. 미쳐도 단단히 미친 게 틀림없었다.

'지하고 내가 왜 헤어졌는데. 그리고 헤어진 지가 언젠데. 이제 와 새삼 뭐가 어쩌고 저째?'

생각할수록 기가 막히고 어이가 없었다. 그딴 말을 지껄이는 것을 보아 운명적 사랑이니, 숙명이니 떠들어 대던 홍미정과도 끝이 난 모양인데. 그래도 그렇지, 지가 감히 어디다 들이대긴 들이댄단 말인가. 양심도 없는 망할 놈 같으니라구!

'게다가 뭐? 한순간도 잊은 적이 없었어? 자기는 끝난 적이 없어?'

썩을 놈. 뚫린 입이라고 말은 나불나불 함부로 지껄이고 앉았다.

욱하는 마음에 하마터면 그의 면상에 대고 홍미정이 찾아와서 자신에게 했던 그 치욕적인 말들을 다 얘기하며 넌 아직도 내가 그렇게 만만하냐고, 내가 정말 아무것도 모르는 줄 아냐고 모조리 퍼부어 버릴 뻔했다.

입에 올리기도 끔찍하고 더 이상 비참해지기 싫어서 꾹 참고 참았던 그 말들을.

어쨌든 결과적으로 참기를 잘했다. 어젯밤 참지 못하고 다 터트려 버렸다면, 한순간 속은 시원했을지 몰라도 그녀 자신은 더욱 비참해졌을 테니까 말이다.

눈감고 아웅 하는 것도 아니고 그런 식으로 진실과 현실을 외면하는 것이 더욱 어리석은 짓이라는 것은 알지만 그래도 할 수 없다. 그것만이 그녀의 마지막 자존심이니까.

"루애 씨, 뭐해요? 뭐가 잘 안 돼요?"

불현듯 들려온 목소리에 루애가 흠칫 놀라 고개를 번쩍 들었다. 대호가 파티션 너머로 고개를 삐죽 내밀고 있었다. 루애는 얼른 근우에 대한 상념을 몰아내고 어색하게 웃어 보였다.

"아니에요. 좀 생각할 게 있어서. 왜요, 뭐 필요해요?"

"아니요, 일 다 끝났는데 무슨. 퇴근하자구요."

'벌써?' 하며 루애는 주변을 두리번거렸다. 그제야 사장실에 갔었던 팀장들도 돌아오고 다들 퇴근 준비를 하고 있다는 것을 알았다. 몇 명은 벌써 자리에서 일어나 코트를 입고 있었다. 아직까지 서류를 펴 놓고 있는 사람은 그녀뿐인 듯싶었다.

"아, 예."

루애도 서둘러 작업 중이던 문서를 저장하고 PC를 껐다. 그리고 책상을 정리하고 옷걸이에 걸어 놓았던 버버리 코트를 재빨리 껴입었다. 저 앞에서 사무실을 나서는 오 팀장과 숙영 씨의 대화 소리가 들려왔다.

"숙영 씨가 아까 봤다는 그 킹카, 혹시 위아래로 검은색 옷 입고 있지 않았어?"

"네, 블랙 터틀넥이요."

"머리는 스포츠형이고 피부는 까무잡잡하고."

"어머, 맞아요. 어떻게 아세요? 팀장님도 보셨어요?"

"어, 밖에 있던데?"

"어머, 아직까지요?"

"엘리베이터 홀에 있는 창문턱, 거기 앉아 있던데?"

"어머머, 웬일이니. 제가 아까 봤을 때도 거기 앉아 있었거든요. 그럼 그때부터 지금까지 한 시간 넘게 계속 거기 앉아 있었다는 거네요?"

오 팀장이 어깨를 으쓱거렸다.

"글쎄, 그거야 나는 모르지. 하여튼 사장실에 가는데 멀리서도 눈에 번쩍 뜨이는 놈이 있어서 봤더니, 진짜 이태리 화보에서 툭 튀어나온 모델 같은 놈이 앉아 있더라구. 그래서 숙영 씨가 말한 놈이 바로 저놈이구나 싶었지. 이야, 근데 진짜 끝내주긴 끝내주더라. 멀리서 봤는데도 후광이 막 번쩍번쩍 나던데?"

"그죠, 제 말이 맞죠?"

숙영은 마치 제 애인의 칭찬이라도 들은 양 어깨가 으쓱해져선 신이 나서 말했다. 그러자 시큰둥하던 지은까지 눈을 반짝이며 호기심을 드러냈다.

"팀장님이 보시기에도 그렇게 멋있었어요?"

"어, 한마디로 기가 똥이 차던데? 이 애 딸린 유부녀의 가슴까지 벌렁거릴 정도로."

그녀들을 뒤따라 나가던 김 팀장이 오 팀장 어깨 너머로 고개를 쑥, 내밀고 그녀를 놀렸다.

"가슴이 벌렁거리기만 했어? 내가 보기엔 넋이 완전히 나간 것 같던데? 입을 헤 벌리고 한참 지켜봤잖아. 까닥하면 침까지 흘리겠던데?"

"아, 거, 사람 참. 내가 언제 침까지 흘리면서 봤다고 그래? 애들 앞에서 사람 위신 떨어지게."

오 팀장이 눈을 부라리며 한마디 하자, 김 팀장이 또 얄밉게 '에이, 내가 다 봤는데 오리발은' 이라며 이죽거렸다. 동갑내기인 두 사람이 친구처럼 투닥거리는 건 하루 이틀 일이 아니라 다들 키득거리며 함께 사무실을 나섰다.

가장 늦게 퇴근 준비를 마친 터라 루애가 맨 마지막으로 불을 끄고 사무실을 나왔다.

앞서 가는 사람들 틈에서 '어머, 아직도 있네?' 라는 소리와 '와우, 진짜 대박인데' 라는 웅성거림이 들려왔다. 숙영 씨로부터 시작해서 오 팀장까지 찬사를 금치 못했던 묘령의 섹시 가이가 아직도 홀에 있는 모양이었다.

대체 얼마나 대단하고 잘생긴 사람이기에 그러나 싶어 살짝 호기심이 생기기는 했으나, 그런 남자라면 이미 독보적인 사람을 한 명 알고 있기에 루애는 이내 관심을 꺼 버렸다.

허나 그것도 홀에 도착하기 전까지만이었다. 꿀 먹은 벙어리가 되어 서로 눈짓만 주고받는 일행들 사이에서 무심코 고개를 든 루애는 창문턱에 앉아 있는 문제의 남자를 본 순간 대경실색해 '헉!' 하고 숨을 들이켰다.

'저, 저 자식이 여긴 또 왜……!'

근우였다! 창문턱에 그림처럼 앉아 이쪽을 조용히 바라보고 있는 남자는 틀림없는 이근우였다. 숙영이 섹시한 이태리 남자를 운운할 때부터, 오 팀장이 블랙이 어떻고 스포츠형 머리가 어떻고 할 때부터 솔직히 마음 한구석에서 혹시나 하는 생각이 들지 않았던 것은 아니었다. 하지만 설마했었다.

어젯밤 뭔 생각으로 다시 시작하자는 둥의 헛소리를 지껄였는지는 몰라도 미쳤으면 곱게 미치라고, 정신병원에나 가 보라는 말까지 들은 이상 그 대단하신 자존심에 두 번 다시는 앞에 나타나지 않을 줄 알았다. 우연히 마주쳐도 이젠 저가 먼저 무시하고 모른 척할 줄 알았다.

그런데 그 말을 싹 무시하고 또다시 나타나? 그것도 부러 보란 듯이 사무실 앞까지?

'이근우, 너 정말 왜 이러니. 대체 뭐하자는 짓거리야!'

충격과 황당함은 잠시. 속에서 불같은 화가 치밀어 올랐다. 루애는 뻔뻔하게 자신을 조용히 바라보는 근우를 잡아 죽일 듯이 노려보았다. 두 사람의 시선이 허공에서 사납게 부딪히며 스파크를 일으켰다.

허나 먼저 시선을 돌려 버린 건 이번에도 역시 루애였다. 회사 동료들과 함께라는 사실이 뒤늦게 자각되면서 덜컥 겁이 난 탓이었다.

근우가 어젯밤처럼 다가와서 아는 척이라도 하면 어쩌나, 또 미친 헛소리를 지껄이면 어쩌나. 입안이 바싹 마르며 사납게 들썩이던 심장이 콩알만큼 오그라들었다.

루애는 고개를 푹 숙이고 그를 외면한 채 속으로 간절히 빌었다. 제발 아는 척하지 마라, 제발 말 걸지 마라. 제발 그렇게 빤히 쳐다보지도 마라. 제발, 제발!

루애의 간절한 바람이 그에게도 전해졌던 걸까. 다행히 근우는 더 이상 미친 짓을 하지 않았다. 그녀에게 아는 척도 하지 않았고, 말을 걸지도 않았다. 그저 미동 없이 앉아선 알 수 없는 시선으로 안절부절못하고 있는 그녀를 가만히 지켜보기만 할 뿐이었다.

그녀가 일행 속에 섞여 도망치듯 부리나케 엘리베이터에 오르는 모습을 엘리베이터 문이 닫힐 때까지 바라보기만 했다.

덕분에(?) 근우와 그녀의 사이를 눈치챈 사람은 아무도 없었다. 다들 근우 때문에 얼굴까지 빨갛게 달아오른 숙영과 지은을 놀리느라 그녀에게는 관심을 두지 않았다. 천만다행이라는 생각이 들었다. 절로 안도의 한숨이 흘러나왔다. 허나 그도 잠시뿐이었다.

왠지 이것으로 끝이 아닐 것 같다는 불안감이 엄습해 왔다. 오그라들었던 심장이 쿵, 쿵 엇박자로 불안하게 뛰어 댔다.

왜 안 좋은 예감은 틀리는 법이 없는 걸까. 근우는 다음 날도, 그다음 날도 계속 10층에 나타났다.

오후 5시만 되면 어김없이 10층에 나타나 엘리베이터 홀 창문턱에 비스듬히 걸터앉아서는 하염없이 창밖만 바라보았다. 그리곤 루애가 퇴근하는 모습을 말없이 지켜보았다.

마치 '네가 우연히 마주쳐도 아는 척은 하지 말라고 했으니, 내가 먼저 아는 척은 하지 않겠다. 하지만 내 몸 가지고 어디서 뭘 하든 그건 내 맘이니 상관하지 마라. 정 신경 쓰이면 네가 먼저 말을 걸든가' 라고 시위라도 하는 것처럼.

3일째 되는 날, 루애는 일부러 할 일이 남았다며 늦게까지 퇴근을 하지 않았다. 다들 퇴근한 뒤에 두 시간이나 혼자 남아 있다가 퇴근을 했다. 근우도 이젠 돌아갔겠지, 싶어서.

그런데 웬걸. 그는 그때까지도 창문턱에 꿈쩍하지 않고 앉아 있었다. 기가 막혔다. 빌어먹게도 4년 전과 상황이 너무 똑같아서 헛웃음이 터져 나올 지경이었다.

4년 전에도 근우는 저랬었다. 그녀가 그의 전화도 받지 않고 만남도 거부하자 매일 집으로, 신문사 앞으로 찾아와 몇 시간이고 그녀를 기다리고는 했었다.

그때와 다른 점이 있다면, 지금처럼 저렇게 얌전히 기다리고 있지만은 않았다는 점 정도일 것이다. 그땐 어떻게든 그를 무시하고 지나치려는 그녀를 쫓아와 팔을 잡아채고는 저가 더 무섭게 화를 내고는 했었다.

왜 자신을 피하느냐고, 왜 만나 주질 않느냐고, 왜 자신의 말을 들어 주려고조차 하지 않느냐고.

"나한테 실망하고 화난 건 이해해. 나 같아도 그랬을 테니까, 충분히 오해할 만한 상황이었으니까. 하지만 아니라잖아. 그럴 만한 사정이 있었다고, 다 설명해 주겠다고 하잖아! 그런데 왜 이래. 왜 들어 보려고조차 하지 않는 거야. 왜 피하기만 해! 적어도 나한테 해명할 기회는 줘야 되는 거 아닌가? 내 얘기를 들어 보고, 그러고도 도저히 안 되겠으면, 용서가 안 된다면 그때 이래도 되는 거잖아! 차라리 욕을 하고 화를 내! 마치 이런 일이 벌어지기를 기다렸다는 사람마냥 이러지 말구!"

그럴 때마다 루애는 그를 아예 눈에 보이지도 않는 존재인 것마냥 외면한 채 발버둥 치며 벗어나려고만 했었다.

"너야말로 이러지 마. 네가 아무리 매일 찾아와서 이런다고 해도 소용없어. 지금은 네가 하는 어떤 말도 믿을 수 없으니까. 어떤 말도 듣고 싶지 않아. 변명? 해명? 그래, 언젠가는 그 변명이라는 걸 듣고 싶은 날이 올지도 모르겠다. 하지만 지금은 아니야. 네 말대로 그…… 일이 오해고 그럴 수밖에 없었던 사정이라는 게 있었다면…… 기다려. 시간이 얼마나 걸리더라도 내가 그 사정이라는 걸 들어 줄 마음이 생길 때까지 기다리라구. 지금은…… 안 돼. 제발 날 좀 가만 내버려 둬. 미칠 것 같아. 숨이 막혀 죽을 것 같다구, 네 얼굴을 보고 있는 것만으로도……."

그렇게 미친 듯이 소리친 다음 날부터 근우는 더 이상 그녀를 찾아오지 않았더랬다. 홍 여사의 애원으로 마지못해 한 달 뒤에 그를 만나기 전까지.

만약 그 며칠 전에 홍미정이 그녀를 찾아오지 않았다면, 그랬다면 어쩌면…… 상황은 지금과 완전히 달랐을지도 모른다. 한 달 새 페인처럼 망가져 버린 그의 모습에 충격을 받고, 아무것도 모른 채 그녀는 또 바보처럼 그를 먼저 끌어안고 울어 버렸을 테니까.

하지만 그땐 이미 달콤한 거짓에 속아 주고 싶어도 더 이상 속아 줄 수 없을 만큼 잔인한 진실을 알아 버린 후였다.

지금은 그조차 과연 진실이었는지 거짓이었는지 확신할 수 없게 되어 버렸지만 그렇다고 해도 어쩌겠는가. 이젠 다 엎질러진 물이고 흘러 버린 시간은 되돌릴 수 없는데.

때문에 루애는 이제 와서 새삼 오래전에 끝나 버린 일을 들추어 분란을 일으키려는 근우를 도저히 이해할 수 없었다. 도대체 무슨 꿍꿍이속인지 알 수가 없었다.

정말 그에게 뭔가 그럴 만한 사정이 있었다고 해도, 본인 딴에 뭔가 대단히 억울한 점이 있었다고 해도 그렇지. 이러든 저러든 어쨌든 끝난 지가 언젠데, 이제 와서 뭘 어쩌자고 저러는 것인지 모르겠다.

루애로서는 근우한테 뭔가 다른 의도가 있어서 저런 기행을 한다고밖에 생각할 수 없었다.

멀찍이 떨어져 주변을 살피며 머뭇거리던 루애는 다른 사무실에서도 더 이상 퇴근하는 사람들이 없을 것 같다는 생각이 들자, 용기를 내어 엘리베이터 홀로 걸어갔다.

'나 혼자니까 이제 말을 걸겠지? 그래, 무슨 말이든 한번 걸어 봐라. 그럼 나도 가만있지는 않을 테니까.'

이참에 확실하게 못을 박아 두 번 다시는 이 근처로 얼씬도 못하도록 내쫓아 버리자 싶었다. 루애는 머릿속으로 그에게 퍼부을 온갖 욕설들을 떠올리며 앞으로 걸어갔다. 네가 아무리 그래 봤자 난 끄떡도 하지 않는다는 듯 고집스레 근우를 외면한 채.

굳이 보지 않아도 알 수 있었다. 귀신같이 그녀의 존재를 알아채고 그녀의 일거수일투족을 좇는 그의 시선을.

루애는 하향 버튼을 누르고 초조하게 기다렸다. 근우가 어떤 반응이라도 보이기를. 그런데 이번에는 그녀의 예상이 완전히 빗나갔다. 주변에 아무도 없었지만 근우는 어제와 그제처럼 그녀를 조용히 바라보기만 했다.

기다렸다는 듯이 다가와 말을 걸 줄 알았는데, 입을 떼기는커녕 미동조차 하지 않았다. 엘리베이터 문이 열리고 그녀가 안으로 걸음을 옮겨도 마찬가지였다. 결국 아무 일도 벌어지지 않았다.

"이근우…… 너 정말 왜 이러니. 대체 무슨 꿍꿍이인 거야."

루애는 더욱 혼란스러워졌다.

그렇게 열흘이 훌쩍 지나갔다. 오후 5시면 나타나는 근우의 기행은 하루도 빠짐없이 계속되었다. 그러자 한솔 직원들은 물론 10층의 다른 회사 직원들까지 두셋이 모이기만 하면 연일 근우에 대한 얘기뿐이었다.

대체 뭐하는 사람일까, 정체가 뭘까, 어떤 사연이 있기에 매일 차가운 복도에서 몇 시간씩 창밖만 내다보고 있는 걸까. 저마다 각기 상상의 나래를 펴며 이런저런 추측을 해 댔다.

특히, 근우에 대한 젊은 여직원들의 반응은 실로 뜨거웠다. 오후 5시만 되면 너 나 할 것 없이 우르르 몰려 나가 근우가 왔나 안 왔나를 확인하고, 연예인이라도 본 것마냥 환호성을 지르며 쉴 새 없이 사무실과 복도를 들락거렸다.

숙영과 지은도 예외는 아니어서 오 팀장이 급기야는 두 사람에게 퇴근 시간 전까지는 사무실 밖으로 한 발짝도 나가선 안 된다는 엄명까지 내렸을 정도였다.

상황이 그쯤 되자, 루애도 더 이상은 근우의 기행을 무시하고 내버려 둘 수만은 없었다. 그동안에는 뭔 꿍꿍이인지도 모르는 그의 의도에 말려들고 싶지 않아서 매일이 피가 마르는 심정임에도 불구하고 악착같이 무시해 왔지만 이젠 그녀도 한계에 다다랐다.

'안 되겠어. 오늘은 어떻게든 결판을 내야지.'

루애는 이를 부득부득 갈면서 초조하게 퇴근 시간이 되기를 기다렸다. 6시 반. 퇴근 시간이 되자마자 숙영과 지은은 총알같이 사무실을 튀어 나가고 나머지 사람들도 퇴근을 하기 시작했다.

루애는 친구들과의 약속 시간이 아직 한참 남아서 회사에 좀 있다가 가겠다며 자연스럽게 혼자 남았다. 다른 회사의 직원들도 웬만큼 퇴근했을 8시 즈음, 초조하게 손톱을 깨물며 시계만 노려보고 있던 루애가 마침내 자리에서 일어나 복도로 나갔다.

한 시간 정도 더 지나면 확실하겠지만, 그전에 현설이 사무실에 들를지도 모른다는 생각에 조금 일찍 움직이기로 했다.

아니나 다를까, 근우는 지난 열흘 동안 그래 왔던 것처럼 창문턱에 앉아 어두운 창밖만 바라보고 있었다. 이젠 아주 제 자리인 것마냥 편해 보이기까지 했다. 하지만 그것도 오늘까지

다. 더 이상은 저 꼴을 두고 보지 못하겠다.

전장에 나서는 장수처럼 루애는 주먹을 불끈 쥐고 기다란 복도를 지나 엘리베이터 홀로 나갔다. 근우가 고개를 스윽, 돌려 그녀를 쳐다보았다.

밀랍을 뒤집어쓴 듯한 무표정한 얼굴에 무슨 생각을 하는지 도저히 알 수 없는 검은 눈동자가 긴장해서 바싹 굳은 그녀의 얼굴을 찬찬히 훑어 내렸다.

어제와 다르게 루애가 그의 시선을 피하지 않고 똑바로 쳐다보며 걸어가자, 그제야 그의 무표정한 얼굴에 약간의 변화가 생겼다. 짙은 왼쪽 눈썹이 힐끗, 치켜 올라갔다가 금세 내려갔다. 무심한 듯 서늘한 눈매도 길게 가늘어졌다.

그러나 그것뿐이었다. 더 이상의 변화는 찾아볼 수 없었다.

루애는 걸음을 멈추지 않고 그의 앞까지 서슴없이 걸어갔다. 그러다 두세 걸음 정도의 간격을 남기고 자리에 멈춰 섰다. 심연처럼 깊어 끝이 보이지 않는 그의 검은 눈동자를 똑바로 바라보며 낮은 목소리로 말했다.

"나와."

그의 짙은 눈썹이 다시 한 번 힐끗 치켜 올라갔다.

"오목교 사거리에 있는 기업은행 건물 2층 커피숍. 20분 내로 와."

루애는 그의 대답 따위 기다리지 않고 휙 몸을 돌렸다.

그녀가 먼저 엘리베이터를 타고 내려가기를 기다렸다가 근우는 천천히 바닥으로 내려섰다. 지난 열흘 동안 하루에 두세 시간씩 팔자에도 없던 석상 노릇을 하느라 고생한 근육들이 딱딱하게 뭉쳐 욱신거렸다.

예상보다 빨리 반응을 보여 준 루애 덕분에 이 정도로 끝났으니 다행이라 하지 않을 수 없었다. 아니, 되레 달콤한 통증이라고 할 수 있었다. 그녀와 마주 앉아 진솔하게 이야기를 나눌 수 있는 기회를 얻었으니 말이다.

이게 얼마 만인가.

절로 자조 어린 씁쓸한 헛웃음이 흘러나왔다. 근우는 천천히 걸음을 옮겨 엘리베이터 버튼을 눌렀다. 뒤통수에 꽂히는 날카로운 시선이 느껴졌지만 지난 며칠간 그랬던 것처럼 모른 척 무시해 버렸다.

지금 당장 중요한 것은 루애, 오직 그녀뿐이었으니까.

루애를 되찾으려면 이제부터가 중요했다. 지금까지는 기회를 잡기 위한 포석에 불과했다. 스토커처럼 그녀를 질리게 만들었던 열흘간의 시간도, 길고 길었던 지난 4년간의 기다림도. 이제부터가 시작이었다.

시간을 두고 기다리는 짓 따위, 이제는 더 이상 안 한다. 멀리서 지켜보는 짓 따위도 그만할 생각이다. 혼자 낙담하고 지레 포기하고, 오기로 스스로를 상처 입히고 속이는 짓도 더 이상은 하지 않을 것이다. 그런 것들이라면 지난 4년간 이미 질리도록 많이 했다.

사람들에게 그와의 관계를 어떻게든 감추고자 하는 그녀의 심리를 역으로 이용하면 어떻게든 지금처럼 계속 기회를 만들 수 있을 것 같기는 한데, 글쎄. 어떻게 될지는 그도 아직 알 수 없었다.

필요하다면 저 뒤에서 자신을 경계하며 노려보는 남자까지도 활용할 용의가 있기는 하지만, 솔직히 거기까지는 가지 않았으면 좋겠다.

그에게 남은 장검이라고는 미움과 원망밖에 없을지도 모르는데, 그것을 불씨 삼아 불을 다시 지펴 보려고 안간힘을 쓰는 지금, 다른 놈까지 끼어든다면 솔직히 그 스스로도 자신이 무슨 짓을 저지를지 자신할 수가 없었다.

어쨌든 일단은 어떻게든 루애와의 연결 고리를 지속적으로 이어 가는 것이 가장 중요하다. 앞으로는 단 한순간도 허투루 보내거나 놓쳐서는 안 된다.

"후우."

절로 무거운 한숨이 흘러나왔다. 대체 어디서부터 어떻게 잘못되기 시작한 걸까. 그것만이라도 알 수 있다면 좋겠다. 그럼 거기서부터 다시 시작하면 될 테니 말이다. 허나 루애가 입을 꾹 다물고 있는 이상, 그로서는 알 도리가 없었다.

"처음으로 돌아가 다시 시작하는 수밖에는."

근우는 초조하게 시간을 확인하며 엘리베이터에 올랐다.

⁜ ⁜ ⁜

정확히 20분 뒤에 두 사람은 허름한 카페 구석 자리에 서로를 마주하고 앉아 있었다. 아직도 이런 곳이 있나 싶을 정도로 테이블마다 칸막이가 쳐져 있는 카페는 말만 카페지, 거의 맥주집에 가까웠다.

몇 개 차지 않은 테이블에는 아직 10대로 보이는 앳된 아이들이 칸막이 뒤에 숨어 맥주를 홀짝이고 있었다. 아마도 어른 흉내를 내고 싶어 하는 아이들의 코 묻은 돈으로 근근이 운영되는 카페인 듯싶었다. 어쨌든 남들 눈을 피해 비밀 얘기를 나누기에는 이만한 곳도 없었다.

근우는 한물간 80년대의 풍취가 물씬 풍겨 나는 내부를 바라보며 속으로 피식, 웃었다. 원래부터 외모와는 다르게 촌스럽고 허름하고, 좋게 말해서 복고적인 걸 좋아하는 그녀였다. 그래도 이 정도 취향은 아니었는데, 아마도 그 때문에 고심 끝에 고른 곳이 아닌가 싶었다.

'어쨌든 이런 곳을 알고 있다는 것만으로도 놀랍군.'

루애도 막상 들어와 본 적은 처음인 듯, 내심 놀라고 불편한 듯 보였다. 뭐, 80년대 비행 청소년들의 아지트 같은 분위기 때문이 아니라 마주하고 있는 사람이 그이기 때문인지도 모르겠지만.

두 사람은 주문한 커피가 나오기 전까지 약속이나 한 듯 입을 꾹 다물고 있었다. 주인인 듯한 중년 사내가 호기심 가득한 표정으로 커피를 놓고 사라진 후에도 두 사람은 한동안 입을 열지 않았다.

무심코 커피를 한 모금 마신 근우의 미간이 대번에 찡그러졌다. 잔을 내려놓으며 루애를 힐끗 쳐다보았다. 자신을 여기까지 오게 만든 그가, 이 상황 자체가 몹시 불쾌하고 화가 난다는 듯 그녀의 얼굴은 차갑게 굳어 있었다. 분을 삼키듯 깊게 숨을 들이켠 루애가 시선을 돌려 근우를 차갑게 노려보았다.

"네가 무슨 의도로 이런 짓을 벌이는지는 모르겠지만, 그게 뭐든 그만해. 너 이러는 거 정상 아니야."

"정상이 뭔데? 정상과 비정상을 구분하는 기준이라도 있나? 다 상대적인 것 아닌가. 누구의 관점으로, 어떤 시각으로 보느냐에 따라 달라질 뿐이지."

"말장난하지 마. 너하고 시시껄렁한 말장난이나 하자고 여기까지 온 거 아니니까."

근우의 눈매가 자못 날카로워졌다.

"네 눈에는 내가 장난이나 하는 것으로 보이나?"

"장난이 아니라면 진짜 제정신이 아닌 거겠지. 4년 만에 우연히 마주친 사람한테 헛소리나 지껄이며 회사 앞에 진을 치고 있는 거, 어느 모로 보나 정상은 아니잖아."

"말장난, 헛소리, 미친 짓. 네 눈에는 전부 그렇게밖에는 안 보이는 모양이군."

"그럼 아니야? 정상적인 사고를 가진 사람이라면 당연히 그렇게 생각할 수밖에……."

"말했잖아. 난 너하고 끝나지 않았다구. 지난 4년간 단 한순간도……."

발끈한 루애가 그의 말을 끊고 버럭 소리를 질렀다.

"제발 그딴 헛소리 좀 집어치워! 그게 말이나 되는 얘기니? 너랑 내가 어떻게 끝났는데, 그게 언제 적 얘긴데, 이제 와서 새삼 왜 이러는 거야! 오래전에 다 끝난 얘기를 왜 다시 들추고 난리냐구!"

"끝난 얘기라니, 언제? 우리가 얘기다운 얘기를 한 적이 있었나? 어느 날 아침에 불쑥 찾아와서 그 여자의 황당한 음성 메시지를 들려 주더니 다음 날부터 넌 나를 만나 주지 않았어. 계속 피하기만 했지. 매일 찾아가서 제발 진정하고 내 말을 들어 달라고 했는데도 기회를 주지 않았어. 무조건 끝이다, 싫다, 못 믿겠다…… 그 말만 되풀이했지. 그러다 시간이 필요하다고, 기다리라고 해 놓고는 훗, 그걸로 끝이었다. 너 혼자, 일방적으로."

짙어진 근우의 눈동자에 지난 고통과 아픔이 스쳐 지나갔다.

"그런데 오래전에 끝난 얘기라니, 언제? 난 시작한 기억도 없는데 어떻게, 언제 끝이 났다는 건가."

"미친……."

그녀의 입에서 거친 말이 튀어 나갔다.

"어떻게 넌…… 하나도 안 변했니? 어떻게 아직도 그 타령이니? 지겹지도 않니? 기왕 이런 짓을 벌일 거면 좀 색다른 레파토리라도 들고 나오든가. 상상력하고는."

마른침을 삼킨 루애가 비소를 머금었다.

"너 요즘 되게 심심한가 보다. 시간이 남아돌던 차에 날 보니까 생전 처음으로 여자한테 차인 충격이 새삼 떠올라서 오기라도 돋았나 본데, 그 대단하신 자존심에 간 스크래치를 회복할 절호의 기회다, 잘하면 재미있는 일이 생길 수도 있겠다 싶은 모양인데…… 그래도 이건 아니지. 누구 말마따나 이러든 저러든 그동안 쌓인 정이라는 게 있는데, 최소한의 양심이라는 게 있는 인간이라면 네가 나한테 이러면 안 되는 거지."

루애는 부르르 떨리는 주먹을 꽉 움켜쥐고 노기로 차오른 숨을 가쁘게 몰아쉬었다. 흥분하고 싶지 않았다. 필요 이상으로 화를 내며 감정에 흔들리는 모습도 보이고 싶지 않았다. 되도록 끝까지 침착하게 이성적으로, 어른스럽게 마무리 짓고 싶었다.

그러자면 더 이상 흥분하면 안 된다. 발끈해서 소리치는 것도 이제 그만하자. 좀 더 냉정해질 필요가 있었다. 루애는 한결 차분하게 가라앉은 목소리로 말을 이었다.

"네가 지금 몇 살이지? 나보다 세 살 밑이니까, 스물……여덟인가? 그래, 한 그쯤 됐겠구나. 후우. 근우야, 잘 들어. 너와 나의 지난 관계, 앙금처럼 남은 감정, 이런 것들 다 차치하고 너보다 몇 년 더 산 사람으로서 진심으로 충고 한마디만 할게."

느닷없이 나이를 운운하는 그녀의 모습에 근우의 눈동자에 이채가 어렸다. 재미있다는 듯 그의 입술 한쪽 끝이 희미하게 말려 올라갔다. 루애는 그런 근우를 똑바로 정시하며 철부지 어린애를 타이르듯 담담하게 말했다.

"흘러간 건 흘러간 대로 내버려 두는 게 좋아. 시간을 되돌릴 수 없는 것처럼 한번 지나가 버린 일은 어떤 식으로든 되돌릴 수가 없어. 억지로 되돌리려고 하면 더 큰 상처와 화만 초래할 뿐이지. 만에 하나 네 말이 모두 진심이라고 할지라도, 아니, 만에 하나 네 말대로 예전 그 일에 내가 모르는 어떤 또 다른 진실이라는 것이 존재한다고 해도 마찬가지야. 이제 와서 되돌릴 수 있는 건 아무것도 없어. 그건 불가능해."

"시간을 되돌릴 수는 없지만, 다시 시작하는 건 가능하지."

"아니, 그건 더더욱 불가능해. 너 혼자만 심기일전해서 이룰 수 있는 일이라면 가능할지 몰라도, 아니잖아. 난 아닌데, 내가 아니라는데 너 혼자 뭘 다시 시작하겠다는 거니? 안 되는 건 안 되는 거야. 괜한 고집 부리지 마. 너 이러는 거, 오기야. 내가 아닌 네 자신에 대한 오기이자 집착이라구."

그녀의 단호한 음성에 가늘어진 근우의 눈매가 더없이 날카로워졌다. 꽉 다물린 그의 턱 근육이 꿈틀거렸다.

"만약 네가 이러는 이유가 4년 전에 변명이든 해명이든 할 기회가 없었기 때문에, 그게 너무 억울하고 미련이 남아서 이러는 거라면 얼마든지 들어 줄 수는 있어. 하지만 근우야, 그렇다고 해도 달라질 건 아무것도 없어. 나한테는 이제 아무 의미도 없으니까. 네가 하고자 하는 얘기도, 너도 모두 나한테는 이제 아무 의미도 없는 까마득한 과거일 뿐이야. 기억도 잘 나지 않는……."

루애는 일부러 여운을 남기듯 길게 말끝을 흐렸다. 그러면서 그를 딱하다는 시선으로 바라보았다. 심장은 당장이라도 튀어나올 듯 미친 듯이 뛰어 댔지만, 다행히 목소리도 떨지 않고 침착하게 잘 얘기한 것 같았다.

그녀의 작전이 잘 먹혔는지는 모르겠다. 워낙 표정만 보고는 무슨 생각을 하는지 도무지 알 수가 없는 사람이라서.

하지만 어느 정도는 주효한 듯싶었다. 길어지는 침묵도 그렇고 점차 서늘하게 잦아들어 가는 그의 눈빛도 그렇고 아까보다는 확실히 머릿속이 복잡해진 듯싶었다.

이대로 조금만 더 하면 근우도 느끼는 바가 있어 스스로 오기를 접고 물러나지 않을까 하는 생각이 들었다.

정 뭣하면 그놈의 변명이든, 해명이든 진짜 들어 줄 요량도 있었다. 보아하니 말 한마디 못 해 보고 차인 게 그렇게 한이 된 모양인데, 도 닦는 셈치고 한번 들어 주면 그만 아닌가.

그렇다고 그녀의 귀가 썩어 문드러지는 것도 아니고, 정신 나간 소리나 찍찍해 대는 미친 이근우를 이번 참에 그녀의 인생에서 영원히 추방할 수 있을지도 몰랐다.

'좋아, 이번에야말로 저 녀석을 눈앞에서는 물론 망할 뇌리에서도 깨끗이 치워 버리는 거야. 혹시 알아? 이번 일로 더 이상 악몽을 꾸지 않게 될지?'

그렇게만 된다면, 와우! 이해 못 할 행동과 말로 그녀를 여기까지 오게 만든 근우한테 되레 고마워해야 되지 않을까 싶었다. 루애는 초조하게 아랫입술을 잘근거리며 슬금슬금 그의 표정을 살폈다.

"큭."

불현듯 근우의 입에서 헛바람이 빠지는 듯한 웃음이 흘러나왔다. 흠칫, 놀란 루애가 미간을 찌푸리고 묘한 웃음을 흘리는 근우를 쳐다보았다.

'뭐지, 저 묘한 웃음의 의미는?'

느낌이…… 좋지 않았다.

그가 시선을 들어 루애를 빤히 쳐다보았다. 한기가 돌 만큼 서늘하면서도 가슴 한켠이 욱신거릴 만큼 아프고, 조금은 웃음기까지 감도는 복잡 미묘한 눈빛이었다.

"날 진짜 멀리 쫓아내 버리고 싶기는 한가 보다. 거짓말은 하얀 거짓말도 안 된다는 사람이 그렇게 태연하게 거짓말을 하는 걸 보면. 아니면 그동안 너도 변한 건가. 상황에 따라 거짓말도 필요하다면 할 수 있다는 쪽으로? 큭. 새롭군. 재미있기도 하고. 그런데, 하지 마. 넌 거짓말하면 티가 다 나거든. 속마음을 감추고 싶다면 차라리 예전처럼 아무 말도 하지 마. 그럼 적어도 네가 무슨 생각을 하고 있는지는 들키지 않을 테니까."

딱하다는 듯 그를 측은하게 바라보던 루애의 얼굴이 일순 싸늘하게 얼어붙었다. 억지로 입술을 늘이고 기가 차다는 듯 그녀가 코웃음을 쳤다.

"이젠 사람 말도 제대로 못 알아듣니?"

"알아들었어. 4년 만에 갑자기 나타나서 스토커처럼 귀찮게 하는 날 어떻게든 한시라도 빨리 치워 버리고 싶다는 그 마음 하나는. 아, 그리고 또 하나. 그런 마음 이상으로 아직까지 나를 미워하고 원망하고 있다는 것도 확실하게 알았지."

끝까지 흥분하지 말자고, 어른스럽고 이성적으로 근우를 타이르자고 마음먹었지만, 거짓말이네 뭐네 하는 말에는 발끈하지 않을 수 없었다. 루애는 코웃음을 치며 비아냥거렸다.

"하, 그걸 이제야 아셨어? 참 빨리도 알았다."

그가 어깨를 으쓱거렸다.

"물론 익히 알고는 있었지. 네 어설픈 연기 덕분에 더욱 확실하게 알게 되기는 했지만. 고맙다."

고마워? 뭐가? 기가 막혀서 이젠 말도 안 나왔다.

"난 네가 정말 나를 완전히 잊었으면 어쩌나 걱정했었거든. 그런데 아니라니까, 천만다행이다."

근우는 기가 막혀 뜨악해진 루애의 얼굴을 몇 초간 말없이 응시했다. 더없이 깊고 진지해진 눈빛으로.

"누군가가 그러더군. 누군가를 미워하고 원망하는 마음이 남아 있다면, 그건 아직 끝난 게 아니라고. 어떤 식으로든 그 사람을 아직 잊지 못하고 있다는, 그 사람에 대한 감정이 아직 깊숙이 남아 있다는 가장 확실한 증거라고 말이야. ……지금은 그것만으로도 충분해. 거기서 다시 시작하면 되니까."

루애의 얼굴이 한 방 먹은 듯 벙 졌다. 말문을 잃은 입술만 하릴없이 크게 벌어졌을 뿐이었다.

웃기지 말라고 비웃어 줘야 하는데, 정곡을 찔린 사람마냥 머릿속이 새하얘지면서 순간 아무 생각도 나지 않았다. 철렁하고 내려앉은 가슴만 쿵쿵, 뛰어 댔다.

"하지만 다시 시작하려면 그전에 먼저 끝을 내야겠지. 어떤 식으로든. 그래야 다시 시작하든 말든 할 테니까. 지금으로선 지난 4년의 지루한 반복일 뿐, 결코 끝나지 않을 거다. 넌 너대로, 난 나대로 각기 다른 입장만을 고집하며 언제 끝날지 모르는 이 힘든 시간을 계속 보내게 될 거다."

그제야 막혔던 루애의 말문이 터졌다.

"협, 협박하는 거니?"

"아니, 사실을 얘기하는 것뿐이야. ……내 자신에 대한 오기, 집착이라고 했나? 글쎄, 그럴지도 모르지. 솔직히 그런 마음이 아예 없다고는 말 못 하겠다. 너에 대한 오기만으로 버티던 시절도 있었으니까. 하지만 그런 순간에조차 우리가 이대로 끝날 거라는 생각 같은 건 하지 않았다. 넌 반드시 돌아올 거라고, 다만 그 시간이 길어지는 것뿐이라고 생각했었지. 그리고 그 후에는 생각보다 길어져 버린 시간 때문에 네가 돌아올 타이밍을 놓쳐 버린 거라고, 그래서 돌아오고 싶어도 돌아오지 못하고 있는 거라고 생각했다. 그래서 내가 널 찾아 나서야겠다 싶었지. 그런데 그 또한 잘되지 못했어. 한 가지만 묻자. 솔직하게 대답해 줘."

날카로워진 그의 눈빛에 루애는 바싹 긴장했다.

"네가 한국에 돌아온 이유, 아버님 때문이었나? 쓰러지셨다는 연락을 받고 바로 돌아온 건가?"

루애는 깜짝 놀랐다.

"네, 네가 그걸 어떻게……?"

"훗, 역시 그랬군. 혹시나 했었는데."

"그게 무슨 소리야? 네가 우리 아빠 쓰러지셨던 걸 어떻게 알아? 내가 외국에 나가 있었던 것도 알고 있었어?"

그의 입가에 씁쓸한 미소가 스쳐 지나갔다.

"알고…… 있었어. 나 때문에 쓰러지셨던 거니까."

"뭐?"

"말했었잖아. 기다림에 지쳐 널 직접 찾아다녔다고. 네가 어느 나라, 어느 도시에 있다는 소식만 들리면 바로 날아가서 3~4개월씩 그곳을 이 잡듯이 뒤지고 다녔었다. 파리, 런던, 함부르크…… 웬만한 곳은 다 가 봤던 것 같아. 하지만 번번이 허탕이었다. 네 머리카락 한 올조차 찾을 수가 없었어. 나중에서야 그 이유를 알게 됐지. 그 정보가 모두 거짓이었다는 걸. 하지만 그땐 그런 의심조차 하지 못했었어. 널 찾는 데에만 혈안이 돼서 다른 건 생각할 겨를조차 없었거든."

루애는 근우가 또 말도 안 되는 거짓말을 지껄인다고 생각하려 했다. 그런데 가슴 저릿할 정도로 씁쓸한 그의 표정과 눈빛을 본 순간, 거짓이 아닐지도 모른다는 생각이 머릿속에 가득 차 버렸다.

심장이 미친 듯이 뛰어 대며 등줄기로 짜릿한 전율이 흘러내려 갔다. 반갑지 않은, 그녀로서도 원치 않는 뜻밖의 반응이었다.

"그렇게 1년 가까이 허탕을 치고 다녔었지. 물론 뜻밖의 소득이 있기는 했지만 어쨌든 결과적으로는 널 찾지 못했으니까 헛짓을 하고 다녔던 것만은 분명해. 그러다 더 이상 널 찾아다닐 수 없는 일이 생겨 버렸어. 잠잠해지기 전까지는 숨죽이고 기다려야만 했지. 대신 너의 집 앞에 가서 틈틈이 불 꺼져 있는 네 방 창문을 바라보다가 돌아오고는 했었다. 그러다…… 그 일이 생겨 버리고 말았어. 그날따라 왜 차에서 내렸었는지, 후우. 자정이 넘은 시간이라 안심하고 차에서 내린 게 잘못이었어. 하필 그날따라 늦게 귀가하신 아버님하고 딱 맞닥트려 버렸거든."

루애가 숨을 급하게 들이쉬었다. 그다음에 어떤 일이 벌어졌는지 그의 이야기를 굳이 듣지 않아도 알 것만 같았다.

"날 보시는 순간, 대번에 눈빛부터 달라지시더라. 당연하지. 아버님 입장에서 나는 때려 죽여도 시원찮을 놈이니까. 거기다 약주까지 하셔서 거하게 취하셨던 터라 이성을 잃을 만큼 폭발하신 것도 무리는 아니었어. 네놈이 감히 여기가 어디라고 낯짝을 들이미느냐고 고함을 지르시면서 차 트렁크에서 골프채를 빼 들고 달려드시는데, 꼼짝없이 맞아 드리는 수밖에 없었다. 어차피 한 번은, 아니, 진작 겪었어야 할 일이기도 했고, 그렇게라도 해서 아버님 분이 조금이라도 삭여질 수 있다면 오히려 다행이라는 생각도 들었었다. 그런데……."

근우가 커다란 손으로 얼굴을 쓸어내리며 무거운 한숨을 내쉬었다.

"그렇게 쓰러지실 줄은 미처 생각지 못했어. 내 탓이다. 내 생각이 짧았었다."

루애는 또 다른 충격에 휩싸여 할 말을 잃었다. 아빠가 쓰러지셨던 이유가 실은 근우 때문이었다니! 꿈에도 생각지 못했었다. 그저 3년 가까이 외국으로만 떠도는 못난 딸내미 걱정에 건강을 해쳐 쓰러지신 줄로만 알고 있었다.

아빠도, 양 씨 아주머니도 그렇게만 말씀하셨으니까. 근우의

'근' 자는 입에 올리지도 않으셨으니까.

헌데 기분이 왜 이럴까. 왜 이렇게 가슴이 떨리지? 왜 이렇게 손끝에 저릿한 전율이 감도는 거지?

아빠가 쓰러지셨던 이유가 근우 때문이었다면 이제라도 마땅히 분노해야만 하는데, 분노하기는커녕 그녀의 무도한 심장은 짜릿한 기쁨에 출렁이고 있었다.

루애는 그런 자신의 마음에 기겁해서 속으로 비명을 내질렀다.

'맙소사! 뭐하는 거야. 이게 좋아할 일이니? 기뻐할 일이야! 아빠가 쓰러지셨던 이유가 근우 때문이었다는데 욕을 퍼붓고 화를 내야지, 되레 좋아서 어쩔 줄 몰라 하다니. 미쳤구나. 이근우가 미친 게 아니라 내가 미쳤어. 미쳐도 단단히 미쳤어!'

루애는 눈을 질끈 감고 정신 차리라고 스스로에게 욕을 퍼부었다. 그런 와중에도 근우의 이야기는 계속 이어졌다.

"겁이 났다. 아버님이 정말 잘못되시기라도 하면 어쩌나 싶어서…… 미치도록 무서웠다. 병실 밖에서 아버님이 무사히 깨어나시기를 기다리면서 믿지도 않는 신한테 빌고 또 빌었다. 아버님만 무사히 깨어나게 해 준다면 다시는 내가 먼저 널 찾지 않겠다고, 신이든 운명이든 그것들이 허락할 때까지 얼마든지 기다려 주겠다고 다짐했었다. 그래서 그 후로는 널 찾지 않았다. 아버님이 쓰러지셨다는 연락을 받고 네가 돌아왔을지도 모른다는 생각을 하면서도 참았다."

근우가 시선을 들어 루애를 바라보았다. 가슴이 먹먹해지도록 시린 그의 눈빛이 올무처럼 버둥거리는 루애의 심장을 움켜잡고 점점 강하게 조여들어 왔다.

"그러다 이제야 간신히 널 만난 거다. 내가 널 찾은 것도 아니고 네가 날 찾아온 것도 아니었지. 기적처럼, 운명처럼 네가 내 앞에 나타난 거야. 그래서 생각했지. 내 기도를 들어준 절대적인 그 무엇인가와의 약속도 그로써 끝이 났다고. 이젠 그 빌어먹을 기다림도 끝이라고. 그런데 넌 여전히 내가 아니라고 하는구나. 여전히 날 믿지 못하고, 여전히 날 미워하고 원망하며 아니라고만 하는구나. 왜 그럴까. 왜 날 믿지 못하지? 왜 날 밀어내기만 하지? 도대체 언제부터 넌 나를 믿지 못하게 됐을까. 어디서부터 잘못된 것일까."

근우의 마지막 말은 거의 들리지도 않을 정도로 차라리 혼잣말에 가까웠다. 루애는 마땅히 화가 나야만 했다. 그 이유를 네가 모르느냐고, 어떻게 뻔뻔하게 그런 말을 되뇔 수가 있느냐고 화를 내고 따져 물어야만 했다.

그런데 그럴 수가 없었다. 홍미정이 속살거리던 말들은 아직도 귓가에 생생한데, 그날의 그 참혹하고 비참했던 기억은 아직도 어제 일마냥 생생한데, 어쩐 일인지 머릿속이 엉킨 실타래처럼 마구 혼란스러워져 버렸다.

늘 소심하게 웅얼거리다가 정신 차리라는 윽박지름에 납작 엎드려 숨죽여 있던 내면의 목소리가 바짝 고개를 쳐들고 소리를 질러 댔다.

'거봐, 뭔가 이상하지? 저런 근우가 진짜 널 배신했겠어? 그 여자 말대로 정말 너에 대한 감정이 정이나 의리밖에 남은 것이 없었다면, 4년이나 지난 지금까지 저렇게 괴로워하며 너한테 애원하겠느냐고. 물론 오기 때문일 수도 있지. 하지만 저 눈을 봐. 저 눈이 거짓을 말하는 눈빛이니? 아니잖아. 뭔가 이상하다니까. 뭔가 잘못됐다니까. 안 그럼 네 말대로 거만하고 오만하고 제멋대로인 천하의 이근우가 저렇게 거짓 연기까지 해 대며 너한테 새삼 다시 매달릴 리가 없잖아.'

하지만 그가 그녀를 속이고 홍미정을 만나고 다닌 것은 분명한 사실이 아닌가. 한두 번도 아니고 그 여자와 클럽에서 낯 뜨거운 행각을 벌인 것도 분명한 사실이고, 사랑을 속삭이는 그 여자의 음성 메시지 또한 그녀의 두 귀로 똑똑히 듣지 않았는가. 그런데 그게 다 오해였다고? 그럴 만한 사정이 있었다고?

웃기는 소리! 세상에 그럴 만한 사정이라는 게 어디 있단 말인가! 핑계 없는 무덤 없다고 모두 그럴싸한 핑계일 뿐이었다.

홍미정이 지껄였던 것처럼 운명적인 사랑은 아니었을지도 모른다. 허나 젊은 시절의 아빠가 아들 욕심에 엄마를 배신하고 외도했던 것처럼 그 역시 그녀를 배신하고 한순간에 욕망에 휘둘렸던 것만은 분명할 터였다.

'그래도 엄마는 아빠를 용서해 드렸잖아. 딱 한 번 한 실수인데 너무 야박한 거 아니야? 그는 아직까지도 널 못 잊어서 저렇게 괴로워하는데, 너무하다. 솔직히 감동받았으면서, 아직 그를 못 잊었으면서. 이제 그만 용서해 주고 받아 주면 안 될까? 그도 이번 일로 반성 많이 하고 뉘우친 것도 많을 거야. 두 번 다

시는 안 그럴 거라구.'

아니, 그렇게는 못 하겠다. 행여 그 말이 다 맞는다고 할지라도, 엄마처럼 아빠를 용서하고 아무 일도 없었다는 듯이 다시 그를 사랑하고 받아 줄 자신이 없었다.

문득문득 끊임없이 생각날 것이다. 그 여자의 목소리, 그 여자의 얼굴, 악몽에서처럼 그 여자를 안았을 근우의 모습!

루애는 머리를 세차게 흔들며 어리석게 그에게 환호하고 흔들리는 마음을 사납게 밀쳐 냈다.

그를 옆에 두고 수시로 끼쳐 드는 악몽에 괴로워하느니, 차라리 그를 미워하고 원망하며 혹시 아니었을지도 모른다는 미련을 품고 사는 것이 더 나을 터였다.

"그만해. 그런다고 달라질 건 아무것도 없어. 기적? 운명? 거창하게 갖다 붙이지 마. 그럼 헤어진 사람들이 우연히 마주치는 건 다 운명이니? 너하고 나는 그냥 오다가다 어쩌다 마주친 것뿐이야. 이 좁은 땅덩어리에서 살다 보면 얼마든지 있을 수 있는 일일 뿐이라구."

날 선 말은 비단 근우에게만 하는 소리가 아니었다. 그녀 스스로에게 건네는 으름장이자 정신 차리라는 호된 채찍질이었다.

"그래, 그럴 수도 있겠지. 하지만 나는 이 기회를 절대 놓치고 싶지가 않다. 어쩌면 널 되찾을 수 있는 마지막 기회일지도 모르니까. 그렇다고 억지로 너를 어떻게 하겠다는 건 아니야. 그럴 생각이었다면 진작 그랬겠지. 난 지금도 네 스스로 내 곁에 돌아와 주기를 바란다."

"그렇다면 얘긴 끝났네. 죽었다 깨어나도 그럴 일은 없을 테니까."

"함부로 장담하지 마. 앞일은 어떻게 될지 모르는 거니까. 한 달 전까지만 해도 우리가 이렇게 다시 만날 줄 몰랐잖아. 그래서 말인데, 너한테 제안 하나를 할까 해."

딱딱한 의자 등받이에 기대며 근우가 손끝으로 탁자를 톡톡 두드렸다. 루애의 눈매가 실낱처럼 가늘어졌다.

"너한테도 그다지 나쁜 조건은 아닐 거다. 어쩌면 네 바람대로 날 네 인생에서 완전히 떨쳐 버릴 수 있는 기회가 될지도 모르니까. 물론 그 반대일지도 모르지만."

"무슨 소리야?"

"한 달. 한 달만 나한테 기회를 줘."

가늘어진 루애의 눈매가 와그작 일그러졌다. 그녀의 날카로운 목소리가 터져 나가기 전에 근우의 말이 먼저 이어졌다.

"한 달만 우리가 처음 만났을 때처럼 만나서 나와 시간을 보내 줘. 그때처럼 퇴근 후에 만나서 차 마시고 밥 먹고, 주말이면 일찍 만나서 영화도 보고. 그거면 충분해. 장소는 내가 정하지. 시간은 그때처럼 밤 10시까지 너를 집에 데려다주는 것으로 하고, 나와 말 섞기 싫으면 얘기하지 않아도 돼. 네가 원하지 않는 한 네 몸에는 손끝 하나 대지 않겠다고 약속하지. 너는 그냥 같이 있어 주기만 하면 돼."

"하! 그걸 말이라고!"

"잘 생각해 봐. 너한테도 나쁘지 않은 제안이니까. 넌 날 어떻게든 멀리 쫓아내 버리고 싶잖아. 그런데 나는 전혀 그럴 마음이 없단 말이지. 그럼 계속 이렇게 가는 수밖에 없어. 어떤 계기가 생기지 않는 한, 지난 열흘처럼 계속 네 주변을 어슬렁거리는 수밖에. 난 아무래도 상관없어. 솔직히 지금 이대로가 더 좋은 것 같기도 하고. 함께 시간은 보낼 수 없어도 오랫동안 널 지켜볼 수 있으니까. 하지만 넌……."

미간을 찡그린 근우가 의미심장하게 여운을 남기며 말끝을 흐렸다. 발끈한 루애가 입술을 깨물며 씹어뱉듯이 말했다.

"협박 맞네. 그럼 나는 가만있을 것 같니?"

"스토커로 고소하든 말든 마음대로 해. 그래 봤자 너한테 신체적 위해를 가하지 않는 한 훈방이나 벌금 정도로 끝날 테니까. 나야 그 정도는 얼마든지 감수할 수 있지. 하지만 넌 다를 텐데. 경찰서 들락날락하느라 귀찮아지는 건 차치에 두고서라도 소문이라는 건 금방 퍼지게 마련이라서 네 회사 사람들은 물론 아버님한테도 그 사실이 곧 알려질 테니 말이야. 너, 주변 사람들한테 내 존재가 알려지는 거 엄청 꺼려하는 거 아니었나? 선택은 네가 해. 나 하나 떼어 내자고 일을 복잡하고 시끄럽게 만들든가, 그래도 네 뜻대로는 되지 않겠지만. 아니면 한 달을 투자해서 네가 원하는 바를 조용히 쟁취하든가. 한 달 후에도 네 마음이 지금과 같다면, 약속하지. 널 깨끗이 포기하고 조용히 물러나겠다고."

어이없고 황당하기 짝이 없는 협박이자 제안이었다. 한 달만 만나 주면 깨끗이 물러나 주겠다니! 그럴 거면 지금 그럴 것이지, 왜 굳이 한 달이라는 시간이 필요하단 말인가!

한 달 후에도 그녀 마음이 지금과 같다면, 이라고? 그러고 보니 방금 전에도 그와 비슷한 말을 했었다. 그녀가 원하지 않는 한, 몸에는 손끝 하나 대지 않겠노라고.

'뭐야, 이근우. 그렇게 자신 있어? 한 달이라는 시간만 주어지면 그 안에 날 굴복시킬 자신이라도 있다는 거야, 뭐야!'

근우를 노려보는 루애의 눈동자에서 시퍼런 불길이 피어올랐다. 잠시 주춤거리고 있던 화가 머리끝까지 치솟았다. 그럴수록 그녀의 음성은 낮고 차갑게 흘러나왔다.

"한 달 안에 내 마음을 돌릴 수 있다고 자신하는 거니? 그 근거 없는 자신감은 대체 어디서 나오는 거야?"

"자신? 그런 거 없어. 내 딴에는 그저 마지막 발버둥을 치고 있는 것일 뿐. 끝내 널 찾을 수 없다면…… 최소한 우리가 어디서부터 어떻게 어긋나기 시작했는지 그것만이라도 알고 싶을 뿐이다. 8년……. 너한테는 4년이었을지 몰라도 나한테는 8년이었다. 그리고 그 8년은 지금 이 순간에도 현재 진행형이지. 언제 끝날지 모르는 사…… 사랑이라고는 말하지 않을게. 네가 생각하고 싶은 대로 생각해. 오기이자 집착, 미련이든 뭐든. 하지만 분명한 건, 그게 무엇이든 그것들이 있었기에 너 없는 지난 4년을 내가 무너지지 않고 버틸 수 있었다는 거다. 때문에 나는 이런 식으로는, 이대로는 절대 너를 끝낼 수 없어."

근우가 숨이 멎을 듯 강렬한 시선으로 루애를 바라보았다.

"지금 당장 결정하라는 건 아니다. 3일 주지. 잘 생각해 보고 결정해. 어쩌면 이번에야말로 날 완전히 떨쳐 버릴 수 있는 마지막 기회일지도 몰라. 내 입장에서 보면 네가 돌아올 마지막 기회이기도 하고, 내가 널 완전히 버릴 마지막 기회가 될 수도 있겠지."

그녀가 근우에게 돌아갈 수 있는 마지막 기회, 그가 그녀를 버릴 수 있는 마지막 기회……. 그 말에 루애의 심장이 발작적으로 쿵쿵, 뛰어 대며 숨통을 조여 왔다. 순간적으로 머릿속이 새하얗게 비어지는 느낌이었다. 영혼을 파고드는 그의 깊은 중저음이 이명처럼 루애의 고막을 파고들었다.

"기다리지, 네 결정. 그리고 기대할게. 우리의 마지막일지도 모를 한 달을. 기간은 네가 결정한 그날부터 시작하는 것으로 하지."

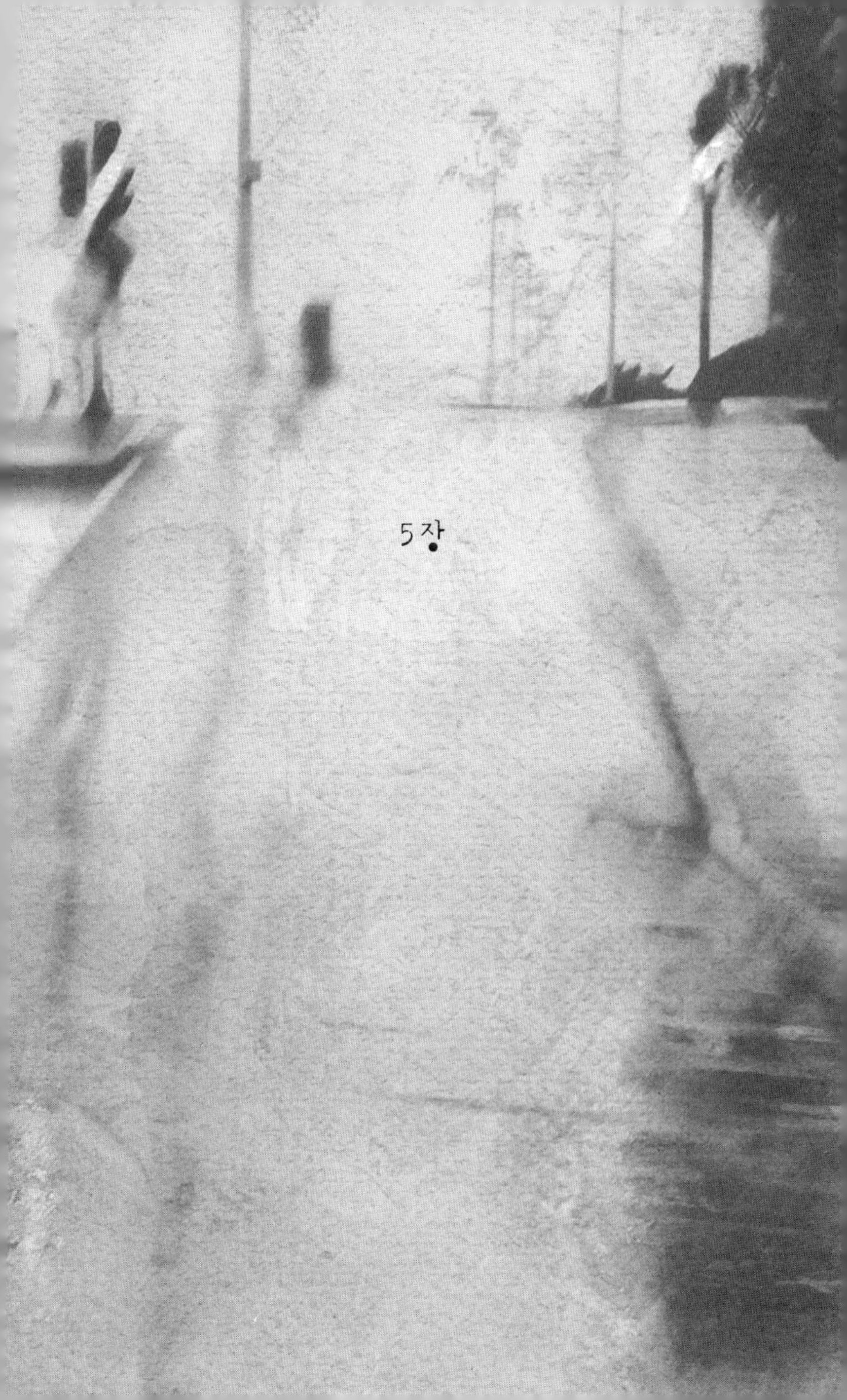

5장

활짝 열려 있는 발코니 문 사이로 윤슬처럼 보드라운 달빛이 아슴푸레 스며들었다. 산들거리는 따스한 바람에 하얀색 커튼 자락이 여인의 머리카락처럼 나부끼고 희뿌연 어둠에 묻힌 침실이 달빛의 조명 아래 수줍은 듯 모습을 드러냈다.

침실에는 눈처럼 새하얀 시트로 뒤덮인 커다란 침대 하나만이 덩그러니 놓여 있을 뿐이었다.

그럼에도 침실은 조금도 휑하거나 삭막하게 느껴지지 않았다. 되레 유일한 가구인 커다란 침대에서 뿜어져 나오는 열기로 터질 듯 뜨겁게 달아올라 있었다.

실오라기 하나 걸치지 않은 남자의 단단한 등 근육이 달빛 아래 아름답게 물결쳤다. 남자가 움직일 때마다 구릿빛 살결이 달빛에 물들어 황금빛으로 반짝거렸다. 그 아름다운 황금빛 등을 어루만지는 여인의 새하얀 손가락은 더없이 에로틱했다.

그 손을 부드럽게 낚아챈 남자가 손가락 하나하나에 입을 맞췄다. 제 아래에 가둬 둔 여인을 뜨겁게 내려다보며 여인의 기다란 손가락에 입을 맞추고 혀를 내밀어 할짝거리는 남자의 얼굴은 숨 막힐 듯 관능적이었다.

짙은 눈썹 아래 움푹 들어간 두 눈은 끝없이 깊고 강렬했다. 빚은 듯 날카롭게 우뚝 솟은 콧날은 지독하게 남성적이었고, 여인의 손가락에 입을 맞추는 입술은 보는 것만으로도 숨이 멎을 듯 육감적이었다.

그 모습을 올려다보는 여인의 눈동자는 절대적인 신이라도 맞이한 양 숭배와 찬미로 흐릿하게 젖어 있었다. 일순 그 눈동자가 탐욕적인 욕망과 쾌락에 물들어 뜨겁게 달아올랐다.

손바닥을 희롱하던 남자의 입술이 어느새 가느다란 여인의 팔을 타고 미끄러지듯 내려와 목의 여린 살갗을 희롱하며 짜릿하게 깨물었기 때문이었다.

여인이 단숨을 몰아쉬며 허덕거렸다. 남자의 강인한 두 손이 여인의 퍼덕거리는 양어깨를 지그시 내리눌렀다. 여인은 매혹적인 흡혈귀에게 자진해서 목을 내주는 여인처럼 어깨 골을 파고든 남자에게 기꺼이 제 목을 내주고 하릴없이 새하얀 상체만 들썩이며 바르작거렸다.

남자의 커다란 구릿빛 손이 새하얀 여인의 목을 조르듯 움켜잡았다. 그리곤 이내 바르르 떨리는 턱을 어루만지고 발갛게 상기된 여인의 얼굴을 소중하게 어루만지며 감싸 쥐었다.

여인은 본능적으로 어미의 젖을 찾는 아기처럼 그 손에 입을 맞추기 위해서 입을 벌리고 애처롭게 얼굴을 바르작거렸다.

여인이 마침내 남자의 손가락 하나를 입에 넣었을 때, 어느새 아래로 내려간 남자도 여인의 가슴을 입에 머금었다.

"아!"

여인의 입에서 희열에 찬 탄성이 터져 나왔다. 가녀린 몸에 비해 부담스러우리만치 풍만한 가슴이 남자의 손과 입술에 의해서 이리저리 이지러지고 삼켜졌다.

남자의 커다란 손으로도 한 손에 오롯이 잡히지 않을 만큼 풍만한 뽀얀 젖살이 짜릿한 전율에 교성을 내지르며 몸을 들썩거릴 때마다 크게 출렁거렸다.

여인의 짧은 단발머리가 새하얀 베개 위에 부채처럼 펼쳐졌다. 여인은 손에 잡히지도 않는 남자의 짧은 머리카락을 움켜잡기 위해 하릴없이 애쓰고 안달하며 제 가슴에 매달려 있는 남자의 뒤통수를 움켜잡았다.

남자의 손이 여인의 들썩이는 가는 허리를 지나 둔부를 어루만지고 허벅지를 천천히 쓸어내렸다. 소름 끼치도록 감질 나는 그 농염한 손길에 여인은 벌써부터 들뜬 기대에 부풀어 다리를 벌리고 허리를 들썩거렸다.

무방비하게 활짝 벌어진 다리 사이로 단단한 남자의 손이 은밀하게 스며들었다.

"하악!"

몸속을 파고드는 아찔한 감각에 여인이 베개에 정수리를 파묻고 남자의 단단한 어깨에 손톱을 박았다. 남자의 손가락은 그런 여인을 달래며 그녀를 점차 열어 나갔다.

눈물이 날 만큼 부드럽지만 목적이 분명한 남자의 단호한 손짓에 여인은 흐느끼면서도 기꺼이 자신을 맡겼다.

점차 고조되는 흥분에, 충족되지 못한 욕망에 여인이 먼저 칭얼거리며 남자의 허리를 잡아당겼다. 근육으로 단단히 뭉친 차돌 같은 엉덩이를 움켜잡고 애원했다.

"제발…… 제발, 근우야……. 하아, 어서……."

여인의 달뜬 애원에 남자가 기꺼이 상체를 세우고 그녀의 다리 사이에 자리를 잡았다.

벌어진 여자의 다리를 더욱 넓게 벌리며 남자가 자신의 몸처럼 단단한 몸 끝을 여인의 젖은 속살에 지그시 갖다 댔다. 그것만으로도 벌써 짜릿한 흥분에 휩싸인 여인은 자지러질 듯 교성을 터트렸다.

남자가 여인의 이름을 불렀다.

"루애야……."

욕망으로 허스키하게 갈라진 목소리가 애타게 그녀를 다시 불렀다. 그 부름에 그녀가 응하려는 순간, 그가 안으로 뜨겁게 밀려들어 왔다.

"하악!"

그녀의 입에서 환락에 겨운 탄성이 비명처럼 터져 나왔다. 활처럼 휜 등이 부들부들 떨렸다. 그가 조심스럽게 자신을 뺐다가 다시 부드럽게 집어넣었다.

그 같은 행위가 반복될수록 그가 그녀 안으로 점점 더 깊이 들어왔다. 그와 함께 그녀를 잠식해 들어오는 강도 역시 점차 강해졌다. 조금씩 출렁이던 침대가 이내 크게 출렁이기 시작했다.

"아, 아, 아, 아흑!"

그녀의 신음 소리 역시 점차 빠르고 높이 고조되어 날카롭게 터져 나왔다. 점점 더 강하게 그녀를 치받아 올리듯 빨라지는 그의 움직임에 뽀얀 살결의 풍만한 젖가슴이 이리저리 흔들리며 요동쳤다. 그 아찔한 광경에 매혹된 남자의 커다란 손이 흔들리는 젖가슴을 와락 움켜쥐었다.

"아!"

그의 움직임이 점차 고조되며 급박해졌다. 한 손으로는 그녀의 가는 허리를 단단히 움켜잡고 다른 한 손으로는 출렁이는 가슴을 터트릴 듯 주무르고 쥐어뜯으며 뜨겁게 자신을 옥죄는 그곳으로 연신 강하게 자신을 밀어 넣었다.

마치 그의 성기로 그녀의 온몸을 채우려는 양, 자궁 벽 끝까지 뚫어 버릴 기세로 빠르게 밀려왔다 빠져나가기를 반복했다.

"헉, 헉. 으윽! 하아. 헉, 헉."

그의 거친 신음 소리가 찌그덕거리는 젖은 살 소리와 함께 사방으로 퍼져 나갔다. 그러다 한순간 그가 그녀의 허리를 부서트릴 듯 양손으로 움켜잡고 허리를 빳빳하게 세웠다. 온몸의 근육들이 터질 듯 부풀어 올랐다. 그가 일그러진 얼굴을 뒤로 젖히며 짐승처럼 포효했다.

"으헉!"

"아악!"

루애가 비명을 내지르며 침대에서 벌떡 일어났다.

"헉, 헉, 헉."

스타카토처럼 딱딱 끊어지는 가쁜 숨이 연거푸 터져 나왔다. 부릅떠진 눈동자는 끔찍할 만큼 생생했던 쾌락의 여운에서 벗어나지 못한 채 초점을 잃고 멍하니 어둠을 긁어내렸다.

온몸이 땀으로 흠뻑 젖어 있었다. 아니, 비단 땀뿐만이 아닌 듯싶었다. 축축한 땀과는 뭔가 다른 느낌. 루애는 뭔지 모르겠지만 끈적거리고 미끄덩거리는 느낌에 이불을 들춰 보았다. 그리곤 주저하며 손을 가랑이 사이로 가져갔다.

"헉!"

목이 졸린 듯한 신음 소리와 함께 불에 덴 듯 그녀의 손이 번쩍 위로 들렸다. 루애는 믿을 수 없다는 양 두려움에 찬 시선으로 젖은 제 손가락들을 쳐다보았다. 어둠 속에서도 손가락을 적시고 있는 번들거리는 물기가 확연하게 보였다.

루애는 시선을 내려 젖은 제 아랫도리를 멍하니 바라보았다.

"이게…… 몽정이라는 건가? 그런데 여자도 그런 걸 해?"

모르겠다. 여자도 몽정이라는 걸 하는지 안 하는지. 그런 얘기는 들어 본 적이 없다. 그런데 아무래도 가능하긴 한 모양이다. 지금의 자신을 보면.

기가 막힌다. 어쩌다 자신이 이 지경까지 되었나 싶기도 하고, 이젠 하다하다 별 해괴망측한 짓을 다 한다 싶기도 했다. 어쨌든 이건 이전의 악몽들보다 몇만 배는 더 끔찍했다.

"이건 전부 그놈 탓이야."

루애는 시선을 돌려 침대 옆 테이블의 디지털시계를 쳐다보았다. 어둠 속에서 붉은빛을 발하고 있는 숫자는 04:16. 이런, 아직 새벽 5시도 되지 않았다. 어쨌든 하루가 지났으니…… 토요일. 근우가 반 협박에 가까운 제안을 한 지 정확히 3일째 되는 날이었다.

"3일 주지. 잘 생각해 보고 결정해. 어쩌면 이번에야말로 날 완전히 떨쳐 버릴 수 있는 마지막 기회일지도 몰라. 내 입장에서 보면 네가 돌아올 마지막 기회이기도 하고, 내가 널 완전히 버릴 마지막 기회가 될 수도 있겠지."

그녀가 근우한테 돌아갈 수 있는 마지막 기회. 근우가 그녀를 버릴 마지막 기회. 그리고 또 뭐라고 그랬더라?

"기다리지, 네 결정. 그리고 기대할게. 우리의 마지막일지도 모를 한 달을."

3일 전 그날처럼 트럭에라도 부딪힌 듯 심장이 발작적으로 뛰어 대며 목 끝까지 차오른 숨이 당장이라도 멎는 것 같았다. 기겁해서 도망치듯 침대에서 뛰어내린 루애의 입에서 거친 욕설이 튀어나왔다.

"미친!"

누가 제 말대로 끌려갈 줄 알고? 어림도 없다. 그러면서도 루애는 초조하게 손톱을 깨물며 어두운 방 안을 서성거렸다.

이성적으로 수백 번을 생각해도 결론은 한 가지였다. 근우가 어떤 말로 협박을 해 오든 웃기지 말라고 보란 듯이 비웃어 주는 것. 아니, 대답할 가치조차 없는 일이었다.

그런데…… 그런데…… 왜 이러는 걸까.

머리와 가슴이 자꾸 딴소리를 해 댔다. 머리는 두 번 생각할 것도 없이 'NO'라고 얘기하는데, 가슴에서 울리는 목소리는 자꾸만 다른 대답을 내놓았다.

'한 달이라잖아. 한 달이면 한번 해 볼 만하지 않아? 한 달 후에도 네 마음이 변함없으면 깨끗이 꺼져 주겠다잖아. 또 무슨 미친 짓을 저지를지 모르는 근우 때문에 계속 맘고생하며 시달리느니, 나 같으면 눈 딱 감고 그의 제안을 받아들이겠다. 그리고 솔직히…… 너도 은근히 바라고 있잖아. 지난 4년간 널 잊지 않고 유럽까지 날아와 찾아다녔다는 얘기에, 그 후로도 밤마다 집 앞에서 어슬렁거리다 아빠한테 들켜서 몰매까지 맞았다는 얘기에 솔직히 가슴 설레고 감동도 받았잖아. 흔들리고 있잖아. 아직 그를 잊지 못했잖아!'

루애는 고개를 세차게 흔들며 소리쳤다.

"아니야!"

'거짓말, 내가 다 아는데. 그리고 솔직히 4년 전에 그렇게 홍미정 말만 믿고 도망치듯 그하고 헤어진 거, 은근히 후회하고 있잖아. 정말 피치 못할 사정이 있었을지도 모른다고, 그의 사랑이 변한 것이 아니었을지도 모른다고, 그 역시 널 잊지 못하고 그리워하고 있다는 사실에 실은 좋아 죽겠잖아.'

루애는 다시 한 번 세차게 고개를 흔들었다. 부들부들 떨리는 제 어깨를 꽉 끌어안고 가쁜 숨을 몰아쉬었다.

'쯧쯧, 그놈의 똥고집하고는. 알았어, 속아 줄게. 그럼 이렇게 생각해 보는 건 어때? 그 한 달을 잘만 활용하면 말이야, 비참하게 무너졌던 네 자존심을 어느 정도 회복시킬 수 있는 절호의 기회가 될 수도 있단 말이지. 딴 년이랑 바람피워서 널 아프게 했던 놈이 다시 나타나서 너밖에 없다고 매달리는 거, 나름 재미있고 고소할 것 같지 않아? 그리고 한 달 뒤에 '이제 됐지? 꺼져' 하고 뻥 차 주는 거야. 어때, 생각만 해도 짜릿하지 않니?'

"큭, 그래. 나름 고소는 하겠다."

루애는 혼잣말을 중얼거리며 피식거렸다. 그렇게 생각하면, 근우가 이제라도 나타나 협박까지 해 가며 매달려 주는 것이 되레 고맙다는 생각이 들 정도였다. 그 짜릿한 희열을 맛보기 위해서 까짓 한 달 정도 못 만나 줄 것도 없지 않겠나, 하는 생각도 들었다.

어차피 그와 한 달을 만나는 동안 아무도 모를 텐데, 그럼 그 후에 사람들 입에 오르내릴 일도, 그녀한테 피해가 오는 일도 없을 테니 말이다.

그렇게 생각하면 그가 제시한 한 달이라는 제안이 그녀 입장에서는 그다지 나쁘지 않은 것일지도 몰랐다. 근우한테 또 홀리지 않을 자신만 있다면 말이다.

"그런데 정말 그럴 수 있을까?"

그 비참한 꼴을 당하고도 매일 밤 근우에 대한 꿈을 꾸어 대는 자신이? ……모르겠다. 그 점에 대해선 여전히 어떠한 확신도 서질 않는다.

우뚝 걸음을 멈춘 루애는 어둠 속에서 희끄무레하게 보이는 구겨진 시트의 민망하게 젖어 버린 한 부분을 혼란스러운 눈빛으로 아주 오랫동안 노려보았다.

❋ ❋ ❋

가로등 불이 환하게 켜져 있는 고즈넉한 주택가 골목으로 하얀색 세단이 미끄러지듯 조용히 달려왔다.

돌담 위로 감나무 가지가 길게 뻗어 나와 있는 2층집 주택 앞에 세단이 멈췄다. 이내 널따란 차고 문이 자동으로 스르르 올라갔다. 중형차 두 대를 세우면 꽉 들어찰 만한 공간에는 이미 검은색 중형차 한 대가 주차되어 있었다.

차고 문이 열리기를 기다리던 하얀색 세단은 남은 한 공간을 찾아 안으로 미끄러져 들어갔다. 스르르 닫히는 차고 문 사이로 운전석에서 내리는 늘씬한 여자의 뒷모습이 어른거리다 아쉽게 사라졌다.

잠시 후, 맞은편 으슥한 골목에서 어스름한 밤보다 더욱 짙은 검은색 차량 한 대가 전조등도 켜지 않은 채 조용히 빠져나왔다.

흑표범처럼 날렵한 미관을 자랑하는 검은색 차량은 방금 전 하얀색 세단이 찾아 들어간 2층집 주택의 맞은편 집 담벼락 밑, 가로등 불빛에서 교묘히 벗어난 그 어둠 속에 자리를 잡고 웅크렸다.

가로등 불빛이 미치지 않는 어둠 탓일까. 아니면 검게 선팅된 유리창 탓일까. 밖에서는 차 안에 누가 있는지 전혀 보이지 않았다. 그저 가끔씩 깜박거리는 자그마한 빨간 불빛만 희미하게 엿보일 뿐이었다.

그 자그마한 빨간 불빛에 화답하듯 늘어진 감나무 가지 위의 2층 방 창문에 환한 불빛이 들어왔다. 느른하게 쳐진 커튼 너머로 늘씬한 여자의 그림자가 한두 번 어른거렸다.

2층 방 창문의 불빛이 꺼질 때까지 어둠 속에 웅크리고 있던 검은 차량은 이제 간간이 깜빡거리던 빨간 불빛까지 완전히 사라져 있었다. 그 어둠 속에서 다시 자그마한 빨간 불이 반짝하고 켜진 것은, 2층 방 창문의 불이 꺼지고도 한참이 지난 후였다.

안 그래도 고즈넉하던 주택가 골목은 자정을 넘기자, 깊은 잠에 빠진 듯 고요한 침묵에 잠겼다. 저 멀리 큰길가를 달리는 차량들의 소리만이 희미하게 들려올 뿐이었다.

그 고요한 어둠 속에서 단순한 멜로디의 핸드폰 벨 소리가 나지막이 울려 퍼졌다. 소리가 난 곳은 어둠 속에 웅크리고 있는 검은색 차 안. 소스라치게 놀란 듯 벨 소리는 금방 꺼졌다. 전화를 그냥 꺼 버리려던 근우는 액정에 뜬 발신자를 보고는 고심 끝에 전화를 받았다.

"여보세요."

—잤냐?

가타부타 잤느냐고 되묻는 퉁명스러운 목소리가 날아왔다. 행여 밖에 목소리라도 흘러 나갈까 저어되어 잔뜩 목소리를 낮췄더니, 그걸 또 자다 받은 줄 알았나 보다. 그나마 한국이 지금 몇 시인 줄은 알고 있는 듯했다.

"아니. 말해."

—말은 네가 해야지. 어떻게 됐어? 다시 만나 봤냐? 얘기는 해 봤어? 자식이, 루애를 찾았으면 그 후로 어떻게 되어 가고 있는지 말을 해 줘야지, 꿀 먹은 벙어리면 어쩌자는 거야. 사람 애달아서 돌아 버리게 만들려고 작정했냐? 내가 오죽했으면 기다리다 못해서 이 시간에 전화를 했겠어. 이근우, 너 그러는 거 아니다. 약속이 틀리잖아.

애가 달기는 엄청 달았나 보다. 수화기로도 몇천 킬로미터 떨어져 있는 그녀의 부아 난 거친 숨소리가 고스란히 전해져 왔다. 근우는 씁쓸하게 미소 지었다.

"아직 이렇다 하게 해 줄 얘기가 없어서 전화하지 못했다."

—뭐? 그럼 아직도 그 상태라는 말이야? 미쳐. 언제는 루애만 만나면 다리몽둥이를 부러트려서라도 옆에 붙잡아 놓고 애원을 하든 어쩌든 꼼짝 못하게 할 것 같더니만, 왜 그래? 여기까지 찾아와서 루애 내놓으라고 그 난리 칠 때의 패기는 다 어디로 간 거야. ……왜, 영 안 될 것 같냐?

까칠한 음성 끝에 묻어 나는 안타까움에 근우의 입가에 맺힌 씁쓸한 미소가 조금 더 깊어졌다.

“진짜 그래 볼까? 납치라도 해서 두 번 다시는 아무 데도 도망치지 못하게…….”

—미친! 누가 진짜 그러래! 말이 그렇다는 거지, 뜻이 그런 거냐! 에휴, 말하는 본새 보니까 보나 마나 빤하네. 그러게 내가 뭐라고 그랬어, 쉽지 않을 거라고 그랬지? 걔가 원래 한번 상처 입으면 그걸 절대 잊지 못하는 애라니까. 겉으로는 강하고 도도해 보여도 속은 솜털마냥 여리기만 해서는, 거기다 고집은 또 어찌나 센지. 오죽하면 열 살 때 기억을 잊지 못하고 그렇게 오랫동안 아버님을 용서하지 못하고 원망하고 미워하며 살았겠어. 세상에서 가장 사랑하는 아버님이었는데 말이야. 그러니 넌 오죽하겠냐. 걔가 그 상처를 어떻게 극복하고 널 만난 거였는데, 거기다 간신히 아문 상처를 똑같은 칼로 헤집어 버렸으니, 쯧쯧. 그게 오해였든 뭐든 루애한테는 엄청난 충격이자 상처였을 거라니까.

김미진이 새삼스레 그동안 수없이 했던 얘기를 또 끄집어내며 분통이 터진다는 듯 씨근덕거렸다.

—그래서 내가 널 처음부터 반대했던 거야. 네가 아무리 루애만 바라보면 뭐하냐. 사방에서 정신 나간 년들이 달려들어 가만두지를 않는데. 그러니 어떤 여자가 안 불안해, 어떻게 의심을 안 하냐구. 나라도 그랬을 거다. 나는 첨부터 니네, 불안불안했다구! 나라도 옆에 있었으면…….

"네가 있었으면 더했겠지. 이때다 싶어 루애 옆에 찰싹 달라붙어서 어떻게든 네 것으로 만들려고 혈안이 됐을 거다. 그럼 루애는 더 힘들어졌을 거고. 어떤 의미로는 믿었던 친구인 너한테도 배신을 당한 격이었을 테니까."

정곡을 찔린 김미진은 움찔해선 바로 쏘아붙이지 못하고 씩씩거리기만 했다.

언젠가부터 근우와 미진은 서로의 아픈 곳만 건드리며 거친 말을 쏟아 내면서도, 서로의 가장 아픈 비밀을 공유하고 이해해 주는 유일한 상대로서 속내까지 털어놓게 되었다.

예전에는 못 잡아먹어서 안달 난 앙숙처럼 끊임없이 서로를 경계하고 다투기만 하던 사이였는데, 지난 4년이란 세월이 두 사람의 관계를 이처럼 판이하게 바꾸어 놓았다.

1년 전, 루애를 찾겠다고 무작정 파리로 날아갔을 때부터였을 것이다.

그녀가 파리에 있다는 얘기를 듣고 근우는 당연히 그녀가 미진과 함께 있을 거라고 생각했었다. 그래서 루애를 찾는 것과 동시에 그 이전부터 행적이 묘연했던 미진까지 함께 수소문하며 찾아다녔더랬다.

허나 석 달간 파리에 체류하며 이 잡듯 두 사람의 행방을 찾아 돌아다녀도 흔적은 찾을 수 없었다. 그렇게 그의 첫 파리 방문은 아무런 소득도 없이 끝나 버리고 말았다.

그러나 그렇다고 포기할 근우가 아니었다. 한 달 뒤에는 루애가 런던에 있다는 소식을 접하고 바로 그곳으로 향했다. 다른 한

편으로는 사람까지 사서 미진의 행방을 찾도록 했고 말이다. 그때도 넉 달간 체류했지만 끝내 루애를 찾지 못했다.

하지만 저번처럼 아무런 소득이 없었던 것은 아니었다. 미진의 행방을 찾던 사람으로부터 뜻밖의 반가운 소식이 날아왔다. 벨기에 브뤼셀에서 김미진을 찾았다는 반가운 소식이었다.

김미진이 벨기에 브뤼셀에 살고 있다는 뜻밖의 얘기에 깜짝 놀라기는 했지만, 근우는 의아하게 생각할 새도 없이 바로 브뤼셀로 달려갔다. 비싼 만큼 실력이 뛰어난 조사원이 알려 준 주소를 따라서.

그곳은 브뤼셀 최고의 부촌이라는 워털루 대로에 위치한 고급 빌라였다. 경비원의 제재로 출입조차 쉽지 않았다.

이곳에 사는 김미진이라는 여자를 만나러 왔다고 해도 경비원은 동양 여자는 살지 않는다면서 막무가내로 그를 쫓아내려고만 했다. 그땐 조사원한테 속은 것이 아닌가 하는 의심까지 들었더랬다.

할 수 없이 속는 셈치고 조사원이 두 번째로 알려 준 주소로 찾아갔다. 고급 양품점들이 즐비한 앙투안 당세르 거리에 위치한 파니 빈켈이라는 디자이너의 매장이었다.

벨기에에서 꽤 유명한 여류 디자이너라는 얘기에 그곳이라면 김미진이 반드시 있을 것 같았다.

허나 결과는 마찬가지였다. 그들은 자신들 매장에는 동양인 디자이너는 한 사람도 없고 김미진이란 이름은 들어 본 적조차 없다면서 근우를 무조건 쫓아내려고만 했다.

이상했다. 김미진이라는 말을 듣는 순간부터 그들은 눈에 띄게 당황하며 그를 경계하기 시작했다.

근우는 그들이 무언가를 감추고 있다는 확신이 들었다. 그리고 그 무언가는 당연히 김미진일 터였다. 그들이 왜 그토록 김미진을 감추려고 하는지까지는 알 수 없었지만 말이다.

그렇게 며칠간 빌라와 매장을 오가며 김미진의 흔적을 찾던 중에 운 좋게 매장에서 나오는 파니 빈켈과 마주쳤다.

사진으로 봤던 것보다 훨씬 더 우아하고 아름다운 중년의 여성이었다. 나이와 인종, 생김새까지 완전히 다른데도 어딘지 모르게 루애를 떠올리게 하는 여인이었다.

그래서였을까. 그녀라면 어쩐지 김미진을 알고 있을 것 같았다. 근우는 무작정 파니 빈켈의 앞을 가로막고 김미진을 만나게 해 달라고 부탁했다.

호의적이었던 그녀의 파란색 눈동자는 대번에 적대감과 경계심을 드러냈다. 그런 사람 모른다고 피하는 그녀의 팔을 붙잡고 간절하게 호소했다.

김미진을 꼭 만나야만 한다고, 그녀한테 반드시 확인하고 물어봐야만 하는 것이 있다고, 내가 사랑하는 사람이 그녀와 함께 있다고, 그녀를 찾기 위해 한국에서 여기까지 찾아왔노라고, 제발 만나게만 해 달라고.

파니 빈켈의 아름다운 파란 눈동자가 흔들렸다. 거기에 근우는 필사적으로 매달렸다. 진심을 다해 애원하고 설득했다. 그러나 끝내 파니 빈켈은 자신은 모르는 일이라며 그를 밀어내고 차에 오르려고 했다.

그런 그녀의 뒤에 대고 근우가 소리쳤다. 그쪽이 왜 김미진을 감추고 보호하는지 모르겠지만, 그녀한테 전해 달라고. 자신의 이름은 이근우이고 스타이겐베르거 그랜드 호텔에 머물고 있다고. 그가 찾는 사람의 이름은 하루애, 김미진의 친구라고. 김미진한테 그렇게만 전해 달라고 부탁했다. 그러면 김미진은 그가 누구인지, 무슨 소리인지 다 알 거라고.

그리고 그날 밤, 김미진이 파니 빈켈과 함께 그를 찾아왔다. 김미진은 그를 보자마자 루애를 찾으러 왔다니 그게 무슨 소리냐고, 그녀에게 대체 무슨 짓을 한 거냐며 근우를 미친 듯이 몰아붙이며 불같이 화를 냈었다.

김미진은 루애가 그를 떠났다는 사실조차 모르고 있는 것이 분명했다. 루애가 왜 그를 떠났으며, 그녀가 그를 떠난 후 지난 3년간 계속 유럽 어딘가를 떠돌고 있다는 사실조차 전혀 모르는 눈치였다.

놀라고 당황하기는 근우도 마찬가지였다. 당연히 김미진과 함께 있을 줄 알았는데, 최소한 루애가 어디 있는지 정도는 알고 있을 줄 알았는데, 김미진은 되레 그보다도 더 아는 것이 없었다.

얼마나 낙담했는지 모른다. 그래도 그가 김미진을 찾아낸 것처럼, 언젠가는 루애가 김미진을 찾아올지도 모른다는 생각에 근우는 흥분한 김미진을 간신히 진정시키고 그간 있었던 일에 대해서 솔직하게 모두 털어놓았다.

모든 이야기를 들은 김미진은 이전보다 더욱 화를 내며 죽일 듯이 그에게 달려들었다. 욕설과 원망의 말들을 퍼부으며 닥치는 대로 물건들을 집어던졌다.

만약 소스라치게 놀란 파니 빈켈이 달려와 김미진을 말리지 않았다면, 그녀의 손에 어딘가가 부러져도 크게 부러지지 않았을까 싶다.

그 후로 근우는 루애를 찾아 유럽 곳곳을 돌아다닐 때마다 수시로 김미진을 찾았더랬다. 찾아갈 때마다 차마 입에 담지도 못할 욕설을 퍼부어 대면서도 김미진은 꼬박꼬박 그를 만나 주었다.

나중에는 김미진이 먼저 그에게 전화를 걸어 루애를 찾았느냐고, 빨리 찾아내라고 닦달을 해 대기도 했었다.

그렇게 만나고 부딪히는 횟수가 늘어나다 보니, 자연스럽게 두 사람 사이에 루애를 매개로 한 유대감이라는 것이 쌓이게 되었다.

그리고 그러다 김미진의 은밀한 비밀 하나도 저절로 알게 되었다. 그녀와 파니 빈켈이 그저 각별한 지인 관계가 아닌, 부부나 다름없는 연인 사이라는 것을 말이다.

사실, 그다지 놀랍지는 않았다. 예전부터 김미진의 성 정체성이 어떻다는 것은 대충 짐작하고 있었으니까.

허나 그 때문에 그녀가 당했다는 고초는 그를 십분 놀라고 분노케 만들었다. 뒤늦게 김미진이 왜 갑자기 루애한테까지 연락을 끊고 잠적을 해야만 했었는지, 왜 지금까지도 죄인처럼 숨어 살고 있는지에 대해서 알게 된 근우는 그런 일을 벌인 사람들을 도저히 용서할 수가 없었다.

그들이 아무리 김미진의 부모일지라도 말이다. 아니, 부모이기에 더욱 용서할 수가 없었다.

그런 인간 같지도 않은 사람들이 사회의 지도층입네, 지식인입네 하면서 심지어 아이들의 교육을 책임지는 교육감이 되겠다고 나선 것이 도저히 용납되지 않았다.

별것도 아닌 힘으로 대단치도 않는 제 위신이나 지키고자 핏줄인 딸을 강제로 한국으로 끌고 와 정신병원에 처넣고 평생 쉬쉬하며 살아가려고 했던 사람들이 어디 인간이냐, 이 말이었다.

그래서 근우는 부친과 같은 비열한 짓은 절대로 하지 않을 거라는 신념을 깨고 이 회장이 편법으로 긁어모은 정관계와 사회 유력 인사들의 온갖 치부가 망라되어 있는 정보 데이터를 활용하여, 보수 교육감 후보로 출마한 김미진의 부친을 사회적으로 생매장시켜 버렸다.

더 이상은 그 뻔뻔한 얼굴을 쳐들고 살아갈 수 없도록, 더 이상은 그놈의 알량한 사회적 위신과 야망 때문에 딸의 인신을 구속하고 겁박할 수 없도록.

물론 그 사실을 세세하게 김미진한테 말하지는 않았다. 그저 더 이상은 부모님을 두려워하며 숨어 살지 않아도 된다고, 만약 한국에 들어오고 싶으면 언제든지 파니와 함께 당당하게 들어오라고 말해 주었을 뿐이었다.

그날, 김미진은 아무 말도 하지 못한 채 하염없이 눈물만 흘렸더랬다. 그녀의 품을 파고든 파니를 꼭 끌어안은 채 아주 오랫동안.

—이씨, 멍청해서 손에 쥔 보석도 놓쳐 버린 놈 주제에 입만 살아서는. 됐고! 앞으로 어떻게 할 건데! 루애 맘 돌릴 묘책이라도 생각해 놨어?

버럭 터져 나온 사나운 음성에 근우는 지난 상념에서 퍼뜩 깨어났다. 하여튼 성질머리하고는. 뭔가 애잔할 틈을 안 준다. 하긴 그러면 김미진이 아니지.

"글쎄……."

—으이그, 이 답답한 놈의 새끼. 뭐 하나 제대로 하는 게 없어요. 이 누나가 한번 나서 줘?

근우의 깊은 눈매가 흠칫 커졌다. 나서 주겠다니, 뭘, 어떻게? 설마…… 드디어 한국에 올 용기가 생겼다는 말인가?

—마음 같아서는 당장이라도 달려가 주고 싶다만 패션쇼 준비 때문에 당장은 불가능하고, 흐음. 내달 중순쯤에는 가능할 것 같은데, 그동안 혼자 잘할 수 있겠냐?

"내달 중순에는 들어오겠다는 거냐? 그럴 수 있겠어?"

—뭐, 까짓 거 죽기 아니면 까무러치기지. 네 말대로 언제까지 파니 뒤에 숨어서 죽은 듯이 살 수는 없잖아. 이렇게 사는 거 파니한테도 쪽팔려서 더 이상은 못 해 먹겠고, 루애도 보고 싶고, 너도 걱정되고. 다른 건 시키지 않아도 기가 막히게 잘하는 놈이 지 일만은 왜 그렇게 등신처럼 헛발질이나 하고 다니

는지, 이 누나가 하도 답답하고 화가 나서 그런다.

그놈의 누나 타령은. 겨우 세 해 먼저 태어난 걸 가지고 곧 죽어도 누나란다. 실은 누나도 아니면서. 그럼 형? 윽, 그건 더 짜증 난다.

"됐다. 내 일은 내가 알아서 할 테니까 네 일이나 잘해. 말만이라도 고맙다. 그리고 다행이다. 드디어 한국에 들어올 용기가 생겼다니. 혼자 와?"

—아니, 파니랑 같이 갈 거야. 실이 가는데 바늘이 따라와야지. 그리고 걱정돼서 나 혼자는 절대 못 보낸대. 그때…… 일도 있고, 큭, 그리고 실은 파니도 눈치챘거든. 루애가 내 첫사랑이었다는 거. 이유야 어쨌든 신랑이 첫사랑 만나러 간다는데 마누라 마음이 놓이겠냐. 신랑이 좀 젊고 매력적이어야지.

"큭, 그래, 어련하겠냐. 그럼 루애한테도 다 말할 생각인가?"

—어, 그래야지. 이제 와서 숨기고 말고 할 게 뭐 있어. 루애가 이해해 줄지는 모르겠지만. 아무래도 충격이 꽤 심하겠지?

아마도. 가장 믿고 의지했던 친구가 실은 동성애자였다고 하면 누구라도 적지 않은 충격을 받을 터였다. 더구나 그 친구가 처음부터 자신을 우정이 아닌 사랑의 감정으로 바라보고 있었다는 것까지 알게 된다면, 그 충격의 여파는 꽤나 심하지 않을까 싶다.

때문에 근우는 김미진이 용기를 내준 것이 대견하고 고마우면서도 한편으로는 내심 걱정이 되었다. 근우만으로도 버거운 상황에서 김미진마저 폭탄을 터트리면 루애가 과연 그 충격을 다 견뎌 낼 수 있을 것인가, 솔직히 확신이 서지 않았다.

"루애를 직접 만나기 전에 전화 통화 먼저 해 보는 건 어때? 루애도 무척 기뻐할 텐데."

—전화로 그 얘기를 하라고? 미쳤냐!

"아니, 전화로 먼저 회포라도 풀라고. 너, 루애하고 연락 끊어진 지 올해로 벌써 5년째잖아. 그동안 루애가 널 얼마나 걱정하고 그리워했었는데. 네가 연락하면 너무 기쁘고 좋아서 암말도 못 하고 펑펑 울기부터 할 거다."

수화기 너머에서 무거운 한숨 소리가 흘러나왔다.

—그래서 안 돼. 그럼 또 루애를 속이게 되는 거잖아. 사흘 밤낮이 뭐냐, 그동안 쌓인 얘기들을 나누려면 천 일로도 모자랄 거다. 그런데 그 얘기만 쏙 빼놓고 하라고? 갑자기 연락을 끊은 이유는 또 뭐라고 설명할 건데? 그래 놓고 몇 주 뒤에 나타나서 실은 그게 아니라 이래서였어, 난 이래, 라고 말해? 아으, 됐다. 그게 더 못 할 짓이지. 싫어. 이젠 내 자신을 감추고 속이는 것도 싫고 루애한테 거짓말하는 것도 싫고, 뭐든 하려면 제대로 해야지.

"그래, 알았다. 내 생각이 짧았어."

—대신 네가 대충 말이나 좀 해 놔. 내달 중순에 루애 만나러 한국으로 온다고 그랬다고. 날 어떻게 만났느냐고 물으면 그건 사실대로 다 얘기해. 네가 날 찾게 된 이유, 과정, 뭐 그런 거죄다. 가급적이면 루애가 감동받을 수 있도록 좀 극적으로. 그래야 루애 마음이 조금이나마 흔들리지 않겠냐? 단, 파니하고

내 얘기는 빼라. 그건 내가 직접 해야 되는 거니까.

"그럼 당연히 네 연락처를 물어볼 텐데."

김미진이 버럭 짜증을 냈다.

—아, 자식 거참, 그건 네가 대충 알아서 얼버무려. 생애 첫 패션쇼 런칭 준비 때문에 정신없이 바빠서 당분간은 다른 데 신경 쓰고 싶어 하지 않는 것 같더라, 어차피 패션쇼 끝나면 바로 온다니까 그때까지만 참고 기다려라, 뭐 이런 식으로. 그럼 루애도 이해할 거야. 그리고 그걸 핑계로 계속 루애를 만날 연결 고리를 만들란 말이야. 김미진하고 연락이 되는 사람은 나밖에 없으니까 김미진하고 만나고 싶으면 날 계속 만나라, 어때, 괜찮은 생각 아니냐? 하, 자식, 내가 이런 것까지 가르쳐줘야 되냐?

"나도 루애한테 어떠한 거짓말도 하고 싶지 않은데."

—썅! 이게 왜 거짓말이야! 사실이고만. 내가 지금 시간이 남아돌아서 비싼 통화료까지 물면서 너랑 노닥거리는 줄 아냐? 나 요즘 화장실 갈 시간도 없어, 새끼야. 에이 씨, 그러고 보니까 이거 내가 건 전화잖아. 통화료 엄청 나가게 생겼네. 하여튼 이놈의 자식하고만 전화하면 말이 길어져요. 야, 어쨌든 이거 하나만 명심해. 나 갈 때까지 무슨 수를 써서라도 루애 단단히 옆에 붙들어 놓는다, 알았냐? 그럼, 이만 끊는다. 제발 좀 잘해, 임마.

그리고 김미진은 일방적으로 전화를 탁 끊어 버렸다. 하여튼 말끝마다 욕에, 저 할 말만 하고 끊어 버리는 건 예나 지금이나 똑같다. 하지만 이젠 그런 것이 하나도 기분 나쁘지 않고 당연하게 느껴졌다.

루애를 사이에 둔 라이벌 관계를 벗어나 내밀한 비밀을 공유하고 이해하는 사이가 돼서 그런가, 이젠 진짜 진환보다 더 끈끈한 동성 친구가 된 것만 같았다.

피식, 절로 헛웃음이 흘러나왔다.

근우는 시선을 들어 다시 한 번 컴컴하게 불이 꺼진 루애의 방 창문을 올려다보았다. 내일이면, 아니, 자정이 넘었으니 이제 몇 시간 후면 그로서도 당혹스러웠던 한 달이라는 제안에 대한 확답을 들을 수 있게 될 터였다.

루애가 과연 오늘 어떤 대답을 내놓을지 모르겠다. 자신의 제안을 받아들일까? 아니면 거절할까. 거절한다면…… 그다음에 자신은 어떻게 해야만 하는 걸까. 지난 열흘처럼, 그녀한테 협박(?)한 대로 그대로 밀고 나가야 하는가. 아니면 다른 방법을 강구해야만 하는 걸까.

그의 머릿속이 이런저런 가설과 대책들로 복잡하게 뒤엉켰다. 복잡하게 뒤엉킨 생각들은 어느새 과거와 미래를 오가며 꼬리에 꼬리를 물고 계속 이어졌다.

창밖에는 어느새 붉은 여명이 떠오르고 있었다.

❈ ❈ ❈

정오가 되자마자 근우한테서 문자메시지 한 통이 날아왔다.

〈대답은?〉

단 세 음절의 간결한 메시지였다. 사실 루애는 오늘이 주말이라 그가 아무리 시한을 3일로 못 박았다고 해도 어쩔 수 없이 넘어갈 것이라고만 생각하고 있었다.

그래서 내심 마음을 놓고 있었는데 웬걸. 놀랍게도 근우는 그녀의 핸드폰으로 정확히 문자메시지를 보내 왔다. 바뀐 핸드폰 번호는 언제 또 다 알아냈을까. 놀라운 건 둘째치고 살짝 무섭다는 생각까지 들었다.

그리고 그다음에 느낀 감정은 스스로에 대한 당혹감이었다. 누가 보낸 건지 아무런 이름도 없는데, 액정에 찍혀 있는 번호만 보고도 그라는 것을 단박에 알아채 버린 그녀 자신한테 말이다.

근우의 핸드폰 번호는 앞자리가 '011'에서 '010'으로 바뀌고 세 자리 번호 앞에 '2'가 더해졌을 뿐, 예전과 똑같았다. 4년이나 지난 지금까지 용케 그 번호를 유지하고 있는 근우나, 그 번호를 여직 기억하고 있는 자신이나 그저 놀랍고 당혹스러울 뿐이었다.

핸드폰을 확인하자마자 표정이 차갑게 굳어 버리는 루애를 보고, 함께 점심 준비를 하고 있던 양 씨가 걱정이 되어 물었다.

"왜, 뭐 안 좋은 소식이야? 어디서 온 문자길래 그래?"

흠칫 놀란 루애가 애써 미소를 지으며 대답했다.

"별거 아니에요. 회사에서 온 건데, 무슨 문제가 생겼나 봐요. 죄송한데 저, 방에 좀 올라가 볼게요."

"어이구, 뭐 급하게 처리해야 될 일이라도 생겼나 보네. 어여 올라가 봐. 점심 준비는 나 혼자 해도 충분하니까."

칼국수 반죽을 밀던 양 씨가 밀가루 묻은 허연 양손을 흔들며 어여 주방에서 나가라는 손짓을 했다. 루애는 썰던 호박을 그대로 도마 위에 버려둔 채 대충 손만 씻고 얼른 2층 제 방으로 뛰어 올라갔다.

방문에 기대 선 채 루애는 가쁜 숨을 몰아쉬었다. 계단 고거 몇 개 뛰어 올라왔다고 심장이 100미터 전력 질주라도 한 사람마냥 쿵쿵, 빠르게 뛰어 댔다. 루애는 마른침을 꿀꺽, 삼키고 손에 꼭 쥐고 있던 핸드폰을 두려운 듯이 내려다보았다.

"무시해 버릴까?"

아니, 그건 절대 좋은 생각이 아닐 터였다. 어느새 귀신같이 그녀의 핸드폰 번호까지 알아낸 사람이 아무 대답이 없으면 또 무슨 짓을 어떻게 할지 알고.

게다가 어느 정도 마음의 결정도 내리지 않았는가. 다만, 오늘내일 여유가 있을 줄 알고 마음을 놓고 있던 터라 아직 확실한 결정만 내리지 못했을 뿐.

"후우, 후우."

루애는 가쁜 숨을 몰아쉬며 초조하게 방 안을 연신 왔다 갔다 했다. 그러다 마침내 화장대 의자에 앉아 문자를 한 자, 한

자 신중하게 찍기 시작했다. 그래 봤자 몇 글자 안 되지만.

그래 놓고는 또 한참을 액정만 바라보며 망설였다. 보내기 버튼 위에 놓인 그녀의 손가락 끝이 바르르 떨렸다. 그러다 마침내 두 눈을 질끈 감고 버튼을 꾹 눌러 버렸다.

루애는 핸드폰이 마치 무서운 물건이라도 되는 양, 화장대 저편으로 휙 던져 버렸다. 그리곤 두 손에 얼굴을 파묻고 입술을 앙물었다.

"하아, 이게 정말 잘하는 짓일까?"

막상 보내고 나니, 겁이 덜컥 나면서 득달같이 바로 후회가 밀려왔다. 그러나 그러면 뭐하나. 화살은 이미 시위를 떠났고 후회하기에는 늦어 버린 것을.

"그래, 잘한 거야. 그까짓 한 달, 눈 깜짝할 새에 지나가 버릴 텐데, 뭐. 할 수 있어. 내가 챙길 것만 생각하자. 그 정도라면 충분히 할 만하잖아."

애써 스스로를 다독이고 추스르면서 의자에서 일어나려는데 멀찌감치 던져 놓은 핸드폰에서 딩동, 하고 벨이 울렸다.

간신히 추스른 심장박동이 금세 다시 헐떡거리며 급박하게 뛰어 댔다. 핸드폰이 근우라도 되는 양 날카롭게 돋아난 안광으로 노려보다가 주저하며 손을 뻗었다.

이번 문자메시지는 조금 길었다.

〈걱정 마. 확실하게 지킬 테니까. 그럼 시간 끌 거 없이 바로 시작하지. 집 앞이다. 나와. 큰길가에 있는 주유소 왼쪽의 좁은 골목

에 있어. 30분이면 충분하겠지? 30분 뒤에 보자.〉

"헉! 여기에 와 있다고? 맙소사!"

그 문자를 보자 루애는 그의 첫 번째 문자를 무시하고 답신을 보내지 않았거나 제안을 거절하겠다는 문자를 보냈으면 근우가 어떻게 나왔을까 싶어 뒷머리가 삐죽 곤두서는 것 같았다.

무턱대고 여기까지 와 있는 걸 보면 집에 쳐들어오지 않았을까 싶었다. 1년 전에 하 사장이 저 때문에 쓰러졌던 것도 깡그리 무시한 채 말이다.

이근우, 미쳐도 정말 단단히 미친 것 같다. 예전에도 제멋대로에 거침없는 성격이긴 했어도 이 정도는 아니었는데. 이토록 저돌적이고 막무가내인 그는 처음이었다. 자신이 알던 이근우가 맞나 싶을 정도였다.

너무 황당하고 당혹스러워서 말문이 다 막혔다. 그런데 왜 이렇게 가슴이 두근거리고 입꼬리가 제멋대로 자꾸만 위로 올라가는 걸까.

인정하고 싶지 않지만 그를 이토록 미치게 만든 사람이 다름 아닌 그녀 자신이라는 사실이 못내 기분 좋고 가슴 설레었다. 아마 그녀도 조금씩 정신 줄을 놓아 가는 것이 아닌가 싶었다.

허나 그렇다고 해도 순순히 나갈 수는 없었다. 루애는 제멋대로 자꾸만 말려 올라가려는 입꼬리를 억지로 붙잡아 내리고 빠르게 문자를 찍었다.

〈오늘은 안 돼. 다음 주 월요일부터 시작하는 것으로 해.〉

딩동.

〈안 돼. 벌써 잊었나? 네가 결정한 그 시간부터 시작된다고 분명히 말했었는데. 내가 약속을 지키길 원한다면 너도 약속을 지켜. 30분이 모자라다면 한 시간을 주지. 더 이상은 안 돼. 늦지 마.〉

아, 맞다. 3일 전에 분명히 그렇게 말했었다. 자신이 결정한 그 순간부터 시작된다고. 그걸 깜박하고 있었다.

"하아, 어쩌지? 그냥 나가야 되나? 아직 마음의 준비가 안 됐는데."

그러면서도 루애는 슬금슬금 시계를 바라보며 방을 나서고 있었다. 그리고 부리나케 욕실로 달려갔다. 서둘러 옷을 벗고 샤워기 앞에 서며 중얼거렸다.

"그래, 어차피 하기로 한 거면 하루라도 빨리 시작하는 게 낫지. 그래야 크리스마스 전에 끝이 날 거 아니야."

내일 모레면 11월 24일. 그럼 크리스마스이브를 근우와 보내야 될지도 모른다. 크리스마스이브에 처음 만났던 그와, 8년이 지난 동일한 날에 완전히 끝을 낸다? 생각하기에 따라선 나름 의미가 있을지 모르겠지만, 그렇게까지 의미를 두고 싶지는 않다.

그러니니 속 편하게 오늘부터 시작해서 크리스마스이브 전에 끝내는 것이 낫겠다는 생각이 들었다.

그로부터 정확히 40분 뒤 루애는 회사에 급한 일이 생겼다는 핑계를 대고 서둘러 집을 빠져나왔다.

종종거리며 빠르게 걷다 천천히 걷다를 반복하며 그가 얘기한 좁은 골목에 접어들었다. 차 한 대 정도가 빠듯하게 지나갈까 말까 한 좁은 골목이라서 평소에는 잘 다니지 않는 곳이었다.

걸어 다니는 사람보다 차를 이용하는 사람들이 많은 동네라서 이 골목을 오가는 사람들은 극히 드물었다.

그 좁고 한산한 골목 저 끝 아래에 그가 있었다. 골목을 거의 다 차지하고 있는 검은색 차에 비스듬히 기대어 담배를 피우고 있었다. 온통 검기만 한 그의 주변으로 희뿌연 연기가 아스라이 피어올랐다.

먼 거리임에도 불구하고 단박에 그를 알아본 심장이 엇박자로 쿵쿵, 뛰어 대기 시작했다. 루애는 저도 모르게 걸음을 멈추고 가쁜 숨을 몰아쉬었다.

그는 한 달 전쯤 주차장에서 우연히 마주쳤을 때처럼 오늘도 여전히 블랙으로 온몸을 휘감고 있었다. 그러고 보니 그 후에도, 지난 열흘 동안에도, 어제도 계속 검은색 옷만 입었다.

예전에도 검은색 옷을 즐겨 입긴 했지만, 저 정도는 아니었는데. 그새 취향이라도 바뀐 걸까. 아니면 딱히 검은색만 고집하는 어떤 이유라도 있는 걸까. 있다면 대체 어떤 이유일까. 루애는 흔들리는 눈빛으로 저 멀리 서 있는 그를 응시하며 멈췄던 걸음을 다시 떼기 시작했다.

등 뒤에서 불어오는 세찬 겨울바람에 그녀의 향기라도 날아가 그에게 닿은 걸까. 루애가 몇 걸음 떼기 무섭게 근우가 그녀를 돌아보았다.

20여 미터 남짓한 거리를 사이에 두고 두 사람의 시선이 하나로 뒤엉켰다. 멀리서도 그녀를 바라보는 그의 고요하면서 강렬한 눈빛이 고스란히 느껴져 왔다. 두 사람의 거리가 가까워질수록 그 강렬함은 더욱 깊어졌다.

루애가 차 앞에 다다랐을 때에는 강렬하던 그의 눈빛 또한 이미 꺼져 버린 담배처럼 어디론가 사라져 버렸지만.

두 사람은 회오리치는 감정을 숨긴 채 타인처럼 담담하고 무심한 눈빛으로 서로를 아주 오랫동안 응시했다.

오해와 절망, 아픔과 고통으로 점철되었던 4년이라는 긴 시간을 돌아와 끝이 예정된 한 달간의 시한부 만남이 새로이 시작되는 순간이었다.

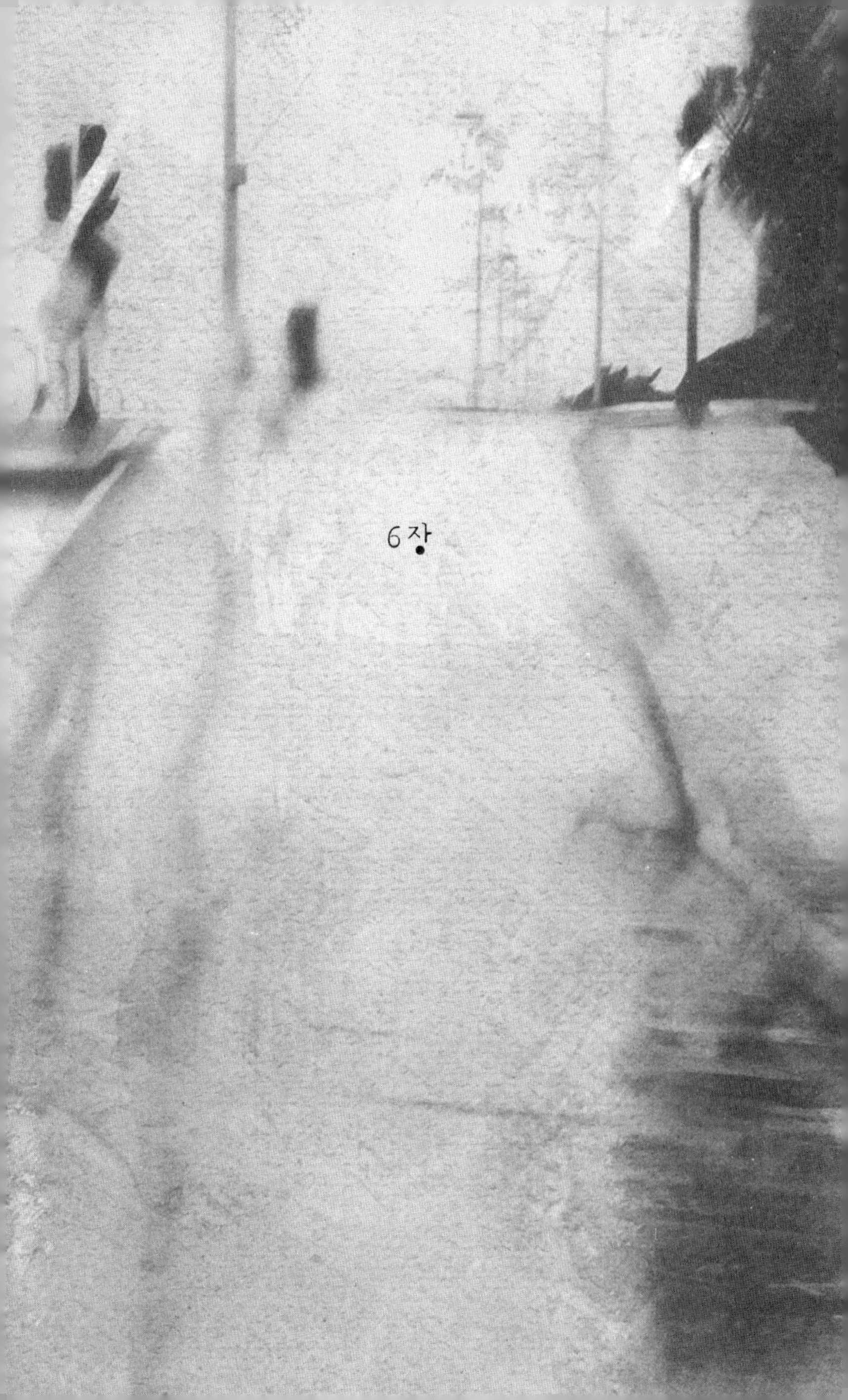

6장

두 사람은 약속이나 한 듯 고집스레 입을 꾹 다물고 침묵을 지켰다. 루애는 어디로 가느냐고 묻지 않았고, 근우 역시 어디로 가는지를 말해 주지 않았다. 숨 막힐 듯한 침묵이 턱 끝에 닿을 무렵, 두 사람을 실은 차가 신촌에 도착했다.

왜 하필 신촌일까. 루애는 지그시 아랫입술을 깨물었다. 그는 다시 시작하고 싶다고 했었다. 어디서부터 무엇이 잘못됐는지 알아야 되겠다고도 했었다. 그래서 선택한 장소가 신촌인가. 하긴, 그가 했던 말을 생각하면 신촌만큼 적당한 곳도 없긴 할 터였다.

두 사람이 첫 데이트를 했었던 곳이었고 근우가 'The One'을 오픈하기 전까지는 홍대보다 더 많은 시간을 보냈던 곳이니까.

거의 매일 저녁, 매주 주말마다 두 사람은 막 사랑을 시작하는 여느 연인들처럼 세상에서 가장 행복한 모습으로 신촌의 골목골목을 누비고 다녔었다.

돌이켜 보면 딱히 무언가를 한 기억은 없다. 그저 함께 있는 것만으로도 세상을 다 가진 듯 행복했고 설레었었다. 자신들의 사랑만은 영원할 것이라는 어리석은 믿음을 품은 채.

차가 연대 골목으로 들어섰다. 루애는 창밖으로 스쳐 가는 낯설면서도 익숙한 거리를 만감이 교차하는 시선으로 바라보았다.

기분이 이상했다. 4년, 아니, 5~6년 만에 돌아온 신촌은 너무도 많이 변해 있었다. 거리는 예전 그대로인데, 눈에 보이는 전경들은 모두 낯설기만 했다. 낯설어진 거리에서 떠오르는 옛 추억이란 빛바랜 사진처럼 씁쓸하고 애잔했다.

신촌에는 비단 근우와의 추억만 있는 것이 아니었다. 매일 이 길을 오갔던 대학 4년간의 추억들이 켜켜이 쌓여 있었고, 미진과 형은이 이웃한 여대를 다니고 있었던 터라 수시로 뭉쳤기에 그네들과의 추억 또한 무시할 것이 못 되었다.

헌데, 왜 그럼에도 불구하고 떠오르는 기억들은 모두 근우와 관련된 것들일 뿐일까. 따지고 보면 신촌에서 있었던 근우와의 추억은 고작 1년 남짓할 뿐인데……. 그 짧았던 시간의 추억들이 그를 몰랐던 대학 4년간의 추억을 완전히 압도하고 있었다.

때문에 루애는 귀국한 후에도 신촌이나 홍대 등지로는 발길도 하지 않았다.

오래전에 졸업했기에 특별한 약속이 없는 한 딱히 이쪽으로 올 일이 없었고, 3년간 외국을 떠돌며 방황을 하느라 친구들이나 지인들과도 모두 연락이 끊어진 상태였기에 딱히 만날 사람들도 없었다. 그저 시계추처럼 회사가 있는 목동과 집인 평창동만 왔다 갔다 했을 뿐이었다.

연락을 하면 누구든지 만날 수는 있었을 것이다. 허나 루애는 형은과 은서는 물론 예전에 친하게 지냈던 지인들 어느 누구에게도 연락을 취하지 않았다.

미진이 있었다면 상황은 달라졌겠지만, 미진이 없는 이상 어느 누구와도 편하게 만날 수가 없었다. 그녀와 가까운 이 중 근우를, 그와 그녀의 일을 모르는 사람은 한 명도 없었으니까. 루애는 굳이 그들과 만나 아픈 기억을 떠올리고 싶지 않았다.

아, 가깝게 지냈던 지인들 중 유일하게 근우에 대해서 모르는 사람이 딱 한 명 있기는 했다.

문현설.

덕분에 마음 편하게 함께 일하자는 그의 제안을 받아들일 수 있었고 좋은 사람들과 더불어 새 출발을 할 수 있었다. 새 출발, 새로운 삶. 그런데 결국 이렇게 다시 돌아오고 말았다. 그것도 충분히 거절하고 벗어날 수 있었음에도 제 발로, 자진해서.

생각이 거기까지 미치자 머릿속이 더욱 혼란스러워졌다. 그녀의 입에서 절로 무거운 한숨이 흘러나왔다. 루애는 시선을 들어 다시 창밖을 바라보았다.

빠르게 스쳐 가던 전경들이 느리게 지나가고 있었다. 근우가 목적한 장소에 다 와 가는 모양이다.

여기가 어딜까. 아, 어딘지 알겠다. 연대에서 이대로 향하는 뒷길이었다. 대로변만큼은 아니어도 이곳도 몰라보게 바뀐 것은 마찬가지였다.

낡았던 건물들은 죄 리모델링을 해서 번쩍거리고 각종 음식점과 커피 전문점 등 예전에는 볼 수 없었던 세련된 매장들이 꽉 들어차 있었다.

뒷길까지 잠식해 들어온 상권에 예전의 정취 같은 건 눈을 씻고 찾아보려고 해도 찾아볼 수 없었다. 조금은 아쉬운 마음이 들었다.

'어?'

순간 루애의 눈이 동그랗게 커졌다. 고층으로 올라간 으리으리한 건물들 사이에 생뚱맞을 정도로 낡은 외관을 고수하고 있는 3층 건물이 눈에 띈 까닭이었다.

아니, 조금 바뀌기는 했다. 분식점과 구멍가게를 몰아내고 세련된 인테리어를 자랑하는 어느 유명 커피 전문점이 1층 전체를 차지하고 있었으니까.

그러나 1층만 달라졌을 뿐, 그 위에 삐죽 올라서 있는 낡은 건물 외관은 예전 그대로였다. 심지어 2층 벽면에 매달려 있는 낡은 카페 간판도 그대로였다.

'memorise'.

커다래진 루애의 눈동자가 파르르 흔들렸다. 그와 첫 데이트를 했던 장소. 8년 전 그날의 기억이 물밀듯이 밀려왔다.

애완동물은 출입 금지라며 가는 곳마다 번번이 거절을 당하는 바람에 갈 곳 잃은 미아처럼 이리저리 돌아다니다가 혹시나 하고 들어가 봤던 곳이었다. 다행히 저곳에서는 아지의 출입을 허락해 주었더랬다.

아, 그래. 아지! 아지도 있었지.

기대하지도, 생각지도 못했던 근우에게 받은 첫 번째 선물이었다. 그저 한번 지나치듯 얘기한 것뿐이었는데, 근우는 그것을 잊지 않고 포미와 꼭 닮은 아지를 첫 번째 데이트 선물이라며 그녀에게 건네주었더랬다.

생각지도 못했던 그의 세심한 배려와 다정한 마음에 놀라고 당황했었다. 숨이 차오르도록 감동받았던 것도 기억이 났다. 그리고…… 아직 잘 걷지도 못하던 아가였을 때의 아지를 처음 대면하던 그 순간의 벅찬 감동과 설렘도 어제 일이었던 것마냥 생생하게 기억이 났다.

호기심에 차 그녀를 빤히 바라보던 그 새까맣고 커다란 눈동자, 손안에 가득 느껴지던 그 따스하고 간지럽던 느낌, 고물거리던 그 여린 움직임. 약간만 힘을 줘도 부서질 것 같아서 왈칵, 겁이 날 정도였었다.

처음 본 순간부터 아지는 그녀를 무척이나 따랐었다. 자그마한 혀로 거침없이 애정 표현을 하며 그녀에게서 한시도 떨어지려고 하지 않았었다. 근우가 아지를 선물한 것을 후회할 정도로.

그녀 또한 첫눈에 아지한테 흠뻑 빠졌었다. 아지를 데려와 준 그에게 첫눈에 반했던 것처럼, 돌아가신 엄마를 쫓아 사라져 버린 포미를 잊을 수 없어서 포미 아닌 다른 강아지는 아마도 평생 다시는 키울 수 없을 거라고 생각했던 마음이 무색하도록 첫눈에 아지한테 마음을 온통 빼앗기고 말았더랬다.

하지만 결국, 아지도 포미처럼 그녀의 곁을 떠나 버렸다. 엄마가 돌아가시자 그 뒤를 쫓아 어디론가 사라져 버렸던 포미처럼, 아지도 그와의 사랑이 끝나자 어디론가 사라져 버렸다.

아니, 아지가 집을 떠난 건 그와의 사랑이 끝난 것 때문이 아니라 어쩌면 그녀 때문이었는지도 모르겠다. 아지를 집에 남겨 두고 혼자 멀리 떠나 버린 건 그녀가 먼저였으니까.

아지는 그녀가 유럽으로 떠나고 석 달 즈음 지났을 때 홀연히 어딘가로 사라져 버렸다. 루애는 그 소식을 파리에서 접했다.

미안하다고 울먹이는 양 씨를 애써 괜찮다며 담담하게 다독이고서 그녀 혼자 낯설고 어둑한 방구석에 틀어 앉아 얼마나 울었는지 모른다.

아지에게 미안해서, 미안하다는 말조차 할 수 없을 만큼 너무 미안해서, 그리고 그렇게 엉망이 되어 버린 현실이, 산산조각 난 사랑이, 믿음이, 너무 원망스럽고 한스러워서 밤새 소리 죽여 울었더랬다.

그런데 그녀는 다시 이곳에 와 있었다. 그것도 근우와 함께. 아지도, 행복했던 추억도 모두 깨져 버린 지금. 덜컥거리며 오그라든 심장에 예리한 통증이 스쳐 지나갔다. 루애는 더 이상 허름한 건물을 바라보지 못하고 시선을 돌려 버렸다.

헌데…… 이런 젠장! 무슨 생각인지, 근우는 그 허름한 건물의 정문 앞으로 서서히 차를 몰고 갔다. 그리고 차 한 대가 간신히 들어가는 좁은 공간에 차를 세웠다.

기겁하듯 놀란 루애가 근우를 휙, 돌아보았다. 근우는 벌써 시동을 끄고 차에서 내릴 준비를 하고 있었다. 그가 그녀를 돌아보지도 않은 채 말했다.

"내리자."

루애는 아랫입술을 질끈 깨물었다.

"뭐하자는 거야. 여기는 왜……. 추억팔이라도 하려는 거야?"

추억팔이라……. 가슴 아프지만 그것만큼 정확한 말도 없을 듯싶었다. 근우는 굳이 그녀의 말을 부정하지 않았다. 그저 씁쓸하게 미소 지으며 속을 알 수 없는 눈빛으로 그녀를 바라볼 뿐이었다.

"……그렇다면 어떻게 할 건데? 한물간 추억에 젖어 흔들려 줄 건가?"

"!"

"아니라면, 추억팔이든 뭐든 예민하게 반응할 필요는 없을 것 같은데. 나야 네가 이 정도만으로도 흔들려 준다면 더할 나위 없이 좋겠지만."

옴짝거리던 루애의 입매가 단단히 맞물렸다. 흠칫할 줄 알았던 근우가 되레 뻔뻔하리만치 솔직하게 나오니, 그 또한 그녀를 자극할 의도로 하는 말이라는 것을 빤히 알면서도 선뜻 아무런 말도 할 수가 없었다.

무어라 반박할 것인가. 그의 말마따나 옛 기억 따위 아무 의미 없다면 발끈한 것 자체가 우스운 일이고, 네가 뭐라고 하든 난 절대 저곳에는 들어가지 않겠다고 하면 그녀 스스로 벌써 흔들리고 있다는 사실을 시인하는 꼴인 것을.

루애는 얄밉도록 담담한 근우를 한참 더 쏘아보다가 그보다 먼저 차에서 벌컥 내려 보란 듯이 성큼성큼 2층으로 올라갔다.

뒤이어 계단을 올라오는 그의 발걸음 소리가 들려왔다. 그녀의 발걸음과 보조를 맞추듯 규칙적으로 들려오는 발걸음 소리에 그녀의 심장도 쿵쿵, 세차게 울려 댔다.

세월의 더께가 느껴지는 낡은 건물은 겉으로 보이는 것과는 달리 관리가 무척 잘되어 있었다. 퀴퀴한 곰팡이 냄새가 날 법도 하건만 곰팡이는커녕 계단 바닥과 손잡이, 벽까지 얼마나 쓸고 닦았는지 반짝반짝 윤이 날 정도였다. 건물주가 누구인지 애착이 대단한 모양이었다.

'memorise'는 입구까지도 예전 그대로였다. 백 년도 더 된 커다란 오동나무를 그대로 잘라 만든 듯한 투박한 나무 문이 고즈넉이 제자리를 지키고 있었다. 속으로 심호흡을 한 루애는 그 문을 슬며시 밀고 안으로 들어갔다.

딸랑.

머리 위에서 청아한 경종 소리가 울렸다. 흠칫 놀란 루애는 재빨리 시선을 들어 소리가 들려온 곳을 올려다보았다.

주철로 정교하게 조각된 자그마한 종 밑에 매달린 종달새 한 마리가 바람에 흔들리듯 이리저리 흔들리고 있었다. 어쩜. 어떻게 저것마저 예전 그대로일까, 놀랍기만 했다.

근우가 다가오는 기척에 루애는 얼른 안으로 걸음을 옮겼다. 그러면서도 그녀의 커다래진 눈동자는 쉴 새 없이 카페 내부를 훑고 있었다. 루애는 속으로 당혹감일지, 안도감일지 스스로도 모를 신음을 삼켰다.

그녀의 기억이 맞는다면, 모든 것이 아일랜드의 어느 깊은 산중에 위치한 산장을 옮겨 온 듯한 8년 전 모습 그대로였다.

결 고운 나무판자와 통나무로 이루어진 바닥과 벽면 천장, 옹이까지 그대로 마름질하여 제작한 기다란 테이블과 의자들, 맞은편 벽면에 자리한 커다란 벽난로까지.

달라진 것이 있다면 40여 평이나 되는 공간에 손님이 한 명도 보이지 않는다는 점 정도였다. 하긴, 예전에도 손님이 많은 카페는 아니었었다.

눈에 잘 띄지도 않고 젊은이들 취향과는 동떨어진 카페라서 그녀도 대학 4년을 다니는 동안 이곳에 이런 카페가 있다는 사실조차 몰랐더랬다. 아지 때문에 찾다 보니 어쩌다 들어오게 됐을 뿐.

더구나 이제는 바로 1층에 잘나가는 유명 커피 전문점까지 있는데, 누가 이 낡고 촌스러운 카페까지 굳이 올라와 커피를 마시겠는가. 이런 카페에 손님이 있다는 것이, 아니, 이런 곳이 망하지 않고 아직까지 영업을 하고 있다는 것이 더 이상한 일일 터였다.

사람이라고는 그와 그녀 외에 텅 빈 카페가 개인 독서실인 양, 테이블 위에 책들을 잔뜩 펼쳐 놓고 열심히 공부를 하고 있는 남학생 한 명뿐이었다.

청아하게 울리는 경종 소리에 남학생이 화들짝 놀라 고개를 번쩍 들고 두 사람을 쳐다보았다. 어느 모로 보나 답답한 범생 티가 나는 그는 두꺼운 뿔테 안경 너머로 커다래진 눈을 끔벅거리며 엉거주춤 자리에서 일어났다.

"아, 어서 오세요."

알바생인 모양인데, 그로서도 손님이 왔다는 것이 꽤나 놀라운 모양이었다. 남학생이 보던 책들을 얼른 정리하고 후다닥 달려왔다.

"오셨어…… 아차, 그게 아니라 저기, 이리 오세요. 자리로 안내해 드릴게요."

고개를 꾸벅 숙이고 인사를 한 남학생이 아차, 하는 표정으로 근우의 눈치를 살피며 얼른 안쪽으로 앞장서 걸어갔다. 루애는 '뭐지?' 하는 생각이 들었지만, 남자든 여자든 근우만 보면 우와, 하며 신기한 듯 힐끔거리는 사람들을 인이 박히도록 보아 온 터라 그냥 그런가 보다 싶었다.

남학생은 공교롭게도 두 사람을 8년 전 앉았던 창가 자리로 안내했다. 남아도는 게 죄 빈자리인데 권해도 왜 하필 이 자리를 권하는 건지. 루애의 미간이 대번에 찌푸려졌다.

루애는 남학생을 지나쳐 다른 자리에 앉으려고 했다. 헌데 근우가 먼저 잽싸게 그 자리에 앉아 버렸다. 그가 한쪽 눈썹을 슬쩍 치켜 올리고 루애를 쳐다보았다. 눈빛으로 마치 이렇게 말하는 것 같았다.

추억팔이 따위 소용없다며? 그럼 앉지.

어우, 저걸 정말!

속이 부글거렸다. 허나 어쩌겠나. 이제 와서 약한 모습을 보일 수도 없고. 루애는 턱을 바짝 치켜들고 그의 맞은편 자리에 앉았다. 남학생이 우물거리며 말했다.

"주문은, 뭘로 하시겠어요?"

"커피 두 잔 주세요."

메뉴판도 주지 않고 뭘 시킬 건지부터 물은 남학생이나 제멋대로 주문한 근우나 마음에 들지 않기는 마찬가지였다. 그러나 루애는 괜히 말하고 싶지 않아 그냥 내버려 두었다. 손님도 없는 이런 곳에 커피 말고 딱히 다른 것이 있을 것 같지도 않고.

예, 하고 돌아가는 남학생을 근우가 잠깐만, 하고 불러 세웠다.

"식사 됩니까?"

"예? 아, 예, 그럼요."

근우가 루애를 돌아보았다.

"아직 점심 전이지? 나도 빈속인데 밥이나 먹자. 뭐 먹을래?"

"됐어. 먹고 싶으면 너나 먹어."

루애는 차갑게 대답했다. 이런 상황에서 어떻게 밥을 먹는단 말인가. 먹으면 바로 얹힐 것이 뻔했다.

"그래? 그럼 뭐, 할 수 없지. 저기요, 김치볶음밥 하나만 주세요."

어깨를 으쓱인 근우가 태연하게, 아니, 뻔뻔하게 김치볶음밥을 주문했다. 루애의 속은 더욱 부글거렸다. 일부러 저러는 것이 빤했다. 저가 언제부터 김치볶음밥을 좋아했다고.

8년 전에 여기서 마땅히 시킬 것이 없어 할 수 없이 김치볶음밥을 시켜 먹었던 것 외에 어디서도 그가 김치볶음밥을 먹는 걸 본 적이 없었다.

정말 추억팔이 한번 제대로 하려고 작정을 한 모양이었다. 그녀와 관련된 건 하나도 잊지 않고 모두 기억하고 있다는 것을 보여 주려는 듯싶기도 하고.

'흥, 그렇다고 누가 감동할 줄 알아?'

루애는 속으로 어림없다고 콧방귀를 뀌었다.

허나, 그러면서도 실은 적잖이 놀라고 감동 비슷한 것을 받고 있기는 했다.

근우가 이 카페를 잊지 않고 있었다는 것도 놀랍고, 이곳이 아직 있다는 것을 알아내고 그녀를 데려왔다는 것도 놀랍고, 그때 두 사람이 앉았던 자리, 먹었던 음식까지 모두 기억하고 있다는 것도 무척이나 놀랍고 의외였다.

그녀를 깜짝 놀라게 하고 흔들리게 할 속셈이었다면, 반은 성공한 셈이었다.

주문한 음식과 커피는 미리 준비하고 있었던 양 금세 나왔다. 김치볶음밥의 매콤하면서도 고소한 냄새가 텅 빈 공간을 가득 메웠다. 그에 그녀의 텅 빈 내장도 고소한 냄새로 가득 차 버렸다.

잊고 있던 시장기가 확 밀려오며 텅 빈 내장이 밥을 달라고 아우성을 쳐 댔다. 눈치라고는 약에 쓰려고 해도 없는 멍청한 내장이었다. 루애는 눈치 없이 나대지 말고 가만히 좀 있으라며 쓰디쓴 커피를 들이부었다.

'어? 이건…….'

상황 파악도 못 하고 흘러나온 군침을 커피와 함께 꿀꺽 들이켠 루애는 순간 깜짝 놀랐다. 며칠 전 오목교 카페에서 마셨던 것처럼 형편없을 거라고 생각했던 커피가 그녀의 입맛에 딱 맞았기 때문이었다.

진한 스모크 향이 느껴지는 구수한 맛. 과테말라?

'설마, 그냥 커피를 시켰는데 비싼 과테말라를 준다고?'

루애는 고개를 갸웃거리며 다시 한 모금을 마셔 보았다. 이번에는 좀 더 확신했다.

다른 커피 맛은 몰라도 가장 좋아하고 즐겨 마시는 남스로스터리의 과테말라 안티구아 커피 맛만은 확실하게 구분할 수 있는 그녀가 아닌가. 이 커피는…… 그녀가 좋아하는 그 커피가 분명했다.

'신기한 일이네. 어떻게 이걸 일반 커피로 내놓지?'

어쨌든 덕분에 기분은 살짝 좋아졌다. 눈치 없는 시장기도 다소 가시는 것 같았다.

상황이 상황인지라 좋아하는 커피 한 잔에 위안을 받은 루애의 입가에 만족스러운 미소가 절로 스며들었다. 그런 루애를 힐끗 쳐다본 근우의 입가에도 옅은 미소가 잠시 머물다 스쳐 지나갔다.

근우가 식사를 마칠 때까지 두 사람은 아무 말도 하지 않았다. 근우는 묵묵히 수저만 놀리고, 루애는 그런 그를 외면한 채 창밖을 바라보며 향긋한 커피만 홀짝거렸다.

배가 고프긴 엄청 고팠나 보다. 근우는 밥 한 톨 남기지 않고 김치볶음밥을 깨끗이 먹어 치웠다. 빈 그릇을 치우러 온 남학생한테 근우가 커피를 부탁했다. 루애도 한 잔을 더 주문했다.

그 두 잔째의 커피가 3분의 1쯤 남았을 무렵, 근우가 입을 열었다.

"끝까지 아지 얘기는 안 하는구나."

움찔한 루애의 눈가가 파르르 떨렸다. 아지 얘기만은 하지 않았으면 싶었는데, 기어코 그 얘기를 끄집어내는구나, 싶었다.

루애는 이 자리에 앉을 때부터 근우가 아지 얘기를 꺼낼 거라고 예상하고 있었다. 그래서 더더욱 입을 꾹 다물고 외면하고 있었는데, 젠장.

루애가 세상이 무너진 듯 방 안에 틀어박혀 쉼 없이 제 상처를 긁어내고 있을 때, 아픔이라도 전이된 듯 슬픔에 찬 커다랗고 까만 눈동자로 그녀를 하염없이 바라보며 힘을 내라고, 자기가 있지 않느냐고 낑낑거리며 그녀의 품을 파고들던 아지의 모습이 주마등처럼 루애의 눈앞을 스쳐 갔다.

"난 그래도 네가 먼저 물어봐 줄 줄 알았는데."

씁쓸함이 느껴지는 그의 음성에 루애가 차갑게 대답했다.

"그 얘기는 하고 싶지 않아."

"이해해. 너도 그런 결정을 하기가 쉽지는 않았을 테니까. 처음에는 꼭 그렇게까지 했어야 됐나 싶어서 너한테 화도 나고 실망도 하고 그랬었다. 그런데 시간이 지나니까 나름 이해도 되고 오히려 고맙다는 생각까지 들더라. 그래도 녀석을 다른 곳에 보내 버리지 않아서, 나한테라도 보내 준 게 고맙더라구. 그런데…… 후우, 미안하……."

"뭐?"

두 눈이 커다래진 루애가 그를 휙 돌아보며 떨리는 목소리로 말을 끊었다.

"방금 뭐라고 그랬어? 보내 준 게 고마웠다고? 뭘? 아지를? 내가 너한테?"

처음 듣는 소리라는 듯 황망해하는 그녀의 표정을 보며 근우는 직감적으로 뭔가 잘못됐다는 생각이 들었다. 실날처럼 가늘어진 그의 눈매가 바짝 좁혀졌다.

"네가…… 보냈던 게 아닌가?"

"무슨 소리야. 내가 왜 아지를! 잠깐만, 그러니까 아지가 너한테 갔다, 그래서 지금 너하고 같이 있다, 뭐 이런 얘기니?"

근우의 가늘어진 눈매가 더욱 좁아졌다. 루애가 믿을 수 없다는 듯 손으로 입을 막고 단숨을 들이켰다.

"헉! 지, 진짜? 어떻게 그런 일이…… 말도 안 돼. 아지가 어떻게 혼자서 널 찾아갔다는 거야? 네가 어디 있는지 어떻게 알고?"

믿을 수가 없었다. 주인을 찾아 강아지 혼자 천 리 길을 달려갔다는 얘기는 영화나 해외 토픽 같은 데에 나오는 일이라고 생각했었다. 그런데 지금 그의 얘기를 들어 보니, 어느 날 갑자기 사라진 아지가 실은 그 길로 근우를 찾아갔었다는 말이 아닌가!

도저히 믿기 힘든 얘기지만, 그녀는 아지를 그에게 보낸 적이 없으니 그것 말고 다른 가능성은 생각할 수조차 없었다. 아지가 그렇게 영물이었나? 머리가 그렇게 좋았어?

그녀의 가슴이 기대와 흥분에 차 벌렁거렸다.

"자세히 말해 봐. 아지가 널 어떻게 찾아갔는데? 어디로? 지금은 어떻게 지내는데? 건강은? 많이 컸니? 잘 있어?"

흥분한 루애는 테이블 너머까지 상체를 숙이고 그에게 바짝 다가앉았다. 근우가 무슨 말을 하고 무슨 짓을 하든 절대 흔들리지 말자고 결심했던 것 따위는 깨끗이 잊어버렸다. 커다래진 그녀의 두 눈이 기쁨과 기대에 차 반짝거렸다.

그러나 그녀가 그럴수록 근우의 표정은 점차 난감한 듯 딱딱하게 굳어져 갔다.

아무래도 루애가 아지를 그에게 보낸 것이 아니었나 보다. 그녀는 아지가 그에게 온 것조차 모르고 있던 눈치가 아닌가. 그렇다면 누가? 하아, 빌어먹을. 근우는 속으로 낮은 욕설을 내뱉었다.

그녀가 아니라면, 보나 마나 뻔한 것이 아닌가. 아마도 아버님이 그녀 몰래 보내신 것 같았다. 괜한 얘기를 꺼냈다 싶었지만, 어차피 한번은 언급하고 넘어가야 하는 이야기라는 생각이 들었다.

나중에 그녀가 물어서 대답해 주느니, 그가 먼저 얘기해 주는 것이 도리이고 순리이지 싶었다.

근우가 무거운 목소리로 입을 열었다.

"아지가 날 찾아온 게 아니야. 그런 일이…… 가능할 리가 없잖아."

"그럼 어떻게……?"

"네가 어머니 손에 이끌려서 마지못해 날 만나러 와 줬던 그 날로부터 3개월인가 지났을 때였을 거다. 이른 아침부터 울린 초인종 소리에 일하는 아주머니가 고개를 갸웃거리며 나한테 밖으로 나가 보라고 하더군. 내가 예전에 타던 차가 집 앞에 서 있다면서 말이야. 무슨 소리인가 싶어서 나가 봤지. 그런데 대문 앞에 진짜 그 차가 서 있더군. 내가 너한테 줬던 내 첫 차, 그 스포츠카가."

아지 얘기를 하다가 뜬금없이 튀어나온 차 얘기에 순수한 기쁨과 놀람으로 넘실거리던 그녀의 눈동자가 대번에 차갑게 식어 버렸다.

'갑자기 그 얘기는 왜 꺼내는 거야.'

그 차라면 그녀도 잘 알고 있었다. 그녀가 직접 하 사장한테 그 차를 치워 달라고, 근우한테 돌려보내 달라고 부탁했었으니까.

그와 헤어진 직후, 루애는 그에게서 받았던 선물들과 그를 떠올리게 하는 물건들을 모두 눈앞에서 깨끗이 치워 버렸었다.

하지만 한번 돌려줬다가 다시 받은 그 차와 아지만은 어떻게 할 수가 없었다.

아기 때부터 4년이나 키운 아지는 그녀의 동생이나 마찬가지였고, 차는 그녀가 마음대로 내다 버리기에는 너무 고가였기 때문이었다. 하여 고민 끝에 하 사장한테 부탁을 했었다.

그에 하 사장은 바로 다음 날 운전기사를 시켜 차를 근우한테 돌려보냈다. 때문에 루애도 차가 그에게 되돌아간 것은 익히 알고 있었다.

'어? 그런데 잠깐만. 근우가 차를 받은 게 언제였다고? 마지막으로 만났던 날로부터 3개월이나 지난 뒤였다고? 그럴 리가…….'

그녀가 하 사장한테 부탁했던 건 훨씬 전이었다. 근우를 그의 집에서 마지막으로 만나고 돌아온 뒤 일주일도 채 안 됐을 때였으니까.

'그런데 3개월이나 지난 뒤에야 차를 받았다고? 어떻게 그럴 수가 있지? 그럼 3개월 동안이나 아빠가 그 차를 다른 곳에 보관하고 있다가 돌려줬다는 얘긴가? 왜? 혹시 근우가 뭔가를 착각하고 있는 건 아닐까?'

그때면 그녀가 파리에 머무르고 있을 시기였다. 그렇게 주변 정리를 끝내고 나서 한 달쯤 뒤에 바로 파리로 떠났으니까. 그리고…… 헉! 그러고 보니 공교롭게도 그가 차를 받았다는 시기가 아지를 잃어버렸다고 연락을 받았던 시기와 미묘하게 맞물렸다.

불현듯 안 좋은 예감이 뇌리를 스치고 지나갔다. 루애의 눈동자가 불안하게 흔들리기 시작했다.

근우의 이야기가 담담하게 이어졌다.

"화가 났지. 난 분명히 끝난 게 아니라고, 너한테 시간을 주는 것뿐이라고 말했는데도 바로 차까지 되돌려 보낸 네 고집에 미친 듯이 화가 났었다. 그래서 바로 너한테 달려가려고 했었지. 그런데…… 아지가 있더군. 차 안에, 잔뜩 겁먹은 얼굴로 오들오들 떨면서. 그런 아지를 본 순간, 망치로 뒤통수를 얻어맞은 것처럼 한동안 아무 생각도 할 수 없었다. 아무리 나한테 화가 났어도 그렇지, 어떻게 아지를 버릴 생각을 했을까. 어떻게 나한테 돌려보낼 생각을 할 수가 있을까. 그다음엔 단순히 화가 나는 정도가 아니었어. 처음으로 네가 무섭다는 생각이 들었지. 너란 여자도 이토록 독해질 수 있는 여자였구나. 잔인해질 수 있는 여자였구나. 순간적으로 질려 버렸다고 해야 하나. 그래서 너한테 달려갈 수 없었다. 지금 널 잘못 건드렸다간 나도 아지처럼 정말 비참하게 버려질 수도 있겠구나 싶어서 겁이 덜컥 나 버렸거든. 네 스스로 분이 가라앉아서 진정이 될 때까지는 쥐 죽은 듯이 숨죽여 기다려야겠구나 싶었지."

근우가 시선을 들어 루애를 쳐다보았다. 생각지도 못한 충격으로 하얗게 질려 가는 그녀의 얼굴을 바라보며 근우가 낮은 한숨을 내쉬었다.

"진짜 몰랐었나 보군. 하긴 그렇게 쉽게 아지를 버릴 네가 아니긴 하지. 아무리 내가 미워도 아지한테 분풀이를 할 사람은 아닌데 말이야. 그런데 그땐 그렇게밖에 생각할 수 없었다. 훗, 그러고 보니 나도 너와 똑같은 말을 하고 있군. 그렇게 생각할 수밖에 없는 상황이었다는 말로 널 오해하고 원망했던 걸 정당화하면서 변명하고 있으니 말이야."

"방금 한 말들, 다 사실이야?"

근우는 대답하지 않았다. 그저 착잡한 표정으로 그녀를 건너봤을 뿐이었다. 하긴 무슨 말이 필요하겠는가. 굳이 그렇다는 대답을 들을 필요도 없다는 건 그녀 자신이 제일 잘 알고 있는데 말이다. 루애는 떨리는 손으로 이마를 감싸고 고개를 돌려 버렸다.

'하아, 아빠…….'

루애의 마음 또한 더없이 무겁고 착잡해졌다. 하 사장이 그녀까지 속이고 아무 죄도 없는 아지를 버리듯이 그에게 돌려보낸 건 몇 번을 생각해도 과도한 처사였다. 하지만 그 마음 역시 이해가 가지 않는 것은 아닌지라, 하 사장을 탓할 수만도 없었다. 당신도 아지를 보기가 괴로워서 그러셨을 테니까.

아지를 보면 루애가 떠오르고, 그다음으로 자연스럽게 떠오르는 건 근우였을 것이다. 하나밖에 없는 딸의 가슴을 찢어 놓은, 그래서 견디다 못해 당신의 품을 떠나 버리게 만든 천하의 나쁜 놈의 얼굴이. 해서 차마 버리지는 못하고 그에게 돌려보냈을 것이다.

'그래도 나한테는 사실대로 말씀해 주시지. 그랬으면 적어도 아지에 대한 미안함과 걱정으로 힘든 시간을 보내지는 않았

을 것 아닌가.'

루애는 무거운 한숨을 내쉬었다. 그러나 이제라도 아지가 그와 함께 있다는 사실을 알게 되어서 천만다행이라는 생각이 들었다. 적어도 거리를 헤매다 모진 일을 당하거나 이상한 사람한테 끌려가서 구박을 받지는 않았을 테니까. 그동안 아지가 어디서 누구와 지내고 있었는지를 알게 된 것만으로도 마음이 한결 놓이는 것 같았다.

루애가 어렵사리 미소를 지으며 그를 쳐다보았다.

"어쨌든 다행이다. 너하고 같이 있다니……. 아지, 잘 지내? 아픈 덴 없고? 이젠 할아버지가 돼서 옛날 같지 않을 텐데."

"그게……."

곤혹스러운 듯 근우가 미간을 좁히고 선뜻 뒷말을 잇지 못했다. 아지한테 안 좋은 일이라도 생긴 건가 싶어 덜컥 겁이 난 루애가 다그치듯 물었다.

"왜, 어디 아파?"

"아니."

"그런데 표정이 왜 그래? 무슨 일인데?"

"그게…… 후우, 미안하다. 실은 아지…… 죽었어. 재작년 겨울에."

헉! 루애의 입에서 목이 졸린 듯한 신음이 흘러나왔다. 충격으로 커다래진 그녀의 눈동자가 파르르 흔들렸다.

"어, 어쩌다가……?"

"원인은 나도 몰라. 병원에서 정확하게 얘기를 안 해 줘서.

나하고 같이 있다가 유럽으로 너 찾으러 다니기 시작하면서 어머니한테 맡겼었는데, 빈에 다녀온 바로 다음 날 어머니한테 전화가 왔었어. 아무래도 아지가 이상한 것 같으니까 빨리 와 보라고 하시더군. 가 봤더니 녀석이 진짜 이상하더라. 어머니한테 여쭤 봤더니, 며칠 전부터 갑자기 그랬대. 평소보다 숨도 심하게 헉헉거리고 구토에, 설사에. 병원에 데리고 갔더니 항생제 주사 놔 주고 별 이상은 없다고 했었대. 그래서 안심하고 돌아왔는데, 아침부터 다시 구토를 시작하고 피까지 토했다고 하더라구. 바로 녀석을 안고 병원으로 달려갔지. 그런데…… 가는 도중에 죽어 버렸다. 저체온증이었다고는 하는데, 모르겠어. 멀쩡하던 놈이 갑자기 왜 그랬는지."

무책임하게 그런 말이 어디 있느냐고 따져 물으려던 루애는 입을 턱 틀어막았다. 아니다, 자신이 그런 말을 할 자격이나 있나. 그동안 아지가 어디서 어떻게 살고 있었는지도 모르고 있었던 주제에. 그저 어딘가에 잘 살고 있어 주기만을 바라며 애써 잊고 살았던 주제에…….

부르르 떨리는 루애의 두 눈에서 뜨거운 눈물이 주르륵 흘러내렸다. 가증스럽고 염치없는 눈물이었다. 루애는 황급히 고개를 돌리고 눈물을 훔쳤다.

죄인처럼 잦아든 그의 침울한 목소리가 그녀의 고막으로 흘러 들어왔다.

"미안하다. 정말 미안해. 내가 더 잘 보살펴 줬어야 했는데, 그러질 못했어. 내 욕심에 녀석 혼자 텅 빈 집만 지키게 하고,

좀 더 일찍 부모님 집으로 보냈으면 녀석이 조금 덜 외롭지 않았을까, 그게 가장 후회가 된다. 난 녀석한테 많은 위안을 받았었는데 녀석은 나와 함께 있는 동안 아마 많이 외로웠을 거야. 그래서 녀석이 그렇게 일찍 가 버린 건가 싶기도 하고…… 후우. 어쨌든 너한테나 녀석한테나 면목이 없다. 미안해."

루애는 고개를 붕붕 가로저었다. 자신 역시 마찬가지였다고. 아니, 자신이 더 아지한테 못 할 짓을 했다고, 그러니 그가 사과할 필요 없다고 루애는 온몸으로 대답했다.

"너한테 이 얘기를 언제 해야 하나, 많이 고민했었다. 아예 하지 말까 싶기도 했었지. 가뜩이나 미워 죽겠는 놈, 거기다 미워할 수밖에 없는 이유를 하나 더 보태는 건 아닌가 싶어서 말이다. 하지만 그래도 어쩔 수 없다고 생각했다. ……아지니까. 아지 또한 우리의 일부분이었으니까. 아파도 직시해야만 하는 현실이고 감당해야만 하는 아픈 기억 중 하나니까. 더 이상은 어떤 것도 피하지 않을 거다. 시간이 지나면 잊혀지겠지, 나아지겠지, 묻히겠지 하는 막연한 바람으로 감추고 피하고, 오해와 불안, 원망과 미움이 쌓이도록 내버려 두지 않을 생각이다."

스스로에게 다짐하듯 확고하면서도 고뇌에 찬 음성에 루애의 시선이 스르르 그에게로 향했다. 기다렸다는 듯이 망막을 찔러 오는 그의 강렬한 눈빛에 요동치던 루애의 심장이 덜컥, 멈춰 버렸다.

근우가 거세게 흔들리는 루애의 동공을 놓치지 않고 힘주어 말했다.

"그러니까 하루애, 너도 용기를 내 봐. 지금 흔들리고 있는 네 마음이 하는 소리에 귀를 기울여 보라구. 진실은 눈앞에 드러난 것과는 완전히 다를 수도 있다. 아지의 일처럼……."

"아무 데나 막 갖다 붙이지 마. 아지 일은 그…… 일하고는 달라."

"아니, 크게 다르지 않아. 무슨 일이든 마찬가지다. 나 역시 내가 진실이라고 알고 있는 것들이 전부가 아닐 수 있어. 네가 얘기를 해 주지 않는 이상 나로서는 너한테 어떤 일이 있었는지, 네가 보고 들은 것은 무엇인지 알 도리가 없으니까. 그러니까 네 얘기를 들려 줘. 그리고 내 얘기를 들어 줘. 판단은 그다음에 해. 내가 바라는 건 그것뿐이다."

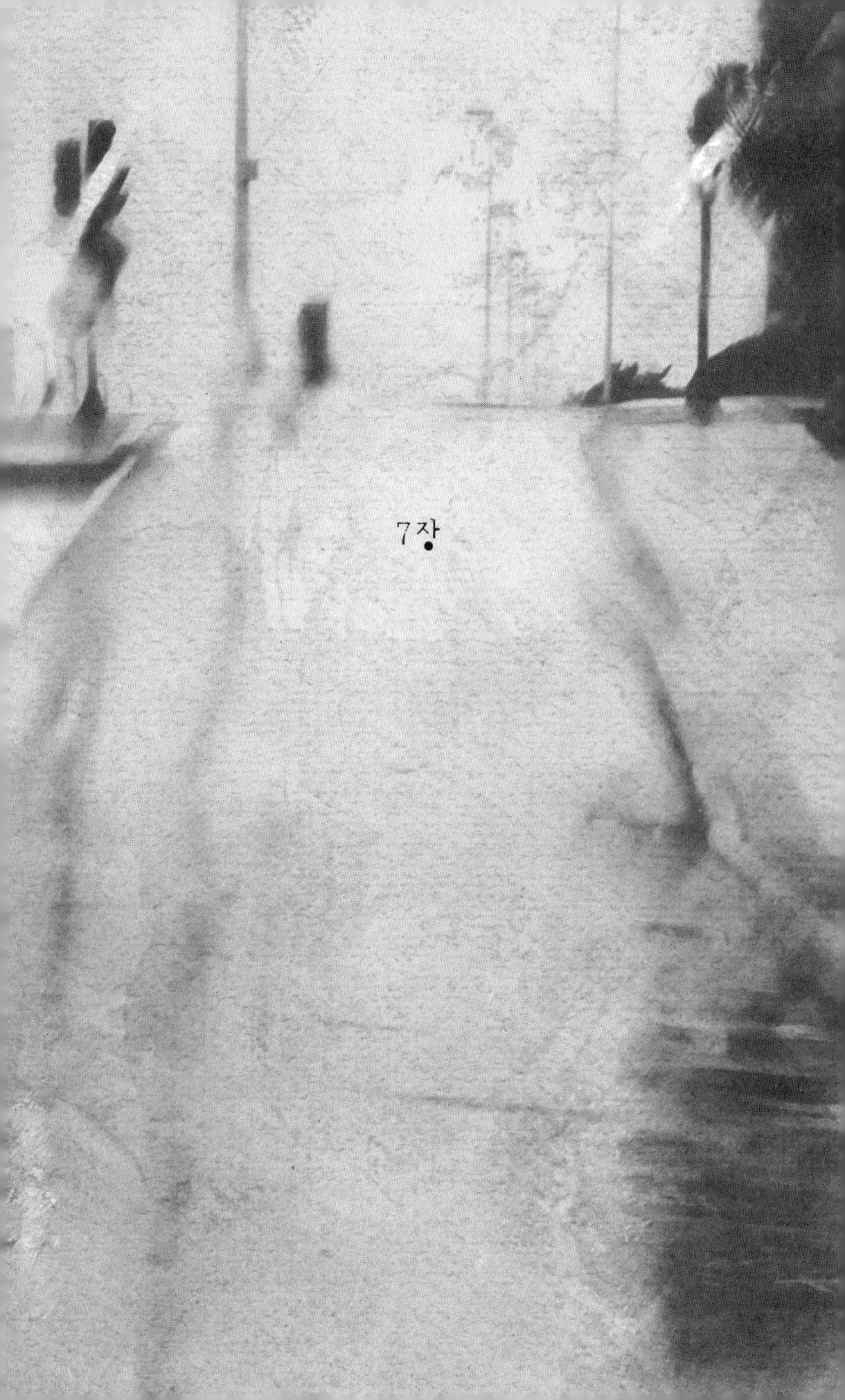

7장

"근우한테 전화해서 주말에 집으로 좀 오라고 해. 다른 얘기는 하지 말고 저녁이나 같이 먹자고."

남편의 품에 안겨 와인 잔을 기울이고 있던 홍 여사가 시선을 들어 걱정스런 눈빛으로 이 회장을 올려다보았다.

"그 얘기 하시려구요?"

"그동안에는 확실치가 않아서 말을 못 해 줬지만, 이젠 내부적으로 결정 다 나고 발표만 앞두고 있는데 근우한테도 얘기를 해 줘야지. 그래야 저도 정리할 것 정리하고 마음의 준비를 하지 않겠나."

홍 여사가 남편의 품을 벗어나 상체를 일으켜 앉으며 낮은 한숨을 내쉬었다.

"그렇긴 하죠. 그런데 저는 솔직히 걱정돼요. 근우가 순순히 그러겠다고 할지. 당신하고 약속했던 시간도 아직 2년이나 남았고, 솔직히 근우 너무 잘하고 있잖아요."

이 회장이 코웃음을 쳤다.

"잘하고 있긴. 그래 봤자 달랑 식당 두 개지."

"어머, 식당이라니요. 근우네 레스토랑이 얼마나 유명한데. 내 친구들 중에서도 거기 단골 되게 많아요. 그리고 인혜한테 물어보니까 패밀리 레스토랑으로 바꾼 후로 매출이 엄청나게 뛰었대요. 청담점이랑 합치면 연 매출이 웬만한 중소기업보다 많을 거라던데요?"

"누가 그걸 모르나. 하지만 그래 봤자 레스토랑은 레스토랑일 뿐이야. 거기다 녀석은 매장을 더 늘릴 생각도 없잖소. 그 정도를 사업이라고, 성공했다고 할 수는 없지. 그리고 이젠 상황이 바뀌었잖아. 드디어 가람이 제1금융권으로 진출하게 됐는데, 녀석을 저렇게 내버려 두라고? 그럴 수는 없지. 내가 누구 때문에 한신은행을 인수하는데. 그리고 내 아들이라서가 아니라, 근우는 그 정도로 만족하며 살도록 내버려 두기에는 아까운 놈이야. 좀 더 큰물에서 놀 재목이지."

이 회장은 근우가 향후 10년 내에 한국의 금융계를 좌지우지하는 거물이 되리라는 것을 믿어 의심치 않았다. 나이는 어려도 어느 누구보다 머리가 비상했으니까.

핏줄이 핏줄인지라 자금의 흐름을 파악하는 능력이나 정세를 정확히 꿰뚫어 보는 능력 또한 무서우리만치 냉철하고 뛰어났다.

될성부른 나무는 떡잎부터 다르다고 어렸을 때부터 그랬었다. 오죽했으면 돌아가신 아버지가 이 회장이 가장 잘한 일이 근우를 낳은 것이라고 하셨겠는가.

허나 이 회장과 그의 부친이 근우에게 거는 기대는 근본부터 판이하게 다른 것이었다. 그의 부친은 오로지 돈밖에 모르는 분이었다.

젊은 날 시장통의 사채업자로 시작해 오늘날의 가람금융을 명동의 큰손으로 만들기까지 그의 부친은 돈을 위해서라면 살인 빼고는 못 할 짓이 없는 분이었다. 명예, 위신? 그런 건 개한테나 주라고 비웃던 분이었다.

사람들이 뒤에서 욕하고 멸시하고 저주의 말을 퍼부어도 눈 하나 꿈쩍하지 않으셨다. 그의 부친에게는 돈이야말로 최고의 선이자 권력, 명예, 그 모든 것이었다.

사실 이 회장도 크게 다르지 않았다. 부친과 다른 점이 있다면, 힘없는 서민들의 주머니를 터는 대부업에서 완전히 손을 떼고 그 타깃을 권력층과 기업으로 바꿨다는 것뿐이었다.

그만큼 위험 부담은 커졌지만 역으로 거둬들이는 이윤과 가람의 위상은 이전과는 비교할 수 없으리만큼 크고 막강해졌다.

정관계 어디든 가람의 돈이 흘러들어 가지 않는 곳이 없었다. 앞에서는 돈을 풀고 뒤로는 그들의 약점이 될 만한 정보들을 닥치는 대로 긁어모았다. 그것들은 때로는 가람의 훌륭한 방패막이가 되어 주기도 했고 때로는 치명적인 무기가 되기도 했다.

그렇게 이 회장은 부친이 쌓아 놓은 부에 더 큰 부와 어느 누구도 함부로 건드릴 수 없는 막강한 권력까지 덤으로 이룩하는 데에 성공했다. 하지만 거기까지만이었다.

가람은 여전히 주류에 편승하지 못하는 음지의 존재일 뿐이었다. 어느 곳에도 정식으로 초대받지 못했고 진심으로 환대받지 못했다. 겉으로는 웃으며 친한 척했지만 속으로는 그와 가람을 멸시하며 천대했다.

사실 그 정도야 아무래도 상관없었다. 그런 그들이야말로 실상은 그 못지않게 더럽고 비열하며 야비한 족속들이라는 것을 누구보다 잘 알고 있는 사람이 그였으니까.

헌데 그런 그들이 감히 자신의 아내와 아들을 무시하고 경멸하는 것만은 참을 수 없었다. 자신과 다를 것 없는 족속들이 주류라는 이유만으로 사회적으로 존경받을 만한 존재들인 양, 청렴한 양 으스대며 위선 떠는 꼴들을 더 이상은 눈 뜨고 봐 줄 수가 없었다.

거기다 근우까지 할아버지와 아버지를 사랑하지만 그렇다고 두 분들과 같은 인생을 살고 싶지는 않다며, 자신의 인생은 스스로 개척해 살겠다고 당당히 선언했을 때는 그 충격을 이루 말로 할 수 없었더랬다.

그때 그놈이 뭐라고 그랬더라? 남들이 피땀 흘려 이룩한 사업체를 갈기갈기 찢어 팔아 막대한 이윤을 거둬들이는 일은 절대 하지 않을 거라고 했던가?

가람이 그러한 기업 사냥 사업을 접지 않는 한, 가람에 들어올 일도 없을 거라고 했었다. 그런 근우를 이 회장은 비웃었었다. 환상에 빠진 철부지라고. 그랬더니 녀석이 기다렸다는 듯 이렇게 말했었다.

"그럴지도 모르죠. 그럼 아버지는 제가 철이 들 때까지 기다리셔야겠습니다. 환상에 빠진 철부지를 가람에 들이셨다간 그 환상을 실현하기 위해서 무슨 짓을 저지를지 모르니까요. 서른 살이 되면 철이 들까요? 글쎄, 장담할 수는 없지만 그때까지 한번 기다려 보십시오. 제가 철들기를 기대하시면서. 저는 그동안 아버지가 변하시기를 학수고대하겠습니다. 뭐, 그전에 아버지가 원하시는 방향으로 철이 들어 버릴 수도 있지만요. 그러니 그때까지 절 가만 내버려 두십시오. 그리고 지켜봐 주세요. 제 스스로 어디까지 갈 수 있는지, 어디까지 이룰 수 있는지. 절대 실망은 시켜 드리지 않겠습니다."

스물두 살밖에 되지 않은 어린놈의 눈빛이 어찌나 형형하고 자신감에 차서 확고하던지, 새삼 내가 자식 놈 하나는 기가 막히게 낳았구나, 싶었더랬다. 그래서 근우의 능력이 어디까지 되나 시험도 해 볼 겸 그러마고 약속을 해 줬었다.

휴학을 하고 카페를 차려도 일절 무어라 관여하지 않았다. 그 어린 나이에 결혼을 하겠다고 루애를 데리고 왔을 때도. 뭐, 결국엔 헤어지고 말았지만.

어쨌든 지금까지 근우는 이 회장이 기대했던 것 이상으로 무척 잘해 주었다. 여자 때문에 잠시 방황을 하기는 했으나 곧바로 정신을 차리고 중심을 잡았다.

커피 전문점 때문에 카페 사업이 사양 사업이 될 것을 미리 예견하고는 일찌감치 레스토랑으로 사업을 변경하여 홍 여사 말마따나 대성공을 거뒀으며, 대학에 복학을 해서 우수한 성적으로 학업도 끝마쳤다.

아들놈이 그렇게까지 해 줬는데, 이젠 이 회장이 변할 차례였다.

때마침 한신은행이 시장에 나와 주었다. 자신의 숙원 사업이었던 제도권 내의 제1금융권 진출을 이룰 절호의 기회였고, 가람의 대대적인 변화를 기대한다는 아들놈의 소원을 이뤄 줄 기회이기도 했다. 그래서 과감히 한신은행 인수전에 뛰어들었다.

그동안 가람의 제1금융권 진출을 저지하려는 세력들 때문에 이런저런 고충이 꽤 많았었다. 허나 결국엔 그가 이겼다.

한신은행마저 외국 자본에 넘어가서는 안 된다는 여론이 급속도로 확산되면서 정부도 어쩔 수 없이 가람을 주축으로 구성된 국내 금융 컨소시엄의 손을 들어 줄 수밖에 없게 된 까닭이었다.

오랜 세월 가람으로부터 천문학적인 돈을 받아 챙겨 온 정권의 실세와 금융감독위 고위층으로부터 어제 각각 축하한다는 연락을 받았다. 인수 결과 발표까지는 아직 한 달가량이 남았지만 내부적으로는 이미 가람으로 결정이 났다는 이야기였다.

미국의 대형 투자사와 손잡은 성진그룹보다 이 회장한테 받아먹은 돈이나 잡힌 약점이 더 많았던 모양이다.

얼마 전 성진 조 회장이 후계자인 제 아들의 경영권을 공고히 하기 위해서 벌였던 주가조작과 증여세 탈루 등 온갖 비리가 내부 고발자를 통해 세상에 밝혀지면서 성진 자체적으로 한신은행 인수전에 심대한 타격을 입은 것도 단단히 한몫을 했을 것이다.

성진으로서는 한신은행 인수보다 당장 발등에 떨어진 불을 끄는 일에 그룹의 모든 역량을 집중해야 할 상황이 되어 버렸으니 말이다.

그 엄청난 비리가 하필 왜 이 시점에 터져 버렸는지는 오직 신, 아니, 이 회장만이 알 일이었다.

어쨌든 모든 것이 이 회장이 바라던 대로 이루어졌으니 이제 남은 것은 근우를 한신은행으로 불러들이는 일뿐이었다. 다른 건 그의 뜻대로 다 되어 가는데, 자식 일만은 왜 뜻대로 안 되는지 모르겠다.

천하의 이 회장도 함부로 할 수 없는, 세상에서 가장 힘들고 어려운 상대가 아직 서른 살도 되지 않은 아들놈이라는 사실은 참으로 아이러니한 일이 아닐 수 없었다.

"그런데 여보, 요즘 근우가 마음이 또 싱숭생숭한가 봐요. 얼마 전에는 보름 가까이 가게에 코빼기도 안 비치더니, 요즘엔 오전에 잠깐 왔다가 금방 가 버린대요."

앉으나 서나 근우 걱정뿐인 홍 여사가 근심 가득한 얼굴로 말했다.

"그래? 근데 그걸 당신이 어떻게 알아?"

"인혜한테 들었죠. 엊그제 숙영이를 만났는데, 걔가 지 딸한테 할 말이 있다고 해서 홍대점에 가서 만났었거든요. 그때 그러더라구요. 근우가 안 보여서, 내가 근우는 아직 안 나왔느냐고 찾으니까. 그럼 청담점에 있나 보지, 그랬더니 그것도 아니래요. 자기도 그런 줄 알았는데, 청담점 매니저인 형석 군 있잖아요. 그 친구하고 이런저런 얘기하다가 물어보니까 거기도 마찬가지라고 그랬대요."

이 회장이 피식, 웃었다.

"처제가 또 뭐라고 한마디 했겠군. 자기 딸만 잔뜩 부려 먹는다고."

"들었으면 그랬겠죠. 그런데 인혜도 제 엄마 성격을 알아서 숙영이 화장실 갔을 때 나한테만 살짝 얘기해 주더라구요. 어흐, 어쨌든 홍숙영, 제 딸이 좋아서 하는 일 가지고 왜 맨날 근우 탓을 하는지 몰라. 근우가 억지로 시킨 것도 아니고 제 딸이 하도 하고 싶다고 통사정을 해서 맡긴 거고만. 솔직히 근우가 사촌 동생 아니면 그쪽으로는 경험도 없는 애를 뭘 믿고 매니저 자리를 덥석 주겠느냐구요. 구멍가게도 아니고 그 큰 레스토랑을, 안 그래요? 어쨌든 내 동생이지만, 기집애가 아주 못돼 빠졌어. 유학 때려치우고 돌아와서 빈둥거리며 방황하는 애를 마음잡게 해 줬으면 고마워해야지, 그걸 왜 근우 탓을 해?"

홍 여사는 돈 많은 형부 덕을 수없이 봐 놓고도 고마움은커녕 그걸 당연하다 여기며 툭하면 손을 내미는 얌통머리 없는 동생 생각에 괜스레 부아가 나서 씩씩거렸다. 그런 홍 여사가 귀여운지 이 회장은 껄껄 웃으며 그녀의 가는 어깨를 토닥거렸다.

"처제가 그런 적이 어디 한두 번인가. 새삼스럽게 뭘 그래."

"생각할수록 열 받으니까 그렇죠. 대학도 당신 덕에 나왔고 지 남편 사업 자금도 다 당신이 대 줘서 그만큼 사는 건데, 기집애가 고마운 줄을 몰라. 한 번만 더 도와 달라고 손 내밀어 봐. 그땐 정말 국물도 없어. 당신도 더 이상 걔네 도와주지 말아요. 제부가 찾아와서 우는소리 해도 절대로, 알았어요?"

말은 그렇게 하면서도 동생이 찾아와서 또 눈물 콧물 흘리며 도와 달라고 손 내밀면 이 회장 몰래 있는 돈 없는 돈 죄 끌어다 줄 사람이 본인이면서, 겉으로만 강한 척 씩씩거리는 홍 여사가 이 회장은 마냥 귀엽고 사랑스러울 뿐이었다.

"알았어, 걱정 마. 안 그래도 재작년에 부도난 거 막아 주면서 이번이 마지막인 줄 알라고 단단히 말해 뒀어. 박 서방도 마지막 기회라고 생각하고 죽을힘을 다해 성공해 보이겠다고 했고. 이제 정신 차리고 잘하겠지. 그나저나 근우가 이번에 가게 접으면 제일 좋아할 사람이 처제겠군."

"숙영이가 왜요? 어머, 당신 설마 이번에 근우 은행으로 들여보내면서 레스토랑 다 정리하라고 할 생각이에요? 그건 안 돼요, 여보. 근우가 레스토랑에 애착이 얼마나 많은데요. 레스토랑 얘기 꺼내면 반발심에 더 안 들어간다고 할지 몰라요. 그러니까 여보, 근우를 이번 참에 은행으로 완전히 들여보내고 싶으시면 은행 얘기만 하시고, 레스토랑 얘기는 입 밖에 꺼내지도 마요. 레스토랑을 접고 말고는 전적으로 근우한테 맡기겠다, 하시라구요. 그래야 걔도 진지하게 고민을 해 볼 거 아니에요."

홍 여사의 말을 들어 보니, 그도 그렇겠다 싶었다.

안 그래도 작년에 청림건설을 가지고 협박해서 루애에 대한 미련을 접고 한국에 눌러앉도록 만들었던 터라 아직 아비에 대한 안 좋은 감정이 남아 있을 텐데, 거기다가 괜히 반발할 핑계를 얹어 줄 필요는 없겠다 싶었다. 가뜩이나 구슬리기가 쉽지 않은 놈인데.

정 뭣하면 이번에도 청림건설 패를 꺼내 녀석을 굴복시킬 수는 있을 터였다.

막판에 결정을 유보했을 뿐, 지금 당장이라도 이 회장이 맘만 먹으면 은밀하게 확보한 최대 주주의 권리를 이용하여 괘씸한 그놈의 하 씨 늙은이를 사장 자리에서 끌어내리고 청림건설을 갈기갈기 찢어 공중분해 시켜 버릴 수 있었다.

청림보다 더 크고 건실한 기업들도 수없이 빈 깡통으로 만들어 팔아 치워 버렸던 이 회장이었다. 그에게 청림 정도는 솔직히 식은 죽 먹기보다도 처리하기 쉬운 잔챙이였다.

이 회장이 청림 작업을 지시한 것은 하 사장이 별것도 아닌 주제에 감히 근우를 가람의 핏줄이라는 이유만으로 터부시하고 오랫동안 반대했었다는 것 때문은 결코 아니었다.

청림건설은 규모가 작고 보잘것없어도 업계에서 나름 탄탄하고 건실한 기업으로 인정받았고, 오너인 하 사장 역시 보기 드물게 정도를 걷는 깐깐한 기업가로 평가를 받는 인물이었다.

그에 가람을 저어하는 심정이 나름 이해도 갔고, 근우의 짝으로 적당하다 싶기도 했었다. 근우와 홍 여사가 루애를 너무 예뻐하고 좋아하기도 했었고 말이다.

그런데 두 사람이 별 같잖지도 않은 일로 헤어지고 말았다. 그때도 그냥 그런가 보다 했었다. 하나밖에 없는 아들 녀석이 힘들어하는 걸 보는 것은 결코 유쾌한 일이 아니었지만, 어쩌겠나 싶었다.

실수든 뭐든 제 놈이 한눈을 파는 바람에 벌어진 일인 것을, 누구를 탓하겠는가 싶었더랬다. 그만한 일로 독하게 연을 끊어버린 루애도 영 마음에 들지 않았고 말이다.

인연이 아니었나 보다, 그냥 그랬었다. 다행히 근우도 곧 마음을 접고 일과 학업에 열중을 해서 이미 끝나 버린 일에 왈가왈부하고 싶은 생각도 없었다.

헌데, 다 잊고 멀쩡히 잘 지내고 있던 녀석이 갑자기 흔들리면서 그 열심히 하던 일까지 내팽개치고 외국으로만 나돌기 시작했다. 뭔가 이상하다 싶어서 알아봤더니, 어리석은 놈이 루애를 잊지 못하고 새삼 그 아이를 찾아다니고 있었다.

한심했다. 세상에 여자가 그 아이 하나밖에 없는 것도 아닌데 뭐 저리 애걸복걸하고 다니는지, 나 원 참. 그렇게 사랑했으면 있을 때 잘할 것이지. 결혼을 목전에 두고 괜히 한눈을 팔아가지고선 뒤늦게 뭐하는 짓인가 한심하기 짝이 없었다.

허나 어쩌겠나. 잘했든 못했든 하나밖에 없는 내 자식 놈인데, 그 자식 놈이 그 아이 아니면 안 되겠다는데. 이 회장은 근우를 위해서라도 루애를 찾아 아들놈 앞에 데려다줘야겠다 싶었다.

그러다 뜻밖의 사실을 알게 되었다. 유럽을 떠돌고 있다는 루애를 찾는 것은 찾는 거고, 근우와 헤어진 후 루애한테 혹시 다른 놈은 없었나, 사귀는 놈은 따로 없나 알아보라고 지시한 국내 라인 쪽에서 뜻밖의 보고서가 올라온 것이었다.

루애의 과거 행적을 조사하던 중에 홍미정이라는 그 문제의 여자가 레이더망에 잡혔는데, 그 여자로부터 얻어 낸 정보라는 것이 기가 막힐 뿐이었다.

사실은 근우와 깊은 관계를 맺은 적도 없었단다. 깊은 관계는커녕 자신을 거의 인간 취급도 하지 않고 무시하기 일쑤였다고.

그런데 어느 날 갑자기 마음이 바뀌었는지, 자신이 은근히 추파를 던졌는데 무시하거나 피하지 않더란다. 본인도 근우가 갑자기 왜 그러는지 몰라 깜짝 놀랐었다고.

그런 홍미정한테 진환이 녀석이 그랬단다. 실은 근우가 홍미정을 마음에 두고 있다고. 그래서 일부러 그녀한테 차갑게 대했던 거라고.

그 얘기를 들으니 정말 그런 것 같기도 하더란다. 사귀던 여자와의 의리를 위해서 자신한테 일부러 매정하게만 대하던 근우가 더욱 근사하고 멋져 보이더라고.

그래서 자신이 적극적으로 다가가 봤단다. 그랬더니 피하기는커녕 기다렸다는 듯이 자신의 유혹을 다 받아 주더란다. 뭐, 그도 클럽에서 춤출 때뿐이었지만, 그런 말까지 들었던 터라 그녀로서는 근우가 자신한테 진짜 마음이 있다고밖에는 달리 생각할 수 없었단다.

그래서 자기 딴에는 용기 내어 너무 좋았다는, 사랑을 고백하는 음성 메시지도 남기고, 두 사람이 헤어졌다는 얘기에 루애까지 찾아가서 근우를 그만 놔 달라는 부탁을 하기도 했다고 한다. 약간의 과장과 거짓말을 보태서.

그에 홍미정의 예상대로 루애는 그녀의 말을 믿고 완전히 근우를 차 버렸다고 했다. 그래서 홍미정은 근우가 이제 자신한테 오는 일만 남았다고 철석같이 믿었다고 한다.

헌데 웬걸. 자신에게 올 줄 알았던 근우는 그녀와의 계약을 깨끗이 끊어 버렸다. 거기다 누가 퍼트린 것인지, 그녀가 꽃뱀이라는 소문까지 삽시간에 퍼져 다른 업체들과의 계약들까지 줄줄이 끊겨 버리고 말았단다. 그래서 자신도 잘나가던 회사에서 쫓겨나고 다른 회사로 이직하는 것도 불가능해져 버렸다고 했다.

하여 결국 먹고살 길이 막막해 오래전부터 자신한테 눈독을 들이고 있던 함승원이 내민 손을 잡을 수밖에 없었단다.

알아보니 홍미정은 유부남인 함승원의 내연녀로 2년 남짓 살고 있었다. 헌데 함승원 같은 바람둥이가 한 여자한테만 만족할 놈인가. 탐내던 꽃을 꺾었으니 2년이면 시들해지고도 남았을 때지.

홍미정은 함승원이 이젠 생활비조차 주지 않는다면서 처음 보는 정보원이 건넨 돈 2천만 원을 받고 창피한 줄도 모르고 눈물 콧물 흘려 가면서 그렇게 신세 한탄을 했단다. 자신의 신세가 그렇게 엉망이 되어 버린 건 모두 근우와 함승원 탓이라면서.

어쨌든 결론은 근우는 루애 외의 다른 여자와 바람이라는 것을 피운 적이 없다는 사실이었다.

심적으로 흔들렸을 수는 있다. 허나 그렇다고 그 순간의 욕망을 행동으로 옮긴 것도 아니고, 들이대는 천박한 여자애와 춤 몇 번 춰 준 것이 전부일 뿐이었다.

그런데 그걸 가지고 바람이니 뭐니 하면서 근우를 천하에 없는 나쁜 놈으로 만들고 차 버려? 그때 근우가 얼마나 괴로워하며 용서를 구걸하러 다녔었는데! 그런데 루애, 그 아이는 근우를 만나 주기는커녕 그 정신 나간 여자의 거짓말만 믿고 근우의 말을 들어 보려고도 하지 않았더랬다.

근우가 오죽 답답하고 억울했으면 스스로 제 머리를 밀어 버리고 방 안을 다 깨어 부수는 자학까지 했었겠는가.

그럼에도 불구하고 근우는 끝까지 부모에게조차 진실을 이야기하지 않았다. 어떻게 네가 그럴 수 있느냐고, 루애가 뭔가 오해하고 착각하고 있는 거냐고 몇 번이나 울며 해명을 요구하는 어머니 앞에서도 근우는 끝까지 침묵을 지켰더랬다.

녀석이 한 번만이라도 루애를 배신하는 짓 따위는 한 적이 없다고 얘기했다면 누가 뭐라고 해도 홍 여사와 이 회장은 근우를 믿어 줬을 텐데 말이다.

아마도 루애를 위해서 그러지 않았을까 싶다. 자신의 억울함은 덜 수 있을지언정, 그로 인해 부모가 루애를 경솔하고 어리석은 애라고 원망하거나 미워하게 되지는 않을까 싶어서 말이다.

사실, 만약 홍 여사가 그 사실을 알고 있었다면 루애를 지금까지 안타까워하며 애석해하지는 않을 터였다.

근우의 집에 가서 녀석의 방 안을 가득 채우고 있는 루애의 흔적이나 사진들을 보고 돌아올 때마다 딱 한 번 실수한 건데 루애가 눈 감아 줬으면 얼마나 좋았을까, 그렇게 용서를 빌며 아직까지 잊지 못하고 있는데 루애가 지금이라도 근우를 용서하고 돌아와 주면 얼마나 좋을까, 하며 한숨 섞인 원망의 말을 내뱉다가도 아니지, 이런 맘 먹으면 내가 천벌 받지, 하고 고개를 가로젓는 홍 여사였다.

"루애가 내 딸이었으면, 나도 절대 근우 용서하지 말라고 했을 거예요. 실수든 뭐든 딱 한 번이라도 루애를 배신한 건 사실이니까. 어떻게 사랑하는 여자를 두고, 결혼할 여자를 두고 다른 여자하고 그럴 생각을 해. 나쁜 놈. 내 자식이지만 그때 근우가 한 짓은 정말 용서할 수 없는 짓이었어요. 정신이 나가도 단단히 나갔던 게지. 어떻게 루애를 놔두고……. 게다가 걔네가 오죽 뜨거운 사이였어요? 톡 까놓고 말해서 식만 안 올리고, 애만 안 낳았을 뿐이지, 걔네 부부나 다름없었잖아요. 걔네가 어떤 사이였는지 알 만한 사람들은 다 아는데 세상이 아무리 변했어도 그런 일은 여자한테 치명적인 약점이고 큰 허물이 될 수밖에 없다구요. 내가 루애였으면, 솔직히 나는 루애처럼 그렇게 순순히 헤어지지는 못했을 거예요. 근우 죽이고 나도 그 자리에서 확 혀 깨물고 죽어 버리지."

그런 홍 여사가 실은 근우는 루애를 배신한 적도 없는데 그 아이가 경솔해서, 생각이 모자라서 근우한테 덤터기를 씌웠던 거라는 사실을 알아 봐라. 때문에 하나밖에 없는, 목숨보다도 귀한 아들이 벙어리 냉가슴 앓으며 아파했었다는 것을 알면, 역으로 루애에 대한 원망과 미움은 골수에 사무치고도 남았을 터였다.

때문에 이 회장은 루애에 대한 근우의 어리석은 미련과 집착을 완전히 잘라 버려야겠다고 생각했었다.

루애에 대해서 아스라이 남아 있던 좋은 감정도 깡그리 사라져 버리고 루애든 하 사장이든 그쪽 집안과는 절대로 엮일 수 없도록 특단의 조치를 내릴 필요가 있겠다는 생각이 들었더랬다.

하여 청림건설에 대한 적대적 M&A 작업에 착수했고, 수개월 은밀히 작업한 덕에 하 사장을 허수아비로 만들어 회사를 좌지우지할 수 있을 만한 지분을 확보했다. 그의 뜻에 따라 움직여 줄 이사와 주주들도 대거 끌어들였다.

남은 건 그들을 움직여 비상 임시 주주총회를 열고 그가 이제껏 해 왔던 대로 청림을 먹어 치우는 것뿐이었다.

그 상태로 스탠바이를 하고 사람들을 시켜 근우를 잡아 왔다. 그리고 근우와 협상을 했다. 아니, 말이 협상이지 실은 꼼짝하지 못할 덫이요, 협박이었다.

근우가 계속 루애를 잊지 못하고 등신처럼 찾아다닌다면 그녀의 아비 회사인 청림을 가만두지 않겠다며 둘 중 하나를 선택하라고 했었다.

하루애를 깨끗이 포기하든가, 아니면 그의 어리석은 집착과 미련 때문에 하성수 사장과 하루애, 청림건설이 모두 부서져 무너지는 꼴을 직접 보든가 하라고 말이다.

근우는 아비가 왜 그토록 자신이 혐오하고 경멸하던 방법으로 특단의 조치를 취하는지 이해하지 못하는 눈치였다. 경악하며 적지 않은 충격을 받은 듯싶었다. 허나 그럼에도 근우는 그 이유에 대해 묻지 않았다.

"아버지 말씀대로 따르겠습니다. 청림은 가만두십시오. 어떤 식으로든 흔들지 말란 말입니다. 아버지의 협박이 무서워서가 아닙니다. 아버지가 어떤 분이시든 사랑합니다. 하지만 죄송하게도 존경하지는 않습니다. 사랑하지만 존경할 수는 없는 아버지. 그것이 제게 얼마나 큰 아픔인지 아십니까? 제 입으로 이런 말까지 하게 만드는 아버지가 지금 이 순간 무척 원망스럽습니다. 하지만 여기서 멈추신다면 더 이상은 원망하지 않겠습니다. 아버지를 원망까지 하고 싶지 않습니다. 오늘 제가 아버지 협박에 져 드리는 이유는 오직 그뿐입니다."

고얀 놈. 아비 면전에서 존경할 수 없다는 말을 함부로 내뱉다니. 고작 그런 여자아이 때문에 아비를 원망할 수 있다는 말을 당연하다는 듯이 내뱉다니! 괘씸했다. 허나 그 순간, 자신을 바라보는 아들놈의 눈빛이 너무도 아프고 슬퍼 보여서 끝까지 괘씸해할 수도 없었다.

그러니 더 이상 아들과 척을 지는 일을 만들어선 안 될 터였다. 루애, 그 아이와 관련된 것만 건드리지 않는다면 아들 녀석이 아비를 원망하는 일은 생기지 않을 터였다.

더욱이 아들 녀석의 떳떳하고 밝은 미래를 위해서, 손가락질만 받던 이씨 집안의 새로운 앞날을 위해서 천신만고 끝에 이룩한 일을 목전에 두고 괜한 일로 분란을 만들 필요는 없을 터였다.

'그래, 일단 레스토랑이든 청림이든 다른 건 다 뒤로 미뤄두자. 지금 가장 중요한 건 어떻게든 녀석을 설득해 은행으로 밀어 넣는 일이다.'

당장은 기조실에 입사시켜 한 몇 년 동안은 은행 업무 전반을 익히게 만들어야 할 터였다. 그렇게 차근차근 실무를 익히며 위로 올라가 근우가 마흔 살쯤 됐을 때 은행장에 앉힌다는 것이 이 회장의 계획이었다.

대한민국 금융계 역사상 가장 어린 나이의 은행장 탄생!

아, 생각만 해도 근사하지 않은가.

그때까지는, 어쩌면 그 후로도 근우가 원하든 원하지 않든 이 회장의 서포트가 절대적으로 필요할지 모른다. 아니, 반드시 필요할 터였다. 불편부당, 공정한 거래, 정당한 경쟁 따위는 한국 사회에서 사라진 지 오래니까.

어차피 아들놈한테 존경받기는 글렀고, 이미 더러워질 대로 더러워진 손, 아들놈의 성공을 위해서 더욱 더럽히지 못할 것도 없었다.

이 회장의 머릿속은 벌써 주말에 집에 올 근우를 어떤 식으로 설득하는 것이 가장 효과적일까, 그 방법을 모색하는 것으로 가득 차 버렸다. 그 옆에서 홍 여사는 못내 불안한 듯 한숨을 내쉬고 있었다.

⁜ ⁜ ⁜

여느 때와 다름없이 새벽 6시에 헬스장으로 들어서던 현설의 미간이 미세하게 찌푸려졌다. 최근 들어 부쩍 늘어난 젊은 여자 회원들 때문이 아니었다. 물론 한산하던 공간이 분 냄새로 가득 차 북적이는 것은 결코 반가운 일은 아니었다.

하지만 그보다 더욱 현설의 신경을 예민하게 잡아채는 것은 이 조용한 소란을 야기한 인물이 눈앞에서 버젓이 러닝머신을 타고 있는 것이었다. 마치 이 소란이 자신과는 아무런 상관도 없다는 양 무심한 듯 태연하게.

근우가 이 헬스장에 나타나기 시작한 것은 주차장 엘리베이터 홀에서 처음 봤던 날로부터 3~4일인가 지났을 때였다. 이곳에서 근우를 보고는 얼마나 놀랐었는지 모른다. 그도 현설을 보고 약간 놀라는 눈치였었다. 이내 무심히 시선을 돌려 버려 확실하지는 않지만.

매일 아침 두 시간 남짓 운동을 하면서 그토록 집중하지 못했던 건 그날이 처음이었다. 현설은 운동하는 내내 근우에게서 좀처럼 시선을 떼지 못했다.

달리기에 한이라도 맺혔는지 두 시간 내내 러닝머신만 달리면서도 좀체 지치지 않는 체력에 감탄하고 질리기도 하면서 현설은 땀에 젖어 가는 그 늘씬하고 탄탄한 환상적인 근육질 몸에서 시선을 뗄 수 없었다.

두 시간 내내 근우를 몰래 지켜보면서 현설은 자신의 생각에 점차 강한 확신이 들었더랬다. 저놈이 루애를 울린 전 남친이라는 확신 말이다.

같은 남자가 봐도 절로 감탄이 터져 나오는 훤칠한 키와 근육으로 다져진 구릿빛 피부, 섹시한 남성미의 표본이라고밖에 달리 표현할 말이 없는 지나칠 정도로 잘생긴 얼굴. 거기다 건방지다 싶을 만큼 오만하고 거만한 눈빛과 압도적인 아우라까지. 과거 친구 녀석한테 들었던 외모나 분위기와 정확히 일치했다.

'젠장, 정말 여기로 이사라도 온 모양이군. 왜 하필……'

캐리어를 끌고 있는 모습을 봤을 때부터 어림짐작했었지만, 6개월 이상의 회원만 받는 이 헬스클럽에 나타난 것으로 보아 그 짐작 또한 맞는 듯싶었다.

아니나 다를까. 녀석은 다음 날에도, 또 그다음 날에도 어김없이 새벽마다 나타나 죽도록 러닝머신만 타 댔다. 그러고는 오후 5시만 되면 10층 엘리베이터 홀에 나타나 그림처럼 창문턱에 앉아 있다가 돌아가고는 했다.

덕분에 한솔 여직원들은 물론, 10층에 있는 다른 회사 여직원들까지 한동안 녀석 때문에 몸살을 앓았더랬다.

그러다 일주일 전부터 홀연히 자취를 감췄다. 그 이유야 당연히…… 그때 우연히 보았던 루애와의 만남 때문일 터였다.

매일 새벽마다 녀석과 한공간에서 땀을 흘리는 것은 어느 정도 참을 수 있었다. 그러나 오후에 나타나 무언으로 루애를 압박해 대는 행태는 도무지 참기 힘들었다.

그래도 한동안은 루애도 가만있는데 자신이 뭐라고 나서겠는가 싶어서 무시해 버리자 싶었다. 헌데 그 같은 행태가 열흘로 접어들자, 현설의 인내심도 한계에 다다랐다.

자신이 왜 그토록 화가 나고 신경이 곤두서는지는 중요하지 않았다. 솔직히 그 이유까지는 생각하고 싶지 않았다.

그냥 매일 나타나 업무 분위기를 망치는 놈을 오너로서 멀리 쫓아내 버리려는 것뿐이라고, 애써 스스로에게 변명을 되뇌었을 뿐이었다. 그래서 작심하고 사무실을 나왔다.

그때, 루애가 녀석과 마주 서 있는 모습을 보았다. 자신도 모르게 심장이 철렁 내려앉았다. 얼른 문을 당겨 몸을 감추고 거친 숨을 몰아쉬었다. 자신이 왜 숨는지 이유도 알지 못한 채.

그렇게 얼마간 있었을까. 엘리베이터 문이 열리는 소리가 들렸다. 혹시나 하고 밖을 쳐다보자 루애가 먼저 엘리베이터를 타고 내려가고 이내 녀석도 그녀를 따라 사라졌다.

직감적으로 알았다. 두 사람이 밖에서 따로 만날 약속을 했다는 것을.

그날 이후로 녀석은 10층에 나타나지 않았다. 그리고 루애는…… 그다음 주부터 6시 반만 되면 누구보다 먼저 서둘러 칼퇴근을 하기 시작했다.

누가 시키지 않아도 일주일에 서너 번 이상 밤늦도록 혼자 남아 잔업을 해서 현설이 억지로 퇴근을 시켜야만 마지못해 사무실을 나서곤 하던 그녀였는데, 이례적인 일이었다.

그리고 그 이례적인 일은 저놈이 나타나고 나서부터, 둘이 함께 앞서거니 뒤서거니 10층을 빠져나간 그날 저녁 이후부터 공교롭게 시작되었다.

현설은 어렵지 않게 예상할 수 있었다. 두 사람이 다시 만나기 시작했다는 것을. 그리고 어제 저녁, 주차장에서 두 사람이 접선하듯 만나 녀석의 차를 함께 타고 사라지는 모습을 우연히 목격했다.

그때의 심경은 이루 말할 수 없이 암담하고 서걱거렸다. 가슴속에서 뜨거운 불덩이가 치솟아 오르는 것 같았다. ……하아, 그제야 현설은 자신의 감정을 인정할 수밖에 없었다. 자신이 녀석을 질투하고 있다는 것을. 루애에게 삼촌이나 오빠, 키다리 아저씨 같은 감정이 아닌, 보다 직접적이고 날것인 다른 감정을 느끼고 있다는 사실을.

언제부터였을까.

모르겠다. 어설픈 기자 초년병으로 자신을 처음 찾아왔을 때부터였는지도 모르겠고, 그 후 그녀가 실연했다는 사실을 알고 걱정하며 안타까워했을 때였는지도 모르겠고, 또 그로부터 시간이 훌쩍 지나 보다 여윈 모습으로 이력서를 들고 다니던 그녀와 우연히 다시 만났던 순간부터였는지도 모르겠다.

그냥 처음부터 그녀에게 마음이 갔다. 무슨 말을 해도, 어떤 실수를 해도 예뻐 보였고 어떻게든 도움이 되고 싶었다. 그녀와 이야기를 나누면 기분이 좋았고, 그녀가 행복하기를 바랐다.

예전엔 그런 감정들이 그저 좋은 사람에 대한 당연한 호감, 호의일 거라고만 생각했었다. 그런데 다시 생각해 보니, 그것뿐만이 아니었던 것 같다.

대학 졸업과 동시에 결혼했던 여자와 10개월 남짓 살다가 헤어지고 나서 루애 이외에 그토록 애틋하게 마음이 가고 가깝게 지냈던 여자가 있었던가? 아니, 없었다. 생각해 보니 루애가 유일했다.

그런데 그때는 왜 자신의 감정을 알아채지 못했을까. 그녀한테 사랑하는 남자가 있다는 사실을 막연히 눈치채고 있었기 때문에? 그래, 그도 하나의 이유이긴 할 터였다.

허나 그보다는 그녀와 열다섯 살이나 지는 나이 차이와 비호감에 가까웠던 산만 한 덩치, 후줄근한 외모, 그리고 이혼남이라는 전력이 스스로의 발목을 잡고 있던 것이 아니었을까 싶다.

그런데 지금은 왜?

꾸준한 운동 덕분에 그럭저럭 봐 줄 만한 외모가 되었다는 점과 루애가 사랑에 실패하고 아직 혼자라는 사실 외에는 크게 달라진 것도 없는데 말이다. 아니, 그 정도면 스스로의 감정을 각성하기에 충분한 것인가?

하아, 혼란스럽지만 그녀에 대한 감정만은 확실하게 알겠다. 염치없지만, 그녀를 남자로서 이성으로서 좋아한다. 어쩌면 사랑일지도 모르겠다.

때문에 현설은 요즘 무척 머리가 복잡하고 마음이 심란해져 버렸다. 되레 각성하기 전이 더 좋았지 않았나 싶기도 했다.

루애 얼굴을 보는 것도 예전처럼 마냥 기분 좋고 편하지가 않다. 거기다 그녀가 상처를 줬던 놈을 다시 만난다는 것을 알게 된 다음에는 더더욱 속이, 속이 아니다.

"어머, 미안합니다."

불안해서 어떻게 운동을 하나 싶을 만큼 가슴이 푹 파이고 허리가 훤히 드러나는 스판 소재의 운동복을 과감히 차려입은 여자가 현설의 어깨를 툭 치고 지나갔다.

현설이 괜찮다는 말을 할 새도 없이 여자는 부리나케 달려가 막 자리가 빈 녀석 옆의 러닝머신에 잽싸게 올라탔다. 얼마 전부터 헬스장에서 최고의 경쟁률을 자랑하는 장비가 된 바로 그 기계였다.

녀석은 십여 개의 러닝머신 중 항상 가장 끝에 있는 러닝머신을 이용했는데, 바로 그 옆에 있는 러닝머신에 올라가려고 여자들이 아주 진을 치고 기다리고는 했다.

녀석이 나타나고부터 달라진 또 하나의 진풍경이었다. 새벽 시간이라 많아 봤자 열댓 명이 고작이었던 공간에 분칠을 한 젊은 여자들이 북적일 정도로 많아진 것도 모두 저 녀석 때문이었다.

이 건물뿐만 아니라 이 근방 전체에 환상적인 섹시남의 등장이라는 공고라도 뜬 건지, 대체 어떻게 알고 저 많은 여자들이 꾸역꾸역 밀려들어 오는 건지 모르겠다. 그리고는 저 녀석한테 말이라도 한마디 걸어 보려고 다들 아주 애가 달았다.

그래 봤자 녀석은 자신에게 안달한 여자들이 눈에 보이지도 않는 듯 우연이라도 시선 한 자락 주는 법이 없었지만.

운동이 끝났는지, 녀석이 타월로 땀을 닦으며 러닝머신에서 내려왔다. 얼른 시간을 확인하니 아니나 다를까. 8시가 거의 다 된 시간이었다.

징한 놈. 아니, 독한 놈. 저렇게 장장 두 시간 동안 빠른 속도로 뛰고도 멀쩡한 걸 보면 마라톤에 출전해도 너끈히 입상을 하고 남겠다.

다른 운동을 하는 건 본 적이 없는데, 그럼에도 저런 환상적인 근육을 두르고 있다는 사실이 그저 놀라울 따름이었다.

'저런 걸 타고났다고 해야 하나.'

자신은 죽었다 깨어나도 저런 몸을 만들 수 없을 거라는 생각에 현설의 입에서 쓰디쓴 미소가 흘러나왔다. 현설도 들어 올리던 벤치프레스를 내리고 자리에서 일어났다. 그 역시 이제 출근할 시간이었다.

근우보다 앞장서 걸어가던 현설은 들려오는 여자의 애교 가득한 음성에 무심코 뒤를 돌아보았다.

"저기, 이거 드실래요? 그렇게 오래 뛰면 목 안 말라요? 난 조금만 뛰어도 목이 엄청 마르던데. 난 한 병 더 있으니까 이거 드세요."

좀 전에 현설과 어깨를 부딪쳤던 여자가 녀석의 앞을 가로막으며 물병을 건네고 있었다. 녀석을 위해서 특별히 준비한 것인지 운동 전후에 마시면 효과가 좋다는 바로 그 비싼 물이었다. 체지방이라고는 1그램도 없어 보이는 녀석한테 저런 물이 무슨 필요가 있다고, 참나.

이죽거리며 고개를 돌리려다가 현설은 다시 힐끔 뒤를 돌아보았다. 녀석의 반응이 궁금했기 때문이었다.

운동해서 상기된 것이라고 하기에는 심히 의심스러울 정도로 귓불까지 발갛게 달아올라 있는 여자와 다르게 녀석은 여전히 서늘하기 짝이 없는 얼굴로 여자를 본체만체 무시하고선 휙 지나쳐 버렸다.

그 표정과 눈빛이 어찌나 무심하고 무감한지, 보는 사람이 괜히 더 무안할 정도였다.

그러니 당사자인 여자는 오죽했겠는가. 가뜩이나 모두의 이목이 집중된 가운데 그런 무시를 당했으니. 모욕이라도 당한 양 여자의 온몸이 삽시간에 발갛게 달아올랐다.

쥐구멍이라도 찾아 들어가고 싶을 만큼 창피하지만, 이대로 물러서면 더욱 창피할 것 같다는 생각이라도 들었는지 여자가 발끈해서 녀석을 따라붙었다.

"저기요, 사람 말이 말 같지 않아요? 사람이 호의를 베풀었으면 괜찮다, 고맙다, 뭐 이런 말이라도 해야 되는 거 아니에요?"

그럼에도 녀석은 뉘 집 개가 짖나 하는 표정으로 따라붙는 여자를 한 번 더 처참하게 무시해 버렸다.

심지어 여자가 잡아채려는 듯 뻗은 손끝이 팔뚝에 스치기라도 했는지, 더러운 오물이라도 묻은 것처럼 인상을 찌푸리고 타월로 팔뚝을 탁탁 털어 냈다. 그러자 급기야 여자가 울먹이는 목소리로 씩씩거리며 소리쳤다.

"야! 너, 너…… 나 개무시하니? 네가 잘났으면 얼마나 잘났다고, 와, 뭐 저런 게 다 있어!"

그럼에도 녀석은 아무 소리도 안 들리고, 아무것도 안 보이는 양 긴 다리로 성큼성큼 걸어 헬스장을 빠져나갔다. 친구인 듯한 여자들이 너무 창피하고 분에 겨워 울음을 터트린 여자한테 우르르 달려갔다.

"어우, 야, 진정해. 울지 마."

"거봐, 소용없을 거라고 그랬잖아. 엊그제 어떤 여자도 말 한 번 걸어 보려다가 개무시당했다니까. 아우, 그렇다고 네가 왜 우냐?"

"어우, 어우, 기가 막혀서, 어이가 없어서 그러지. 흑흑. 지가 잘나면 얼마나 잘났다고 사람을 이렇게, 흑, 개무시를 하고 창피를 주냐. 흑흑. 나 이제 여기 안 올 거야. 다신 안 와."

여자가 타월로 얼굴을 감싸고 탈의실로 달려갔다. 여자를 따라 우르르 달려가는 친구들을 쳐다보며 몇몇 여자들은 고소하다는 듯 키득거렸고, 몇몇 남자들은 하여튼 여자들은 못 말리겠다는 듯 고개를 절레절레 가로저었다.

해프닝에 가까운 소란이 한바탕 휩쓸고 간 헬스장을 스윽, 한 번 돌아보고 현설은 천천히 탈의실로 걸음을 옮겼다. 한층 더 복잡해진 심경을 대변하듯 그의 미간은 잔뜩 찌푸려져 있었다.

❋ ❋ ❋

"저기, 예약이 되어 있다고 하던데, 차진환이요."

강남의 어느 유명 일식집에 들어선 진환은 다가온 종업원에게 얼른 자신의 이름을 알려 줬다. 명단을 살핀 종업원이 싱긋 웃으며 그를 내실로 안내했다.

드르륵.

"아버님, 벌써 와 계셨네요. 죄송합니다. 일찍 온다고 왔는데 제가 늦었나 봅니다. 안녕하셨어요?"

진환은 이미 상석에 자리하고 있는 이 회장을 보고 깜짝 놀라 고개를 꾸벅이며 재빨리 시간을 확인했다. 7시 5분 전. 이 회장이 일찍 왔을 뿐 자신이 결례를 한 것은 아니라는 생각에 안도의 한숨을 내쉬었다. 이 회장이 만면에 미소를 띠고 진환을 맞았다.

"늦기는, 제 시간에 왔고만. 오느라고 수고 많았다. 날이 많이 차지?"

"예, 이번 겨울은 엄청 추울 거라더니 진짜 그럴 건가 봐요. 12월 초순인데도 벌써 이렇게 추우니. 아버님, 감기 안 걸리시게 조심하십시오."

"그래, 고맙다. 너도 건강 잘 챙기고. 쯧쯧, 몇 달 전에 독립했다더니 어째 저번에 봤을 때보다 더 마른 것 같구나. 하긴 사내놈 혼자 사는데 뭘 해 먹고 살겠어. 먹는 게 부실하니 안 마르는 게 더 이상하지. 근우 놈도 분가한 뒤로 살이 얼마나 내렸는지, 제 어미가 볼 때마다 아주 한숨이 늘어진다."

가방과 코트를 옷걸이에 걸어 놓고 이 회장의 맞은편에 앉은 진환이 겸연쩍은 미소를 지어 보였다.

"그래도 나름 잘 챙겨 먹는데, 부모님 마음은 다 같으신가 봐요. 저희 어머니도 저만 보면 자꾸 말라 간다고 걱정이 많으세요. 어머님도 평안하시죠?"

이 회장이 그럼, 하며 고개를 끄덕이는데 노크 소리가 들리고 문이 드르륵 열렸다. 종업원이 다소곳이 앉아 물었다.

"음식 내올까요?"

"그래요, 아까 주문한 걸로."

문이 닫히고 커다란 다다미방에는 다시 이 회장과 진환만 남게 되었다. 한차례의 인사치레가 오고간 뒤 잠시간 침묵이 흘렀다. 진환은 마음이 영 불편했다. 이 회장이 갑자기 자신을 왜 보자고 했는지, 도무지 이유를 알 수 없었기 때문이었다.

오후 1시쯤, 이 회장으로부터 전화 한 통이 걸려 왔다. 처음에는 누구 전화인지도 몰랐다. 한창 연재 중인 웹툰 작업에 몰두하다 무심코 전화를 받았다.

전화를 걸어 온 사람이 이 회장이라는 것을 알고는 얼마나 놀랐는지 모른다.

꼬맹이 때부터 20년 가까이 친구 아버지로 오랫동안 뵈 온 분이지만, 대하기가 여간 쉽지 않은 분이었다.

근우네 집에 놀러 갈 때 가끔 뵙고는 했었는데, 아무리 만면에 미소를 짓고 자상하게 맞아 주셔도 괜스레 주눅이 들며 위축이 되고는 했었다. 그때는 근우 아버님이 얼마나 무섭고 대단한 분인지도 몰랐었는데 말이다.

'그나저나 나를 왜 보자고 하신 걸까.'

이 회장이 진환을 따로 보자고 한 건 이번이 처음이었다. 4년 전 그 난리가 났을 때 홍 여사가 그를 찾아온 적은 있었지만 말이다.

아무런 설명 없이 예정되어 있었던 상견례가 갑자기 취소되고 어둡고 무거워진 근우의 안색을 보아 루애와의 사이에 뭔 일이 벌어진 것만은 분명한 듯싶은데, 근우는 입을 꾹 다문 채 아무런 설명도 해 주지 않고 루애는 아무리 전화를 해도 받지를 않자 애가 단 홍 여사가 혹시나 하는 심정으로 그를 찾아왔더랬다. 진환이라면 뭔가 알고 있는 게 있지 않을까 싶어서.

그때 진환은 마지못한 척 홍 여사한테 근우와 홍미정의 이야기를 넌지시 털어놓았다. 홍미정이 먼저 근우한테 반해서 계속 유혹을 했고, 근우가 그에 넘어간 것 같다고.

그러면서 클럽에서 있었던 일과 홍미정이 남겼다는 음성 메시지 얘기도 했다. 그것을 루애가 어떻게 알게 됐고 그래서 근우한테 헤어지자고 했다고 말이다.

사색이 된 홍 여사는 근우가 그럴 리가 없다며 처음에는 진환의 말을 믿지 않았다. 그 후로 어떻게 됐는지는 진환도 자세히 모른다. 무슨 생각에선지 근우가 입을 완전히 닫아 버렸기 때문이었다.

근우는 루애와 완전히 헤어지기 전 석 달 동안 어느 누구에게도 항변이나 변명을 하지 않았고, 심지어 진환에게조차 원망의 말을 퍼붓지 않았다.

되레 모두 제 탓이라며 잘못했다고, 미안하다고, 루애한테 달려가 사실대로 털어놓겠다고 가증을 떠는 진환에게 근우는 됐다고 딱 잘라 말했었다.

진환이 어떤 부탁을 했든 결정은 본인이 했으니 그에 대한 책임은 자신이 져야 하는 것이라고, 그리고 이건 루애와 자신의 일이니 제삼자가 끼어들 문제가 아니라고도 했었다.

그건 원망 따위도 하기 싫으니 원하는 걸 얻었으면 이제 그만 꺼지라고, 더 이상 자신의 인생에 끼어들지 말라는 뜻이었으며, 그가 친구로서 진환에게 해 줄 건 이제 아무것도 없다는 뜻이기도 했다.

서운했었나? 화가 났었나? 아니, 그때 진환은 되레 안도하고 안심했었다. 자신이 의도했던 것과 달리 걷잡을 수 없을 만큼 커져 버린 일 앞에 진환은 정신이 번쩍 들며 겁이 덜컥 났었고, 그 사달에서 어떻게든 완전히 빠지게 되어서 다행이라고 생각했더랬다.

면죄부를 받은 기분이었고, 변명 같지만 어떻게든 근우가 알아서 잘 수습할 것이라고 믿기도 했었다. 결국 이렇게 되고 말았지만.

"들어라."

묵직하게 들려온 이 회장의 음성에 진환은 흠칫 놀라 얼른 상념에서 벗어났다. 어느새 기다란 상에는 보기만 해도 군침이 도는 회와 이런저런 산해진미들이 거하게 차려져 있었다. 진환은 얼른 젓가락을 집어 들었다.

"우와, 얼마 만에 먹어 보는 회인지 모르겠네요. 이게 무슨 회예요, 아버님?"

"돌돔이라는구나."

"아, 이게 그 유명한 돌돔이라는 거군요. 역시 때깔부터 다른데요? 아버님 덕분에 모처럼 제 입이 호강합니다. 감사히 잘 먹겠습니다."

진환은 일부러 과장되게 너스레를 떨며 회 한 점을 집어 얼른 입으로 가져갔다. 그 모양을 서늘하게 바라보며 이 회장이 호리병 모양의 사케병을 들었다.

"한 잔 해라."

"아, 예. 아버님 먼저 받으세요."

진환이 얼른 손을 뻗어 이 회장의 손에서 사케 병을 뺏어 들었다. 이 회장의 잔에 한 잔 따라 주고 제 잔에도 따랐다. 이 회장이 잔을 들자 진환도 얼른 고개를 돌리고 잔을 입으로 가져

갔다.

잔이 몇 잔 더 돌고 회가 반 정도 줄어들 때까지도 이 회장은 진환을 불러낸 용건을 말하지 않고 있었다.

그저 요즘 작업은 잘되느냐, 언론 보도를 통해 네 작품이 또 영화화된다는 소식은 들었다, 부모님이 무척 자랑스러워하시겠구나 등의 소소한 이야기만 할 뿐이었다.

대체 무슨 말씀을 하시려고 저렇게 뜸을 들이시나, 진환은 점점 초조해져 갔다.

그러다 문득 이 회장이 물었다.

"근우가 요즘 너하고 같이 지낸다며?"

"예? 아, 예."

움찔 놀란 진환이 얼른 대답했다.

"꽤 됐다던데, 불편하지 않니?"

"아니요, 근우 아침에 일찍 나가면 밤늦게나 들어와서 별로 부딪힐 일도 없고 말 그대로 잠만 자고 나가는데요, 뭐. 불편하긴 근우가 불편할 겁니다. 집도 좁고 잠자리가 영 신통치 않아서."

뒷머리를 긁적이는 진환을 이 회장이 시선만 들어 힐긋 바라보았다.

"그런데도 근우가 멀쩡한 제 집 놔두고 네 집에 가 있는 이유가 있을 텐데."

"어, 그건……."

진환은 커다란 눈을 깜박거리며 말을 얼버무렸다. 아, 이것 때문에 부르신 거였구나. 뭐라고 대답하지? 루애 때문이라고 하면 안 될 텐데…….

"제가 독립했다니까, 그냥……."

"그 아이 때문은 아니고?"

안 그래도 커다란 진환의 눈이 소스라치게 놀라 더욱 동그랗게 커졌다. 솔직히 무슨 맛인지도 모르고 허겁지겁 집어삼켰던 비싼 회가 속에서 팔딱거리며 곤두서는 것 같았다.

"그 아이라니, 누구를 말씀하시는 건지……."

"다 알고 묻는 거니까 쓸데없이 말 돌릴 생각하지 마라."

"아버님……."

"처음부터 그 아이가 거기 있는 회사에 다닌다는 걸 알고 그리로 이사 간 게냐?"

"아, 아버님……."

"그리고 근우를 그리로 불러들인 게야? 왜, 뭣 때문에. 대체 네 속셈이 뭐냐."

칼날처럼 동공을 찔러 오는 서늘한 눈빛에 진환의 등골로 식은땀이 흘렀다.

"소, 속셈이라니요. 그런 거 절대로 아닙니다, 아버님. 저도 몰랐습니다. 거기서 루애를 보고 얼마나 놀랐었는지…… 근우도 제가 알려 준 게 아니구요. 저희 집에 왔다가 우연히 마주쳤던 걸로 알고 있습니다."

"그리로 이사를 갔는데 그 아이가 우연히 거기 있었다. 너도 그 아이를 우연히 봤고, 근우도 우연히 그 아이와 마주친 거다.

후후, 공교롭게도 우연이 너무 많이 겹치는구나."

"저, 정말입니다, 아버님. 믿어 주십시오."

진환은 이 회장이 무슨 의도로 이런 자리를 마련했는지 알지도 못한 채 무조건 아니라고 발뺌 먼저 하고 봐야겠다 싶었다.

"그래, 살다 보면 그런 일이 한꺼번에 벌어질 수도 있지. 우연이 겹치면 필연이 되기도 하고 말이다. 그런데 네 주변에는 유독 그런 우연들이 자주 벌어지는 것 같구나."

"네?"

"진환아, 네가 우리 근우와 친구가 된 게 올해로 몇 해째지?"

진환은 커다래진 눈만 끔벅거리며 대답하지 못했다.

"니들이 유치원 때 처음 친구가 됐으니까, 그래, 올해로 21년쯤 됐겠구나. 인생을 거의 함께 보냈다고 해도 과언이 아니겠군. 친구 녀석들 중에서도 니들 둘 사이가 유난히 각별했었지. 둘 다 외동이라 형제처럼 컸었고. 사람이 살면서 그런 우정을 쌓는 게 쉬운 일은 아니야. 그런 친구가 한 명만 있어도 인생의 반은 성공한 거라는 옛말도 있으니 말이다."

루애 얘기를 하다가 왜 또 갑자기 친구니, 우정이니 하는 말씀을 꺼내시는 걸까. 진환은 이 회장의 말의 흐름을 따라갈 수가 없었다.

"그래서 난 근우가 널 놓지 못하는 걸 이해했다. 20년 가까이 친형제처럼 지낸 친구 놈인데 아무리 사랑했어도 고작 4년 만난 여자하고 비교가 되겠는가 싶어서 말이지. 헌데, 그 우정이 우리 근우 놈 한쪽만의 외감정이라면 그건 문제가 좀 다르지."

"아버님, 그게 무슨 말씀……."

"근우 그놈이 겉은 나와 꼭 닮았는데, 속은 제 엄마를 쏙 빼 닮아서 정이 많고 여린 구석이 있어. 어렸을 때부터 그랬지. 겉으로는 한없이 차고 강해만 보이는 놈이 저보다 힘없고 약한 사람을 보면 그냥 지나치지를 못했다. 어떻게든 도와줘야 직성이 풀리고, 특히 한번 제 맘에 품은 사람한테는 그 사람이 뭔 짓을 해도 웬만해선 절대 먼저 등을 돌리지 못하는 녀석이 바로 그놈이다. 제 놈이 뭐라고, 제 사람이다 싶으면 끝까지 지켜주려고만 하지. 저 힘든 건 생각지도 않고 말이야. 어떨 땐 그런 놈이 답답하고 걱정스럽기도 하지만, 또 어떨 땐 내가 가지지 못한 그런 깊고 곧은 심성을 가진 녀석이 대견하고 자랑스럽기도 하다. 나한테서 어떻게 저런 놈이 나왔나 싶어서 신기하기도 하고 말이야. 난 내 믿음을 배신하고 뒤에서 수작을 부리거나 나한테 약간의 위해라도 가하는 놈들을 절대 가만두지 않거든. 그게 누구든지 간에, 그놈이 아무리 불쌍하고 가엾은 처지라고 해도, 혹여 내가 그 빌미를 제공했다고 해도 난 그런 놈을 처절하게 응징하고 만다. 그래야 두 번 다시는 나한테 그런 짓을 못 하거든."

독사의 그것처럼 진환을 바라보는 이 회장의 눈동자가 섬뜩하도록 차갑게 희번덕거렸다.

진환의 온몸에 소름이 돋았다. 당장이라도 이 회장에게 갈기갈기 찢겨 통째로 집어삼켜져 버릴 것 같았다. 섬뜩한 공포가 진환의 골수를 파고들었다.

"네가 무슨 의도로 근우와 그 아이를 다시 만나게 했는지는 묻지 않겠다. 굳이 듣지 않아도 그 답이야 뻔할 테니까. 둘 중 하나겠지. 네가 지난날 근우한테 저지른 잘못을 속죄하기 위한 방편이었거나 아니면 또다시 근우를 이용해 뒤틀린 네 안의 무언가를 충족시킬 요량이었겠지. 그것이 무엇이 됐든 아무래도 상관없다. 중요한 건 그게 아니니까."

이 회장이 제 잔에 사케를 그득 부어 한입에 털어 넣었다.

"진환아, 경고하는데 어떤 이유로라도 더 이상 근우 인생에 끼어들지 마라. 녀석의 여린 마음을 부추겨 뭔가를 얻어 낼 생각도 하지 말고, 속죄 따위를 할 생각도 하지 마라. 그냥 가만 있어. 근우의 아픔을 밟고 올라선 네 제2의 인생을 이쯤에서 잃고 싶지 않다면 말이다."

"아버님……."

"나도 널 탓할 생각은 그다지 없다. 꼬맹이 때부터 아들처럼 널 지켜봐 온 세월이 몇 해인데, 안됐고 측은하게 여기는 마음이 없지 않아. 이해도 한다. 네 인생은 그렇게 엉망으로 망가졌는데, 근우만 행복하게 잘 사는 꼴을 두고 볼 수가 없었겠지. 왜 너만 고통을 당해야 되는지 억울하다는 생각도 들었을 테고, 세상에 대한 원망도 뼈에 사무쳤을 거다."

진환의 얼굴이 하얗게 질렸다. 이 회장이 무슨 얘기를 하고 있는지 이제야 감이 잡혔다.

알고 있었나? 내가 군대에서 당했던 그 일을 알고 계셨어?

어떻게?

“네가 홍미정을 부추겨서 그 모든 분란을 야기했었다는 것도 다 알고 있다. 홍미정도 너한테 속은 거라고 너를 원망하더군. 네 말만 믿고 덤볐다가 모든 걸 잃었다고 말이다. 처음에는 굉장히 의아했었다. 네가 왜 그런 거짓말로 그 여자를 충동질했을까, 넌 누가 뭐래도 근우의 둘도 없는 친구인데 말이야. 그래서 알아봤지. 네가 의가사 제대 후 심각한 대인 기피 증세를 보이는 것과 뭔가 연관이 있지 않을까 싶어서.”

단순한 군내 폭행인 줄만 알았었다. 헌데 생각지도 못했던 진실에 이 회장은 무척이나 놀라고 분노했었다. 어디 할 짓이 없어서 지들과 같은 사내놈을 상대로 윤간을 저지른단 말인가!

진환이 아무리 여자보다 예쁘게 생겼어도 분명 남자인데, 아, 물론 여자를 상대로 해서 그런 일이 벌어져서는 더더욱 안 되지만 어쨌든 같은 사내놈을 상대로 발정해서 그런 짓을 저지른다는 것은 이 회장으로서는 도저히 이해할 수 없는 일이었다.

그제야 이 회장은 진환이 왜 몇 번의 자살 시도까지 했을 정도로 심각한 후유증을 앓았었는지 이해가 되었다. 근우가 왜 그토록 진환의 얘기만 나오면 생각만으로도 분노가 치미는 듯 표정을 굳히고 입을 꾹 다물어 버렸었는지도.

그리고 근우가 저를 살리기 위해서 그토록 노력을 했음에도 불구하고 진환이 왜 그런 식으로 뒤에서 그를 배신했었는지도 나름 이해가 가지 않는 건 아니었다.

그때 진환은 결코 정상이 아니었으니까, 세상에 대한 원망이 가장 가까이 있는 근우를 향해 폭발해 버렸던 것인지도 모르겠다는 생각이 들었더랬다. 그래서 이 회장은 그 사실을 본인만 알고 묻기로 했다.

어차피 이미 다 벌어져 버린 일이었고, 그 정도 믿음도 없이 근우를 떠나갈 여자라면 결혼 전에 그런 일이 벌어진 것이 차라리 잘됐다는 생각도 들었더랬다. 그리고 보아하니 진환도 정신을 차리고 지난날을 반성하며 근우한테 잘하고 있는 것 같아서 그냥 두고 지켜보자 싶었다.

사랑을 잃고 힘들어하는 아들놈이 그 이유가 믿었던 친구의 농간 때문이었다는 것을 알게 되면 더 큰 충격을 받지 않을까, 그 점이 염려스러웠기도 했고 말이다.

헌데 이런 일이 또 벌어지고 말았다. 며칠 전 홍 여사한테 무슨 일인지 근우가 레스토랑에 나오지도 않고 이상하다는 얘기를 듣고 이 회장은 이 녀석이 또 자신과의 약속을 어기고 루애를 찾아 나선 것은 아닌가 싶어서 은밀히 뒷조사를 시켰다.

만약 그렇다면 그것을 빌미로 근우를 은행에 들여보낼 생각으로 말이다.

그런데 맙소사. 보고서에 올라온 내용은 그가 예상했던 것보다 더욱 기가 막힌 내용이었다. 루애를 찾아 나선 것이 아니라 아예 만나서 둘이 매일 데이트를 하고 다닌다는 것이었다. 그것도 비밀 접선이라도 하듯 남들의 눈을 피해서 몰래.

둘이 어떻게 만났을까. 마지막 보고를 들었을 때만 해도 루애는 분명 런던에 있었는데, 대체 언제 들어온 걸까. 놀랍게도 그 중심에는 또 진환이 있었다.

진환이 독립한 오피스텔 건물에 위치한 회사에 루애가 다니고 있었고 둘이 몰래 만나기 며칠 전부터 근우는 아예 제 집을 비우고 진환과 함께 지내고 있었다. 보나 마나 진환이 또 뭔 일을 꾸민 것이라고밖에 생각할 수가 없었다.

그 이유야 둘 중 하나겠지만, 그것이 무엇이든 이번에는 결코 진환을 가만히 두고 볼 수가 없었다. 한 번은 측은하고 가여워 봐줬지만 두 번은 용서할 수가 없었다.

감히 내 아들을 가지고 또 장난을 치려고 해? 중요한 이 시기에 제 놈이 뭐라고 내 계획을 방해하려 든단 말인가!

이 회장은 주말에 근우가 집에 오기 전에, 근우의 가장 아픈 심장이고 약점일 루애를 아들 옆에서 완전히 떼어 버리기 전에 진환을 먼저 정리해 버려야겠다는 결심을 굳혔다. 그래서 이런 자리를 마련한 것이었다.

이 회장은 사색이 되어 바들바들 떠는 진환을 서릿발 같은 매서운 눈초리로 쏘아보며 마지막 경고를 날렸다.

"하지만 진환아, 내가 널 측은하게 여기고 봐주는 것은 여기까지다. 한 번만 더 내 귀에 네가 근우 일에 어떤 식으로든 관여됐다는 얘기가 들리면, 내 장담하지. 네가 당했던 그 일보다, 아니, 그때 차마 죽지 못했던 걸 두고두고 뼈저리게 후회하며 살게 될 거다. 너처럼 비열하고 약해 빠진 놈들을 다루는 방법이라면 내가 아주 잘 알지. 큰 수고를 들일 것도 없어. 세상에 네가 어떤 놈인지, 네가 감추고자 하는 치부를 살짝 까발리기만 해도 너 같은 놈은 스스로 무너지기 마련이거든."

이 회장이 한쪽 입술 꼬리를 말아 올리고 씨익, 미소 지었다.

"아까 내가 말했었나? 네가 큰 성공을 거둬서 참으로 대견하고 다행이라고. 원래 이루고 가진 것이 많을수록 그로 인한 파장은 더욱 큰 법이거든."

이젠 확연히 보일 정도로 부들부들 떠는 진환을 매섭게 쏘아보며 이 회장이 부러 안타깝다는 듯 미간을 찌푸렸다.

"흐음, 그렇게 되면 네 아버지가 딱하긴 하겠군. 너야 네가 벌인 일에 대한 대가를 치르는 것뿐이겠지만 네 아버지는 남들 이목 때문에 제 아들이 당한 그 끔찍한 일까지 유야무야 덮어 버렸는데, 이제 와서 그 모든 것들이 죄 까발려진다면, 쯧쯧. 그놈의 알량한 체면 때문에라도 간신히 거머쥔 대기업 임원 자리를 더 이상 유지할 수 없을 테니 말이다. 너야 잘하면 여론의 동정표라도 얻을 수 있겠지만, 네 부모는 자신들의 사회적 체면과 성공에 대한 야망 때문에 아들이 당한 끔찍한 고통마저 덮어 버리고 외면한 무정한 부모로 낙인찍힐 테니까. 허나 어쩌겠나. 그 또한 네 부모가 저지른 잘못이고, 너 같은 아들놈을 낳은 업보인 것을."

아무 말도 못 하고 두려움에 떨고 있는 진환을 무심하게 바라보며 이 회장이 몸을 일으켰다.

"회가 아직 많이 남았구나. 네가 좋아한다고 해서 내 특별히

실하고 좋은 놈으로 고르라고 한 것이니 마저 먹고 가거라. 기회가 된다면 다음엔 좋은 얼굴로 봤으면 좋겠구나. 먼저 일어나마."

이 회장이 자리를 뜨고도 아주 오랫동안 진환은 그곳을 떠나지 못했다. 이대로 모든 것이 끝날 수도 있다는 공포가 얼어붙은 진환의 골수를 야금야금 파먹고 있었다.

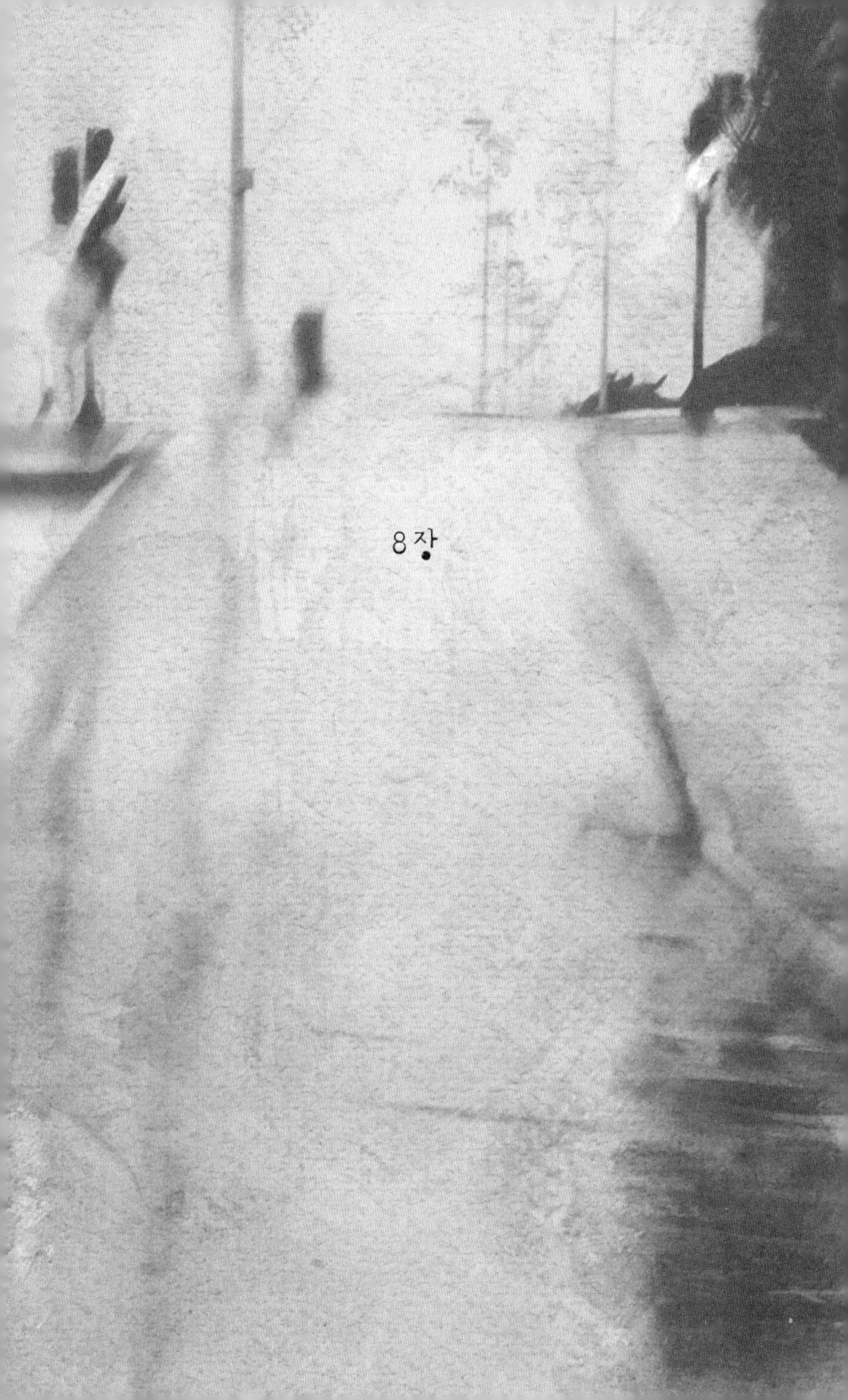

8장

한 주가 끝나고 토요일 주말이 다시 돌아왔다.

지난 일주일간 루애와 근우는 매일 저녁 7시만 되면 주차장에서 접선하듯 만나서 10시까지 불편하고 어색한 시간을 함께 보냈다. 장소는 대부분 두 사람의 즐거웠던 추억들이 소복이 쌓여 있는 신촌 거리였다.

한번은 두 사람이 처음 만났던 청담동 M 호텔의 나이트클럽을 찾기도 했고, 또 한번은 성산동 한강변에 위치한 카페를 찾기도 했지만 대부분은 신촌에 있었다.

행인지 불행인지, 많은 것이 달라진 신촌 거리처럼 두 사람이 처음 만났던 청담동의 나이트클럽 역시 여기가 예전 그곳이 맞나 싶을 정도로 확 달라져 있었다. 요즘 젊은이들의 취향에 맞게 클럽으로 완전히 변모한 그곳은 이름뿐만 아니라 입구부터 백팔십도 달랐다.

클럽 문화가 대세인 요즘, 유행에 민감한 그런 곳일수록 변화가 당연하다는 생각이 들긴 했지만, 솔직히 조금은 안타깝기도 했다. 그래선지 근우는 차로 주변만 빙빙 돌 뿐, 들어가 볼 생각은 일절 하지 않았다.

근우는 첫날과 달리 그 후로는 진실이 어떻다는 둥, 그녀의 얘기를 들려 달라는 둥, 자신의 이야기를 들어 달라는 둥의 이야기를 하지 않았다. 그저 주차장에서 남들의 눈을 피해 접선하듯 만나면 조용히 그녀를 추억의 옛 장소들로 이끌 뿐이었다.

대체 무슨 속셈일까. 뭘 기다리고 있는 걸까.

그녀가 먼저 입을 열어 자신의 이야기를 솔직하게 털어놓기를 바라는 걸까? 아니면 그의 얘기를 들려 달라고 청하기를 바라는 것일까. 모르겠다.

허나 분명한 건 그것이 무엇이든지 간에 시간이 지남에 따라 루애의 마음이 서서히 변하고 있다는 사실이었다.

이제는 더 이상 근우한테 새로이 반하고 흔들리는 마음을 부정하지 않았다. 아니, 이젠 부정하고 싶어도 너무 커져 버려서 부정할 수가 없게 되었다. 그를 볼 때마다 가슴이 뛰고, 눈이 마주치면 호흡곤란이라도 온 양 숨이 턱까지 차올랐다.

아침에 눈을 뜨자마자 가장 먼저 생각나는 이 또한 근우였다. 오늘은 근우가 자신을 어디로 데려갈까. 그와 또 어떤 과거를 공유하며 아스라한 추억에 젖어들게 될까.

돌이켜 생각해 보면, 그가 'The One'을 오픈하기 전까지 두 사람의 관계는 더없이 좋았었다. 어떠한 불안감도 시기심도 끼어들 여지가 없었다.

심지어 그가 연하였다는 사실을 고백했을 때도 그랬었다. 그가 3개월이나 그녀를 속이고 있었다는 데에는 충격을 받았으나 그 때문에 그의 사랑을 의심하지는 않았었다.

그가 군대에 입대할 때도 마찬가지였었다. 매일 만나던 그를 2년 가까이 볼 수 없게 된다는 사실이 슬펐을 뿐, 불안한 마음 같은 건 전혀 없었더랬다.

그런 마음이, 의심 한 자락 끼어들 틈 없는 그를 향한 깊은 믿음과 사랑이 그녀에게 그를 허락할 용기를 주었던 것인지도 모르겠다. 아니, 그건 용기가 아니었다. 그때 그녀에게 그를 받아들이고, 그와 하나가 되는 것은 숨 쉬는 것처럼 지극히 당연하고 자연스러운 일이었다.

의심할 나위 없는 사랑의 행위이자 믿음의 표현이었으며, 최상의 선물이자 행복이었다.

아, 그런데 그것이 언제부터 그의 사랑을 확인하고 불안감을 불식시킬 유일한 탈출구로 변모하여 절박하게 매달리게 되었던 걸까.

그때 루애는 그랬었다. 내내 막연한 질투심과 불안감에 시달리다가 자신을 원하는 그의 손길에, 뜨거운 몸짓에 안도하며 절박하게 매달렸었다.

근우는 무슨 생각이었을까. 그녀의 절박함을, 불안감을 눈치채고 있었을까? 그래서 그토록 뜨겁게 희구하며 그녀를 안아 주었던 것일까? 아니면 그 역시 막연하게 덮쳐 오는 미래에 대한 불안감을 떨쳐 버리기 위해서 필사적으로 그녀를 원하고 안았던 것일까.

'The One'을 오픈하고 헤어지기 전까지 짧다면 짧고 길다면 길었던 1년 반 정도의 시간을 몇 개의 단어로 요약하자면 불안과 질투, 불신과 아픔, 그리고 짧은 만큼 치열하고 뜨거웠던 섹스의 기억. 그것이 전부일 터였다.

그래서 루애는 하루하루 시간이 흐르는 것이 두려웠다.

아직 이렇다 할 마음의 갈피를 잡지 못한 채 흔들리기만 하면서 그와 약속한 한 달이 하루하루 끝을 향해 달려가고 있다는 사실은 차치하고서라도, 과거의 발자취를 따라가는 그의 행보가 조만간 홍대로 이어질 것이 어렵지 않게 예상되기 때문이었다.

그날이 언제일까. 오늘일까, 내일일까.

신촌이 너무도 아름답고 행복했던 기억들만 가득해 가슴 아픈 곳이라면, 홍대는 말 그대로 아프고 쓰린 기억들만 가득한 곳이었다.

그의 말마따나 과거를 제대로 돌아보고 현실을 직시하려면 홍대 또한 반드시 거쳐야 될 관문일 터였다. 그러나 루애는 자신이 그 관문을 무사히 통과할 수 있을지 자신이 없었다. 가급적이면 그 순간을 뒤로 미루고 싶었다. 지금은 좋았고 행복했던 기억들만 돌이키는 것만으로도 충분히 버거웠다.

다행히 근우는 오늘도 그녀를 신촌으로 이끌었다. 신촌의 공영 주차장에 차를 세우는 순간, 루애는 저도 모르게 속으로 안도의 숨을 내쉬었다. 조용히 그녀를 응시하는 그의 시선이 느껴졌지만 루애는 모른 척하고 얼른 차에서 내렸다.

12월에 들어선 날씨는 하루가 다르게 부쩍 추워지고 있었다. 뺨에 와 닿는 바람부터가 달랐다. 절로 어깨가 움츠러들고 몸이 가늘게 떨렸다. 근우가 스윽 다가와 제 목에 두르고 있던 머플러를 그녀의 목에 칭칭 감아 주었다. 오래전 그날, 언젠가처럼.

흠칫 놀란 루애가 펄쩍 뛰며 뒤로 물러났다. 그리곤 재빨리 목에 감긴 머플러를 풀려고 했다. 그런 루애의 손과 닿지 않게 조심하면서 근우가 머플러를 뺏어 도로 목에 칭칭 감았다. 발끈한 루애가 소리쳤다.

"뭐하는 짓이야, 필요 없어."

"가만있어. 감기 걸리는 것보단 낫잖아. 그러게 왜 오늘따라 목도리를 하지 않고 나왔어. 꽤 많이 걸을지도 몰라."

근우가 벌써 발갛게 얼어 가는 그녀의 코끝을 내려다보며 미간을 찌푸렸다.

"오늘은 저녁에 본가에 들어가 봐야 해서 얼마 같이 있지도 못할 거야. 그러니까 그때까지만이라도, 부탁 좀 하자."

그리곤 근우가 스윽 몸을 돌려 앞장서 걸어갔다. 루애는 아랫입술을 잘근거리다가 마지못해 그를 따라 걸음을 옮겼다. 코끝으로 그의 향기가 거침없이 밀려들어 왔다. 심장이 도근거리며 입안이 바짝 말라 왔다.

도저히 안 되겠다 싶어 루애는 얼른 손을 머플러로 가져갔다. 그러나 한참을 머뭇거리다가 결국 도로 손을 내리고 말았다.

'추워서 그래. 다른 뜻은 없어.'

루애는 속으로 고집스레 읊조렸다. 루애가 따라오기를 기다리며 뒤를 힐끗 돌아본 근우의 입술에 보일 듯 말 듯 미소가 어렸다가 금세 사라졌다.

근우는 언제나처럼 루애와 한 발자국 떨어져 앞서 걸었다. 며칠 전 인파에 밀려 나란히 걷다가 우연히 그녀와 손끝이 스친 적이 있었다. 찰나, 루애의 전신이 바짝 얼어붙는 것이 느껴졌었다. 그 후로 근우는 실수로라도 그녀와 닿지 않기 위해서 최대한 조심하고 있었다.

그녀가 원하지 않는 이상, 그녀의 몸에 손끝 하나 대지 않겠다고 약속했던 것도 있거니와, 그보다는 그 짧은 스침에도 그의 온몸에서 일어나는 거센 화학 반응이 스스로도 놀랄 만큼 너무 강렬했기 때문이었다.

닫혀 있던 그녀의 마음이 조금씩이나마 서서히 열려 가고 있는 이때, 괜한 욕심으로 일을 그르치고 싶지 않았다. 자신을 바라보는 루애의 눈빛이 조금 달라지는 했으나 아직은 때가 아니었다.

그는 신촌에서부터 이대까지 골목골목을 누비며 루애가 잊어버렸을지도 모르는 장소들로 그녀를 이끌었다.

언젠가 자신을 보고 세상의 전부인 양 환하게 웃어 주던 그 모습이 너무 예쁘고 사랑스러워서 깜짝 놀라는 그녀를 끌고 가 키스를 퍼부어 댔던 주택가의 좁은 골목도 잊지 않고 데려갔다.

처음에 루애는 기겁하듯 놀라서는 그를 밀어내려고 했었다. 창피하게 남들 다 보는데 뭐하는 짓이냐면서. 하지만 이내 그녀도 그의 집요한 키스에 열렬히 화답해 왔었다.

어깨를 밀어 대던 두 손은 어느새 그의 목을 넝쿨처럼 감아 끌어당기고 있었으며, 어느 낡은 집의 담벼락과 그의 단단한 몸 사이에 갇혀 있던 가녀린 몸은 욕망에 바르르 떨리고 있었다.

그때 근우는 순수하게 루애에게 키스를 하고 싶었을 뿐이었다. 너무도 사랑스러운 그녀에게 키스를 퍼붓지 않고는 도저히 참을 수 없을 것 같아서.

그런데 그만 몸의 중심이 때와 장소를 가리지 못하고 주책없이 커져 버리고 말았더랬다. 분명한 의지를 드러내며 커져 버린 그것에 루애의 얼굴은 발갛게 달아오르고, 그 모습에 중심은 더욱 단단하게 부풀어 오르고 말았더랬다.

그에 루애는 어찌할 바를 모르며 거의 울상이 되어 버렸고, 그 얼굴을 울게 하고 싶다는 욕망에 휩싸여 그것은 더욱 미쳐 날뛰었었다. 서로로 인해 끝없이 반복되는 자극, 걷잡을 수 없이 커져 버린 욕망.

아마 그때 누군가 집을 나서는 철문 소리가 나지 않았다면,

어쩌면 그 자리에서 끝내 이성을 잃고 루애를 가져 버렸을지도 모르겠다. 부지불식간에 달아올라 버린 욕망에 반쯤 이성을 잃었어도 그녀가 그것을 허락할 리는 만무했겠지만.

철커덩거리는 문소리에 번쩍 정신을 차리고 울기 일보 직전인 그녀의 얼굴을 가슴팍에 파묻은 채 허겁지겁 그 골목을 빠져나오던 자신의 모습이, 그때의 그 감정이 손에 잡힐 듯 생생하게 보이고 느껴졌다.

제대로 걸음을 걸을 수 없을 만큼 뻐근하게 밀려오던 통증, 충족되지 못한 욕망으로 점점 거칠어져 가던 호흡, 파르르 떨면서도 세상의 전부인 양 오롯이 그만을 의지한 채 점점 더 깊이 파고들어 오던 뜨거웠던 그녀의 몸, 그 체온, 그 향기, 그 떨림까지 하나도 빠짐없이 모두…….

루애는 이전과 마찬가지로 아무것도 기억하지 못하는 척, 기억한대도 아무 의미 없다는 척 의연하게 행동하려고 노력했다. 하지만 그녀는 이번에도 실패했다. 루애 역시 그날의 모든 것을 기억하고 있는 것이 틀림없었다.

골목 어귀가 보일 때부터 멈칫거리던 걸음, 하얗게 굳어 버린 얼굴, 가팔라진 숨소리, 꽉 다문 입술, 바르르 떨리던 손. 그것들이 의미하는 것은 한 가지였다. 그녀 역시, 두 사람이 함께했던 모든 순간들을 잊지 않고 기억하고 있다는 것. 그녀 역시 과거에서 완전히 자유로워지지 못했다는 것. 그를 잊지 못하고 있다는 것.

근우는 이제 때가 되었다고 생각했다.

두 사람의 갈등과 아픔이 시작되었던 곳으로 그녀를 데려갈 시기. 그곳에서 어긋나고 아팠던 과거를 직시하고 어디서부터 두 사람 사이의 실타래가 꼬이기 시작했는지, 그가 놓쳤던 것은 무엇이었는지를 반드시 알아내야만 할 터였다.

그래야지만 다시 시작할 수 있을 테니까. 어긋난 시점으로부터 다시…….

❈ ❈ ❈

모처럼 가족이 모인 주말 저녁 자리.

제발, 제발 하며 기대했던 것과 달리 홍 여사가 우려했던 대로 모처럼의 가족 식사는 끝나기도 전에 험악해지고 말았다.

일하는 아줌마를 도와 있는 솜씨, 없는 솜씨 다 부려 가며 남편과 아들이 좋아하는 음식들을 상다리가 부러지도록 잔뜩 장만했건만, 결국 반의 반도 비워 내지 못한 채 싸늘하게 식어 가고 있었다.

"그래서, 끝내 이 아비 말을 거역하겠다는 거냐."

차갑게 터져 나온 이 회장의 일갈에 안절부절못하며 남편과 아들의 눈치만 살피던 홍 여사가 얼른 남편의 팔뚝을 잡고 애원조로 말했다.

"여보, 근우 말은 그런 게 아니잖아요. 역정만 내지 마시고 근우 말을 조금만 더 들어 보세요."

"아니긴 뭐가 아니야. 당신도 방금 저놈이 하는 말 들었잖

아. 한신은행을 인수한 건 내 숙원을 이룬 것이니 축하는 드리나, 자신과는 상관없는 일이다. 그게 뭔 뜻이겠나. 죽어도 은행에 들어오지 못하겠다, 이거잖아!"

"아이, 여보. 그게 꼭 그런 뜻만은 아니죠. 근우 쟤가 지금 하고 있는 일도 있고 하니까, 당장은 불가능하다 뭐 그런 뜻이겠죠. 안 그러니, 근우야?"

홍 여사가 근우를 건너다보며 사정조로 애원했다. 그러나 근우는 홍 여사의 간절한 시선마저 외면한 채 입을 꾹 다물고 있을 뿐이었다.

"저 봐, 저놈 하는 짓 좀 보라구. 저게 알았다는 표정이야? 고맙다는 표정이냐구. 내가 누구 때문에 한신은행을 인수했는데, 내 저놈만은 뒤에서 손가락질 안 당하고 욕 안 먹고, 떳떳하고 당당하게 살게 해 주려고 가람의 사활을 걸고 한신은행을 인수했고만, 어째 녀석이 날이 갈수록 아집과 고집만 세져선 단 한 번도 아비 말에 고분고분 따라 주는 법이 없어."

"지금도 제 능력으로 충분히 떳떳하고 당당하게 살고 있습니다. 굳이 은행으로 들어가지 않더라도……."

이 회장이 주먹으로 식탁을 쾅, 내리쳤다.

"어머나, 여보."

"고작 레스토랑 두 개 굴리면서 사장입네 하고 돌아다니는 것과 국내 굴지의 은행을 책임지고 맡는 것이 같으냐? 네 그릇이 고작 그것밖에 안 돼? 사내자식이 어찌 야망과 포부가 그리 협소해! 내가 널 그렇게 키웠니? 그러려고 힘들여 공부해서 학위까지 딴 게야! 그러려면 밤잠 못 자 가면서 힘들게 그 짓은 왜 해. 레스토랑 따위야 학위 없어도 얼마든지 운영할 수 있는데!"

"그렇다고 한신은행을 맡기 위해 학위를 딴 것도 아니었습니다. 제 자신이 어디까지 할 수 있는지 알아보기 위해서였고, 약속이었기 때문에 그 약속을 지키기 위해서였을 뿐입니다."

가늘어진 이 회장의 눈동자에 시퍼런 불꽃이 일렁거렸다.

"약속? 누구하고, 무슨 약속! 설마 너, 그때도 그 아이 때문에 복학해서 기를 쓰고 1년 반 만에 졸업한 것이냐? 그 애 아비한테 보여 주기 위해서? 잊지 않고 당신이 바라신 대로 약속을 지켰다, 그러니 이제 그만 용서하고 날 좀 예쁘게 봐 달라고 아양이라도 떨기 위해서?"

"여보, 무슨 말씀을 그렇게 하세요. 설마 근우가 그것 때문에 그랬겠어요. 당신도 근우 복학해서 학업 마치기를 바라셨잖아요. 근우가 1년 반 만에 수석으로 졸업할 때 누구보다 기뻐하고 자랑스러워했던 사람이 바로 당신이었잖아요."

"그랬지. 그런데 그도 실은 그 망할 늙은이한테 인정받고 예쁨 받고 싶어서 그랬다지 않소. 당신이나 내가 아니라. 아니, 저 자신을 위해서 그렇게 피 터지게 공부했다고 그러면 내가 이렇게 기가 막히지는 않지. 지는 얼마나 고매하다고, 지는 얼마나 당당하고 떳떳하다고 내 자식이라는 이유 하나만으로 사사건건 트집 잡고 반대만 하던 그놈의 망할 늙은이 때문에! 벨도 없는 놈. 그 수모를 당해 놓고도 어째 그놈의 미련을 끊지 못하고.”

아버지가 뭐라고 하든 말든 침묵을 지킨 채 묵묵부답인 근우를 홍 여사가 원망스레 바라보았다. 마음 같아서는 이 회장과 함께 근우한테 해도 정말 너무한다고 원망의 말을 퍼붓고 싶었다.

그러나 어쩌겠나. 만만한 게 원산 돼지라고, 이러든 저러든 그녀의 말에 움찍이라도 움직여 줄 사람은 남편밖에 없는 걸. 근우한테 서운한 건 나중에 차차 말하기로 하고 일단은 노기충천한 이 회장 먼저 달래야 할 것 같았다.

홍 여사가 한숨을 폭 내쉬며 다정하게 남편을 불렀다.

“여보, 당신 마음 내가 다 이해해요. 나라고 다르겠어요? 하지만 지금은 그 얘기 할 때가 아니잖아요. 왜 다 지난 옛날 얘기를 꺼내서 괜히 속을 복달거리세요. 그 얘기는 이제 그만하시고, 하시려고 했던 말씀이나 찬찬히, 마저 하세요. 그럼 근우도 알아들을 거예요. 우리 아들, 멍청한 애 아니잖아요. 부모 맘 몰라주는 애도 아니고. 그러니 여보, 흥분 좀 가라앉히고, 예?”

고래 싸움에 새우 등 터진다고 했던가. 고집이면 고집, 아집이면 아집. 뭐 하나 다르지 않은 두 남자 사이에서 홍 여사만 매번 가슴 벌렁거리며 애가 탈 뿐이었다.

이 회장이 아내의 얼굴을 힐끗 쳐다보았다. 벌써 소처럼 맑고 커다란 눈망울에 닭똥 같은 눈물이 그렁그렁 맺혀 있었다. 저러다 정말 아직 소녀 같은 아내가 울기라도 하면 큰일이라는 생각에 이 회장은 끙, 하며 한발 물러서기로 했다.

아무래도 적진을 잘못 골랐다. 말로는 저래도 실은 온통 아들 편이라는 것을 누가 모르나.

홍 여사가 저런 눈망울로 애원하면 맥을 못 추는 이 회장이었다. 일단은 아내를 피해 적진을 옮길 필요가 있겠다 싶었다. 녀석하고만 긴히 할 얘기도 있고.

이 회장이 의자를 뒤로 밀고 자리에서 일어났다.

"식사 다 했으면 그만 일어나라. 따라와."

서재로 향하는 이 회장의 팔을 기겁해서 쪼르르 쫓아간 홍 여사가 얼른 붙잡았다.

서재는 이 집에서 유일하게 그녀가 들어갈 수 없는 구역이었다. 시아버님이 살아 계실 때부터 그랬었다. 스무 살 어린 나이에 이 집에 처음 시집올 때부터 말이다.

서재에 출입할 수 있는 사람은 시아버지와 남편, 어린 아들뿐이었다. 그녀는 물론 시어머니도 절대 들어갈 수 없었다. 심지어 청소도 그들이 다 알아서 했다.

서재에 대체 뭐가 있어서 그러나 궁금하기는 했지만, 들어가 볼 엄두는 나지 않았다. 시어머니가 그러셨던 것처럼 그녀 역시 그럴 만한 연유가 있겠거니 하면서 당연하게 받아들였다.

그러니 남편이 아들을 데리고 서재에 들어가 버리면 그녀로서는 안에서 고함 소리가 터져 나와도 발만 동동거릴 뿐 어찌해 볼 도리가 없을 터였다. 그런 적이 어디 한두 번이었어야지.

홍 여사는 이 회장의 팔을 붙잡고 통사정을 했다.

"여보, 그냥 밖에서 말씀하세요. 저도 근우 얘기 듣고 싶은데, 서재에 들어가 버리시면 전 어떻게 해요."

"설마 내가 하나밖에 없는 당신 귀한 아들 어떻게 하기라도 할까 봐 그래? 걱정 마. 당신 맘 상하게 하는 일은 없을 테니까. 내 저놈한테 긴히 할 얘기도 있고 보여 줄 중요한 서류도 있어서 그래. 오래 안 걸릴 테니까 맘 푹 놓고 여기서 잠깐만 기다려."

이 회장은 근우가 30년쯤 지나면 저렇게 되지 않을까 싶을 만큼 똑 닮은 살인 미소를 폴폴 날리며 불안해하는 홍 여사를 다정하게 달랬다. 그리곤 이내 더없이 차고 무서운 얼굴로 근우를 돌아보았다.

"뭐하냐, 빨리 따라오지 않고."

속으로 한숨을 푹 내쉰 근우가 군소리 없이 이 회장을 따라 서재로 들어갔다.

커다란 방 안 가득 온갖 서류와 책들이 즐비하게 꽂혀 있는 높다란 책장 사이로 세월의 더께가 느껴지는 웅장한 마호가니 책상이 주인마냥 자리를 차지하고 있었다.

그 앞에는 근우가 어렸을 때부터 들어와 곧잘 놀기도 하고 이 회장의 엄명으로 앉아 이런저런 서류들을 들여다보기도 했던 기다란 테이블과 의자 두 개가 놓여 있었다.

할아버지가 살아 계셨을 때와 달라진 것이 있다면 365일 24시간 돌아가는 커다란 개인용 서버가 책장 끝에 있고 데스크톱 두 대가 사이드 테이블을 차지하고 있다는 것뿐이었다.

예전과 변함없이 이 회장은 마호가니 책상의 의자에 앉고 근우는 그 앞의 의자에 앉았다. 이 회장은 앉자마자 바로 본론으로 들어갔다.

"길게 얘기할 것 없다. 잔말 말고 내달에 인수 결과 발표 끝나는 대로 한신은행으로 들어가. 네 자리는 이미 마련해 뒀다. 일단 기조실에 들어가서 한 몇 년 동안 은행 업무 전반에 대해서 배워. 핵심 사업부로 자리를 옮겨서 1~2년 정도씩 순환하는 것도 고려해 보고. 그렇게 한 10년 하다 보면, 네 머리 정도로는 금융계에서 3~40년 구른 놈들보다 나았으면 나았지, 모자라지는 않을 게다. 국내외 금융계나 경제계 돌아가는 사정도 남들보다 훤히 꿰뚫어 볼 테고. 그런 후에 은행장으로 취임해. 그때 되면 어느 누구도 네 자질이나 능력에 딴소리를 하지 못할 게다."

"10년 후까지 제 인생의 계획을 미리 짜 놓으셨군요. 역시 아버지답습니다. 그런데요, 아버지. 제 능력을 그렇게 믿으십니까? 제가 아버지의 기대에 부응할 정도의 능력이 못 된다면, 그간 아버지의 계획과 노력들은 모두 수포로 돌아가고 말 텐데요."

이 회장이 어림없다는 듯 코웃음을 쳤다.

"내가 그 정도도 내다보지 못하고 이 원대한 계획을 세웠을 성싶으냐? 넌 할 수 있다. 너라면 충분히 하고도 남아. 네가 비단 내 아들이라서가 아니다. 네 능력과 실력이 그에 못 미쳤다면 네 엄마가 죽기 전 소원이라고 해도 절대 들어주지 않았을 거다. 단순한 믿음과 자식에 대한 무조건적인 사랑만으로는 결코 벌일 수도 없고, 벌여서도 안 되는 일이니까. 네가 조금만 모자랐다면 네가 원하는 대로 레스토랑이나 몇 개 운영하면서 마음대로 살도록 내버려 뒀을 거다. 그러니 원망을 하려면 날 원망하지 말고 비상한 두뇌를 가지고 태어난 네 자신을 원망해."

"후우, 아버지."

"네가 그토록 애지중지하는 레스토랑은 네 마음대로 해라. 계속 사람을 두고 운영을 하든, 팔아 치우든, 아님 남한테 줘 버리든 네 마음대로 해. 거기까지는 관여하지 않으마. 내 성에는 차지 않는다만 어쨌든 네 손으로 일군 성과이니 존중은 해 주지."

선심 쓰듯 말하는 이 회장을 근우는 답답하고 안타까운 시선으로 바라보았다.

"할아버지와 이 아비를 사랑하지만 존경할 수는 없다고 했었나. 오냐, 좋다. 존경까지는 바라지 않겠다. 하지만 네 손으로 네 할아버지와 이 아비의 손에 묻은 더러운 오물은 어느 정도 씻어 내 줄 수 있지 않겠니. 이 아비도 네 덕에 욕도 그만 먹고 말이다."

"그럼 더 이상 기업 사냥을 하지 않으시겠다는 말씀입니까? 여기 꽂혀 있는 서류들도, 저기 서버에 저장되어 있는 사회 유력 인사들의 데이터도 모두 파기하시겠다는 말씀입니까?"

"가람 창투사는 이미 폐업했다. 하지만 자료들은…… 미안하지만 그건 안 되겠구나. 널 지키기 위해서라도 이것들은 꼭 필요해."

근우가 그럴 줄 알았다는 듯 헛웃음을 흘렸다.

"그러면서 저한테 아버지의 손에 묻은 오물을 닦아 달라고 하신 겁니까."

"안 닦아 줘도 된다. 이건 내가 평생 짊어지고 갈 짐이자 우리 가족을 지켜 줄 최상의 무기이고 방패이니 말이다. 다만, 너한테는 이 짐을 물려주지 않을 생각이다. 언젠가 네가 필요악이라는 것을 깨닫기 전까지는 말이야. 아, 그러고 보니 너도 서서히 깨달아 가는 것 같기는 하더구나."

그건 또 무슨 소리인가 싶어 근우의 눈매가 살짝 가늘어졌다.

"김미진인가, 루애 그 아이의 가장 친했던 친구라지? 작년 서울시 교육감 선거에서 여제자와의 성 스캔들 추문과 논문 표절 논란까지 연타석으로 터져 나오면서 결국 자진 사퇴할 수밖에 없었던 김, 누구더라? 그래, 김두창 교수. 그치가 또 그 아이의 아비라지?"

가늘어진 근우의 눈매가 움찔했다.

"어떻게…… 언제 아셨습니까?"

"뭘 말이냐. 그 은밀한 정보들을 모두 언론에 흘려서 결국 사회적으로 명망 입고 존경받던 김두창 교수 부부를 생매장시킨 사람이 너였다는 사실을 말하는 게냐? 그거라면 진작 알았지. 그 정도의 정보를 가지고 있는 사람이 이 나라에 나 말고 또 몇 명이나 더 있을라고. 그런데 그 정보를 쥐고 있는 사람들은 모두 보수 진영이었던 김두창이를 적극 지지했었거든. 그러니 그들이 밖으로 흘렸을 리는 없을 테고, 그럼 나밖에 없는데

나는 아니고, 이 방에 들어와 패스워드를 입력해서 정보를 빼갈 수 있는 사람은 너밖에 없지 않느냐. 더구나 그때 너, 브뤼셀에 숨어 지내는 김미진과 꽤 가깝게 지냈었지, 아마?"

"알고 계셨으면서 왜 그동안 모른 척하셨습니까? 아버지도 김두창을 지지하셨던 것으로 알고 있는데요. 선거 자금도 그쪽으로 상당 금액 건네주셨었구요."

"그야 그랬지. 힘 센 놈들이 죄 김두창이를 지지하니 나라고 별수 있나. 나야 누가 되든 상관없지만 그쪽에서 도와 달라고 하도 성화를 부리니, 내 입장에서는 그 또한 나중에 써먹을 수 있는 좋은 약점을 쥐게 되는 것이거든."

"그런데 왜 가만 계셨습니까?"

"내 아들이 하는 일이었으니까. 그것도 남들의 약점을 쥐고 흔들며 장기판 졸처럼 죽이고 살리고 하는 짓 따위, 치졸하고 비열하고 더러워서 질색이라던 녀석이 제 스스로 구정물에 손을 담갔는데, 그걸 어찌 내가 막겠니. 그럴 만했으니까 그런 것이다 믿었지. 다만 남들이 네가 흘린 정보라는 것을 모르도록 철저히 막았다."

그랬었구나. 어쩐지 저쪽 진영에서 너무 조용하다 싶었다. 그런 줄도 모르고 근우는 자신이 일을 쥐도 새도 모르게 완벽하게 해치워 버렸다고 스스로 만족하고 있었다. 멍청하게도.

"근우야, 나는 네가 그 일로 많은 것을 배웠을 거라고 생각한다. 정보란 말이지, 그 자체만으로는 힘이 없다. 어떻게 활용하느냐에 따라 힘의 우위가 갈리고, 유용해질 수도 있고 악용 될 수도 있는 거지. 돈과 권력도 마찬가지다. 나는 너한테 그 모든 것을 제공할 뿐이다. 그 위에서 칼춤을 추든 네가 추구하는 그 무언가를 위해 활용을 하든 그건 전적으로 네 뜻에 달렸다. 하지만 넌 아직 너무 어리고 우물 안 개구리야. 더 많은 것을 보고 듣고 경험하고 배워야 하지. 네 뜻을 펼칠 만한 실력과 능력을 쌓아. 좀 더 큰 무대에서."

"아버지 말씀이 맞습니다. 전 아직 어리고 우물 안 개구리일 뿐이죠. 할아버지, 아버지와는 다른 삶을 살겠다고, 제 의지와 능력만으로 떳떳하게 살겠다고 했지만 사실 출발부터 그러지 못했습니다. 할아버지가 물려주신 신탁으로 시작했으니까요. 겉으로만 입바른 소리를 했을 뿐, 실상은 전혀 그러지 못했습니다. 어둡고 더러운 일은 모두 아버지한테 밀어 놓고 거기서 나오는 단물만 취했습니다. 부당한 방법으로 축적된 재산이라는 것을 알면서도, 입으로는 비난하면서도 실은 그 돈이 주는 안락함을 포기할 용기 같은 건 애초부터 없었습니다. 무책임하고 비겁하고 이기적인 행동이었죠."

"그야 당연하지. 네가 내 아들로 태어난 이상 당연히 네가 누려야 할 것들이었으니까. 그걸 포기하는 놈이 되레 바보인 게지. 대신에…… 넌 내 아들이라는 이유만으로 뒤에서 조롱과 멸시도 당해야만 했지. 그것이 어떤 것인지 이 아비도 잘 안다. 나도 너와 별반 다르지 않은 시기를 거쳤으니까. 그때는 더했지. 가람이 지금과 같은 영향력까지는 갖지 못했을 때였으니까. 믿을 건 돈밖에 없던 시절이었어. 그래서 나는 그 돈으로 어느 누구도 함부로 건드릴 수 없는 영향력까지 샀다. 내 아들한테만은, 내 손자한테만은 나와 같은 삶을 살지 않게 하기 위해서."

이 회장이 소리 없는 쓴웃음을 지어 보였다.

"누군가 그러더구나. 후세를 위해서 내 손에 피를 묻히는 것을 두려워하지 말라고. 네 할아버지가 그러셨고, 나 또한 그랬다. 덕분에 많은 것들이 달라졌지. 네 영향 덕분이기도 했고. 이젠 네가 그 바통을 이어받을 차례다. 다행히 넌 네 손을 많이 더럽히지 않아도 된다. 네 고집과 자존심을 조금만 꺾으면 돼. 네 자식들을 위해서. 너도 그 정도는 해야 되지 않겠니?"

이 회장은 손을 내려 서랍 속의 서류 봉투를 만지작거렸다. 이렇게까지 얘기를 했는데도 근우가 고집을 꺾지 않는다면 이 서류를 들이밀고 최후통첩을 하는 수밖에 없었다.

그리 되면 부자(父子) 관계는 더욱 악화되겠지만, 어쩔 수 없을 터였다. 악화된 부자 관계야 시간을 두고 회복하면 될 테니 말이다.

그러고 보니 답답하고 짜증스럽기만 하던 그 아이에 대한 아들 녀석의 집착과 집념이 참으로 다행이다 싶기까지 했다. 고비 때마다 요긴하게 사용되니 말이다.

물론 그전에 근우가 그만 고집을 꺾고 아비의 뜻을 따라 주면 가장 좋겠지만.

잠시간 서재에 무거운 침묵이 흘렀다. 누가 부자 사이 아니랄까 봐 속내를 완전히 감추고 상대방을 고요히 응시하는 눈빛까지 똑같은 두 사람이었다.

침 삼키는 소리마저 들리지 않는 공간에는 두 사람이 내쉬는 규칙적인 숨소리만 간간이 들려올 뿐이었다.

마침내 근우가 먼저 입을 열었다.

"생각할 시간을 주십시오. 지금 당장 제가 드릴 수 있는 답변은 이것뿐입니다."

"언제까지?"

"한신은행 인수 결정이 공식적으로 발표 나는 날까지 결정해서 말씀드리겠습니다."

못마땅한 듯 이 회장의 미간이 찌푸려졌다. 허나 속으로는 만족스러운 미소를 짓고 있었다.

애초부터 오늘 당장 근우한테 알았다는 대답을 들을 수 있을 거라고는 생각지도 않았다. 녀석으로부터 생각해 보겠다는 유보적인 대답을 얻어 내는 것도 한참은 더 걸릴 거라고 예상했었다.

그런데 녀석 스스로 바로 저런 답을 내놓다니, 그동안 녀석의 마인드도 꽤 현실적으로 바뀌었나 보다. 하긴 가람에 들어와 아비 뒤를 이으라는 것도 아니고 한신은행이라는데, 마다할 이유가 없겠지.

만지작거리던 서류 봉투에서 손을 거둔 이 회장이 마지못한 척 고개를 끄덕거렸다.

"오냐, 알았다. 기다리마. 허나 명심해라. 아비가 원하는 대답은 오직 하나뿐이라는 것을. 그만 가 봐라."

근우가 자리에서 일어나 가볍게 목례를 취하고 문으로 걸어갔다. 문고리로 손을 뻗는데, 이 회장의 목소리가 들려왔다.

"아, 하나 더. 요즘에 레스토랑을 등한시한다는 소리가 들리더구나. 나한테는 반가운 소리다만, 네 엄마는 그게 영 불안한 모양이야. 그럴 애가 아닌데 또 무슨 일로 그러는지 모르겠다면서 네가 엄한 일로 방황하는 건 아닌가 걱정이 이만저만 아니더구나. 설마 너, 또 그 아이 때문에 그러는 건 아니지?"

문고리를 잡은 채로 근우의 어깨가 흠칫 굳었다.

"아닐 것이라고 믿는다. 네가 한 입으로 두 말 하는 놈은 아니니까. 그래도 노파심에 한 번만 더 얘기하마. 아직 그 아이에 대한 미련을 버리지 못했다면, 아니, 정 버리지 못하겠다면 마음속에만 품고 있거라. 거기까지는 내 뭐라 안 하마. 하지만 그 이상은 절대 안 된다. 너 싫다고, 옳다구나 하고 떠난 아이야. 난 그런 아이는 네 짝으로 절대 인정 못 한다. 네 엄마도 마찬가질 게다. 난 지금도 네 엄마가 너 한 번만 용서해 달라고 그 아이한테 빌었는데도 눈 하나 깜짝하지 않고 이 집을 나갔다는 얘기만 생각하면 자다가도 벌떡 깨서 잠이 다 안 와. 지 까짓 게 어딜 감히!"

근우의 눈매가 실낱처럼 가늘어졌다. 곧 서늘한 눈빛으로 이 회장을 돌아보았다. 그러나 이내 입을 꾹 다물고 서재를 나왔다. 지금 이 회장과 루애 일로 부딪혀 좋을 것이 없다는 판단이 섰기 때문이었다.

'루애와 만나고 있다는 사실을 알고 계시는구나.'

이 회장이 어디까지 알고 있는지는 모르겠으나 그것만은 분명할 터였다. 그렇지 않다면 루애의 이야기를 새삼 꺼내셨을 리가 없을 테니까. 하긴 맘만 먹으면 대통령이 어젯밤 뭘 입고 잤는지도 알아내실 분이니, 조금만 미심쩍다 싶으면 아들의 뒷조사를 하는 건 일도 아닐 터였다.

'조심해야 하나? 아니, 차라리 잘된 일인지도 모른다.'

이 회장은 저번처럼 루애와 청림건설을 패로 활용할 생각이겠지만, 루애만 그의 손을 다시 잡아 준다면 오히려 조만간 다시 치러질 이 회장과의 지루한 싸움에서 그에게 훌륭한 패가 되어 주지 않을까 싶다.

다행히 한 달이라는 시간도 벌어 놓았다. 그전까지는 루애와 만나는 것이 아무리 못마땅해도 괜히 그를 자극해서 역효과를 낼 필요가 없다는 것을 잘 아실 분이니, 루애와 청림건설도 안전할 테고 말이다.

Give and Take.

결국 그렇게 되는 건가. 아버지의 뜻대로, 아버지의 계획대로 재단된 삶을 살아갈 수밖에 없게 되는 건가. 후, 할 수 없지. 얻는 것이 있으면 잃는 것도 있는 법. 어디서 어떤 모습으로 살든 루애만 되찾을 수 있다면, 루애와 함께할 수만 있다면…… 그것으로 됐다. 그것으로 충분할 터였다.

노심초사, 발을 동동거리며 서재 밖에서 기다리던 홍 여사를 안심시키고 집을 나선 근우는 어두운 눈빛으로 캄캄한 하늘을 올려다보았다.

잠시 후 그는 대문으로 향하지 않고 정원을 가로질러 석회암으로 만들어진 연못으로 다가갔다.

추운 겨울이라 시들고 없지만 따스한 봄날이 오면 화려한 꽃들에 둘러싸일 직경 20cm 내외의 대리석 판을 내려다보았다.

아지가 잠들어 있는 자리.

근우는 긴 다리를 굽히고 앉아 맨손으로 대리석 위에 쌓여 있는 먼지를 쓸어 냈다. 그 위에 손을 대고 나지막하게 속삭였다.

"루애…… 만났다. 루애가 너 버린 거 아니었다더라. 그러니까 만약 루애 원망하는 마음이 있었다면…… 아니다. 넌 다 알고 있었겠지. 똑똑한 녀석이니까. ……기다려. 너도 곧 다시 만날 수 있게 해 줄 테니까. 다신 놓치지 않을게. 약속한다."

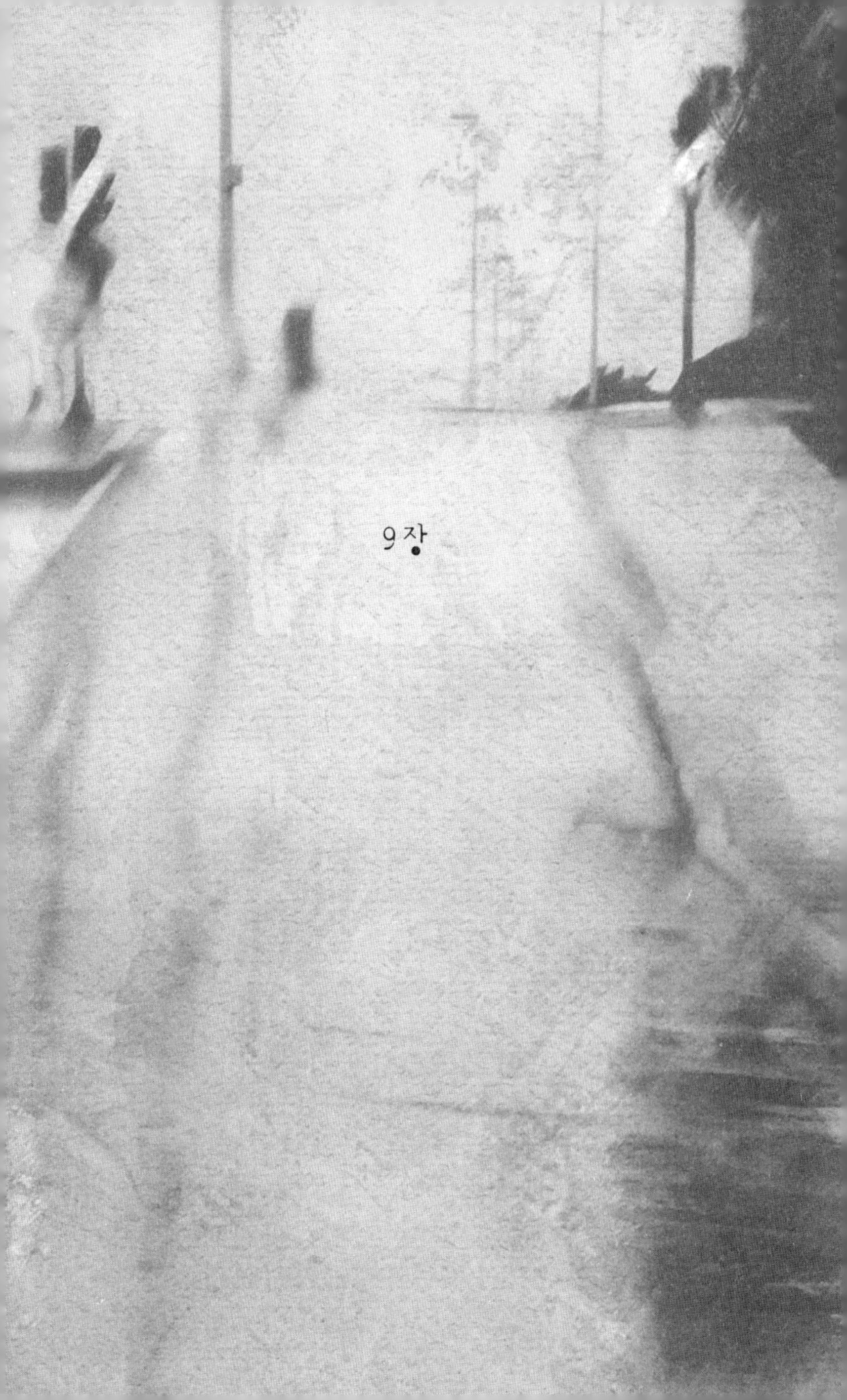

9장

'아, 오늘 드디어……!'

어제와 달리 근우가 신촌을 그대로 지나쳐 계속 달려가자, 루애의 가슴은 벌써부터 세차게 요동치기 시작했다.

대로변을 지나쳐 근우가 1차선에 차를 멈춰 세우고 좌회전 깜박이를 켰다. 저 골목으로만 들어서면 홍대라는 생각에 루애의 입술은 바짝바짝 타들어 갔다.

별거 아니라고 그토록 수없이 각오를 했건만, 막상 눈앞에 닥치니 떨리는 가슴이 좀체 진정되질 않았다.

그런 그녀의 불안을 눈치챘는지 어쨌는지, 근우는 신호를 받자마자 바로 핸들을 틀어 좌측 오르막으로 진입했다. 루애는 무심해 보이는 근우의 옆 프로필을 힐끗 노려보고는 아랫입술을 꽉 깨물었다.

'후우, 괜찮아. 이미 예상했던 일인데, 뭐. 동요할 것 없어.'

루애는 속으로 괜찮다는 말을 무수히 되뇌며 부러 두 눈을 부릅떴다. 기왕 여기까지 온 거, 지긋지긋한 과거를 깨끗이 청산해 버리자 싶었다. 그의 말이 맞다. 이 상태로는 완전히 끝난 것도 아니요, 혼자로든 둘이든 다시 시작할 수도 없을 터였다.

그동안에는 다 끝났다고, 모두 잊었다고 스스로를 속이며 도망만 쳐 왔다. 떠올리는 것만으로 너무 아프고 괴로워서 제대로 정리도 못한 채 억지로 덮고 봉합해 버렸었다. 그리곤 절대 생각하지 않으려고만 했었다.

그러니 매일같이 원인 불명의 편두통에, 빌어먹을 악몽에 시달려 왔지. 억압된 의식의 반발로 말이다.

놀랍게도 최근 들어 그 지긋지긋하던 편두통이 싹 사라져 버렸다. 악몽도 거의 꾸지 않았다. 처음에는 그녀 스스로도 그 같은 변화를 자각하지 못했다. 그러다 며칠 전에야 문득 깨달았다. 편두통과 악몽이 사라졌다는 것을.

그 이유야 두말할 나위 없이 근우 때문이었다. 그와 한 달간의 한시적 만남이 시작되고 나서부터 서서히 증상이 호전되기 시작했으니까.

그의 말이 진심일지도 모른다는 생각이 들기 시작하면서, 적어도 그 일 이후로는 그가 홍미정을 만나지 않았을 거라는 막연한, 하지만 거의 확신에 가까운 믿음 같은 것이 생기기 시작하면서…….

맙소사!

스스로 생각해도 어이가 없었다. 싫다, 아니다, 그렇게 학을 떼 놓고 이게 뭐하는 짓인가 싶기도 하고, 이럴 거면 지난 4년을 왜 그리 혼자 악착같이 버티며 아파했었나 싶기도 했다. 자존심도 뭣도 없는 스스로가 한심하고 비참하게 느껴지기까지 했다.

4년 만에 와 보는 홍대 거리는 신촌보다 더 많이 변한 것 같았다. 인디 밴드와 유행을 선도하는 젊음의 거리라는 말들이 연일 매스컴에 오르내리더니만(4년 전에도 그러긴 했었지만), 엄청나게 늘어난 소극장부터 오가는 사람들의 분위기까지, 여기가 예전 그곳이 맞나 싶을 정도였다.

정오를 갓 넘긴 이른 오후 시간임에도 거리를 오가는 사람들은 엄청나게 많았다. 아무리 일요일이라도 예전에는 늦은 오후나 되어야 젊은이들이 모여들지, 이 시간대에는 한산하다 싶을 만큼 사람이 그다지 많지 않았었는데. 부침이 잦은 거리라서 그런가 싶기도 했다.

차는 어느덧 홍대 정문을 지나 극동방송 쪽으로 향하고 있었다. 벌써부터 저 앞의 6층 건물 최상단에 걸려 있는 커다란 간판이 득달같이 그녀의 시선을 잡아채고 달려들어 왔다.

고급스러운 짙은 청색 바탕에 간결한 문체로 박혀 있는 다홍빛 영문에 그녀의 눈동자가 파르르 흔들렸다.

The One.

심장이 덜컥거리며 순간적으로 멈춰 버렸다. 거리는 온통 다른 모습으로 변해 버렸는데 그곳만 여전히 그 자리에서, 루애가 직접 골랐던 디자인의 간판을 내걸고 있는 것을 보니 기분이 이상했다.

두렵기도 하고 불편하기도 하고, 묘하게 반갑기도 하고 들뜨기도 했다. 아니, 너무 여러 가지 감정들이 한꺼번에 몰려들어서 뭐가 뭔지 정확히 규명하기조차 어려웠다. 심지어 어림증이 일며 미세한 토기까지 느껴졌다.

루애는 얼른 시선을 돌리고 꼭 잡은 제 두 손만 고집스레 내려다보았다. 새파란 핏줄이 돋아난 손등에는 마디마디의 관절들이 당장이라도 여린 살갗을 뚫고 튀어나올 듯 하얗게 질려 있었다. 루애는 얼른 가방 밑으로 손을 감췄다.

다행히 근우는 빠른 속도로 'The One' 앞을 지나가 주었다. 'The One'으로 그녀를 바로 데려가기에는 아직 이르다고 생각한 걸까? 속으로 안도의 숨을 내쉬며 루애는 피식, 헛웃음을 흘렸다.

'그래 봤자 하루 이틀 상관이겠지.'

그와 약속했던 한 달은 이제 2주밖에 남지 않았다. 그 기간 안에 근우는 반드시 그녀를 'The One'으로 데려갈 터였다. 아무리 아프고 고통스러워도 과거를 직시해야만 어떤 식으로든 앞으로 나갈 수 있다고 하지 않았는가. 그런 명목으로 이 빌어먹을 추억팔이를 시작한 것이고 말이다.

그러니 그 고통과 아픔의 산실이었던 'The One'을 그가 제

쳐 둘 리 없었다. 어쩌면 이 한 달이 끝나는 마지막을 D—day로 삼고 있는지도 모르겠다. 아니, 그날이 틀림없을 터였다.

'그럼 그동안에는 마음을 좀 놓고 있어도 되는 건가? 훗.'

루애는 스스로에게 비소를 흘리며 창밖으로 다시 시선을 돌렸다. 창밖의 전경은 또다시 달라져 한산한 주택가로 들어서 있었다.

기억의 흐름을 놓친 루애는 순간 여기가 어딘가 싶었다. 비슷비슷한 형태의 주택들 사이에 간간이 원룸 건물들이 서 있고, 아기자기한 인테리어의 커피 전문점과 수제 햄버거 가게들이 눈앞을 스쳐 갔다.

분명 낯익은 골목인 듯싶기는 한데, 새로 들어선 건물과 가게들이 많아서 잘 모르겠다. 도대체 어디를 가려는 걸까. 이런 한적한 골목에 그와의 특별한 기억이 있을 리 만무…… 아!

불현듯 뇌리를 스친 어떤 기억에 루애의 시선이 근우 쪽으로 휙 돌아갔다. 설마하는 눈빛으로 그를 쳐다보며 잠긴 목소리로 물었다.

"어디로 가는 거야?"

그녀를 돌아보며 근우가 나직하게 대답했다.

"처음이네, 어디 가냐고 물어봐 주는 거. 역시 너한테 거기는 꽤 의미 있던 곳이었나 보군. 다행이다."

다행이라니, 뭐가? 알 수 없는 말을 중얼거리는 근우를 쳐다보며 루애가 다시 물었다.

"어디 가는 거냐구."

"이미 대충 짐작하고 있는 것 같은데. 맞아. 네가 생각하는 그곳. 조금만 참아. 거의 다 왔어."

루애의 눈이 커다래졌다.

"거기가…… 아직도 있어?"

"어, 다행히."

놀라는 루애를 바라보는 근우의 입가에 잔잔한 미소가 어렸다. 안도하는 듯싶기도 하고 뿌듯해하는 표정이기도 했다.

그의 말대로 얼마 안 가 그곳이 눈앞에 나타났다. 한적한 골목골목을 지나 가장 끄트머리에 위치한 허름한 단층 건물에 그곳이 예전 모습 그대로 있었다.

하얀색 바탕에 손글씨로 삐뚤빼뚤, 이렇다 할 상호명도 없이 '버섯매운탕' 이라고만 달랑 써져 있는 초라한 간판도 그대로였고, 격자 형태의 자그마한 유리 여섯 개를 위태롭게 달고 있는 오래된 나무 문도 예전 그대로였다.

루애는 제 눈으로 보고 있으면서도 저 식당이 아직 있다는 사실을 믿기 힘들었다.

골목 귀퉁이에 근우가 차를 세우자 루애는 바로 차 밖으로 뛰어나갔다. 그리곤 커다래진 눈을 깜박이며 중얼거렸다.

"어떻게 여기가 아직 그대로 있지?"

어느새 그녀 옆으로 다가온 근우가 대답했다.

"상권에서 한참 벗어난 곳이니까."

"그래도……. 난 오래전에 바뀌었을 줄 알았는데."

"왜, 망했을 줄 알았어? 주인아주머니가 들었으면 엄청 화냈겠다. 예전에도 큰길에서 한참 멀리 떨어져 있는데 손님들이 꽤 많았잖아. 맛있는 건 어떻게 그렇게 귀신같이들 아는지. 후, 하긴 우리도 그랬지."

'The One'을 오픈하고 한 3~4개월쯤 지났을 때였나? 얼추 자리가 잡히고 나서부터 근우는 저녁 식사를 핑계로 틈틈이 루애를 데리고 밖으로 나와 주었었다.

그래 봤자 30분에서 한 시간 내외의 짧은 시간이었지만, 루애는 가장 바쁜 시간임에도 일부러 그녀를 위해 짬을 내주는 그가 무척 고마웠었다. 그 세심하고 다정한 배려가 늘 그녀를 가슴 설레게 만들었었다.

그렇게 간혹 단둘이 카페를 벗어나 짧은 데이트를 즐길 때면 두 사람은 간단하게 햄버거를 먹거나 근우가 미리 예약해 놓은 일식집에서 식사를 마치고 두 손을 꼭 맞잡은 채 산책을 하고는 했었다.

그 산책 시간이 너무 짧아 루애는 그 점이 항상 아쉬웠었다. 그래서 하루는 식사를 미루고 산책 먼저 하자고 그를 졸랐었다. 걷다가 정 배고프면 가장 먼저 눈에 띄는 식당에 들어가 밥을 먹거나 근처 분식집에서 대충 김밥으로 요기를 때우자고 말이다.

근우는 피식 웃으며 그래, 하고 선뜻 그녀의 청을 들어주었더랬다.

그렇게 그의 손을 잡고 골목골목을 누볐었다. 일부러 번화한 거리에서 한참 벗어난 한적한 주택가로만.

별반 우습지도 않은 얘기에 서로 키득거리며 한참을 웃기도 했고, 눈이라도 마주치면 누가 먼저라고 할 것 없이 서로의 입술을 찾았었다.

그러다 키스가 깊어지면 그가 이끄는 대로 어두컴컴한 골목을 찾아 들어가 입술이 부르트도록 뜨거운 키스를 나누었었다.

사람들의 왕래가 적은 한산한 골목이라 서슴없이 서로를 갈구해도 들킬 염려가 없어서 좋았다. 만약 그때 누군가 그런 두 사람을 보고 퇴폐풍조 조장으로 고소를 했어도 딱히 할 말이 없었을 것이다.

그렇게 골목골목을 지나 막다른 길에 다다랐을 때 저 식당을 발견했었다.

루애는 허름해도 정감 있는 그 모습에 홀딱 반해선 '제일 먼저 눈에 띈 식당에서 밥 먹기로 했잖아. 가자' 하고 그의 손을 잡아끌었고, 근우는 '그래도 저긴 좀……' 하면서 몸을 뒤로 빼었다. 저런 곳이 맛이 있겠느냐고, 틀림없이 비위생적일 거라면서.

허나 결국 그는 루애의 뜻에 따를 수밖에 없었다. 루애가 들어가 보고 싶다는데 그가 어떻게 마다할 수 있겠는가. 아, 약한 자여, 그대 이름은 남자이리니!

삐걱거리는 나무 미닫이문을 밀고 들어간 그곳은 외관대로 내부 역시 허름하고 조악했었다.

20여 평 되는 공간 한가운데에 떡하니 놓여 있는 시커먼 연탄난로부터 시작해서 바닥은 방수 처리도 하지 않은 회색 시멘

트 그대로였고, 난로 주변으로 빙 둘러 놓여 있는 테이블은 어촌 선술집에나 있음 직한 둥근 양철 테이블이었다.

그럼에도 손님들은 꽤 많았다. 엉덩이만 간신히 걸칠 수 있는 불편한 의자에 빙 둘러앉아서 시커먼 주물 냄비가 담겨 있는 시뻘건 국물을 땀을 뻘뻘 흘리며 맛나게 먹고 있었다.

그 모습에 근우는 질린 듯 고개를 절레절레 내저었고, 루애는 되레 더 신나서 금방이라도 도로 나가 버리려고 하는 그를 끌고 빈 테이블에 가 앉았었다.

"원래 맛집은 이런 곳이야. 봐 봐, 사람들 다 진짜 맛있게 먹잖아. 메뉴도 딱 하나, 버섯매운탕이고. 맛이 없으면 사람들이 여길 어떻게 알고 이렇게 많이들 찾아왔겠어? 나 한번 믿어 봐. 둘이 먹다가 하나 죽어도 모를 그런 맛일 테니까."

그녀의 호언장담대로 주인아주머니의 음식 솜씨는 꽤 훌륭했었다. 얼큰한 국물에 밥 한 그릇씩을 깨끗이 비우고 마지막으로 남은 국물에 밥까지 볶아서 둘이 네 공기를 게 눈 감추듯 싹싹 비워 냈었으니까.

루애가 그렇게 많이 먹는 건 그때 처음 보았었다. 입이 짧아서 늘 걱정이었는데 말이다.

하지만 근우는 그곳이 썩 맘에 들지 않았다. 아무리 맛있어도 금방이라도 무너질 것 같은 허름한 곳에서 허겁지겁 밥을 먹는다는 건 결코 유쾌한 일이 아니니까.

솥뚜껑 같은 커다란 손으로 쉴 새 없이 그의 어깨와 팔뚝을 쓰다듬으며 '으메, 워쩌코롬 이케 잘생겼을까잉. 내는 고마 하늘에서 웬 선남이 하강하셨는가 혔네잉. 아따, 덕분에 오널 내 눈깔이 호강혀요잉'이라는 말을 연발하던 뻔뻔한 주인아주머니도 영 맘에 안 들었고 말이다.

허나 루애는 달랐다. 거기가 엄청 맘에 들었는지, 한번 그 식당에 다녀온 뒤로 짬 내서 짧은 저녁 데이트를 나갈 때마다 노상 거길 가자고 졸라 댔었다. 그때마다 근우는 고개를 절레절레 흔들면서도 비척비척 따라갔었고 말이다.

그렇게 한 7~8개월은 수시로 그곳에 갔었던 것 같다. 그러다 어느 순간부터 루애는 더 이상 그곳에 가자고 조르지 않게 되었더랬다.

피크 타임이 점차 길어지고 대기 손님이 생길 정도로 손님들이 많아지면서 단둘만의 짧은 저녁 데이트를 즐길 횟수가 점차 줄어든 탓도 있겠지만, 돌이켜 보면 루애가 여자 손님들한테 과민한 반응을 보이기 시작한 때부터였지 않았나 싶다.

그때부터 루애는 부쩍 말수가 줄어들고 신경질적이 되었으며 그의 눈치를 보기 시작했었다. 아, 옷차림도 그녀답지 않게 과감해지기 시작했었지. 그때 루애는 이런 말들을 늘 입에 달고 살았던 것 같다.

"괜찮아. 피곤해서 그래. 아무 일도 아니야. 신경 쓰지 마. 네가 좋으면 나도 좋아. 아무거나. 너 좋은 대로 해. 아, 내가 왜 이럴까.

미쳤나 봐. 미안해…….”

아마 그때부터였을 것이다. 루애의 마음속에 그에 대한 불신과 불안감이 깃들기 시작한 것이. 그땐 몰랐다. 그저 그러다 말겠지 싶었다. 그녀 말대로 잠시 피곤해서, 신경이 예민해져서 그런 것뿐이라고 대수롭지 않게 여기고 넘어갔었다. 그 또한 바쁘다는 핑계로.

그때 그녀를 붙잡고 물어봤어야만 했다. 그녀를 불안하게 만드는 것이 무엇인지 물어보고……. 아니, 실은 알고 있었다. 무엇이 그녀를 불안하게 만드는 것인지, 그녀가 무엇을 그토록 경계하는 것인지.

알면서도 모른 척했다. 사소한 질투심이라고만 생각했었기 때문에, 별것도 아닌 여자들한테 질투하는 그녀가 마냥 귀엽고 재미있기만 해서.

“하아.”

근우의 입에서 무거운 한숨이 터져 나왔다. 좁은 골목길에 불어오는 찬바람이 그의 옷깃을 스치며 정신 차리라는 듯 매섭게 뺨을 때리고 지나갔다.

근우는 아직도 감회에 젖어 식당을 바라보고 서 있는 루애를 깊은 눈빛으로 내려다보았다.

“……들어가자.”

“응? 어.”

어색하게 미소 지으며 루애가 먼저 걸음을 옮겼다. 그 뒤를 근우가 천천히 따라 들어갔다.

"어서 오…… 아이고, 이게 누구야. 우리 이 사장님 오셨네. 어서 오세요. 안 그래도 이제 오실 때가 됐는데 왜 안 오시나 했네요."

앞서 들어온 루애를 반기다 말고 뒤따라 들어온 근우를 보자마자 희색이 만연해선 한걸음에 달려온 중년 남자가 들뜬 목소리로 소리쳤다. 환호성만 치지 않았을 뿐이지, 어찌 보면 아이돌을 보고 흥분한 10대 소녀들 저리 가라 할 정도였다.

"엄니, 엄니! 이리 나와 보쇼. 우리 이 사장님 오셨고만요잉!"

중년 남자가 주방을 향해 크게 소리쳤다. 맛나게 식사를 하고 있던 10여 명의 손님들이 깜짝 놀라 뒤를 돌아볼 정도였다. 루애도 전혀 예상치 못했던 상황인지라 깜짝 놀라 의아한 눈빛으로 근우와 중년 남자를 번갈아 쳐다보았다.

루애를 힐끗 쳐다본 근우가 뒤늦게 아차, 하는 표정으로 곤혹스러운 듯 미간을 찡그렸다.

"뭐시여, 우리 이 사장이 왔다고라! 워메! 참말로 우리 이 사장이고마이."

주방에서 고개를 쑥 내민 아주머니 한 분이 근우를 보고는 눈이 댕그래져서 후다닥 뛰어나왔다. 말마따나 버선발로 뛰어나오는 행색이었다. 벙 쪄 있는 루애를 거구의 아주머니가 휙, 스쳐 지나갔다.

"아이고, 우리 이 사장 오셨는가. 와 인자 와써. 나가 우리 이 사장 보고파서 목이 빠지는 줄 알았고마이. 아이고, 이 무정한 사람아. 한 달에 한두 번은 꼭꼭 들러 주던 사람이 두 달 가까이 발걸음을 안 해 중께, 나가 우리 이 사장헌티 뭔 안 좋은 일이라도 생겼는가 혀서 아조 애가 타서 죽을 뻔했당께."

"죄송합니다. 일이 좀 바빴습니다. 그동안 잘 계셨죠?"

루애는 다시 한 번 깜짝 놀랐다. 근우를 거의 끌어안다시피 하고 앞치마로 눈물까지 훔치고 있는 아주머니도 아주머니지만, 그런 아주머니를 내려다보는 근우의 눈빛이 너무 따뜻했기 때문이었다. 아주머니에게 건네는 목소리조차 다정하기 그지없었다.

"암만, 내사 암 탈 없이 잘 지냈제잉. 요 썩을 놈의 시키가 사고만 안 치믄 나가 뭔 탈 날 일이 있는가잉. 아니지. 나가 우리 이 사장 요 잘생긴 얼굴을 통 못 봐 가지고, 그기 땜시 탈이 날 뻔은 혔지."

"아따, 엄니는 나가 뭔 사고를 친다 혀싸요. 이 사장님이 들으믄 참말인 줄 알겄네잉."

"아따, 이 썩을 놈. 찢어진 입이라꼬 저 조동아리 함부로 굴리는 것 좀 보소. 니가 사고를 안 쳤냐! 그람 그 사채업자 놈 시키들헌티 이 가게랑 홀랑 다 뺏기고 길바닥에 나앉을 뻔한 건 누구 땜시 그랬던겨?"

아주머니가 커다란 주먹을 휘두르며 부릅뜬 눈으로 중년 남자를 노려보았다.

"아따, 엄니는 그기 언제 쩍 일인디 아직도 그 야그를 하쇼. 인자 정신 차리고 열심히 일하는고만."

"그려, 안 그랬으믄 니는 진작에 내 손에 죽었어야! 그라고 그기 니가 혼자 정신 차린겨? 여기 있는 우리 이 사장 덕분이제. 우짰든 니는 우리 이 사장을 평생의 은인으로 모시고 살아야 된당께. 알근냐잉!"

은인? 루애의 고개가 다시 한 번 갸웃 기울어졌다.

"어메, 이 할마시 보게. 나가 뭐랬다꼬 그런디요잉. 내도 알아요잉. 엄니가 그케 말 안 혀도 내 맴속에 우리 이 사장님은 단순한 은인이 아니고 신이여, 신! 우리 시장님이 죽으라카믄 죽는 시늉까지 헐 수 있당께요."

여기서 더 내버려 뒀다간 할 말 못 할 말 다 나오겠구나 싶어서 근우는 황급히 두 사람 사이에 끼어들었다.

"아주머니, 그만하세요. 작은 사장님도 그만하시구요."

"아따, 이 사장은 잠깐 빠져 있어. 나가 시방 요놈 시키랑 야그 중잉께. 야, 이놈 시키야. 그길 말이라고 혀 자빠졌냐. 죽는 시늉을 혀? 시늉만? 이 사장이 우덜헌티 해 준 거이 얼만디, 죽는 시늉만 한다꼬잉! 이 사장 아니었으믄 넌 그놈들헌테 끌리가가 눈깔이랑 내장 다 뺏기고 죽었어야!"

"아, 누가 뭐려요. 긍께……."

"긍께는 뭔 긍께여. 그람 이 사장이 니 목심 내놔라, 허믄 예, 하고 당장 내놓겄습니다, 혀야지. 거서 죽는 시늉만 하겄다는 기 사람 시키가 헐 소리냐잉!"

그제야 중년 남자가 아, 하면서 뒷머리를 긁적거렸다.

"듣고 봉께 엄니 말이 맞네요잉. 이 사장님, 용서하세요. 지가 배우덜 못 혀서 생각이 짧고 무식혀서 그래요. 내 맴은 그런 게 아닌데 항상 요 조동아리가 문제라니까요. 우리 엄니 말 들었죠? 그 말이 바로 내 말이어요. 나는 우리 이 사장님이 죽으라면 당장이라도 혀 깨물고 죽을 수 있는 사람인께, 언제든 지가 필요하시믄 말씀만 하세요. 이 사장님을 위해서라면 지가 백골이 난망도록 최선을 다할 탱께요."

"암만, 암만. 이놈의 시키가 이제야 좀 바른 소리를 혀네."

근우는 속으로 한숨을 푹 내쉬었다. 루애를 마침내 여기에 데려올 수 있게 됐다는 데에만 흥분해서는 두 분이 자신만 보면 이렇게 아옹다옹하시며 옛 얘기를 꺼내 곤혹스럽게 만든다는 것을 깜박 잊고 있었다. 메모리스에서처럼 미리 연락을 해 입단속을 부탁드려 놨어야 했는데.

근우는 시선을 돌려 대체 무슨 일이냐고 묻고 있는 루애의 커다래진 눈동자를 지그시 내려다보았다.

나중에, 나중에 다 얘기해 줄게.

근우는 눈으로 나직하게 말을 건넸다. 다행히 그 말을 알아들었는지, 마지못한 듯 루애가 고개를 끄덕거려 주었다. 근우는 주인아주머니와 그녀의 아들인 작은 사장을 번갈아 쳐다보며 단호한 음성으로 말했다.

"그새 잊으셨어요? 두 분이 저 올 때마다 이러시면 부담스러워서 오고 싶어도 못 온다니까요. 혹시 저 못 오게 하려고 일부러 그러시는 거예요? 그러면 그냥 돌아가겠습니다. 그리고 다시는 오지 않겠습니다."

주인아주머니와 작은 사장이 대경실색해 양팔을 마구 휘저었다.

"어메, 건 또 뭔 경천동지헐 소리랑가. 설마 우덜이 그럴 리가 있는가. 만에 하나라도 우덜이 그란 맴을 쥐뽕만큼이라도 갖고 있다믄 그긴 사람도 아이제. 천벌을 받제잉."

"암만요. 이 사장님, 그건 절대로 아니고만요. 오해여요."

"하지만 제가 여러 번 간곡히 부탁드려도 두 분이 계속 그러시니 저로서는 달리 생각할 수밖에……."

"알았어, 알았어! 앞으론 절대 그란 야그 안 헐께요잉. 나가 알지. 우리 이 사장이 그란 공치사 듣기 음청시리 싫어한다는 거. 암만. 근디 나가 다 아는디, 워쩌. 우리 이 사장만 보믄 너무 좋고 고마워서 나도 모르게 이란 말이 막 튀어나오는디. 그랴도 알았어. 앞으로 각별히 조심헐께요잉. 그랑께 여그 발 딱 끊는다는 소리는 지발 허지 마쇼잉! 그기보다 더 무서븐 소리가 우덜헌티 어데 있다꼬."

"엄니가 문제요, 엄니가. 긍께 와 그 야그는 주책맞게 꺼내가지고는, 사장님 심기를 불편허게 만드요. 아따, 엄니는 그만 주방으로 후딱 가 보쇼잉. 사장님 오셨는디 식사 대접 안 허요잉. 이 사장님 시장허시겠고마이."

"어메, 내 정신 좀 보게잉. 그라코마이. 우리 이 사장 왔는디, 나가 여서 뭐하고 있는겨. 이 정신 나간 여편네 같으니라고. 이 사장, 저그 가서 쪼매만 기다려잉. 나가 우리 이 사장이 좋아하는 얼큰한 버섯매운탕, 있는 솜씨, 없는 솜씨 다 부리가가 맛나게 끓여 내올 탱께. 야야, 니는 뭐하고 그라고 섰냐. 이 사장님 다리 아프실 틴디 언능 자리로 모시지 않고잉!"

작은 사장이 알았으니 빨리 주방으로 가라고 주인아주머니의 등을 떠밀었다. 그제야 주인아주머니가 부리나케 주방으로 달려갔다.

루애는 처음에는 너무 당황하고 아주머니도 살이 많이 찌셔서 그 아주머니가 예전 그 주인아주머니인 줄 몰라봤다. 그런데 아들과 실랑이를 벌이는 모습을 가만히 보고 있자니 기억이 새록새록 돋아나면서 예전 그 주인아주머니가 맞는다는 걸 기억해 냈다.

그것보다 대체 주인아주머니와 그 아들이 하던 얘기는 다 뭘까. 근우가 진짜 두 사람한테 다시없을 은인인 양 극진한 환대와 대접을 받는다는 것도 놀랍거니와, 그런 두 분을 바라보는 근우의 친근한 눈빛 또한 놀랍기 그지없었다.

'나중에 얘기해 주겠다고 했으니 일단 기다려 보자. 혹시 또 한참 뒤에 얘기해 주겠다, 뭐 이러는 건 아니겠지?'

그랬단 봐라. 그럼 진짜 국물도 없을 테니까. 궁금해서 사람 숨넘어가게 만들 속셈이 아니라면 오늘 중으로 얘기해 주겠지. 루애는 작은 사장을 따라가는 근우의 커다란 뒷모습을 노려보며 입술을 깨물었다.

"사장님, 여그 앉으세요. 지가 후딱 밑반찬 내올…… 어라, 이 아가씨는……? 아, 맞다. 앞서 오신 손님이셨지. 아이고, 죄송허네요. 지가 깜박하고 오래 기다리시게 혔네요잉. 근디 손님, 여

그는 이 사장님 자리고요잉, 아가씨 자리는 아, 저그 빈자리 있네요잉. 이리 오쇼잉."

근우의 뒤에 서 있는 루애를 뒤늦게 발견한 작은 사장이 깜짝 놀라선 그녀를 얼른 다른 자리로 안내하려고 했다. 이건 또 무슨 상황인가 싶어서 난감해하는 루애를 돌아본 근우가 작은 사장한테 말했다.

"아닙니다. 저하고 같이 온 사람입니다."

작은 사장의 작은 눈이 튀어나올 듯 휘둥그레 커졌다.

"에엥? 이 사장님허고 같이 오신 분이라고요, 여그 이 아가씨가요?"

"네."

"어…… 어……."

작은 사장은 입을 크게 벌린 채 잠시 말을 잇지 못했다. 그저 도저히 못 믿겠다는 듯이 루애를 위아래로 훑어볼 뿐이었다.

"앉아."

루애를 끌어다 자리에 앉힌 근우가 그녀의 맞은편에 앉으며 아직도 벙 쪄 있는 작은 사장을 쳐다보았다.

"작은 사장님, 물 좀 가져다주시겠습니까? 그리고 방금 전 일로 이 사람이 많이 놀란 것 같은데, 부탁 좀 드리겠습니다."

또다시 괜한 말은 하지 말아 달라는 근우의 은근한 부탁에 작은 사장은 그 뜻을 알아들었는지, 못 알아들었는지 멍하니 '아, 예' 하고는 주저하며 자리를 떴다.

간신히 두 사람만 남자 루애가 재빨리 목소리를 낮춰 소곤거렸다.

"뭐야? 무슨 일이야?"

"그게…… 일단 식사 먼저 하고, 나가서 얘기해 줄게. 얘기하자면 좀 길어. 저분들 앞에서 할 얘기도 아니고. 아무리 저러셔도 그 얘기 나오면 속으로는 불편해하실 거다."

내막은 몰라도 그의 말에 일견 타당성이 있다 싶어서 루애는 고개를 끄덕거렸다. 나가서 얘기해 준다지 않는가. 그럼 됐지, 뭐. 그의 말을 철석같이 믿는 제 자신을 자각하지 못한 채 루애는 순순히 그러마고 했다.

예기치 않았던 소란은 그것으로 일단락된 듯싶었다. 그러나 아니었다. 잠시 후 커다란 주물 냄비에 버섯매운탕을 끓여 손수 내온 주인아주머니가 근우와 마주 앉아 있는 루애를 보고 땅이 흔들릴 듯 꽥, 소리를 지른 것이다.

"히익! 이, 이기 뭐시여. 시, 시방 우리 이 사장이 여자허고 같이 앉아 있는겨?"

새로 온 손님 안내와 서빙, 식사를 마친 손님들 계산까지 하느라 주방에 있던 주인아주머니한테 근우가 더 이상 다른 소리는 하지 말라더라, 는 말을 미처 전하지 못한 작은 사장이 소스라치게 놀라 달려왔다.

"아이고, 엄니. 그기 뭔 큰 난리라고 고함을 치고 혀싸요. 손님들 식사허시다가 죄 경기들 허시겠고만. 어여 그 냄비, 브로스타에 올려놓고 싸개 싸개 주방으로 가쇼잉. 주문이 밀렸당께."

"아따, 요놈 말허는 싸가지 좀 보쇼잉. 그기 뭔 큰 난리라니,

그람 니는 지금 우리 이 사장이 이 샥시랑 같이 나란히 앉아 있는디 한 개도 안 놀랍냐잉? 이기 천지개벽헐 일이 아니믄 뭐시가 천지개벽헐 일인디?"

"천지개벽씩이나 무신. 알았응께 고만허시고 언능 주방에나 들어가 보랑께요. 이 사장님도 식사허셔야 되고 이 아가씨도 아까 우덜 땜시 많이 놀라셨다지 안 혀요잉. 아따, 엄니는 참, 눈치도 없쇼잉."

작은 사장이 얼른 냄비를 뺏어 브루스타에 올려놓고 주인아주머니를 몸으로 떠밀었다.

"아, 이 시키가 와 이랴. 잠만 비켜 봐야. 나가 시방 눈으로 보고도 믿을 수가 없어서 그랴!"

작은 사장이 아무리 남자라고 해도 삐쩍 마른 몸으로는 젊어서부터 산전수전 공중전까지 다 겪은 주인아주머니의 힘을 당해 낼 수가 없었다. 주인아주머니가 자꾸 앞을 가로막으며 주방으로 떠미는 아들의 어깨를 종잇장처럼 손쉽게 밀어내고 루애 앞으로 한달음에 다가왔다.

"어메, 참말로 이기 뭔 일이랴. 눈으로 보고 있으믄서도 믿을 수가 없네잉. 오래 살다 보니 이케 좋은 일도 다 있고마잉."

근우와 루애가 뭐라고 할 새도 없이 주인아주머니가 커다란 손으로 루애의 손을 확 잡아채 움켜잡았다. 그 악력이 어찌나 센지, 루애는 하마터면 비명을 내지를 뻔했다.

"아이고, 아가씨, 우데 있다가 인자 나타났쇼잉."

"아주머니!"

근우가 다급하게 주인아주머니를 불렀다. 그러자 주인아주머니가 금세 눈물이 그렁그렁 차오른 눈으로 근우를 돌아보았다.

"이 사장, 참말 잘혀써. 잘혀도 느무 잘혀써. 그랴, 인자 우리 이 사장도 연애도 허고 결혼도 허고 그랴야지. 언제까정 독수공방허는 과부맹키로 외롭게 지내야 쓰것는가. 나가 그 여시가 턴 것 땀시 우리 이 사장이 송장맹키로 초주검이 되아서 나타났던 거슬 생각하믄 지금도 억장이……."

저만치 밀려났던 작은 사장이 화급히 달려와 주인아주머니를 억지로 루애에게서 떼어 내며 제 어미한테 눈을 부라렸다.

"이 할마시가 노망이 나도 단단히 났고마이! 뭔 있지도 않은 야그를 혀고 그싸요! 참말로 돌아뻔지것네잉. 주책 고만 떨고 이리 좀 오쇼잉! 아가씨, 우덜 엄니 말은 신경 쓰덜 마쇼잉. 우덜 엄니가 가끔씩 정신이 오락가락허요잉."

루애를 돌아보며 손사래를 친 작은 사장한테 주인아주머니가 버럭 소리를 질렀다.

"아따, 이놈 시키가 뭐라는겨! 나가 뭐라고? 노망이 났어야!"

작은 사장이 주인아주머니의 입을 손으로 틀어막으며 윽박을 질렀다. 그리곤 어디서 그런 힘이 났는지, 한 덩치 하는 주인아주머니를 주방으로 마구 끌고 갔다.

"그람 아니요잉! 노망이 나도 한참 났제잉."

"나가 뭐라 캤다고, 읍! 이 시키가 증말! 비키 봐! 나가 저 샤시헌티 혀 줄 말이 많당께. 우리 이 사장이 을매나 훌륭허고 지고지순한 남자인지 알려 줘야 될 거 아니여. 우리 이 사장 입으로는 즐대로 그란 야그 못 헐 탱께."

"생각 좀 허고 사쇼잉. 지금 여서 그 야그를 하믄 우짜자는 거요잉. 엄니 같으믄 좋겄소? 옛 여자를 못 잊어가가 몇 년씩이나 산송장 꼴로 외롭게 지냈다, 그란 야그를 들으믄 좋겄냐고요잉. 솔찍이 엄니도 자세한 내막은 모르잔여요잉!"

"나가 모르긴 뭘 몰러! 척 보믄 삼천리제. 허구헌 날 그 여시 같은 거랑 오다가 1년 만에 멀쩡하던 사람이 세상 다 끝난 사람맹키로 초주검이 되아서 나타나가 혼자 멍하니 찌개만 바라보다 한술도 못 뜨고 돌아가고는 혔는디. 니는 그때 이 사장이 어뜬 꼬락서니였는지, 보지도 못했잖여! 그람 말을 말아. 낸 그때 참말로 저러다 초상 치르지 싶었당께. 그거슬 1년을 넘게 그랬고마이. 니놈아가 사고치고 여그로 도망쳐 오기 전까정."

작은 사장이 아무리 주인아주머니의 입을 틀어막고 주방으로 끌고 가도 두 사람이 하는 얘기는 루애의 귀에 고스란히 들려왔다.

김이 모락모락 나는 주물 냄비를 사이에 두고 근우와 루애의 시선이 마주쳤다. 루애의 부릅떠진 눈동자가 쉴 새 없이 흔들렸다. 충격과 혼란으로 굳어 가는 루애를 바라보며 근우가 끙, 하고 신음을 흘렸다.

"안 되겠다. 나가자."

지갑에서 5만 원권 지폐를 꺼내 탁자에 내려놓은 근우가 자리에서 벌떡 일어났다. 그리고 얼른 일어나라는 듯 그녀 앞에

서서 눈빛으로 재촉했다. 그 와중에도 아들과 주인아주머니의 목소리는 주방에서 계속 들려왔다.

"이 사장이 니놈 대신 그넘덜헌테 진 빚 다 갚아 준 것도 실은 다 그년 때문이었고마이. 지 복 지가 차고 달아난 년 뭐가 이쁘다꼬, 그년이 여그 좋아혀서 언제 올지 모른다꼬, 그때까정 여그 지켜야 헌다꼬."

"그길 엄니가 우째 알아요잉. 엄니가 이 사장 속을 들어갔다와 봤소잉?"

"그길 꼭 들어갔다 와 봐야만 아냐, 이 썩을 놈의 시키야. 이 사장이 니 빚 다 갚아 주믄서 내건 조건이 그기 딱 하나였는디. 여그를 요 모습 고대로 지키 달라는 거, 그기 하나. 그람 뻔하제!"

"아따, 우쨌든 그기도 다 옛날 야그 아니요! 인자 다 잊고 새 여자 만났는디, 거따 대고 그 야그를 허는 거시 제정신이요? 언제는 이 사장이 고마 다 잊고 새 여자 만났으믄 좋겄다고 노래를 부르더니만, 깽판을 치도 유분수지. 엄니 땜시 이 사장, 저 샤시허고 잘못되믄 엄니가 책임질 거요잉?"

"그기 와! 내는 기냥 우리 이 사장이 그맹키로 한번 마음을 주믄 여간혀선 안 변허는 사람이다, 요즘 시상에 이란 진국인 남자 다신 없다, 그 야그를 해 줄라 키는데."

"답답혀요잉. 그긴 우데까정 엄니 생각이고, 듣는 여자 입장에서는 또 다를 수도 있다니께네 그카네. 내 남자가 예전에 딴 년을 그맹키로 못 잊고 좋아혔었다카믄 어떤 여자가 좋아허것는가잉!"

"그런가? 기분이 나빴을까잉? 허메, 그람 안 되는디. 난 그란 뜻으로 야그한 거시 아니었는디. 이거 큰일 났고마잉. 비키봐라잉. 나가 언능 가서 그기 아이라꼬 다시 야그를……. 어메어메, 워쩌쓸까잉. 니 말이 참말로 맞는갑다잉. 우리 이 사장, 기냥 나가뿐지네잉. 이를 우짠다. 이 사장, 이 사장!"

뒤늦게 가게를 나서는 근우와 루애를 발견한 주인아주머니가 소스라치게 놀라며 밖으로 뛰어나왔다. 근우가 뒤를 돌아보고 괜찮다는 듯 억지 미소를 지어 보이며 고개를 까닥거렸다.

"다음에 다시 오겠습니다. 나오지 마세요."

큰일 났다고, 정말 자신 때문에 산통 다 깨지는 것 아니냐며 발을 동동 굴리는 주인아주머니를 뒤로하고 근우는 가게를 나왔다.

무슨 생각을 하는지, 루애는 굳은 표정으로 차 앞에 우두커니 서 있었다. 낮은 한숨을 토해 낸 근우가 차 문을 열고 루애를 차에 태웠다.

차가 홍대를 벗어날 때까지 두 사람 모두 말이 없었다. 지금 이 분위기로는 어디 갈 곳도 마땅치 않아 근우는 곧바로 평창동으로 방향을 틀었다. 날이 저물려면 아직 한참이나 남은 환한 창밖을 물끄러미 바라만 보고 있던 루애가 평창동 초입에 들어서서야 입을 열었다.

"어디 가는 거야. 얘기해 준다고 했잖아."

"……해 줄게. 차 세우고 나서."

근우는 주말이면 루애와 만나고 헤어지는 한적한 좁은 골목에 차를 세우고 시동을 껐다. 무슨 말을 어디서부터 어떻게 해야 할지 몰라 선뜻 입이 떨어지지 않았다. 그로서도 오늘 일은 계획에 없던 것이었다.

물론 그녀한테 감추거나 하지 못할 이야기는 아니었다. 허나 굳이 할 필요는 없다고 생각했었다.

이런 식으로 내가 널 얼마나 그리워하고 잊지 못하고 있었는지 얘기하고 싶지는 않았는데. 허나 이렇게 된 이상 어쩌겠는가. 최대한 간략하게 얘기해 주는 수밖에.

"2년쯤 전이었을 거다. 몇 달 만에 찾아갔는데, 가게가 난장판이 되어 있더군. 웬 건달 놈들이 야구방망이를 휘두르며 두 분을 위협하고 있었다. 빚 갚으라고, 안 그럼 작은 사장님을 끌고 가 안구든 뭐든 돈 되는 장기는 모조리 팔아 버릴 수밖에 없다고 말이다. 작은 사장님이 친구와 동업한다고 사채까지 끌어다 쓰셨던 모양인데, 몇 달 만에 이자가 눈덩이처럼 불어서 결국 원금은 한 푼도 갚지 못한 채 그리로 도망쳐 오셨던 모양이야. 그놈들은 당연히 그 뒤를 쫓아왔던 거고."

담담히 흘러나오는 근우의 목소리에 루애는 숨을 멈추고 귀를 기울였다.

"주인아주머니가 아들 살리겠다고 그놈들한테 그동안 모아 둔 돈하고 전셋집, 가게 계약서까지 모두 넘겼다고 하더라. 그런데도 놈들은 그것만으로는 밀린 이자도 안 된다면서 작은 사장님을 끌고 가려고 했어. 그걸 보고 참을 수가 있어야지. 그래서 대신 갚아 드렸어. 그게 다야. 그랬더니 그 후로 나만 보면 저러시네. 그럴 필요 없다고 그만큼 말씀드렸는데도."

"왜…… 그랬는데?"

근우의 미간이 미세하게 찌푸려졌다.

"그냥 그러고 싶었으니까. ……알잖아, 우리 할아버지가 재산을 어떻게 모으셨는지. 그렇게 축적된 재산으로 오늘날의 가람이 만들어진 거고, 내가 이렇게 호위호식하며 살 수 있게 된 거니까, 뭐라고 그럴까. 부채 의식이라고나 할까."

"다른 방법으로도 도울 수 있었잖아. 경찰에 도움을 청하거나……."

"그놈들이 어떤 놈들인지 나는 잘 알아. 절대 포기를 모르는 놈들이지. 경찰에 신고하면 몇 놈은 들어가겠지만 바로 또 다른 놈들이 나타나서 더욱 악랄하게 돈을 뺏어 가는 것이 그놈들 수법이다. 10년이 걸리든 20년이 걸리든 그놈들한테 빌린 돈을 마지막 10원까지 갚기 전에는 절대로 끝나지 않아. 그놈들한테 벗어날 수 있는 방법은 단 두 가지뿐이야. 돈을 다 갚거나 아니면 가족까지 다 같이 죽거나."

흠칫한 루애는 곁눈질로 근우를 슬쩍 돌아보았다. 그는 어떻게 그들의 생리를 저토록 잘 아는 것일까. 혹시 어렸을 때 그런 불법적인 일을 벌이는 할아버지의 악행을 목격이라도 했던 걸까. 근우의 얼굴은 침울하게 가라앉아 있었다.

"그래서 네가 그분들 빚을 대신 다 갚아 드린 거야? 부채 의식 때문에?"

"그 방법이 가장 간단하고 깨끗하니까. 그래야지만 내 마음의 빚을 조금이나마 덜 수 있을 것 같기도 했고. 그게 더욱 가증스럽기는 하지만."

루애는 근우가 그토록 자신이 누리고 있는 부에 대해서 극심한 부채감을 가지고 있는지 처음 알았다. 할아버지, 아버지와 다른 삶을 살고자 한다는 것은 알고 있었지만.

어쩐지 그가 애잔하고 가엾게 느껴졌다. 사랑하지만 존경할 수 없는 할아버지와 아버지 밑에서 고뇌하며 자랐을 그의 어린 시절 모습이 주마등처럼 눈앞을 스쳐 지나갔다.

예전에는 왜 그런 그의 깊은 상처와 아픔이 보이지 않았을까. 왜 보려고 하지 않았을까. 왜 그는 항상 당당하고 자신만만하며 후회나 깊은 고뇌, 상처 따위는 없는 사람이라고만 생각했었을까. 왜 그는 자신의 그런 고뇌와 아픔을 진솔하게 얘기해 준 적이 없었던 걸까.

아니다. 내가 이런 말을 할 자격이나 있나. 나 역시 그에게 아빠의 외도 사실을 알고 힘들었던 시기에 대해서 일언반구도 없지 않았었나. 그래 놓고 그에게만 진실하기를, 나한테 모든 것을 털어놔 주기를 바라고 요구했었다.

루애는 새삼 자신이 얼마나 이기적이고 제 안의 고통만이 전부인 양 고집하는 철부지였던가를 깨달았다. 두 눈을 질끈 감았다 뜬 루애는 미동도 하지 않는 창밖의 전경에 시선을 고정하고 입술을 달싹거렸다.

"그것뿐이었어? 다른 이유는…… 없었어?"

주방에서 들려왔던 주인아주머니의 이야기를 떠올리며 루애는 조심스레 물었다.

"그곳을 지키고 싶기도 했지. 오직 내 이기적인 욕심으로."

루애는 마음속으로 물었다.

그러니까, 왜?

그가 그녀의 소리 없는 물음에 답을 해 주었다.

"네가 좋아했던 곳이니까. 너와의 추억이 깃든 장소였으니까. 시간이 지나면서 너와의 추억이 깃들어 있는 장소들이 하나둘 변해 가는 것을 지켜보는 건 나한테 고역이었다. 그것들이 모두 사라져 버리면 정말 모든 게 끝나 버리는 건 아닐까. 잊혀져 버리는 게 아닐까. 네가 돌아오는 길을 잃어버리면 어떡하나. 언젠가 네가 그곳들을 찾아갔을 때, 완전히 변한 모습을 보고 끝났다고, 체념하고 돌아서 가 버리면 어떡하나. 난 아직 이 자리에 있는데, 이 자리에서 한 걸음도 움직이지 못하고 널 기다리고 있는데……. 초조하고 불안했지."

그가 씁쓸하게 미소 지었다.

"그래서 그곳들만이라도 어떻게든 지키고 싶었다. 내 능력이 닿는 한. 다행히 그럴 만한 능력은 있었지. 할아버지와 아버지가 정당하지 못한 방법으로 부를 축적해 주신 덕분에."

루애의 심장이 덜컥거렸다. 그녀의 내부에서 단단한 무언가가 깨어지는 소리가 들렸다. 떨리는 눈빛으로 그를 돌아보았다.

"근우야……."

"그래서 너한테 굳이 얘기하고 싶지 않았다. 너무 부끄럽고 창피해서. 입으로는 할아버지와 아버지의 방식을 비난하면서 실은 그 모든 수혜를 입고 있는 놈이 바로 나거든. 얻을 건 다 얻어 놓고, 손에 쥔 걸 놓치고 싶지 않아서 놓지도 버리지도 못하고 입으로만 떠드는 비겁한 놈."

근우가 고개를 돌려 아픈 눈빛으로 루애를 바라보았다. 하지만 그녀를 응시하는 검은 눈동자는 조금도 흔들리지 않았다.

"하지만 후회는 하지 않아. 내가 그런 놈이었던 덕분에 그곳들을 지킬 수 있었고……."

널 기다리며 너와 아버님을 무사히 지킬 수 있었으니까.

"그리고 아마도 나는…… 계속 이렇게 비겁한 놈으로 살게 될 거다. 어쩔 수 없다는 구차한 변명으로 현실과 타협하면서. 하지만 너를 속이는 짓 따위는 하지 않아. 이전에도 그랬고 앞으로도 그럴 거다. 너한테만은 절대로. 왜냐면…… 넌 곧 나니까. 내 자신을 속이는 짓 따위는 하지 않아."

그녀의 망막을 찔러 오는 그의 강렬하고도 진솔한 눈빛에 이미 한 번 깨어진 내면의 벽이 와르르 무너져 버리는 소리가 천둥처럼 크게 들려왔다.

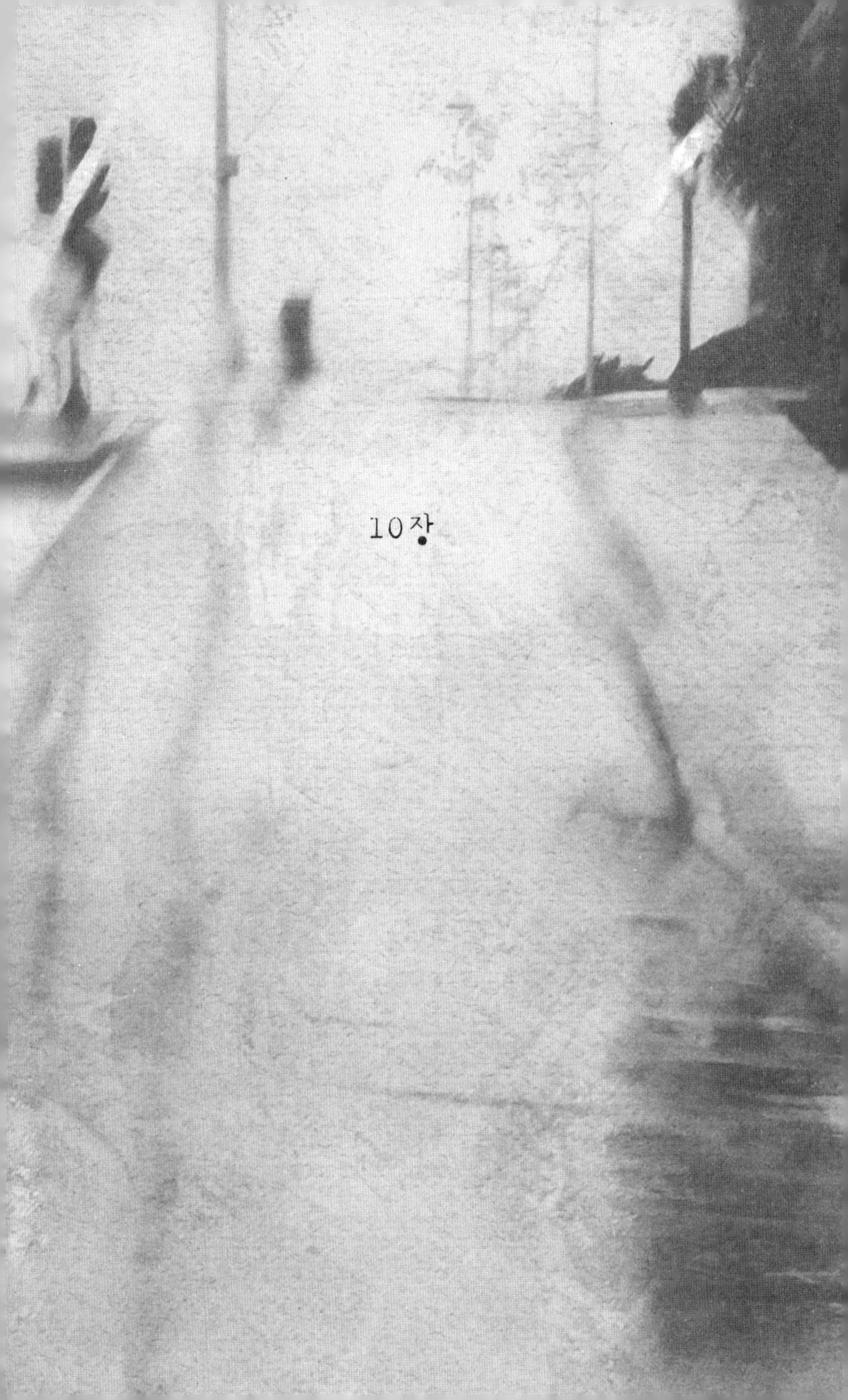

10장

삐삐삐삐, 삐빅.

날카로운 벨 소리가 어둠에 잠긴 적막한 공간을 깨우며 조용히 울려 퍼졌다. 이내 어둠보다도 어두운 커다란 그림자가 현관으로 들어섰다. 어두운 그림자는 불을 켤 생각도 하지 않은 채 어둠에 묻힌 널따란 공간을 가로질러 소리 없이 걸어갔다.

커다란 방문이 열리고 그제야 칠흑 같던 어둠을 밝히는 빛이 들어왔다. 웬만한 소형 아파트의 거실보다도 훨씬 커 보이는 방에는 가구라고 해 봐야 몇 개 없었다.

새하얀 시트를 뒤집어쓴 커다란 매트리스 하나와, 을씨년스러울 정도로 휑한 방과 좀체 어울리지 않는 우아한 디자인의 화장대 하나가 전부였다.

화장대에는 화장품보다 누군가의 크고 작은 사진들이 태반을 차지하고 있었다. 그 누군가는 모두 동일 여자로 더러는 혼자, 더러는 보기 드문 강렬한 인상의 미남자와 다정하게 미소를 짓고 있었다.

어깨까지 찰랑거리며 내려오는 흑단처럼 검은 머리 탓일까. 사진 속의 여자는 안 그래도 자그마한 얼굴이 부서지기 쉬운 도자기처럼 더없이 여리고 투명해 보였다. 그 도자기처럼 고운 얼굴에 이지적인 이목구비가 한없이 단아하고도 고혹적이었다.

환하게 켜진 불빛 덕분에 검은 그림자를 탈피한 남자의 기다란 구릿빛 손가락이 사진 속 여자의 얼굴과 입술을 애틋하면서도 소중하게 어루만졌다.

"언제쯤이면 널 다시 이렇게 만질 수 있을까."

어찌할 수 없는 안타까움과 그리움에 사무친 굵은 허스키 보이스가 한숨처럼 흘러나왔다. 근우는 루애의 사진들을 하나하나 빠짐없이 애틋하게 어루만지고 나서야 차 키와 시계를 화장대 위에 올려놓았다.

근우는 주말이면 진환의 집으로 가지 않았다. 루애도 없는데 굳이 그곳을 찾아갈 필요성을 느끼지 못했기 때문이었다.

차라리 삭막하긴 해도 일주일에 한 번은 이렇게 텅 빈 빌라를 찾아와 과거의 루애를 만나는 편이 훨씬 마음이 편하고 안정이 됐다.

루애와의 달콤한 신혼을 꿈꾸며 그녀 모르게 장만했던 집. 그녀를 깜짝 놀라게 해 주고 싶어서 혼자 이 빌라를 구입했었다.

그리고 그녀가 지나치듯 가지고 싶다고, 예쁘다고 말했던 것들을 하나도 빠짐없이 기억하고 있다가 하나둘씩 사다 놓았더랬다. 이 화장대도 그러했고, 거실과 주방의 일부를 차지하고 있는 가구나 가전제품들도 모두 그렇게 구비된 것들이었다.

그러나 그것도 그 일이 있기 전까지만이었다. 하여 80평이 넘는 이 큰 집의 반 이상은 아직도 텅 비어 있었다. 남은 빈 공간을 그녀와 함께 채울 수 있는 날은 언제쯤 올까. 근우는 오늘도 그날이 하루 빨리 오기만을 간절히 기원했다.

버섯매운탕 가게를 찾았던 지난 주말 이후로 두 사람의 사이는 사뭇 달라졌다.

여전히 대화는 적었고 실수로 손끝이라도 스칠까 조심하며 거리를 두고 있기는 하지만, 두 사람을 감싸고 있는 공기의 흐름이 달라진 것만은 틀림없는 사실이었다.

근우를 바라보는 그녀의 눈빛 또한 확연히 달라졌다. 미움과 원망만 들어찼던 눈동자에 강한 경계와 불안한 초조함이 덧입혀지더니, 이제는 그마저 희미해져 가고 있었다.

그녀의 마음속에 단단히 닫혀 있던 빗장 하나가 열렸다는 것을 근우는 직감적으로 알 수 있었다.

온몸에 짜릿한 전율이 일며 눈물이 왈칵 쏟아질 만큼 감격스럽고 환희에 찬 심정이었다. 그것만으로도 너무 행복했다.

허나 이제 시작이라는 것 또한 근우는 잘 알고 있었다. 지난 4년간 그녀 마음속에 켜켜이 쌓였을 그에 대한 원망과 미움, 고통과 상처, 오해와 갈등은 고작 3주라는 시간으로 해소되고 치유될 만한 성질의 것이 아닐 터이니 말이다.

여기까지 온 것만으로도 기적이라고 할 수 있을 터였다.

때문에 남은 한 주는 그 어느 때보다 가장 중요한 시기였다. 이 한 주를 어떻게 보내느냐에 따라서 루애를 온전히 되찾을 수 있느냐, 없느냐가 판가름 날 터이니 말이다.

최악의 경우는 지난 오해와 갈등을 풀고 서로의 마음을 확인했음에도, 그 아팠던 기억과 시간들이 그녀의 발목을 잡고 끝끝내 놓아주지 않는 것일 터였다.

더 이상 그를 미워하지 않는다고, 자신 역시 아직 그를 사랑하고 있다고, 하지만 아팠던 그 시간들과 기억들을 모두 없던 일로 치부하고 되돌릴 수는 없다고, 행복했지만 그만큼 아프기도 했던 그와의 시간을 반복하고 싶지 않다고 쓰게 미소 지으며 돌아설 루애의 모습이 자꾸만 뇌리에 떠오르며 근우를 불안하게 만들었다.

물론 그런 최악의 경우는 생각하고 싶지도 않았다. 아니, 절대로 그런 일이 벌어지도록 내버려 두지 않을 터였다. 루애가 조금만, 조금만 더 마음의 빗장을 열어 준다면, 그가 내민 손을 용기 내어 잡아 주기만 한다면 절대로!

"루애야, 왜 더 이상 물어봐 주지를 않니. 난 네가 물어봐 준다면 언제든, 무엇이든 다 얘기할 준비가 되어 있는데."

어두운 공간에 나직한 그의 음성이 안타깝게 울렸다.

Rrrr. Rrrr.

그의 음성 위로 핸드폰 벨 소리가 덧입혀졌다. 발신자를 확인한 그가 전화를 받았다.

"어, 그래. 패션쇼는 잘 끝났니?"

—궁금하기는 했냐? 빨리도 물어본다.

미진의 톡 쏘는 목소리가 카랑카랑하게 울려 나왔다. 그제야 굳어 있던 그의 입가에 희미한 미소가 어렸다.

"안 그래도 전화하려고 했었다. 반응은 좋았어?"

—당근이지! 누구 패션쇼인데. 아침부터 인터뷰 요청이 어찌나 많이 밀려오는지, 아직 점심도 못 먹었다니까. 오늘자 신문에 파니 빈켈의 새로운 시대가 열렸다고 대문짝만 하게 기사도 났어.

"대단한데? 축하한다. 그럴 줄 알고는 있었지만. 그런데 그거 혹시 파니의 후광 덕분 아니냐?"

—야! 이 새끼가 정말 보자 보자 하니까 못 하는 말이 없어. 너 지금 멀리 떨어져 있다고 하늘 같은 누나한테 엉기냐?

아니나 다를까. 괜히 놀리는 말인 줄 알 텐데도 미진이 발끈해서 소리쳤다. 하여튼 성질머리 사나운 건 알아줘야 한다.

—너, 거기 딱 기다려. 바로 날아가서 아구창을 날려 줄 테니까.

근우의 깊은 눈매가 살짝 커졌다.

"드디어 오는 거냐?"

—그래, 드디어 내일 간다. 오후 비행기니까 한국에는 모레 오후쯤 도착하겠지.

"그렇군."

—루애한테는 내 얘기 했어?

근우가 화장대 앞을 떠나 침실과 연결된 드레스 룸으로 향했다. 불을 켜자 어둠에 묻혀 있던 공간이 환하게 살아났다.

반밖에 차지 않은 옷걸이와 선반 등에는 온통 시커먼 옷들뿐이었다. 루애가 떠나고 얼마 뒤부터 근우는 검은색 옷밖에 입지 않게 되었더랬다.

의도적으로 그런 건 아니었다. 그저 어쩌다 보니 옷장에는 온통 시커먼 옷들뿐이었다. 예전에 입던 옷들은 본가 그의 방 옷장 한 귀퉁이에 아직도 그의 손길을 기다리며 걸려 있었다.

"아직 안 했다."

—왜?

"네 얘기 하면 틀림없이 네 근황에 대해서 꼬치꼬치 물어볼 텐데, 네 얘기는 네가 직접 한다고 얘기하지 말라고 했으니 네 뜻은 존중해야겠고, 루애한테 대충 둘러대거나 거짓말은 하고 싶지 않고. 그래서 아직 안 했다. 너 온다니까 이제 해야지."

근우는 핸드폰을 어깨와 귀 사이에 끼고 입고 있던 옷들을 벗었다. 속옷을 챙겨 들고 드레스 룸을 나와 그 옆에 있는 욕실로 천천히 걸어갔다.

문을 열고 들어가자 넓은 복도처럼 기다란 공간에 나타난 것은 욕실이 아닌 한쪽 벽면 전체가 거울로 되어 있는 화장대였다. 거울 가장자리에는 둥근 전구들이 빽빽하게 달려 있었다.

루애가 그 앞에서 매일 아침 화장할 것을 상상하며 특별하게 만들었던 화장대. 그러나 그 앞에 놓인 화장품은 그가 사용하는 스킨 몇 개가 고작이었고, 근우는 거울에 달려 있는 불을 한 번도 켜 본 적이 없었다.

근우는 화장대를 그대로 지나쳤다. 두꺼운 두께의 불투명한 유리 파티션을 지나치자 지나쳐 온 공간과 똑같이 한쪽 벽면 전체가 거울로 되어 있는 공간이 나타났다.

거울 앞에는 직사각형의 커다란 사기 세면대 두 개가 나란히 놓여 있었다. 군살이라고는 눈을 씻고 찾아보려야 찾아볼 수 없는 구릿빛의 환상적인 근육질 상체가 환한 불빛 아래 거울 속으로 적나라하게 투영되어 비춰졌다.

—대충 둘러대라니까. 거짓말하는 것도 아닌데 뭘 그렇게까지 예민하게 구냐. 융통성 없는 거하고는. 그러게 진작 좀 그러지. 아, 됐고. 어쨌든 도착하기 전에 나 온다는 얘기는 해야 될 거 아니야. 그럼 뭐라고 할 건데? 거두절미하고 김미진이 너 보러 온다더라. 그 말만 쏙 하려고?

“응, 가급적이면.”

미진이 코웃음을 쳤다.

—쳇, 그럼 루애가 ‘아, 그래’ 하고 가만히 있는대? 보나 마나 기겁해서는 어떻게 된 영문이냐고 물어볼 텐데 그럼 똑같지, 뭐.

“그건 내가 알아서 할 테니까 너야말로 네 문제에나 신경 써라. 루애 너무 놀라게 하지 말고.”

—엥, 너 뭐냐? 말하는 뉘앙스를 보니, 루애하고 꽤 진전이 있었던 모양이다? 말해 봐. 루애가 좀 수그러진 거야? 어디까지 얘기가 됐는데? 네가 했던 그 멍청한 짓들 다 얘기했어? 용서해 주겠대?

피곤함이 몰려오는지 근우가 성마른 손짓으로 마른세수를 했다.

"아니, 아직 못 했다. 루애가 먼저 물어봐 주기를 기다리고 있는데 아직 그러지를 않아서. 하지만 이제 해야지. 너도 온다니까 너 오기 전에."

—흐음, 그런데도 진전이 있었단 말이지. 느낌이 괜찮은데? 난 영 쉽지 않을 거라고 생각했었는데. 어쨌든 잘됐네. 잘해 봐라, 끝까지 긴장 놓지 말고 온 마음을 다해서, 응? 건투를 빈다. 공항에 도착하는 대로 전화할게. 모레 저녁에 보자. 루애한테도 잘 말해 놓고.

긴 통화를 마친 근우는 세면대 아래의 기다란 군청색 대리석 탁자에 핸드폰을 내려놓고 고개를 푹 숙인 채 양손으로 세면대를 짚었다. 너른 어깨 위로 단단한 승모근과 팔뚝 근육들이 툭툭 튀어나왔다.

그의 입에서 절로 무거운 한숨이 흘러나왔다. 근우는 고개를 들어 거울을 쳐다보았다. 커다란 손으로 얼굴을 한 번 더 쓸어내리고 뒤편의 불투명한 유리문을 열고 욕실로 들어갔다.

❉ ❉ ❉

〈오늘 약속은 취소. 회식이 있어.〉

몇 번이나 지우고 다시 쓰기를 반복한 끝에 근우한테 문자메시지를 전송하는 데 성공한 루애는 저도 모르게 진이 다 빠져 나지막한 한숨을 내쉬었다.

생각해 보면 우스운 일이었다. 문자메시지 이까짓 게 뭐라고. 지난 25일간 매일 하루도 빠짐없이 얼굴을 맞대고 함께 시간을 보낸 것에 비하면 아무것도 아닌 일인데. 왜 이리 기분이 새롭고 뻘쭘하니 쑥스러운지 모르겠다.

도둑이 제 발 저린다고, 괜히 혼자 그와 정말 다시 연애라도 하고 있는 것 같은 착각에 빠져서 한참을 망설이다 보낸 메시지였다.

솔직히 루애는 오늘 회식도 가능하면 뒤로 미루고 싶었다. 정식 회식도 아니고 관리부 직원의 생일을 축하하기 위해 갑자기 추진된 회식이니 말이다.

더구나 그와 약속했던 한 달이 이제 며칠 남지 않았다. 오늘을 제하면 딱 5일밖에 남지 않은 것이다.

말도 안 된다며 분통을 터트렸던 것이 엊그제 같은데, 이제 겨우 5일밖에 남지 않았다니. 시간이 언제 이렇게 빨리 가 버렸는지 모르겠다. 요즘 같아선 시곗바늘을 잡아 붙들어 매 놓고 싶을 만큼 빨리 흘러가는 시간이 야속하고 안타깝게만 느껴졌다.

여자의 마음은 갈대라더니, 루애도 자신이 이렇게 될 줄은 정말 몰랐다. 근우를 대하는 마음은 하루가 다르게 깊어져만 가고 있었고, 그런 만큼 마음 한구석은 점점 더 혼란스러워져 가고 있었다.

이제 그만 지난날을 다 용서하고 근우를 받아들이고 싶다는 마음과 절대 그럴 수 없다는 마음이 하루에도 수천 번씩 그녀의 내부에서 격렬하게 대립하고 싸워 댔다.

누군가를 이토록 간절히 원하고 사랑하면서 동시에 미워하고 원망하는 마음이 공존할 수 있다는 사실이 스스로 생각해도 놀랍기 그지없었다.

가끔은 아무런 말도 하지 않고 확실하게 잡아 주지 않는 근우가 원망스럽기도 했다.

차라리 처음 다시 만났을 때처럼 변명을 하고 화를 내고 그럼에도 그녀를 결코 포기할 수 없다고 어깃장이라도 부려 주면 좋으련만. 그럼 못 이기는 척 끌려가는 시늉이라도 할 텐데. 그런 그녀의 흔들리는 마음을 아는지 모르는지 근우는 고요하기만 했다.

"내가 먼저 그 얘기를 꺼내 주길 기다리는 건가?"

그래, 그럴지도 모르겠다. 그녀가 그의 말을 진심으로 들어 줄 마음이 생길 때까지, 그녀 스스로 원할 때까지 기다리겠다고 하지 않았는가.

그녀와의 추억이 깃든 장소가 없어질까 봐 버섯매운탕 가게를 지켰던 것도 물어봐서야 겨우 이야기한 것을 보면, 그럴 공산이 컸다.

"바보. 그런 건 내가 묻지 않아도 자기가 알아서 슬쩍슬쩍 흘리고 말을 해야지. 쓸데없는 얘기만 잔뜩 하고 정작 저한테 도움 될 만한 얘기는 하지도 못하고, 내가 물어봐야지만 겨우 마지못해 하고. 이럴 때 보면 진짜 바보 같다니까. 날 진짜 되찾겠다는 건지, 말겠다는 건지. 답답해서, 나 원 참."

그렇다고 그녀가 먼저 묻는 것도 좀 그렇다. 사실 묻고 싶은 마음이야 굴뚝같지만…….

뭐라고 그럴까. 4년 전에 그토록 매몰차게 그를 떠나 버려 놓고, 거기다 우연히 다시 만났을 때도 얼마나 악다구니를 쳐 댔었나.

헌데 달랑 20여 일 만에 얼굴색 싹 바꾸고 진심을 털어놓으라고 하자니, 도저히 입이 떨어지지 않았다. 알량한 자존심 때문이라고 해도…… 할 말이 없다.

솔직히 아직 그에 대한 확신도 서지 않았고 말이다.

물론 근우가 그녀를 놓지 않고 기다려 왔다는 사실이나 그의 마음이 진심이라는 것을 이제는 안다. 허나 그것만으로 지난날을 모두 없었던 일로 돌리고 그와 다시 시작한다는 건…… 솔직히 아직 겁이 나고 두렵다.

불쑥불쑥 그녀도 모르게 옛 기억들이 떠오르게 될까 봐. 또 다시 근우를 의심하고 혼자 마음 졸이며 불안에 떨게 될까 봐. 그렇게 고통스러웠던 과거가 반복될까 봐.

그리고 그녀와 그, 둘만 지난날을 모두 덮고 다시 시작하자고 한다 해서 끝나는 문제가 아니지 않는가.

아빠는 어떻게 설득할 것이며 그의 부모님, 거기다 죽은 아지에 대한 미안함까지. 따지고 보면 그와 다시 시작해서 불거질 문제들이 한두 가지가 아니었다.

그 난관을 모두 극복할 만큼 근우에 대한 사랑이 여전한가?

그만큼 그를 다시 믿고 의지할 수 있을까? 그가 다시는 흔들리지 않을 것이라고, 실수하지 않을 것이라고 믿어? 아니, 그녀 자신 먼저 흔들리지 않을 자신이 있는가?

그 모든 질문에 대한 대답은 여전히 모르겠다, 였다.

딩동.

문자메시지가 왔다는 알람 벨이 울렸다. 액정을 보니 근우의 핸드폰 번호다. 그가 답문을 보냈나 보다. 루애는 얼른 문자메시지를 확인했다.

〈할 수 없지. 회식, 잘해라. 그런데 혹시 회사 근처에서 하나?〉

루애는 눈을 반짝이며 얼른 답문을 보냈다.

〈아마도.〉

딩동.

〈술은?〉

〈아마도.〉

〈그럼 대리가 필요하겠군.〉

대리? 아, 대리운전을 말하는 모양이다. 근우가 하려는 말이 무엇인지 알 것 같아 벌써부터 루애의 가슴이 콩닥거리며 뛰어 댔다.

〈아마도.〉

〈그럼 끝나고 전화해. 집에 데려다줄게. 안전하게 집까지 데려다 줄 무료 대리 기사가 있는데 괜히 돈 쓸 필요 없잖아. 기다리지.〉

"칫, 안전하기는 무슨. 네가 더 위험하거든?"

루애는 입술을 비죽거렸다. 그러면서도 자꾸 미소가 지어지는 건 어쩔 수 없었다.

숙영의 생일 축하를 빙자한 오래간만의 회식에 직원들은 모두 아주 신들이 났다. 1차로 삼겹살과 돼지갈비로 든든하게 속을 채우고도 성이 차지 않는지, 치느님을 부르짖으며 기어코 호프집으로 2차를 갔다.

루애야 워낙 주량도 약하고 술이라면 질색한다는 것을 다들 아는지라 맥주 한두 잔으로 끝났지만, 다른 이들은 술하고 원수라도 졌는지 부어라 마셔라 해 댔다.

회식은 자정이 거의 다 되어서야 간신히 끝이 났다. 그것도 오늘이 월요일이라 이만 하자 해서 끝난 것이었다. 목요일이나 금요일이었으면 필경 날밤을 새우고도 남았을 것이다.

반 이상이 거나하게 취해 우르르 밤거리로 쏟아져 나왔다.

힐끗 돌아보니, 주량이 센 몇몇은 그렇게 많이 마셨는데도 그럭저럭 멀쩡해 보였다. 그중에는 현설도 있었다. 그나마 멀쩡한 남자 직원들한테 흐느적거리는 대여섯 명의 직원들을 챙기라고 지시한 현설이 루애에게 걸어왔다.

"루애 씨는 괜찮아요?"

"네, 전 얼마 안 마셨어요."

현설이 고개를 까닥 기울이고 물었다.

"그래도 아까 보니까 맥주 몇 잔은 마시는 것 같던데. 집에 어떻게 갈 거예요? 택시? 아니면 대리 불렀어요?"

대리라는 말에 루애의 입가에 절로 옅은 미소가 어렸다.

"네, 방금 불렀어요."

현설이 손끝으로 안경을 밀어 올리며 슬쩍 미간을 찌푸렸다.

"이런, 미리 말할 걸 그랬네. 내가 데려다주려고 했는데."

"네?"

"아, 실은…… 오늘 나도 평창동에 갈 일이 있거든요. 그래서 내 차로……. 아, 그럼 루애 씨 차 타고 같이 움직여도 되겠다. 갈 때 나 좀 싣고 가요. 평창동 아무 데서나 큰길에서 내려 주면 되니까. 그래도 되죠?"

어, 안 되는데. 근우를 불렀는데 어떻게 현설하고 같이 간단 말인가. 아무리 현설이라도 그건 안 될 말이었다. 아직 근우와 확실하게 결정 난 것도 없는데.

근우와 다시 시작할 결심이 선 다음에야 얼마든지, 아니, 가장 먼저 근우한테 소개시켜 주고 싶은 사람이 현설이긴 하지만 아직은 아니었다.

곤혹스러워진 루애가 미안하다는 표정으로 현설을 올려다보았다.

"저기, 사장님. 정말 죄송한데요, 오늘은 좀……."

"안 돼요? 왜, 추가 요금 물라고 그럴까 봐? 그냥 평창동 아무 데서나 내려 주면 되는데. 아니, 대리비 내가 낼게요."

"아니, 그게 아니구요. 실은 대리가 아니고 친구가 오기로 해서요."

순간 현설의 눈매가 가늘어졌다.

"친구?"

"네, 마침 이 근처에 있다고 해서…… 긴히 할 얘기도 있다고 하구요. 그래서 오늘은 곤란할 것 같아요. 사장님, 정말 죄송합니다."

루애가 꾸벅, 고개까지 숙이며 사과를 했다.

현설의 머릿속이 복잡해지기 시작했다. 밤 12시가 다 된 이 시각에 친구라니, 그것도 근처에서 기다리고 있다가 전화 한 통화에 달려올 사람이라면 보나 마나 단순한 친구는 아닐 터였다.

틀림없이 여자가 아닌 남자일 것이고, 그것도 특별한 관계일 것이 분명할 터였다. 그리고 어떤 식으로든 루애한테 그렇게 특별하다고 할 남자는…… 그 자식밖에 없었다.

젠장! 절로 속에서 욕설이 튀어나오고 가슴에서 뜨거운 불길이 피어올랐다.

"그래요. 그렇다면 할 수 없죠."

갑자기 차가워진 현설의 목소리에 루애는 움찔했다. 기분이 상하셨나? 이상하다. 이런 일로 화내실 분이 아닌데. 루애는 그의 눈치를 살피며 다시 한 번 사과했다.

"사장님, 정말 죄송해요. 오늘은 정말 곤란한 상황이라서……."

"됐습니다. 그럴 수도 있죠."

굳은 얼굴로 차갑게 응수한 현설이 휙, 몸을 돌렸다. 그러다 한 걸음도 가지 않아 다시 그녀를 돌아보았다.

"아, 그러고 보니 나도 루애 씨한테 긴히 할 말이 있었는데 깜박 잊었네요. 잠깐 기다려요."

"네?"

"오래 걸리지 않을 겁니다. 대리도 아니고 친구라니까 잠깐 기다리라고 해도 괜찮겠죠? 30분 정도 기다리라고 하세요."

그리곤 남은 직원들한테 걸어가는 현설이었다. 루애는 황당함에 멀어져 가는 현설의 뒷모습을 멍하니 쳐다보았다. 이내 그녀의 고혹적인 미간이 와그작 일그러졌다.

"갑자기 왜 저러시는 거야? 사장님답지 않게. 정말 기분이 많이 나쁘셨나? 아닌데, 그 정도 가지고 저렇게 화를 내실 분이 아닌데. 혹시 나한테 따로 기분 나쁜 일이라도 있으셨나?"

루애는 오늘 자신이 현설한테 실수한 거라도 있었나, 곰곰이 생각해 보았다. 하지만 아무리 생각해 봐도 실수한 업무는 없었고, 현설의 기분을 상하게 만들 만한 일도 없었다. 도무지 이유를 알 수 없었다.

허나 어쩌겠나. 사장님이 할 말이 있다고 잠깐 남으라는데 남을 수밖에. 루애는 얼른 핸드폰을 꺼내 문자를 찍었다.

〈미안. 사장님이 잠깐 하실 말씀이 있다고 해서 30분 정도 더

걸릴 것 같아.〉

딩동.

〈사장? 혹시 저번에 너하고 엘리베이터에 같이 탔었던 남자들 중에 키 크고 안경 쓰고 있었던 남자?〉

루애의 미간이 조금 더 찌푸려졌다. 그렇긴 한데, 얘는 또 왜 굳이 그걸 물어보는 걸까. 루애는 잠시 망설이다가 다시 문자를 보냈다.

〈안 되겠다. 너무 늦었으니까 그냥 내일 보자.〉

딩동.

〈어디야.〉
〈내일 보자구. 택시 타고 갈 거야.〉
〈어디냐구!〉
〈왜!〉
〈어차피 지금 주차장에 내려와 있어. 다시 올라가기도 귀찮고 택시는 더 위험해. 근처에 가서 기다리고 있을 테니까 어딘지나 말해. 약속했지. 너 곤란하게 하는 짓은 안 한다고.〉

"어후, 갑자기 다들 왜 이러는 거야. 미치겠네, 진짜."
그러면서도 루애는 다시 문자를 찍었다.

〈후문 쪽으로 나와서 두 블록째 골목, 좌측 큰길가야. 데이콤 통신사 서비스 센터 있는 건물. 오지 말고 근처에서 기다려.〉

루애는 문자를 전송하고 한숨을 푹 내쉬었다.
"친구한테 연락한 겁니까?"
갑자기 머리 위에서 들려온 냉랭한 목소리에 깜짝 놀란 루애가 얼른 고개를 들었다. 굳은 안색의 현설이 그녀를 내려다보고 있었다. 힐긋 그의 뒤를 살펴보니 직원들의 모습이 한 명도 보이지 않았다. 그새 다들 갔나 보다.
루애가 얼른 핸드폰을 가방에 넣고 네, 하고 대답했다.
"그럼 가죠."
몸을 돌리는 현설에게 서둘러 물었다.
"저기, 사장님. 어디로 가시는데요?"
현설이 몸을 돌렸다.
"가까운 카페라도 가죠. 길에서 얘기할 수는 없잖아요."
"그렇긴 하죠. 그런데 사장님, 지금 시간이……. 이 근방에는 술집 말고는 문 연 곳이 없을 텐데요."
아, 하고 현설이 짧은 탄성을 흘렸다. 미간을 찌푸리고 주변을 둘러보았다.
그녀 말대로 주변에 환하게 불을 켜 놓고 영업 중인 곳은 그들이 방금 전 나온 호프와 편의점, 고깃집 등이었다.

충동적으로 그녀를 붙잡아 얻은 시간은 고작 30분. 그 짧은 시간 안에 그나마 조용히 대화를 나눌 만한 곳은 그들이 서 있는 건물 앞에 마련된 벤치뿐인 듯싶었다.

'조용한 대화? 웃기고 있네. 실은 딱히 할 얘기도 없으면서.'

눈 딱 감고 미친 척 얘기하자 싶으면 할 얘기가 없는 건 아니었다. 허나 아무리 술에 취했어도, 알코올 기운에 기대 욱해서 녀석한테 가려는 그녀를 붙잡긴 했어도 아직 거기까지는 미치지 않았다. 현설은 벤치로 터벅터벅 걸어갔다.

뒤를 힐끔 살핀 루애가 터져 나오려는 한숨을 삼키고 현설을 따라 벤치로 가 앉았다. 한겨울의 매서운 바람이 회오리처럼 두 사람 주변을 한바탕 휩쓸고 지나갔다.

가뜩이나 코트 속으로 파고드는 돌 의자의 찬기에 엉덩이부터 한기가 몰아치는데 매서운 바람까지 불어 대니 절로 온몸이 부들부들 떨렸다. 루애는 코트 깃을 단단히 여미고 잔뜩 몸을 움츠렸다.

코트 안주머니에서 담배를 꺼내 든 현설이 그녀를 힐긋 보고는 도로 안으로 집어넣었다. 그리곤 말을 어떻게 꺼내면 좋을지 고민하는 사람처럼 무릎 위에 걸친 두 손을 잡고 고개를 푹 숙인 채 한동안 아무 말이 없었다.

그 모습에 루애는 혹시 회사에 무슨 심각한 일이라도 터진 건 아닌가 싶어 덜컥 겁이 났다. 아, 물론 사장인 현설이 군번도 안 되는 말단 직원인 그녀를 불러 놓고 그런 고민을 털어놓는다는 것 자체가 더욱 말이 안 되는 일이긴 하지만.

그녀가 기자였을 때야 동등한 입장에서 친구처럼, 때로는 오누이나 친한 선후배처럼 이런저런 이야기들을 많이 나눴었지만, 지금이야 어디 그럴 수 있나.

현설은 여전히 예전과 변함없이 그녀를 챙겨 주고 스스럼없이 대해 줬지만 그녀 입장에서는 아무래도 예전만큼 편하게 대할 수만은 없었다. 입장과 호칭이 달라진 만큼 대하기 어려워진 것만은 확실했다.

지금만 해도 그렇지 않은가. 이 늦은 시간에 할 말이 있으니 남으라는 그의 말 한마디에 찍소리 못 하고 순순히 남아 그의 눈치를 살피고 있는 것만 봐도 말이다.

루애는 현설의 눈치를 살피며 그가 빨리 입을 열어 주기를 초조하게 기다렸다.

"후우."

뭐가 그리 답답한지, 땅이 꺼질 듯한 무거운 한숨을 토해 낸 현설이 시선만 들어 루애를 빤히 쳐다보았다. 그 눈빛이 어찌나 심란해 보이던지, 루애는 괜스레 바짝 긴장해선 마른침을 꿀꺽 삼켰다.

최근 들어 근우 일로 업무에 통 집중하지 못하고 퇴근 시간이 되기 무섭게 하던 일들을 작파하고 퇴근해 버렸던 것이 심히 마음에 걸렸다.

하지만 그래 놓고 현설은 또 아무 말이 없었다. 착잡하고 심란한 눈빛으로 루애를 말없이 응시할 뿐이었다. 할 수 없이 루애가 먼저 용기를 내어 입을 열었다.

"사장님, 혹시 무슨 안 좋은 일이라도 있으세요?"

"아니요. 왜요, 그렇게 보여요?"

"네, 좀……. 그럼 혹시 제가 무슨 실수라도 했나요? 그렇다면 그냥 편하게 말씀해 주세요. 제가 고치고 사과드려야 될 것이 있다면……."

"고칠 게 하나 있기는 하죠."

루애가 새삼 허리를 곧추세우고 자세를 바로 했다. 그러자 현설의 입가에 씁쓸한 미소가 어렸다.

"요즘 들어 부쩍 이런 생각이 들어요. 루애 씨를 우리 회사로 데려오지 않았으면 어땠을까. 차라리 그 편이 더 낫지 않았을까, 하는 그런 생각."

아마도 자신이 뭔 잘못을 해도 크게 한 모양이라고, 혹시 회사를 그만두라고 하는 것이 아닐까 싶어 루애의 표정이 딱딱하게 굳었다.

하긴 요즘 자신의 불성실했던 업무 행태를 보면 퇴직 통보를 받는다고 해도 할 말이 없겠다 싶었다.

두 사람의 옷자락과 머리카락을 잡아채는 매서운 바람 소리 사이로 현설의 씁쓸한 목소리가 계속 이어졌다.

"그랬다면 우리 사이가…… 적어도 지금과 같은 수직 관계는 되지 않았겠죠. 난 말이에요, 가끔 예전이 그리워요. 속 깊은 얘기까지는 나누지 못했어도 그래도 그땐, 루애 씨가 날 참 편하게 대해 줬었거든요."

현설이 숙이고 있던 상체를 세우고 과거를 회상하듯 검은 허공을 바라보았다.

"귀찮을 정도로 이것저것 꼬치꼬치 참 많이 묻기도 했었고, 업계 동향이나 세상 돌아가는 이야기를 나누다가 의견이 맞지 않는다 싶으면 그에 대해 심도 깊은 이야기도 나눴었죠. 불꽃 튀는 토론도 곧잘 했었구요. 루애 씨는 옳고 그름이 분명하고 삶에 대한 철학이나 주관이 확고한 당당하고 멋진 여성이었어요. 나보다 한참 어린 사람인데도 대화가 통하고 배울 점이 많은 사람이다, 싶었죠."

주름이 깊어져 가는 그의 입가에 잔잔히 미소가 어렸다.

"그래서 내가 루애 씨를 참 많이 좋아했어요. 왜, 그런 사람 있잖아요. 보고만 있어도 기분 좋아지는 사람. 아, 저 사람은 꼭 잘됐으면 좋겠다, 행복해졌으면 좋겠다, 그런 바람이 절로 생기는 그런 사람. 나이, 성별 그런 거 다 집어치우고 오래오래 친구로 곁에 두고 싶은 그런 사람. 나한테 루애 씨가 바로 그런 사람이었어요."

현설은 언젠가도 비슷한 말을 한 적이 있었다. 그녀가 한국에 돌아와 일자리를 찾다가 우연히 만났을 때, 그녀한테 자신과 함께 일해 보지 않겠느냐는 제안을 했을 때.

고마웠었다. 그리고 반가웠었다. 루애 역시 현설에 대해서 그와 별반 다르지 않은 감정이었으니까. 그런데 왜 갑자기 저런 얘기를 또 꺼내시는 걸까. 루애는 여전히 혹시나 하는 긴장을 늦출 수 없었다.

현설이 시선을 돌려 루애를 돌아보았다. 그의 시선은 어딘가 아련하고 아득했다.

"그런데 지금은 루애 씨가 조금은 멀게 느껴져요. 날 그저 월급 주는 사장으로만 대하는 것 같고. 그래서 조금, 아니, 많이 서운하기도 하고 섭섭하기도 하고 그러네요. 내가 괜히 루애 씨를 잡아서 좋은 친구를 잃은 건 아닌가 싶어서."

"아닙니다, 사장님. 그럴 리가요. 물론 환경이나 입장이 달라져서 사장님이 예전만큼 편하지 않은 건 사실이에요. 하지만 그건 어디까지나 같은 조직 내에 있다 보니 조심스러워진 것뿐이에요. 그리고 솔직히 제 월급 주시는 사장님이신데, 예전처럼 함부로 편하게 대할 수는 없잖아요. 그럼 그게 더 이상한 거죠."

조심스럽게 항변한 루애가 겸연쩍게 미소 지으며 말을 이었다.

"하지만 사장님 말씀을 들어 보니, 저도 그런 점이 조금 아쉽기는 하네요. 그치만…… 이런 말씀 드리는 게 좀 쑥스럽기는 한데요, 사장님이 먼저 그렇게 말씀해 주시니까 저도 솔직하게 말씀드릴게요. 사장님은 저한테 무척 특별한 분이세요."

투명한 안경알 너머 현설의 눈매가 살짝 커졌다.

"전 남자 형제도 없고 친가로는 고모만 두 분 계시고, 엄마는 저와 같은 외동딸이셨기 때문에 삼촌이라는 존재도 모르고 자랐어요. 그래도 오빠가 있는 애들을 부러워한 적은 한 번도 없었어요. 아빠 이외의 남자는 저한텐 그저 생소하고 낯선, 불편하고 거북한 그런 존재일 뿐이었죠. 거기다 사춘기 시절에 왜, 이상한 남자들 있잖아요. 바바리맨 같은 그런 이상한 사람들. 그런 남자들한테 몇 번 불쾌한 경험을 당하고 나니까 그런 성향이 더 짙어져 버렸죠. 그래서 대학교에 가서도 이성 친구를 사귈 엄두를 내지 못했어요. 거기다 하필 또 공대를 간 바람에 주변이 온통 남학생들 천지라 경계심만 더욱 커져 버렸죠. 얕보여선 안 되는 상대, 이겨야만 되는 상대, 그런 상대로밖에는 인식이 되지 않았어요. 기자 생활을 할 때도 마찬가지였구요."

루애는 피식, 헛웃음을 흘렸다.

"그런데 이상하게 사장님은 처음 뵀을 때부터 편하고 거부감이나 경계심이 들지 않았어요. 아, 이 사람이 바로 그 유명한 천재 프로그래머 문현설이구나, 하고 경외감? 뭐 그 비슷한 감정은 들었지만요."

"커다란 곰 인형으로 생각돼서 그랬던 건 아니구요?"

"풋, 네. 그런 면도 없지 않아 있었던 것 같기는 하네요. 그런데 그것만은 아니었죠. 천재들은 거의 괴짜에 괴팍하고 독선적이라는데, 사장님이 저나 다른 사람들 대하는 모습을 보면 전혀 아니셨거든요. 나이, 지위 막론하고 누구한테나 늘 일관되게 격의 없이 따뜻하고 진솔하게 대하시는 모습을 보면, 어떨 땐 맘씨 좋은 이웃집 아저씨 같기도 하고 또 어떨 땐 나이 차 많이 지는 자상한 오빠, 혹은 삼촌 같다는 생각이 들고는 했었어요."

늦은 귀가를 서두르는 차들이 간간이 도로를 달려가며 경적을 울리고, 술 취한 젊은이들이 왁자하게 떠들며 두 사람이 앉아 있는 벤치 앞을 지나가기도 했다. 왁자한 소리가 멀어지기를 기다렸다가 루애가 마저 말을 이었다.

"그런 건 지금도 마찬가지예요. 저한테 사장님은요, 후유, 이런 말 하는 거 정말 쑥스러운데."

루애가 관자놀이를 긁으며 현설을 힐끗 쳐다보았다. 현설이 마저 말하라는 듯 두 눈을 반짝이며 그녀를 쳐다보았다. 루애가 에라, 모르겠다는 심정으로 말했다.

"저한텐 키다리 아저씨 같은 존재세요. 항상 고맙고 의지가 되는 그런 분이요."

현설이 마른침을 삼키며 어색하게 미소 지었다.

'훗, 그럼 그렇지. 대체 뭘 기대한 건가. 루애가 나를 어떻게 생각하는지는 이미 알고 있었잖아. 그러니 새삼 실망할 것도 안타까워할 것도 없다.'

현설은 그저 말없이 고개만 끄덕거렸다. 그런 현설을 유심히 살피며 루애가 조심스럽게 말을 이었다.

"그런데 사장님, 지금 갑자기 이런 자리를 마련하신 이유가 혹시…… 저하고 더 이상 일할 수 없게 됐다는 말씀을 하시려는 거라면 그냥 편하게 해 주세요. 전 괜찮습니다. 제가 요즘 일에 집중하지 못하고 불성실하기는 했죠. 다 제 잘못인데요, 뭐. 그러니까 부담 갖지 마세요. 그렇다고 저, 사장님 절대 원망 안 해요. 저한테 이만큼 기회를 주신 것만 해도 어딘데요. 말씀드렸잖아요. 사장님은 항상 저한테 의지가 되고 고마운, 키다리 아저씨 같은 존재라구요. 예전에도 그랬고, 지금도 그렇고, 만약 제가 이 회사를 나가게 된다고 해도 계속 그럴 겁니다."

루애가 최대한 담담하게 말을 끝마쳤다. 그리곤 현설의 말을 기다렸다.

아마 그로서도 쉽지 않은 결정이었을 것이다. 그러니 저렇게 만감이 교차하는 듯 힘겨운 표정으로 그녀를 슬프게 바라보고 있지.

루애는 그가 어떤 통보를 하든 담담히 받아들이자고 이미 마음을 굳혔다. 너무 급작스러워 황망하긴 하지만 어쩔 수 없지 않은가.

무어라 형언하기 힘든 복잡한 시선으로 루애를 오랫동안 응시하고 있던 현설이 피식, 헛웃음을 흘렸다. 그리곤 어이없다는 듯 미간을 찌푸리며 고개를 절레절레 저었다.

그녀를 응시하는 그의 눈동자는 어느새 평소대로 돌아와 있었다. 진중하면서도 담백하고, 따스하면서도 지성이 번득이는 눈빛으로.

"대체 무슨 생각을 한 거예요? 내가 루애 씨를 자르려 한다고 생각했어요? 하 참. 내가 루애 씨를 왜 자릅니까. 루애 씨만큼 열심히 하고 능력 있는 사람이 어디 있다고. 지금 루애 씨 없으면 우리 회사 SI 업무는 바로 마비돼요. 김 팀장도 루애 씨를 얼마나 의지하고 있는데."

루애의 두 눈이 번쩍 떠졌다.

"예? 그럼……."

"당연히 아니죠. 난 그냥 루애 씨가 예전처럼 나를 편하게 대해 줬으면 좋겠다 싶어서 얘기 좀 하자고 한 것뿐이에요. 그리고 만약 그렇다고 해도 그런 얘기를 내가 이런 식으로 하겠습니까? 회사에서 정식으로 하거나 퇴근 후에 밥 한 끼 먹이면서 했겠지? 에이, 사람을 뭘로 보고. 내가 그렇게 야박하고 싸가지 없는 놈인 줄 알아요? 그렇다면 정말 섭섭한데. 키다리 아저씨네 어쩌네 하는 말도 실은 다 나 기분 좋으라고 괜히 한 말이었어요?"

루애가 펄떡 뛰며 양손을 붕붕 내저었다.

"어머, 아니에요. 사장님."

의심스럽다는 듯 현설이 눈을 가늘게 뜨고 루애를 비스듬히 쳐다보았다.

"흠, 그렇게 펄쩍 뛰니까 더 의심스러운데요?"

"아니라니까요. 사장님이야말로 제가 그렇게 마음에도 없는 소리나 하는 얍삽한 사람인 줄 아세요?"

"아닌 줄 알았는데 지금부터는 좀 의심을 해 봐야 되는 거 아닌가 싶기도 하고……."

팔짱까지 끼고 고개를 갸웃거리는 현설이었다. 뜨악해진 루애가 꽥 소리쳤다.

"사장님!"

"크크. 농담이에요, 농담. 내가 다른 사람은 몰라도 우리 루애 씨는 목에 칼이 들어와도 마음에 없는 소리 못 하는 사람이라는 거 다 아는데, 뭐. 알아도 아주 잘 알지."

현설이 키득거리며 자리에서 벌떡 일어났다.

"자, 이제 할 말도 다 했으니 그만 일어납시다. 술이 벌써 깨나. 어우, 엄청 춥네. 루애 씨는 괜찮아요? 나는 엉덩이가 다 얼어 버린 것 같은데, 으."

현설이 온몸을 부르르 떨며 손목시계를 내려다보았다.

"어디 보자, 시간이……. 이런 벌써 1시가 다 되어 가네. 아까 친구하고 약속 있다고 했죠? 어떡하나, 30분이 훌쩍 지나 버렸는데. 빨리 친구한테 연락해 봐요. 그 친구 기다리다가 목 빠졌겠어요."

루애가 현설을 따라 엉거주춤 자리에서 일어났다. 여전히 미심쩍은 눈빛으로 그를 살피며 물었다.

"사장님, 저 진짜…… 아니에요?"

"아니라니까요."

"그럼 진짜 그냥 그 말씀하시려고 그러셨던 거예요?"

"네! 믿어요, 진짜 그 뜻밖에 없었으니까. 얼마 전부터 그게 내내 마음에 걸렸었거든요. 그래서 조만간 한번 시간 내서 말해야겠다 싶었는데, 아까 문득 생각이 나더라구요."

"아, 네……."

대답을 하면서도 루애는 뭔가 석연치 않은 기분에 영 찜찜했다. 현설이 그녀의 어깨를 툭 치며 말했다.

"그러니까 앞으로는 예전처럼 편하게 지냅시다. 괜히 거리 두고 그럴 필요 없어요. 김 팀장이나 고 팀장, 다른 개발실 직원들은 내가 사장인지, 지네가 사장인지 시도 때도 없이 막 엉겨 붙는데. 알았죠?"

그제야 루애가 낮은 한숨을 내쉬며 활짝 웃어 보였다.

"네, 그럴게요. 휴유, 다행이다. 전 그런 줄도 모르고 정말 잔뜩 겁 먹었다구요. 아, 이렇게 잘리는구나 싶어서."

"절대 그럴 일 없으니까 맘 푹 놓고 앞으로 더 잘해 봅시다. 뭐해요, 얼른 친구한테 오라고 전화……."

루애보다 앞서 벤치를 벗어나던 현설이 우뚝 걸음을 멈추고 일순 말을 삼켰다.

어둠 속에 웅크리고 있는 검은 차체를 발견한 그의 얼굴이 다시 차갑게 굳었다. 허나 이내 그는 소리 없는 쓴웃음을 흘리며 굳었던 안색을 풀었다.

현설을 뒤따라 인도로 내려서던 루애도 한 템포 늦게 근우의 차를 발견하고 흠칫 놀라 걸음을 멈췄다. 한층 더 짙어진 어둠과 검게 선팅된 유리창 때문에 차 안은 전혀 보이지 않았지만, 루애는 이쪽을 노려보고 있는 근우의 매서운 시선을 어렵지 않게 읽어 낼 수 있었다.

천천히 인도로 내려선 현설이 고개만 돌려 그녀를 힐끗 돌아보았다.

"친구한테 빨리 전화해 봐요. 이쪽으로 오라고."

루애가 어색하게 미소 지으며 고개를 끄덕거렸다.

"시간이 많이 늦어져서 나도 빨리 가 봐야 할 것 같은데. 아무래도 친구 올 때까지 같이 못 기다려 줄 것 같아요. 혼자 괜찮겠어요?"

루애가 얼른 대답했다.

"그럼요. 걱정 마세요. 늦었는데 빨리 가 보세요, 사장님."

현설의 입가에 다시 쓴웃음이 슬쩍 맺혔다가 사라졌다.

"그래요. 그럼 조심해서 가고 내일 회사에서 봅시다."

루애한테 한 손을 슬쩍 들어 보인 현설은 서둘러 큰길로 성큼성큼 걸어갔다. 절대 뒤돌아보지 않았다.

매서운 찬바람이 다시 차갑게 얼어붙은 그의 얼굴을 얼음송곳처럼 마구 찌르고 할퀴며 지나갔다. 현설은 그 바람을 향해 더욱 얼굴을 치켜들었다.

뒤늦게 깨달은 오랜 연정을 제대로 피워 보지도 못한 채 제 손으로 무참히 꺾고 덮어 버린 순간이었다. 그리고 가슴 설레는, 아니, 가슴 아픈 사랑 대신 우정을 선택했다.

후회는…… 하지 않을 생각이다.

아주 오랫동안 쓰리고 아프기는 하겠지만…….

현설의 가슴속으로 얼음송곳보다 차갑고 날카로운 칼바람이 불어왔다.

루애는 현설의 모습이 시야에서 완전히 사라지기를 기다렸다가 근우에게로 천천히 걸어갔다.

세찬 바람이 그녀의 가녀린 몸을 자꾸만 앞으로 밀어 댔다. 추위에 꽁꽁 언 발이 제멋대로 종종걸음을 쳐 댔다.

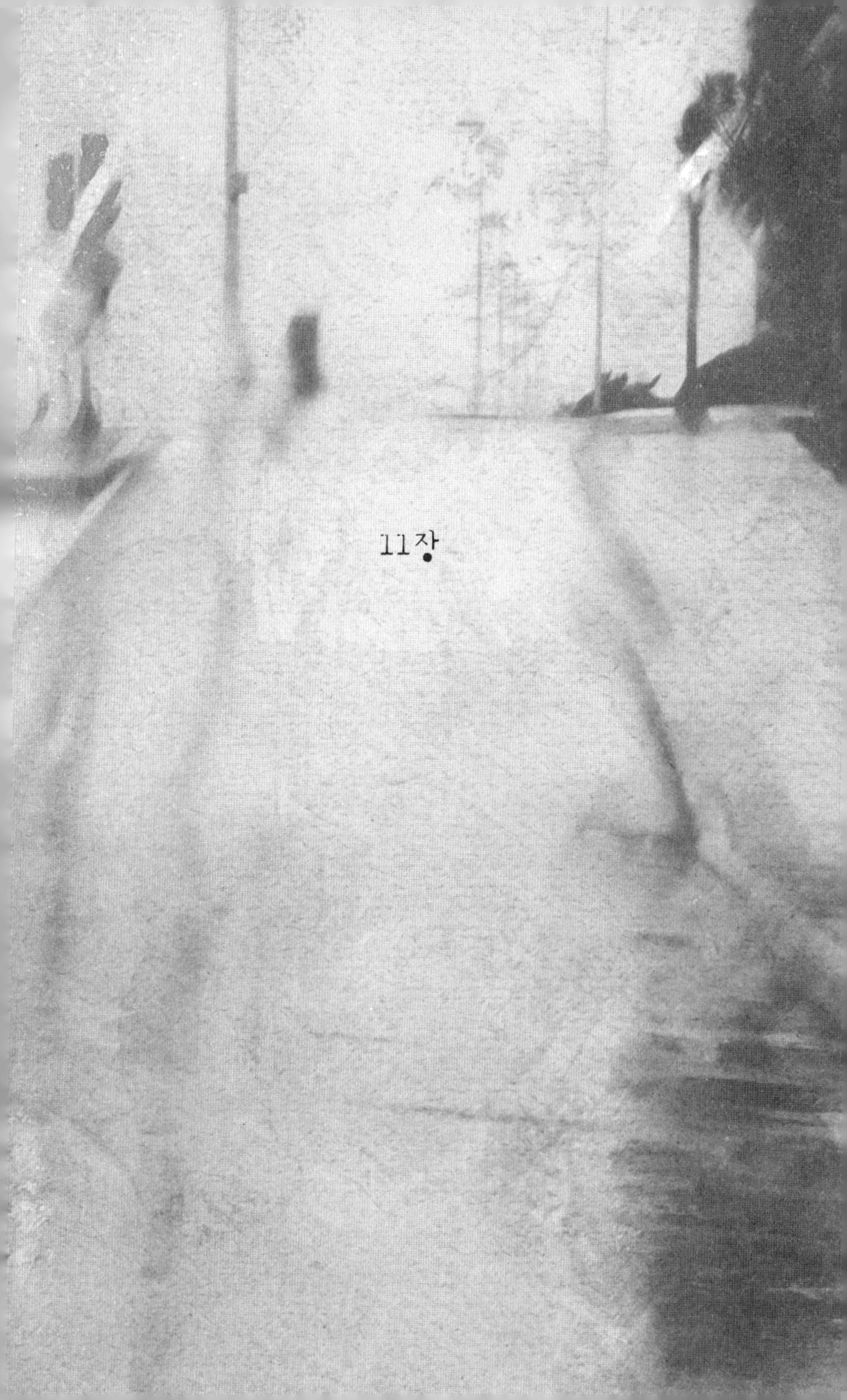

11장

딸깍.

차 문을 열자마자 살을 에는 듯한 추위로 꽁꽁 언 바깥 날씨와 다르게 따스한 봄날마냥 따뜻한 훈풍이 확 밀려왔다. 차 안에 가득 차 있는 근우만의 매혹적인 남성적 향기와 함께.

전신에 짜르르한 전율이 흐르며 절로 몸서리가 쳐졌다. 얼굴이 화끈거리며 달아오르는 것이 느껴졌다. 루애는 얼른 손등으로 뺨을 가렸다. 얼었던 몸이 녹아서 그렇다는 변명을 애써 스스로에게 되뇌면서.

곁눈질로 근우를 슬쩍 살폈다. 그는 무섭도록 싸늘하게 굳은 얼굴로 정면만 응시하고 있었다. 그녀를 돌아보지도, 아는 척도 하지 않았다. 그는 루애가 차에 타자마자 말 한마디 없이 차를 출발시켰다.

'오래 기다리게 해서 화났나? 설마.'

오지 말라고 했는데도 저가 부득불 우겨서 기다린 것이 아닌가. 그리고 이 정도 기다렸다고 해서 화낼 사람도 아니었다.

'혹시…….'

현설과 단둘이 얘기를 나누는 것을 보고 질투하는 건 아닐까 하는 생각이 들었지만 이내 그녀는 고개를 가로저었다.

'말이 되는 생각을 해라. 그렇다고 근우가 질투할 사람이니?'

어딜 봐서 근우가 질투를 한단 말인가. 그럴 만한 구석이라도 있어야 말이지. 누가 봐도 사장과 직원, 삼촌과 조카 사이인데 말이다.

뭐, 모르는 사람이 보면 어둡기도 해서 오해를 할 수 있지 않을까 싶기는 하다. 그동안 꾸준히 운동한 덕분에 뒤에서 보면 현설도 20대 못지않은 탄탄하고 근사한 몸을 갖게 되었으니 말이다.

허나 그건 어디까지 모르는 사람이 봤을 때 얘기고. 근우는 일전에 엘리베이터에서 현설을 한 번 봤고 그 후로도 복도에서 여러 번 봤을 테니 그런 오해는 할 턱이 없었다.

현설한테는 미안한 얘기지만 솔직히 근우가 어디 질투할 사람이 없어서 4년만 더 지나면 50인 사람을 질투하겠는가.

더욱이 모르긴 몰라도 그녀의 마음이 이미 반쯤 넘어갔다는 것을 그도 알고 있을 텐데 말이다. 그걸 생각하면 괜히 약이 올라서 차라리 근우가 미친 셈치고 현설을 질투라도 하고 있으면 고소하겠다는 생각까지 들었다. 물론 그럴 일은 세상이 두 쪽

나도 없겠지만.

'그럼 대체 왜 저러는 거야?'

오늘따라 남자들이 다들 왜 이러는지 모르겠다. 아깐 현설이 괜히 신경질을 부리더니, 이젠 근우마저.

'뭔 일인지는 모르겠지만, 너도 할 말 있으면 그냥 빨리 해라. 사람 불편하게 괜히 공포 분위기 조성하지 말고.'

루애는 속으로 고시랑거리며 짜증스러운 한숨을 내뱉었다.

끼익!

잘 가던 근우가 갑자기 방향을 틀어 갓길에 차를 세웠다. 깜짝 놀란 루애가 홱, 돌아보자 굳은 얼굴로 정면을 응시한 채 그가 무거운 목소리로 중얼거렸다.

"이런 기분이었구나. 아닌 줄 알면서도 화가 나고 불안해서 미치겠는 심정."

근우가 시선을 돌려 뜨악해 있는 루애를 쳐다보았다. 그의 입가에 자조적인 쓴 미소가 걸렸다.

"다 안다고 생각했었는데, 아니었나 보다. 역시 막연히 머리로만 생각하고 있는 것과 실제로 경험해 보는 것은 차이가 크군. 기분이 더러워. 어떤 상황인지, 어쩔 수 없는 상황이었다는 것을 알면서도 화가 나. 널 바라보는 그 자식의 눈빛에도 화가 나고, 그런 자식을 당연하다는 듯이 받아 주고 있는 너한테도 화가 나."

"이근우……."

"그런데 그것보다…… 다른 놈하고 있는 널 보면서도 내 여자라고, 헛꿈 꾸지 말고 꺼지라고 당당하게 나설 수 없는 내 자신에게 더 화가 난다. 네가 어떤 기분이었는지 이제야 제대로 알겠는 바보 같은 내 자신한테 너무 화가 나."

그의 눈매가 일그러졌다. 그녀를 쏘아보듯 바라보는 그의 눈빛이 격분에 차 형형하게 번득였다.

저 눈빛, 저 차갑게 굳어 일그러진 얼굴. 루애로서는 처음 보는 그의 또 다른 모습이었다. 낯설었다. 허나 동시에 무척 익숙하기도 했다.

한때 거울을 통해 수없이 보아 왔던, 그러지 말자고 수없이 되뇌면서도 어찌할 수 없는 불안함과 질투심에 추하게 일그러지고 말던 자신의 얼굴과 눈빛이 그의 얼굴에 고스란히 겹쳐 보였다.

'진짜 사장님 때문에 그러는 거였어? 사장님하고 함께 있는 모습에 질투심을 느껴서?'

황당하고 기가 막혔다. 허나 그와 동시에 맘속 어딘가에서 짜릿한 희열 같은 것이 느껴졌다. 예기치 않은 설렘과 흥분이 그녀의 가슴 밑바닥에서부터 서서히 밀려 올라왔다.

그러나 그건 그거고. 어쨌든 사실은 바로잡아야겠다. 가뜩이나 그와의 사이에 풀어야 될 숙제가 한두 가지가 아닌데, 거기다 덤으로 새로운 문제까지 얹을 필요는 없지 않은가.

그것도 다른 누구도 아닌 현설을 상대로 질투라니, 그게 어디 가당키나 한 얘긴가.

"잘 들어, 이근우. 네가 무슨 착각을 하고 무슨 오해를 하든,

그리고 네가 네 입으로 아닌 줄 안다고도 했으니까 굳이 내가 왈가왈부할 필요 없다는 생각이 들기는 하는데, 후우. 그래도 너무 황당하고 기가 막힌 소리라서 한마디 하지 않을 수가 없겠다. 어떻게 사장님하고 나를……. 맙소사. 그게 말이나 되는 소리니? 그건 아빠하고 나를 이상한 사이로 보고 질투했다는 소리나 같은 거야. 그 자체로 황당한 소리라고."

만약 현설이 본인의 이름이 이런 식으로 오르내리고 있다는 사실을 안다면, 황당함에 기겁을 하고도 남으리라.

고개를 절레절레 저으며 헛웃음을 짓는 루애를 보고 근우는 속으로 반쯤은 안도하고 또 반쯤은 씁쓸하게 미소 지었다.

루애는 전혀 모르는 모양이다. 그 남자가 그녀를 어떤 눈빛으로 바라보는지. 점잖고 담백한 그 눈빛 속에 감춰져 있는 남자로서의 욕망을 아직 보지 못한 듯했다.

근우도 설마했었다. 처음 봤을 때부터 루애를 대하는 태도나 눈빛이 마냥 순수하지만은 않다는 것을 눈치챘음에도, 매일 새벽 헬스장에서 마주치는 자신의 주변을 어슬렁거리는 모습을 보면서도 애써 무시해 버렸었다.

그런데 오늘 똑똑히 보았다. 루애를 바라보는 그 남자의 눈빛에 깃들어 있는 간절한 욕망과 희구를. 그것은 분명 여자를 바라보는 남자의 눈빛이었다. 제 것으로 할 수 없음을 알기에 더욱 갈구하고 염원하며 갈등하고 끝내 절망하는 눈빛.

만약 남자의 눈빛이 절망으로, 체념으로 사그라지지 않았다면 루애와의 약속이고 뭐고 간에 당장 뛰쳐나가 그 늙은 놈의 턱에 주먹을 날렸을 것이다. 근우가 어떤 심정으로 그 순간을 참고 인내했는지는 오직 신만이 아실 일이었다.

그래서 끝까지 참고 모른 척하려고 했다. 허나 한번 치솟은 불안한 분노는 쉬이 꺼지거나 사그라질 성질의 것이 아니었다.

그와 동시에 과거의 그녀가 이런 심정이었겠구나, 하는 데에 생각이 미쳤다. 막연히 안다고, 이해한다고 했던 것들이 얼마나 건방진 자만이었는지를 새삼 깨달았다.

자신은 고작 40분 내외의 시간을 목도하고도 머릿속이 하얘지면서 피가 거꾸로 솟구치는 것 같은데 루애는 오죽했을까. 뼈저린 후회와 회한, 죄스러움이 밀려왔다.

불나방처럼 그의 주변에 꼬여드는 여자들 때문에 루애가 얼마나 불안해하고 힘들어했었는지, 번연히 알고 있었으면서도 그러다 말겠지 하고 내버려 두었던 자신이 얼마나 멍청하고 이기적이었는가를 새삼 깨달았다.

그 일이 터지고 난 뒤에도 적극적으로 해명하기는커녕 되레 너는 왜 날 믿지 않느냐고, 왜 내 말을 들어 주려고 하지 않느냐고 화를 내며 분통을 터트렸던 것이 얼마나 뻔뻔한 짓이었는지, 미안하고 후회스럽기 그지없었다.

그렇게 4년이란 시간이 지난 지금도 그는 여전히 매한가지였다. 지난 한 달을 돌이켜 보니, 그는 조금도 나아지거나 변한 것이 없었다.

여전히 루애가 먼저 마음을 열고 자신의 얘기에 귀 기울여 주기를, 자신을 믿어 주기를 바라고 요구하며 멍청하게 기다리고만 있었다. 루애가 들어 주든 말든, 믿어 주든 말든 천 번이고 만 번이고 입이 부르트도록 해명하고 용서를 구했어야 했는데 말이다.

그런데 그는 끝까지 같잖지도 않은 머리로 이리 재고 저리 재며 기회를 엿보고 있었다. 아직 때가 아니라는 그럴싸한 핑계로 자신마저 속여 가면서.

그래 놓고는 김미진이 내일 온다니, 그날로 D—day를 잡았었다. 내일 두 사람을 만나게 해 주기 전에 김미진이 온다는 사실로 그녀를 한 번 흔들어 놓고 김미진한테 듣기 전에 그의 입으로 사실을 말해야 한다는 명분을 내세워 4년 전의 일을 털어놓을 궁리를 세웠다.

루애가 마음의 갈피를 잡기 전에 그는 뒤로 빠질 생각이었다. 그리고는 김미진을 내세워 그를 용서할 수밖에 없도록 상황을 유도하려고 했다.

거듭된 충격으로 루애가 정신을 차릴 수 없을 때 그의 입장을 대변해 줄 것이 뻔한 김미진의 말 한마디는 엄청난 효력을 발휘할 것이 불 보듯 뻔하니 말이다.

그것이 근우가 어제 미진과의 통화를 끝내고 오늘 하루 종일 궁리하고 모색한 계획이라는 것이었다. 그래 놓고 뻔뻔하게 진심, 진실을 입에 담았다. 술수나 속셈 따위는 없다고, 그저 루애가 그의 진심을 알아주기를 바랄 뿐이라고.

'젠장, 이제 정말 그만하자. 신물이 다 넘어오려고 그런다.'

근우가 비겁하고 비열한 스스로에게 진저리를 치며 입안의 속살을 으득 깨물었다. 비린 쇠 맛이 입안으로 확 퍼져 나갔다.

순간적으로 확 달라진 자신의 매서운 눈빛에 흠칫, 놀라는 루애를 한입에 집어삼킬 듯 무섭게 응시하며 근우가 한 음절, 한 음절 힘주어 말했다.

"네 말이 맞다, 루애야. 난 지금까지 너한테 추억팔이를 했어. 우리가 처음 만났던 그 순간, 그 순수하게 행복하고 아름다웠던 추억들을 들춰내서 널 흔들려고 했어. 네가 그때를 기억해 줬으면 싶었지. 그때를 그리워하고 그때로 다시 되돌아가기를 간절히 바라도록 만들고 싶었다. 그리고 그것이 불가능하지만은 않다는 것을 알려 주고 싶었어. 네가 날 돌아봐 주기만 한다면, 네가 내 손을 다시 잡아 주기만 한다면 가능하다는 것을 네가 깨달아 주기를 바랐다. 난 항상 그 자리에 있었으니까, 그 자리에서 꼼짝 않고 널 기다리고 있었으니까. 그런 날 한 번만 봐 달라고 애원하고 있었지."

갑자기 달라진 이야기의 흐름에 루애는 당황했다. 그가 왜 그런 얘기를 꺼내는지 알 수 없었지만, 무슨 얘기를 하려고 하는지는 알 것 같았다.

가슴이 철렁 내려앉았다. 그가 먼저 얘기를 꺼내 주기를 막연히 바라고는 있었지만, 이런 식으로는 아니었는데. 모든 것이 너무 급작스러웠다.

"가, 갑자기 그런 얘기는 왜 꺼내는 거야. ……늦었어. 나 집에 빨리 가야 돼. 나, 나중에 하자. 지금은…… 하지 마."

"아니, 지금 해야 돼. 그동안 너무 오래 끌었어, 바보처럼. 진작 했어야 했는데. 널 보내기 전에, 아니, 널 다시 만났을 때, 그때라도 바로 했어야 했는데. 네가 듣기 싫다고 해도, 들어 주지 않아도 어떻게든 하고 또 했어야 했는데…… 내가 멍청하고 비겁해서 그러지 못했다. 그래서 여기까지 오고 말았어. 그런데 더 이상은 안 되겠다. 미안해. 오늘은 내 얘기 꼭 들어 줘. 아니, 오늘은 무슨 일이 있어도 반드시 해야겠어."

덜컥 겁이 난 루애가 아랫입술을 깨물고 그를 노려보았다.

"넌 왜 늘 네 멋대로니? 내가 싫다잖아. 오늘은, 지금은 아무 얘기도 듣고 싶지 않다잖아! 내일…… 그래, 내일 해. 내일 해도 충분하잖아!"

"아니, 내일은 안 돼. 그럼 너무 늦어."

"늦기는 뭐가……."

"김미진이 올 거다."

뭐? 순간 말문이 막힌 루애의 두 눈이 휘둥그레 커졌다. 루애는 커다래진 두 눈을 깜박거리며 결의에 찬 표정으로 딱딱하게 굳은 근우의 얼굴을 멍하니 바라보았다. 한참 만에야 그녀의 입술이 달싹거렸다.

"누……구? 방금 누구라고 그랬어?"

"김미진. 네 친구 김미진 말이야."

루애의 입이 다시 쩍 벌어지며 또 한동안 말을 잃었다. 루애로서는 그가 무슨 말을 하는지 도무지 알 수가 없었다.

미진이라니, 여기서 난데없이 미진의 얘기가 왜 나온단 말인가. 미진과 연락이 끊어진 지가 언젠데. 혹시…….

"미진이하고 연락이 닿았어? 네가, 직접?"

그가 고개를 한 번 끄덕거렸다. 루애의 입에서 '헉!' 하는 신음성이 터져 나왔다. 그녀는 입을 턱 틀어막고 못 믿겠다는 듯 다시 물었다. 그녀의 목소리가 파르르 떨려 나왔다.

"지, 진짜? 미진이가 확실해?"

"직접 만나기도 했었으니까, 확실해."

"어, 어떻게? 어디서? 대체 언제?"

한꺼번에 터져 나온 그녀의 질문에 근우가 간단하게 대답했다.

"1년 반 전에 널 도저히 찾을 수가 없어서 대신 김미진을 찾았었다. 다행히 김미진은 몇 개월 만에 찾을 수 있었어. 브뤼셀에서."

"브뤼셀? 브뤼셀이라면 벨기에?"

근우가 어, 하고 짧게 대답했다. 루애의 머릿속은 갑자기 헝클어진 털실처럼 뒤죽박죽 혼란스러워졌다. 득달같이 다시 물었다.

"거기에 왜…… 지금 거기 사는 거야? 어, 어떻게 잘 지내고는 있대?"

"자세한 건 김미진한테 직접 물어봐. 내일 저녁이면 만날 수 있을 테니까. 널 보기 위해서 지금 이리로 오고 있는 중이다."

루애는 다시 한 번 까무러칠 듯 놀랐다. 튀어나올 듯 커다래진 그녀의 눈동자가 파르르 떨렸다.

"나, 날 만나러 오고 있는 중이라구? 내, 내일이면 미진이를 만날 수 있다고? 여, 여기서, 한국에서 말이야? 지, 진짜야?"

"그래, 확실해. 김미진에 대해서 궁금한 것도 많고 묻고 싶은 것도 많겠지만 조금만 참고 기다려. 내일, 아니, 이제 몇 시간만 지나면 만날 수 있을 테니까 그때 네가 직접 보고 물어봐. 김미진도 그걸 원하니까."

생각지도 못했던 희소식에 루애의 손이 바르르 떨렸다.

5년 전 갑자기 연락이 끊겼던 미진. 친자매 이상으로 모든 것을 나누고 의지하며 믿었던 유일한 친구였다.

그랬던 친구였기에 파리로 유학을 가고 나서 3년 만에 자신에게마저 연락을 툭 끊어 버렸을 때, 적지 않은 충격과 상처를 받았었다. 상심했던 것만큼 걱정과 우려도 많이 했었고 말이다.

그녀의 아버지한테 안 좋은 일이 생기면서 어머니한테서 간간이 전해 듣던 그녀의 소식조차 들을 수 없게 되어 버렸을 땐 정말 걱정이 이만저만 아니었다. 해서 근우와 헤어지고 나서 처음으로 갔던 곳도 파리였다. 결국 어디서도 미진을 찾을 수는 없었지만.

그런데 브뤼셀이 있었단다. 근우는 미진을 어떻게 찾아낸 걸까. 대단하다는 생각이 절로 들었다.

어쨌든 근우라도 미진을 찾았다니 얼마나 다행인가. 거기다 자신을 만나러 오고 있기까지 하다니, 너무 기쁘고 반갑고 고마워 어찌할 바를 모르겠다.

서로 죽지 않고 살아 있으면 언제든, 어디서든 꼭 다시 만날 거라고는 믿고 있었다. 그런데 그날이 바로 내일이라니! 루애의 심장이 벌써부터 쿵쾅쿵쾅 기쁨에 미쳐 요동을 쳐 댔다.

"루애야."

그의 굳은 음성이 묵직하게 루애의 고막을 파고들었다. 흠칫 놀란 루애가 '어?' 하며 그를 돌아보았다. 어둠처럼 깊은 눈빛으로 그가 그녀를 고요히 응시하고 있었다.

"사실 이 얘기를 오늘 할 생각은 없었어. 김미진 얘기도, 네가 꼭 들어 주기를 바란다는 내 얘기도. 내일 김미진을 만나기 바로 직전에 다 할 생각이었지. 네가 곧 있으면 김미진을 만나게 된다는 사실에 기쁘고 들떠 다른 생각을 할 틈이 없을 때를 노려서 말이다. 그리곤 바로 김미진을 만나게 할 생각이었다. 그럼 여러모로 널 내가 원하는 방향으로 끌고 갈 수 있지 않을까 싶었어. 네가 흔들리면 흔들릴수록 내 기다림의 시간은 줄어들 테니까."

그의 고백 아닌 고백에 들떠 있던 루애의 머릿속이 찬물이라도 뒤집어쓴 듯 삽시간에 차갑게 식어 버렸다. 벌어져 있던 그녀의 입술이 서서히 닫히며 이내 앙다물어졌다.

"그럼 그렇게 하지 그랬어. 그랬다면 어쩌면 네 뜻대로 됐을지도 모르는데, 왜 생각이 바뀐 거지?"

"널 되찾겠다는 열망이 너무 강해서 잠시 잊고 있었어. 내가 너한테 바라는 것, 네가 나한테 바라는 것이 무엇인지. 그리고 왜 우리가 여기까지 오게 됐는지도. 입으로는 네가 알고 있는 것이 진실이 아니라고, 진실을 알게 되면 넌 분명히 그때 그렇게 날 떠났던 것을 후회하게 될 거라고 자신만만하게 이야기했지만 실은 그럼에도 네가 날 용서해 주지 않으면 어떡하나, 짧은 생각으로 어리석은 짓을 저질렀던 나한테 실망하면 어떡하나, 하는 찌질한 생각으로 겁쟁이처럼 비겁하게 굴었어. 그 때문에 널 놓치고 여기까지 왔다는 것을 잠시 잊고 있었다. 하마터면 같은 실수를 다시 반복할 뻔했다. 그래서 이젠 그러지 않으려고."

루애는 마른침을 꿀꺽 삼켰다. 이건 또 뭔 꿍꿍이로 생각해낸 계책이냐고 되받아치고 싶었지만 온몸으로 느껴지는 그의 진심에, 심장을 파고드는 진솔한 눈빛에 아무 말도 할 수 없었다. 입술을 말며 가빠진 숨만 몰아쉴 뿐이었다.

근우가 심연처럼 깊고 시리도록 아픔이 느껴지는 검은 눈동자로 루애의 안색을 찬찬히 살폈다.

루애는 마지못해 시선을 내리깔고 고개를 돌렸다. 그리고 조용히 기다렸다. 그녀가 그토록 외면하고 거부했던 4년 전의 그 진실이라는 것이 그의 입을 통해 흘러나오기를.

그에게서 짙은 한숨이 흘러나왔다. 안도의 숨 같기도 하고, 먼 길을 돌아온 자의 회환에 찬 한숨 같기도 하고, 두려움에 찬 것 같기도 한 무겁고 떨리는 한숨이었다.

마침내 근우가 착잡한 목소리로 입을 열었다.

"창피한 얘기지만 나는 중·고등학생 때 나와 내 가족, 내 친구 외에는 관심도 없고 신경도 쓰지 않는 이기적이고 건방진 놈이었다. 뭐, 지금도 별반 다르진 않지만 그땐 그 정도가 정말 심했었지. 특히 여자들에 대해선 더욱 그랬어. 또래 녀석들보다 외적으로 빨리 어른이 된 탓에 여자들이 끊이질 않았었다. 교문 앞에 진을 치고 있다가 집까지 따라오는 여자들 때문에 늘 짜증이 나 있었어. 친구 녀석들은 부럽다고 난리였지만 천만에. 그런 여자들이 귀찮고 한심하게만 여겨졌었다. 발에 거치적거리는 돌부리처럼 하찮게 여겨졌었지."

왜 느닷없이 중 · 고등학생 때 얘기를 하는 걸까. 그것과 4년 전 그 일, 홍미정이 무슨 상관이 있다고. 루애는 슬며시 미간을 찌푸렸다. 그러나 그의 얘기는 계속 이어졌다.

"그중에 유난히 스토커처럼 지독하게 따라다니는 여대생이 한 명 있었는데, 하루는 그 여대생이 집 앞 골목까지 쫓아와선 칼을 가지고 손목을 긋겠다며 협박을 하더군. 자기도 자기가 미친 줄은 아는데 스스로도 제 맘을 어쩔 수가 없다나. 그러면서 어떤 식으로든 좋으니까 자신을 한 번만 좀 만나 달라고, 안 그럼 그 자리에서 죽어 버리겠다고 하는데 기가 막히다 못해 너무 화가 났었어. 그래서 마음대로 하라며 뒤돌아서 가는데 젠장, 그 미친 여자가 정말 제 손목을 그어 버렸지 뭐야."

루애는 흠칫, 놀라서 저도 모르게 그를 휙 돌아보았다. 그는 그런 말을 하는 것 자체가 너무도 부끄러운 듯 그녀를 외면한 채 쓴웃음을 짓고 있었다.

"너무 놀랐어. 솔직히 겁도 났었지. 그 여자가 그대로 진짜 죽어 버릴까 봐, 무서웠어."

그 여자는 지나가던 행인의 도움으로 간신히 목숨을 건졌다. 비명 소리가 터져 나오고 119 대원들이 달려오고, 그 난리가 벌어지는 동안 근우는 그 자리에 망부석처럼 서서 꼼짝도 하지 못했었다.

그리고 그로부터 정확히 한 달 뒤에 다시 나타난 그 여자를 근우는 두 달간 만나 주었더랬다. 그것이 그의 화려하다면 화려하다고 할 수 있는 여성 편력의 첫 시작이었다.

그 여자는 놀랍게도 약속했던 두 달이 끝나자 깨끗이 물러나 주었다.

일주일에 한 번씩 매주 토요일마다 만났었는데, 저가 뭔 짓을 해도 말 한마디 없이 의무적으로 시간만 죽이다 약속한 시간이 다하면 쏜살같이 일어나 휙 가 버리는 그에게 자존심이 꽤 상하고 실망도 컸던 모양이었다.

어쨌든 근우로서는 단 두 달, 여덟 번의 의무적인 만남만으로 미친 여자를 깨끗이 떨어뜨려 낸 셈이었다.

그 후로 근우는 고등학교를 졸업할 때까지 그런 식으로 귀찮게 따라다니는 여자들을 두 달 간격으로 갈아 치우며 주변을 정리했다.

약속했던 두 달이 끝나도 포기를 못 하고 지지부진 귀찮게 구는 여자들도 더러 있기는 했지만, 대부분은 그 두 달로 만족하고는 깔끔하게 떨어져 나갔다.

그렇게 3~4년을 보내고 나니 여자의 '여' 자만 들어도 진저리가 쳐질 정도로 질려 버리고 말았다.

그에게 여자란 딱 두 부류뿐이었다. 어머니와 어머니가 아닌 여자. 그는 어머니가 아닌 여자들은 거의 인간 취급도 하지 않았다. 그저 귀찮고 짜증스러운, 허나 가끔씩 가지고 노는 재미가 쏠쏠한 심심풀이 땅콩일 뿐이었다.

그마저도 대학에 입학하고 나서는 염증이 나서 딱 끊어 버리고 말았지만.

"그리고 그해 마지막 달에 기적처럼 널 만났지. 내 것으로 만들어야겠다는 욕심이 나는 여자는 네가 처음이었다. 여자를 보고 가슴이 설레었던 것도 네가 태어나서 처음이었어. 여자 때문에 안달하며 초조해 본 것도, 그 여자가 무엇을 좋아할까, 어떻게 해야 기뻐할까, 어떻게 하면 더 환히 웃게 만들 수 있을까. 그 생각만으로 바보처럼 히죽거리며 하루를 보내고 여자와 함께하는 이런저런 미래를 꿈꿔 본 것도 네가 처음이었다."

이근우에게 하루애는 모든 것의 처음이었다. 첫 설렘, 첫사랑, 첫 여자…… 그리고 첫 실연, 첫 이별……. 그리고 그에게 그 '처음'은 마지막과 동일(同一)어였다.

그것은 루애도 다르지 않았다. 하루애에게도 이근우는 첫 설렘, 첫사랑, 첫 남자…… 그리고 첫 실연, 첫 이별이었으니까.

하루애의 비(雨)는 그렇게 그녀의 전부를 촉촉이 적시다 거세게 휩쓸고 지나가 버렸다. 그리고 다시 돌아와 그녀의 대지를 꿈꾸며 시린 비를 끊임없이 내리고 있었다.

"너한테 어울리는 남자가 되고 싶어서 최선을 다했다. 아버님한테 보여 드리고 싶었지. 인정받고 싶었다. 나이가 어리다고 생각까지 어린 것은 아니라고, 당신 딸을 책임질 만한 능력이 있다는 놈이라는 것을……. 그래서 'The One'을 시작했는데 시간이 지나면서 전후가 바뀌어 버렸던 것 같다. 널 위해서, 네 옆에 당당한 놈으로 서고 싶어서 그걸 시작해 놓고 오히려 널 불안하고 외롭게 만들었어. 그리고 그런 널 알면서도 그러다 말겠지 하는 생각으로 대수롭지 않게 넘겨 버리고 말았다. 네 안의 불안과 외로움이 얼마나 커져 가는지도 모르고 내가 이루고자 했던 그 목표에만 혈안이 돼서 그것만 이루면 모든 것이 저절로 해결될 것이라고 안일하게 생각했었지."

인정한다. 그녀한테 무심했었던 자신을. 그녀를 뜨겁게 안아주는 것만으로도 연인으로서 제 할 도리는 다했다고 생각했었던 멍청하고 단순했던 등신이라는 것을.

"홍미정, 그 여자 일도 마찬가지였어. 승원이 형이 그 여자한테 흠뻑 빠져 있었다는 건 너도 알고 있었을 거야. 손만 뻗으면 당연히 가질 수 있는 여자인 줄 알았는데, 변죽만 올려 놓고 뜻대로 되지 않으니까 더욱 애가 달아서 어쩔 줄 몰라 했었지. 그러면서도 승원이 형은 절대 이혼할 생각 같은 건 없었어."

무일푼으로 시작해 처가 도움으로 그만한 성공을 거둔 사람이라서 이혼하면 엄청난 위자료를 물어야 한다는 걸 누구보다 함승원 본인이 잘 알고 있었다. 그는 돈이 아까워서라도 절대 이혼할 사람이 아니었다.

홍미정은 그런 함승원을 끊임없이 유혹하고 자극했었다. 다 줄 것처럼 굴다가도 이혼하기 전에는 절대 꿈도 꾸지 말라는 식으로 번번이 몸을 뒤로 빼며 함승원의 애를 달게 만들었었다.

그런데 그것만으로는 안 되겠다는 생각이 들었는지, 어느 날부터 근우를 이용하기 시작했다. 제 딴에는 함승원의 질투심을 부추길 생각이었던가 보다. 보란 듯이 함승원 앞에서 부러 추파를 던지고 유혹의 몸짓을 보이고는 했었다. 근우 없이는 함승원을 따로 만나 주지도 않았단다.

이해하지 못하겠는 건 함승원의 반응이었다. 그는 씩씩거리며 애달아 하면서도 그런 상황을 은근히 즐겼다.

심지어 근우가 두 사람 사이에 자신을 제발 끼워 넣지 말라고, 참는 데에도 한계가 있고 불쾌하다고 딱 잘라 말했는데도 함승원은 되레 화를 냈었다.

'The One'을 시작할 때 물심양면으로 도와준 것이 얼마인데, 자신을 위해서 그 정도도 못 참아 주느냐고 말이다.

표정이 굳어지는 근우의 어깨에 팔을 척 걸치고 함승원은 이렇게 넌지시 말했었다.

"참는 김에 형을 위해서 조금만 더 참아라. 남자끼리 좀 돕고 살자. 우리 사이에 그 정도도 못 도와주냐? 이제 얼마 안 남았어. 그러다 제 풀에 지쳐서 곧 나한테 잘못했다고 지가 먼저 빤스 벗고 달려들 거다. 그때까지만 귀찮아도 네가 조금 참아. 그리고 솔직히 걔 그러는 거, 귀엽지 않냐? 제 딴에는 머리 쓴다고 쓰는데, 속이 빤히 다 들여다보이잖아. 그럴 땐 속는 척하고 적당히 맞춰 주고 그러는 거야. 그래야 걔도 면이 좀 살지. 덕분에 나도 좀, 응? 편히 먹고 살고 말이야. 내가 그동안 걔한테 공들인 게 얼만데 이제 와서 먹어 보지도 못하고 버리기엔 아깝잖아. 형이 특별히 부탁 좀 하자. 이것도 다 내가 널 믿으니까 특별히 부탁하는 거다. 믿는다, 이근우."

그렇게 대놓고 부탁을 하는데, 근우로서는 끝까지 귀찮다고 나 몰라라 할 수도 없었다. 그래 봤자 고작 1~2시간 정도 꾹 참고 두 사람의 작태를 지켜보다 일어나는 것이 전부였으니까. 그 정도야 10대 시절에 수없이 해 봐서 어려울 것도, 새삼스러울 것도 없었다.

달라진 것이 있다면 그의 옆에는 사랑하는 여자, 루애가 있다는 것뿐.

루애가 기가 막혀 물었다.

"그래서 그때 함승원이 부르면 바로바로 달려가고 그랬던 거였어? 하, 기가 막혀. 어떻게 그럴 수가 있니. 그러면서 내 생각은 전혀 나지 않았니? 그 사실을 알면 내 기분은 어떨지, 생각지도 않았어?"

"미안하다. 솔직히 그땐 거기까지 생각하지 못했어. 나하고는 전혀 상관없는 일이라고만 여기고 있었으니까."

"그걸 말이라고! 후우, 어쨌든 알았어. 거기까진 어떻게 된 일이었는지 대충. 그런데 그다음은?"

근우의 미간이 곤혹스러운 듯 일그러졌다.

"그 자리에 몇 번 진환이를 데리고 나갔었는데, 진환이가 또 그 두 사람한테 강한 관심을 보이기 시작했다. 나로서는 상당히 놀랍고 의외인 일이었지. 너도 기억하겠지만, 그때 진환이

상태가 꽤 좋지 않았었거든. 나나 너 이외에는 만나는 사람도 없었고 삶의 의욕을 잃고 심리적으로 굉장히 불안한 상태였었지."

그건 루애도 잘 알고 있는 사실이었다. 심각한 우울증과 대인 기피증을 앓고 있던 진환 때문에 근우가 얼마나 마음을 졸이고, 친구를 예전의 그 자리로 돌려놓기 위해서 얼마나 많은 노력을 기울였었는지도.

루애가 진환과 자주 만나 대화를 나눴던 것도 근우의 부탁 때문이었다. 그 덕인지 뭔지, 시간이 지날수록 진환의 상태도 조금씩 호전되었고 말이다.

"그런 녀석이 어느 날 그러더군. 미친 소린 줄 알지만 내가 반드시 들어줬으면 하는 부탁이 있다고 말이다."

근우는 침착한 목소리로 최대한 간략하게 진환이 했던 부탁이 무엇이었는지를 이야기했다.

홍미정을 보면서 웹툰을 다시 그리고 싶다는 욕구가 샘솟기 시작했다고, 벌써 작업도 어느 정도 진전이 되었다고 했었다.

그런데 어느 순간 맥이 딱 끊어져 버렸다고, 다음 내용이 더 이상 떠오르지 않는다며 괴로워했었다. 그것이 아무래도 근우가 함승원과 홍미정, 두 사람과 함께 있는 자리를 점차 피하고 멀리하게 되면서부터인 것 같다고도 했었다.

두 사람만 보고는 다음 구상이 떠오르지 않는다며 자신을 위해서 그들을 몇 번만 더 만나 달라고, 몇 번만 홍미정이 하는 대로 받아 주면 안 되겠느냐고.

"날 위해서 진짜 뭘 어떻게 해 달라는 게 아니야. 그냥…… 홍미정이 너한테 자신의 유혹이 먹혔다고 착각할 정도로만, 승원이 형이 정말 너한테 위기의식을 느낄 정도로만, 이러다 정말 너한테 홍미정을 뺏기겠구나, 불안하고 초조해질 정도로만, 그 정도만 받아주는 척해 주면 된다고. 근우야, 지금 내가 하는 말이 미친 개소리고 염치없는 부탁이라는 거 나도 잘 아는데, 제발 한 번만 나 좀 살려 주라. 이번 기회 놓치면 어쩌면 나, 영영 이렇게 낙오자로, 실패자로 구질구질하게 살게 될지도 몰라. 제발, 응? 너 내 친구잖아. 하나밖에 없는 진짜 친구잖아. 정말 루애를 배신해 달라고 부탁하는 것도 아니잖아! 그냥 몇 번 그런 척 연기만 해 달라는 건데, 그것도 못 해 주냐! 막말로 너, 고등학생 때 그런 짓 많이 했었잖아. 재미로 여자들 가지고 놀다가 수없이 갈아 치우고 그랬었잖아! 그랬던 놈이 새삼 도덕군자인 척……! 아, 미안해. 이런 말까지 하려던 건 아니었는데 나도 모르게 그만. 미안하다, 정말 미안해. 방금 한 말은 진심 아니었어. 알지? 하지만 근우야, 제발 이번 한 번만, 응? 내 마지막 부탁이다."

근우는 마지막 부탁이라며, 살려 달라며 매달리는 진환을 모른 척할 수 없었다. 진환이 당했던 고통이 어떤 것인지 유일하게 알고 있는 그로서는 더더욱. 그때 진환의 애원은 그럼에도 살고 싶다는 처절한 절규였다.

시간과 장소를 정하고 모두를 불러 모은 건 진환이었다. 근우는 진환의 부탁대로 홍미정의 노골적인 유혹을 처음으로 묵묵히 받아 주었더랬다.

그런 그의 반응에 고무된 홍미정은 점점 더 제 감정에 흥분해서는 그의 몸을 마치 제 몸인 양 사정없이 더듬으며 야한 춤을 춰 댔었다. 급기야 그의 중심에 제 엉덩이까지 바짝 밀어붙이고 비비고 흔들어 대며 절정이라도 느낀 듯 혼자 야릇한 교성을 흘려 대면서 말이다.

그런 홍미정을 제 몸에서 떼어 내 짐짝처럼 집어 던져 버리지 않기 위해서 그가 얼마나 인내하고 참았는지는 오직 신만이 아실 일이었다.

"그렇게 진환이하고 약속했었던 세 번의 고역이 끝이 났었다. 진환이도 그 정도면 충분하다고, 고맙다고 했었으니까. 난 그것으로 모두 끝났다고 생각했었다. 그런데……."

"그런데 그것으로 끝이 아니었지. 너와 그 여자가 그렇게…… 춤을 추고 있는 모습을 내 후배 기자가 우연히 목격했고, 홍미정 그 여자는 네가 자신과 진짜 사랑에 빠졌다는 착각을 해 버렸으니까."

믿기 힘들 정도로 황당하고 어이없는 이야기였지만, 루애는 근우의 말이 사실임을 의심하지 않았다. 그냥 그대로 믿겨졌다. 신기하게도 그랬다.

아마도 4년 전에 이와 같은 말을 들었다면, 웃기지 말라고 코웃음을 쳤을 것이다. 그리고 절대 믿지 않았겠지.

되도 않는 변명이라고, 거짓말을 하려면 좀 더 그럴싸한 것으로 하라고 되레 그를 비웃고 분노를 터트렸을 것이다.

그런데 지금은…… 신기하게도 그의 말 한마디, 한마디가 진실로 다가왔다. 그의 이야기가 진실임을 믿는다. 그리고 우습지만 이해도 됐다.

그가 어떤 심정으로 그런 결정을 내렸었는지, 왜 그동안 오해라고, 사실이 아니라고 하면서도 미안하다고, 본인이 어리석었노라고 잘못을 인정하고 용서를 구했는지도.

허나 한 가지, 아직도 이해할 수 없는 부분이 하나 있었다. 홍미정은 왜 그녀를 찾아와 그런 말들을 했었을까. 근우의 말이 진실인 이상, 그녀가 했던 말들은 모두 거짓일 수밖에 없었다.

그녀는 왜, 무슨 생각으로 그런 거짓말을 루애한테 쏟아 내고 갔던 것일까. 진실인 양 눈물까지 흘리며.

그 정도로 근우가 탐이 났었나? 두 사람 사이가 벌어진 틈을 타 좀 더 확실하게 끝장을 내게 만들 요량으로? 루애 스스로 근우를 포기하게 만들 속셈으로?

그렇다면 홍미정의 작전은 대성공을 거둔 셈이었다. 그녀의 바람대로 루애는 홍미정의 거짓말에, 거짓 눈물에 속아서 입을 다물고 근우의 곁을 떠나 버렸으니까.

만약 그때 루애가 근우한테 달려가 홍미정이 했던 거짓말들을 퍼붓고 어떻게 네가 나한테 그럴 수가 있느냐며 분노를 터트렸더라면 어땠을까. 그랬다면 어떤 식으로든 이 어이없는 진실은 밝혀졌을 터였다. 루애가 근우의 말을 믿든 안 믿든 상관없이.

'그럼 홍미정은 내가 어떻게 할지, 내 성격까지 모두 파악하고 있었다는 얘긴가?'

어쨌든 보기 좋게 홍미정한테 제대로 당했다는 것만은 분명했다. 그녀의 입에서 절로 자조 섞인 비소가 흘러나왔다.

창밖으로 시선을 돌리고 비소를 흘리는 루애를 바라보는 근우의 얼굴은 참담하게 굳어 있었다.

"알아, 모두 내 잘못이다. 진환이를 돕기 위해서 어쩔 수 없었다는 것이 얼마나 구차한 변명인지. 조금만 더 고심하고 신중하게 생각했었다면 얼마든지 진환이를 도울 수 있는 다른 방도를 생각해 냈을 거다. 허나 그러지 못했지. 빨리 해치워 버릴 생각뿐이었어. 네 생각도 했었다. 하지만 그조차 대수롭지 않게 여겼기 때문에 나중에 네가 안다고 해도 이해해 줄 거라고 생각했었다. 기분은 나빠하겠지만 결국 넌 날 이해해 줄 거라고. 그러면서도 끝까지 넌 모르게 하고 싶었어. 실은 알고 있었던 거지. 어떤 이유에서도 그런 짓을 해서는 안 됐었다는 것을. 너한테 부끄럽고 창피한 짓이었다는 것을."

두 눈을 질끈 감았다 뜬 근우가 나지막한 음성으로 루애를 불렀다.

"루애야……."

"……."

"미안하다. 정말 미안해. 내가 멍청하고 어리석었다. 안일하고 비겁했지. 내가 다 엉망으로 망쳐 버렸어. 네가 나를 더욱 원망하고 나란 놈에 대해서 실망한다고 해도 할 말이 없다. 하지만, 하지만 루애야…… 이런 나라도 제발 한 번만 돌아봐 주라. 제발, 한 번만 더 기회를 줘. 잘못을 만회하고 처음부터 다시 시작할 기회를…… 네 남자로 살아갈 수 있는 기회를 제발 한 번만……."

❈ ❈ ❈

평창동에 다다를 때까지 두 사람 모두 아무 말이 없었다.

모든 진실을 알게 된 루애는 무슨 생각을 하는지 입을 다문 채 창밖만 바라볼 뿐이었고, 근우는 그런 루애의 복잡한 심경을 존중해 더 이상 용서를 구걸하지도, 기회를 달라는 말도 하지 않았다.

어차피 바로 결정될 일이 아니었다. 이제 겨우 한 고비를 넘었을 뿐이었다. 그녀에게는 시간이 필요할 터였다. 지난 과거를 돌이켜보고, 받아들일 수 있는 것과 받아들일 수 없는 것들을 나누어 수습하고 정리할 시간이.

'루애가 내 말을 온전히 믿어 줬을까?'

그 점에 대해선 그렇다는 확신이 선다. 그나마도 얼마나 고맙고 다행스러운 일인지 모르겠다. 근우는 루애한테 혼자 고민하고 생각해 볼 시간을 줘야 한다고 생각했다.

그리고 그 고민의 끝에 그녀와 자신이 함께 있을 것임을 믿어 의심치 않았다. 아니, 반드시 그렇게 되리라고 믿고 싶은 것인지도 모르겠다.

시간은 어느덧 새벽 4시를 향해 달려가고 있었다. 여명이 밝아 오기 전의 짙은 어둠이 사방을 에워싸고 있었다. 근우는 그 짙은 어둠이 마치 지금의 자신과 닮았다는 생각이 들었다.

한 치 앞도 보이지 않는 컴컴한 어둠. 그러나 그 어둠의 끝에는 눈부신 태양이 어둠을 걷어 낼 채비를 마친 채 기다리고 있었다.

근우는 신호등 앞에서 주유소 쪽으로 유턴을 돌지 않고 좌회전을 틀어 루애의 집으로 올라가는 큰 골목으로 들어갔다.

한 달간의 말미를 얻으며 그녀의 집 근처로는 얼씬도 하지 않기로 약속을 했었지만, 인적 드문 새벽 시간에 그녀 혼자 어둑한 골목을 올라가게 할 수는 없는 일이었다.

슬쩍 그녀를 돌아보았다. 다행히 그녀 역시 큰 골목길을 올라가고 있다는 것을 알면서도 다른 말을 하지 않았다. 하긴, 이 시간에 아버님과 마주칠 리도 없지 않은가.

근우는 빠른 속도로 골목을 거슬러 올라가 그녀의 집이 있는 좌측 골목으로 꺾어져 들어갔다.

그런데 이런! 골목에 진입하고 얼마 지나지 않아 근우는 그녀의 집 방향에서 걸어 나오는 하 사장을 발견했다. 루애도 아버지를 본 모양이었다. 옆에서 '헉!' 하는 신음 소리가 들려왔다.

다가오는 차 소리에 하 사장이 걸음을 멈추고 고개를 길게 뺀 채 차를 유심히 살폈다. 아무리 회식이라도 평소보다 너무 늦는 루애 때문에 걱정이 되어 밖에까지 나와 보신 것이리라.

가로등이 환하게 켜져 있어도 짙은 어둠 속에서 검게 선팅되어 있는 차 안이 자세히 보일 리는 만무할 터였다. 그래도 혹시 모를 일이라, 근우는 속도를 내어 멈춰 서 있는 하 사장을 재빨리 지나쳤다.

근우는 얼른 시선을 돌려 룸미러를 살폈다. 루애의 차가 아니라는 것을 확인하고 몸을 돌리려던 하 사장이 불현듯 우뚝 걸음을 멈췄다. 빠른 속도로 멀어져 가는 근우의 차를 빤히 돌아보는 그의 모습이 룸미러에 잡혔다.

'혹시 알아보신 게 아닐까?'

허나 다행히도 하 사장은 이내 걸음을 돌려 골목 끝으로 천천히 걸어갔다. 후우. 두 사람의 입에서 절로 안도의 한숨이 흘러나왔다.

"집 앞에 세우지 말고 저 앞에 있는 골목에 들어가서 세워 줘."

루애가 잔뜩 가라앉은 목소리로 말했다. 근우는 순순히 그녀의 말에 따라 루애의 집 앞을 그대로 지나쳐 바로 앞에 있는 골목에 들어가 차를 세웠다.

차가 멈춰 서기 무섭게 루애가 안전벨트를 풀고 문을 열었다. 12월의 매서운 한파가 한기 머문 새벽 기운과 함께 차 안으로 훅 밀려 들어왔다.

어깨를 부르르 떨며 차에서 내리려던 루애가 근우를 힐긋 돌아보았다.

"미진이하고 만날 시간이랑 장소 잡히면 문자 줘. ……오늘은 미진이하고만 만날게. 우린, 며칠 생각할 시간을 좀 갖자."

"……그래."

루애가 서둘러 차에서 내렸다. 그리곤 차 문을 잡고 잠시 머뭇거렸다.

처연한 눈빛으로 자신을 올려다보는 근우의 초췌한 몰골이 그녀의 심장을 아프게 찔러 왔다. 아랫입술을 잘근거리던 루애가 낮은 목소리로 속삭이듯 말했다.

"……조심해서 가. 연락……할게."

연락할게. 그 말이 그를 살렸다. 근우의 입가에 아프도록 시린 미소가 보일 듯 말 듯 희미하게 지어졌다.

두 사람의 시선이 허공에서 뜨겁게 뒤엉켰다. 서로를 응시하는 두 사람의 눈빛이 무언으로 속삭였다.

기다릴게.

그래.

미안하다, 루애야.

그래.

그리고 고맙다.

…….

사랑한다, 하루애.

…….

루애가 문을 닫고 돌아섰다. 그리고 그가 들을 수 없는 속엣말로 속삭였다.

'알아. 그리고 나도…… 사랑해. 하지만 미안. 나한테 조금만 더 시간을 줘. 아직은 잘 모르겠어. 너무 혼란스러워. 아직은 너와 다시 시작할 자신이 없어. 네 손을 잡고 싶은데 겁이 나.
……기다려 줄 거지?'

그가 들을 수 없는 혼자만의 속삭임이었으나 루애는 자신의 물음에 대한 그의 대답을 이미 알고 있었다.

어, 기다릴게. 언제까지나.

루애의 굳은 입가에 떨리는 미소가 희미하게 지어졌다.

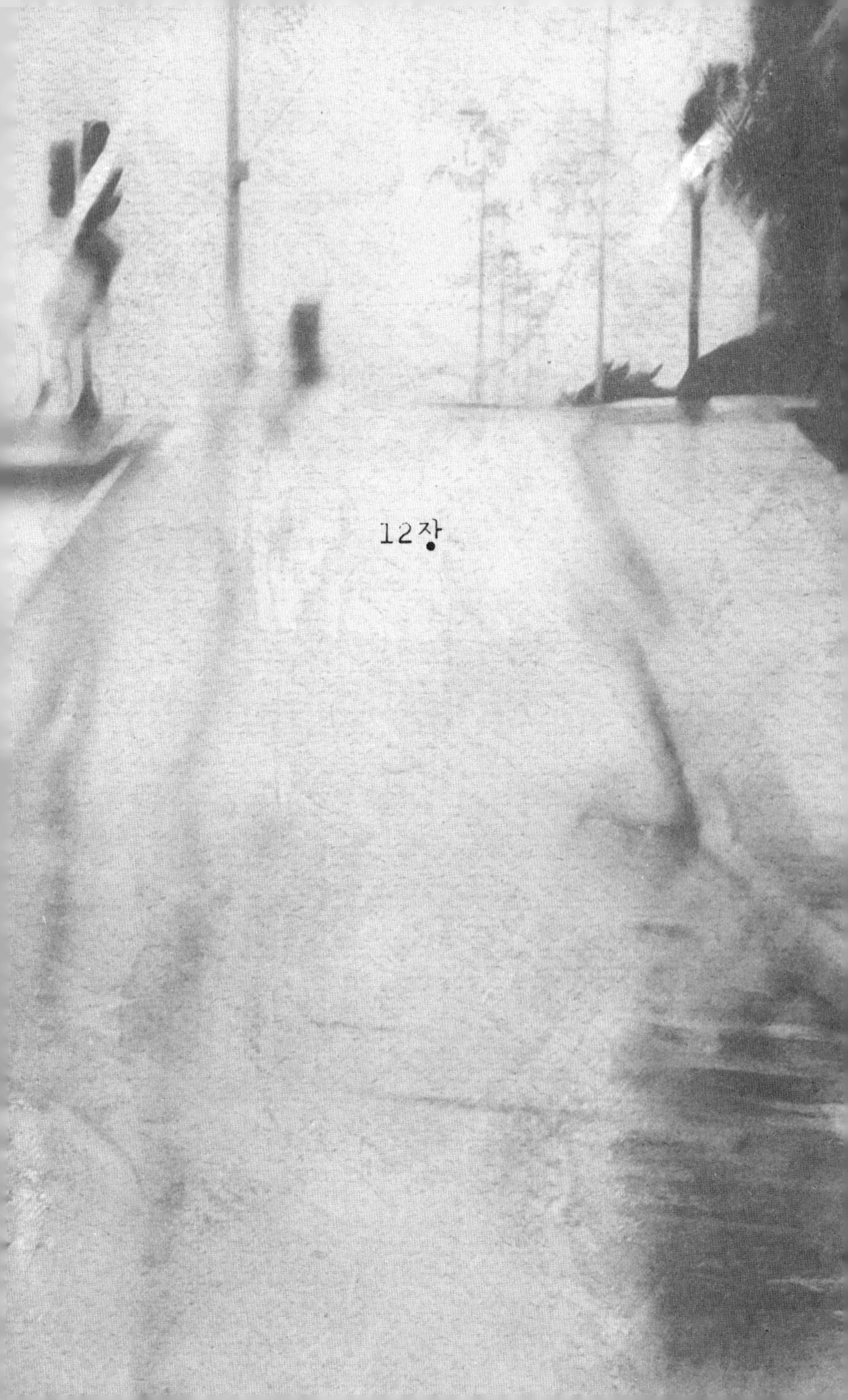

12장

루애는 퇴근하자마자 신촌으로 달려갔다. 5년 만에 연락이 닿은 미진과 만나기 위해서였다. 약속 장소는 신촌의 'memo rise'.

오후 2시가 다 되어 근우한테 문자로 받은 약속 장소는 잠실에 있는 크라운호텔 객실이었다. 미진이 묵는 호텔이라고 했다.

그간 쌓인 얘기들이 많아 사람들의 시선이나 시간에 구애받지 않고 오래 이야기를 나눌 수 있는 곳을 찾다가 미진이 그냥 자신이 묵고 있는 객실이 가장 좋지 않겠느냐고 했단다.

목동에서 잠실까지는 한참을 가야 되는 거리지만, 5년 만에 미진을 만난다는데 그 정도의 불편이야 될 것도 아니었다.

루애도 미진의 생각에 대찬성이었다. 미진과 만나면 분명 울음 먼저 터져 나올 텐데, 시끄러운 카페보다 객실이 5만 배는 나았다. 더욱이 보나 마나 두세 시간만으로는 끝나지 않을 터. 이야기꽃을 피우다 보면 밤을 새도 모자라지 않을까 싶었다.

그래서 하 사장한테도 미리 전화로 양해를 구하고 허락을 받았다. 어제도 회식이랍시고 새벽 4시가 다 되어 들어가 놓고 이틀 연속 외박을 하겠다는 게 통 염치가 없긴 하지만, 다행히 사정을 설명하니 하 사장도 기뻐하며 기꺼이 허락을 해 주었다.

외박은 좀 그렇다며 늦게라도 반드시 귀가는 해야 한다는 조건이 붙기는 했으나 그래도 그게 어디인가 싶었다.

그런데 퇴근을 한 시간 앞두고 모르는 번호로 문자 한 통이 날아왔다.

〈나, 미진이. 놀랐지? 잘 지냈냐? 긴 얘기는 좀 이따 만나서 하기로 하고 일단 용건만 간단히 얘기할게. 미안한데, 약속 장소를 좀 바꿀까 해서. 다시 생각해 보니까 여기서 너 보는 게 좀 그래서 말이야. 나 혼자 있는 게 아니거든. 오늘은 그냥 밖에서 보자. 그리고 주말쯤에 여기서 같이 지내자. 너만 괜찮다면 다 함께(누구 얘기하는지 궁금하지? 기다려. 좀 이따 다 얘기해 줄 테니까). 약속 장소는 신촌 'memorise'. 어딘지 알지?〉

미진의 문자를 보고 루애는 두 번 놀랐다. 말마따나 미진의 문자라서 너무 기뻐 한 번 놀랐고, 미진이 'memorise'를 알고 있다는 사실에 두 번 놀랐다.

"미진이가 'memorise'를 어떻게 알지? 근우가 얘기했나?"

그래도 그렇지. 'memorise'를 콕 집어 그곳을 약속 장소로 정했다는 사실이 무척 놀랍고 의외였다. 어쨌든 그녀로서도 딱히 마다할 장소는 아닌지라, 루애는 얼른 알았다는 문자를 보냈더랬다.

그리고 퇴근하자마자 눈썹 날리게 달려와 도착한 이곳. 일전에 근우가 주차했던 그 자리에 차를 세우고 루애는 부리나케 2층으로 뛰어 올라갔다. 약속 시간 10분 전이었지만 드디어 미진을 다시 보게 된다는 사실에 가슴이 설레 발걸음이 급했다.

딸랑.

머리까지 맑아지는 청아한 경종 소리와 함께 루애는 나무 문을 밀고 얼른 안으로 들어갔다. 카페에는 여전히 뿔테 안경의 알바생 외에 손님이라고는 한 명도 보이지 않았다.

아, 아니다! 저 맨 끝자리에 누군가가 앉아 있었다. 뒤돌아 앉아 있어서 누군지는 확실하지 않지만, 혹시…….

아, 미진이 맞았다!

"미진아!"

혹시나 하고 고개를 갸웃거리며 조심스럽게 걸어가 본 루애가 반가운 얼굴을 발견하고 저도 모르게 크게 소리를 질렀다.

유럽의 어느 카페에 앉아 있는 유러피안마냥 근사하게 차려입고 여유롭게 차를 마시고 있던 미진이 깜짝 놀라 그녀를 획 쳐다보았다.

예전의 짧은 단발머리에서 보이시한 숏컷으로 확 짧아진 머리가 더욱 근사하게 어울리는 미진이 자리에서 벌떡 일어나 루애를 확 끌어안았다.

"루애야!"

두 사람은 전쟁 통에 헤어졌다가 몇십 년 만에야 극적으로 상봉한 이산가족마냥 서로를 얼싸안고 흘러내리는 눈물을 주체하지 못했다.

끌어안고 있다가 얼굴 좀 보자, 하고 서로의 얼굴을 바라보며 어루만지고 그러다 또 서로를 와락 끌어안고 웃음인지 울음인지 모를 괴성을 내지르기를 반복했다.

그렇게 격한 상봉으로 서로를 반긴 두 사람은 한참 만에야 진정하고 자리에 앉았다.

두 사람이 자리에 앉기를 기다렸다가 주문을 받으러 온 알바생한테 루애는 커피를 주문했다. 미진도 얼른 한 잔을 더 주문했다.

"여기, 꼴은 이런데 커피 맛은 꽤 괜찮더라. 이거 네가 좋아하는 커피지? 어쨌든 이근우, 네가 좋아하는 것은 기가 막히게 다 기억하고 있다니까. 그지?"

루애는 어색하게 웃으며 미진의 손을 왈칵 움켜잡았다.

"아, 미진아. 널 이렇게 다시 보게 되다니 정말 꿈만 같아. 어떻게, 그동안 잘 지냈어? 벨기에에 살고 있다며? 거긴 언제 간 거야? 연락은 왜 갑자기 끊었어?"

루애가 아직도 눈물이 그렁그렁한 눈으로 미진을 바라보며 두서없이 질문을 던졌다. 그러자 미진이 웃는 듯 우는 듯 울상을 짓고 말했다.

"하나씩 물어봐. 그렇게 한꺼번에 물어보면 어떻게 대답하니? 일단 나도 너 이렇게 다시 보게 돼서 너무, 너무너무 좋다. 내가 니 생각만 하면 자다가도 벌떡 깨고는 했다니까. 보고 싶기도 하고, 미안하기도 하고, 걱정도 되고 그래서. 후우, 너 이렇게 멀쩡하게 잘 지내고 있는 거 보니까 마음이 다 놓인다. 아우, 기집애. 하나도 안 변했냐. 맘고생을 그렇게 했다는데도 어쩜 피부가 이렇게 탱탱하고 주름 하나 없어? 짧은 단발도 엄청 잘 어울린다, 야. 훨씬 더 어려 보여. 으음, 눈빛 더 깊어진 것 좀 봐. 고혹적인 미녀는 고생을 하면 분위기가 더 있어지는구나. 으, 신경질 나. 난 완전 쭈그렁 밤탱이가 됐는데."

"아니야, 너야말로 훨씬 더 근사하고 멋져졌어. 이렇게 자세히 보니까 굉장히 편안해지고 여유로워진 것 같아. 어딘지 모르게 따뜻하고 행복해 보이기도 하고. 다행이다. 정말 다행이야. 어머님한테 너, 회사에서 불미스러운 일로 잘리고 충격으로 처음부터 다시 시작하겠다고, 독하게 마음먹고 연락 다 끊어 버렸다는 얘기 처음 들었을 때는 정말 걱정돼서 죽는 줄 알았거든. 어떻게, 지금은 다 좋은 거야?"

미진의 입술이 일그러지며 냉소가 흘러나왔다.

"어머니? 그 여자가 그러든? 내가 불미스러운 일로 회사 잘리고, 다시 시작하겠다고 독하게 마음먹고 연락을 다 끊어 버린 거라고?"

당황한 루애가 두 눈이 커다래져서 되물었다.

"아, 아니었어?"

"제기랄. 하긴 그렇게밖에 달리 둘러댈 말이 없었겠지. 하여튼 남 속이고 거짓말하는 데에는 도가 튼 족속들이라니까."

어머니 얘기에 미진의 눈빛이 대번에 차갑게 얼어붙었다. 그리고 내뱉는 말마다 험하고 날카로운 가시가 돋아 있었다. 미진의 손을 잡고 있는 루애의 손에 힘이 바짝 실렸다.

"왜, 미진아. 그게 아니라면 대체 무슨 일이 있었던 건데?"

"아이 씨, 어쩌다가 벌써 얘기가 이렇게 흘러갔지? 그 얘기는 좀 나중에 하고 싶었는데. 쯧. 에이. 그래, 좋다. 어차피 다 할 얘기였는데 뭐. 이제 와 새삼 감추고 싶은 생각도 없고."

미진이 쓴 입맛을 다시며 잠시 루애의 눈치를 살폈다. 그러다 에라, 모르겠다는 듯 제 왼손을 휙 꺼내 보였다.

'어?' 하고 무심코 내려다본 루애의 눈이 화등잔만 하게 커졌다. 미진의 왼손 약지에는 커다란 다이아몬드가 큼지막하게 박혀 있는 심플한 반지가 끼워져 있었다.

디자인이 심플해서 그렇지, 보이시한 미진의 취향을 생각한다면 어느 모로 보나 결혼반지임이 분명해 보였다.

"너 혹시…… 결혼했어?"

"어, 올 초에."

"진짜? 어머, 웬일이니. 난 생각도 못 했는데. 아우, 미진아. 축하해!"

루애가 자리에서 벌떡 일어나 다시 한 번 미진을 와락 끌어안았다. 기쁨과 안도에 찬 눈물이 쉴 새 없이 흘러나왔다.

허나 이번엔 미진의 눈에서 눈물이 흐르지 않았다. 고마워, 라고 말하면서도 그녀는 내심 긴장한 듯 보였다. 루애가 진정할 때까지 등을 토닥여 줬을 뿐이었다.

간신히 진정한 루애를 자리에 앉히고 미진이 백에서 사진 한 장을 꺼냈다. 남편은 어떤 사람이냐고 물어보려던 루애는 불현듯 눈앞에 들이밀어진 사진을 바라보며 고개를 갸웃거렸다.

어머니 연배쯤 되어 보이는 중년의 외국인 여자 사진이었다. 젊었을 때는 엄청난 미모를 자랑했을 것으로 보이는 우아하고 기품 넘치는 금발의 미녀이기도 했다.

이게 누군데 결혼 얘기를 하다 말고 보여 주나 싶어 고개를 갸웃거리던 루애는 아, 하고 짧은 탄성을 흘렸다.

"이분이 네 시어머니셔? 그럼 남편은 외국 사람이야?"

"이런, 파니가 그 얘기를 들었으면 바로 거품 물고 뒤로 넘어갔겠네. 시어머니라니, 큭큭. 하긴 네 입장에서는 그렇게밖에 생각할 수 없기는 하겠다."

"아니야? 그럼 누구……?"

미진이 새삼 긴장한 듯 마른침을 꿀꺽 삼켰다. 그리고 루애의 눈을 똑바로 쳐다보며 말했다.

"내 와이프."

루애는 순간 잘못 들은 줄 알았다. 뭐, 와이프? 얘가 지금 뭐라고 그러는 거…….

"그 사진 속의 여자가 내 와이프라고. 이름은 파니 빈켈. 올

3월 달에 정식으로 결혼했어.”

루애는 뒤통수를 한 대 얻어맞은 것 같은 엄청난 충격에 휩싸였다. 농담이라고 하기에는 미진의 표정이 너무 진지했고, 진담으로 받아들이기에는 솔직히 너무 충격적이었다.

“그, 그러니까 네가 이 여자분하고 겨, 결혼을…… 했다는 거야? 그러니까 이 여자분이 네 와이프고, 넌…….”

“남편이지. 엄밀하게 말하면 그런 구분 같은 건 딱히 없지만, 굳이 따지자면 그런 셈이지. 보다 쉽게 설명해 주자면 그래, 나 동성애자야, 루애야.”

“헉! 네, 네, 네가? 어떻게 그런 일이……. 대체 언제부터?”

“오래됐어. 내가 내 정체성을 처음 자각했던 게 중학교 2학년 때였으니까 엄청 오래됐지. 감추고 있었을 뿐이야. 밝힐 자신도 없었고, 무섭기도 했고, 부정하고 싶기도 했었으니까.”

“그, 그럼 우리가 처음 만났을 때도…….”

미진이 당연하지 않느냐는 듯 어깨를 으쓱거렸다.

“그때도 그랬었지. 너랑 내가 처음 만난 게 고등학교 1학년 때였잖아. 그러니까 뭐.”

“그런데 그동안 감쪽같이 감추고 있었단 말이야? 너 대학 때 남자도 만나고 그랬었잖아.”

“그랬었지. 말했잖아. 무섭고, 부정하고 싶었다고. 그래서 이놈 저놈 만나면서 섹스도 해 보고 별짓 다 해 봤는데. 훗, 소용없더라. 더 괴롭기만 했었지. 그땐 진짜 그렇게 더 살다간 내 스스로 날 어떻게 해 버릴지도 모르겠다는 생각까지 들었어. 실제로 몇 번 시도해 본 적도 있었고. 운이 좋았던 건지, 나빴던 건지 번번이 실패하고 말았지만. 아니, 생각하면 운이 더럽게 좋았던 거지. 그때 그렇게 죽어 버렸으면 파니도 못 만났을 테니까.”

맙소사! 루애는 손톱만큼도 그러한 사실들을 알지 못했다. 미진이 동성애자였다는 사실뿐만 아니라, 자살 시도를 여러 번 했을 만큼 외롭고 고통스러웠었다는 사실조차 말이다.

가장 친한 친구였는데, 누구보다 미진을 잘 안다고 생각했는데, 그녀와의 사이엔 어떠한 비밀도 없다고 생각했는데!

루애는 다른 무엇보다 옆에 있었으면서도 그런 친구의 고통을 전혀 눈치채지 못했다는 사실이 너무 놀랍고 충격적이었다.

“그, 그런데 왜 나한테 암 말도 하지 않았었어? 나한테만은 얘기를 했었어야지.”

“얘기를 했으면, 날 인정하고 받아 줬겠니?”

“물론이지! 동성애자든 뭐든 넌 내 친구야. 하나밖에 없는 내 유일한, 내가 가장 사랑하는 친구였다구.”

“내가 널 친구가 아닌 다른 의미로 욕심내고 사랑했었다고 해도?”

루애는 그 말에는 차마 어떠한 대답도 내놓을 수가 없었다. 미진이 자신을 그런 식으로 생각하고 있었는지는 꿈에서도 생각해 본 적이 없었으니 말이다.

충격으로 하얗게 질려 버린 루애를 바라보며 미진이 허탈한 웃음을 흘렸다.

"거봐. 네가 그때 그 사실을 알았다면 넌 날 친구는커녕 옆에 오지도 못하게 했을 거다. 질겁해선 도망가기 바빴겠지."

"미진아……."

"하지만 괜찮아. 몰랐던 것도 아니고 다 옛날 얘긴데, 뭐. 그 정도로 상처 받기에는 이미 난 충분히 행복하고, 당할 만큼 당해서 아무렇지도 않아."

"당할 만큼 당했다니, 그건 또 무슨 소리야?"

"널 떠나는 건 힘들었지만, 그렇게 살다가는 내가 먼저 죽겠구나 싶어서 파리로 도망을 쳤어. 어차피 그때 넌 근우를 만나서 알콩달콩 사랑을 키우고 있기도 했고. 그걸 옆에서 지켜보는 건 더 죽을 맛이었지. 그래서 잘됐구나 하며 뒤도 안 돌아보고 한국을 떴는데, 거기서 우리 파니를 만났지 뭐냐. 역시 인생은 한 치 앞을 모르는 거라니까. 우린 정말 처음 보는 순간 눈에서 스파크가 마구 튀었었어. 널 보고 반했던 거하고는 좀 달랐지. 뭐라고 그럴까. 네가 뭣 모르던 10대 시절의 풋사랑 같은 거였다고 하면 파니하고는 처음 보는 순간부터 서로 불이 붙어버렸거든."

파니가 파리로 올 때마다 두 사람은 미진의 아파트에서 함께 지내며 뜨겁게 사랑을 나누고는 했었단다. 파니는 이미 벨기에에서 꽤 알려져 있는 유명한 중견 디자이너였기에 두 사람은 주변에 관계를 알리지 않고 은밀하게 만났었다.

아무리 파리라고 해도 미진이 자신의 정체성을 완전히 드러내 놓지 못했던 시절이기도 했고, 두 사람은 나이 차이도 있었다. 거기다 미진은 이제 겨우 샤르동샤바를 졸업하고 패션 회사에 들어간 새끼 디자이너에 불과했다.

“그런데 어느 날 아침에 내 엄마라는 여자가 연락도 없이 아파트로 들이닥친 거야. 파리로 뭔 학회인가 세미나를 왔다나. 어쨌든 그 여자가 짜잔, 하고 나타났다가 우리가 침대에서 발가벗고 고이 잠들어 있는 걸 본 거지. 뜨거웠던 섹스의 흔적을 널려 놓고 서로를 꼭 부둥켜안고 있는 장면을 말이야. 그러니 어떻게 됐겠냐. 대번에 난리가 났지. 알잖아, 너도 우리 부모라는 작자들이 어떤 위인인지. 지독한 크리스찬에 학자요, 교수요 하면서 매스컴마다 얼굴 내밀고 다니는 사람들이라는 거.”

“그, 그래서?”

“그래서 뭐가 어떻게 돼. 당연히 한국으로 질질 끌려왔지. 그리곤 바로 정신병원에 갇혔어. 아, 그전에 기도원인가 뭔가 하는 이상한 곳에 끌려가서 소돔의 더러운 씨인가, 악령인가를 내 안에서 꺼낸다며 별의별 짓을 다 하긴 했었지. 고문이 따로 없더군. 그에 비하면 차라리 정신병원에 갇혀 있는 게 더 편하긴 했었어.”

“뭐?”

“나보고 미쳤다더라. 완전히 돌아 버려서 고쳐질 기미도 보이질 않는대. 그러니 평생 정신병원에 갇혀 살라더군. 집안의 명예에 더 이상 먹칠하지 말고. 내 죄를 깨끗이 속죄하고 다시는 그런 악마의 꼬임에 넘어가지 않겠다는 약속을 하기 전에는, 자기들이 그에 대한 확신을 얻기 전에는 밖으로 나올 생각은 하지도 말라고 했어. 차라리 내가 스스로 죽어 주기를 바랐던 것 같기도 해. 독방에 갇혀 있었는데, 식판이 들어올 때마다 가끔 누군가가 단도 같은 걸 슬쩍 떨어트려 놓고 가고는 했었거든."

루애는 경악해선 비명이 터져 나올 것 같은 입을 틀어막고 아무 말도 하지 못했다.

"아마 그때였을 거야. 그 여자가 너한테 내가 뭐, 회사에서 잘려 충격으로 연락 끊고 그랬다는 거짓말을 나불거렸던 게."

"그, 그런데 어떻게 나왔니?"

"그들이 내가 다 나았다는 것을 믿을 수 있도록 그들이 원하는 대로, 하라는 대로 다 했거든. 그렇게 몇 개월 지나니까 꺼내 주더라. 그래도 영 찜찜했는지 집에만 가둬 놨었지. 내 동생이 도와줬어. 지가 보기에도 안됐었나 봐. 그 사람들 나가고 집에 없을 때, 미정이가 일하는 아줌마도 심부름 보내고 문을 열어 줬어. 내 손에 여권이랑 비행기 표, 돈 몇 푼 쥐어 주고 그러더라. 가서 영원히 돌아오지 말라고. 엄마, 아빠가 못 찾는 곳으로 가서 죽은 듯이 숨어 살라고. 그게 지가 동생으로서 나한테 해 줄 수 있는 마지막 선물이라나."

그 길로 미진은 뒤도 돌아보지 않고 파니를 찾아갔단다. 다행히 파니는 그때까지 미진을 잊지 않고 기다려 주었다고 한다. 그 후로 미진은 브뤼셀에 있는 파니의 집에 숨어 살면서 동생 말대로 쥐 죽은 듯이 살았다고 했다.

"그런데 난데없이 근우 그 자식이 날 찾아낸 거야. 하여튼 자식, 실력도 좋아. 그때 처음 알았어. 너하고 근우가 헤어졌다는 걸. 솔직히 그전까지는 한국의 '한' 자만 들어도 경기를 하고 절대 돌아보지 않았었거든. 물론 네가 보고 싶기는 했는데, 당연히 잘 살고 있을 거라고만 생각했었지. 그런데 그 자식이 난데없이 찾아와서 너 내놓으라고 난동을 피웠으니 내가 얼마나 기함을 했겠냐. 진짜 한동안은 그놈이랑 나랑 보기만 하면 서로 죽일 듯이 싸우고 소리 지르고 난리도 아니었다."

미진은 목이 마른지 이젠 다 식어 버린 커피를 단숨에 반이나 마셔 버렸다.

"그런데 녀석이 참 끈질기더라. 너 찾겠다고 온 유럽을 이 잡듯이 뒤지고 다니면서 꼭 나한테 한두 번은 들르더라구. 혹시 나한테 네 연락 온 거 없나 해서. 그렇게 자꾸 보다 보니까 미운 정도 정이라고, 그 꼴로 미친놈처럼 돌아다니는 걸 보니 딱해 보이기도 하고, 정이 들더라구. 그래서 친구가 됐지."

"그럼 근우도 너하고 파니, 다 알아?"

"당연하지. 그 자식이 나보다 먼저 찾아낸 것도 파니였는데. 그리고 그땐 새삼 숨기고 자시고 할 것도 없었어. 척 보면 다 알 정도였는데, 뭐. 그런데 근우는 신경도 쓰지 않더라. 나중에 알고 봤더니 근우는 이미 오래전부터 대충 눈치채고 있었대. 내 정체성에 대해서. 그래서 당연하게 생각하더라구. 아니, 되레 파니하고 내가 연인 사이라는 걸 알고 엄청 안심하는 눈치던데, 뭐."

"정말?"

루애는 다시 한 번 놀랐다. 자신도 눈치채지 못했던 걸 근우는 어떻게 알아챘을까. 생각할수록 놀라웠다.

"그런데 너, 이렇게 한국에 와도 이젠 괜찮은 거야? 너희 부모님이 아시면……."

"걱정 마. 그 인간들 지금 제 코가 석 자라서 나한테까지 신경 쓸 여력 없으니까. 너도 알 거 아니야. 교육감인가 뭔가 그거 출마했다가 성 스캔들에, 논문 표절에 다 들통 나서 거의 패가망신한 거. 그런 거 보면 좋은 끝은 없어도 역시 나쁜 끝은 있어? 따지고 보면 그것도 근우 덕이긴 하지만. 훗. 그리고 이제 나 한국 사람도 아닌데, 뭐. 여차하면 바로 벨기에 대사관으로 뛰어가면 되고, 파니도 옆에 있고, 든든한 아군인 근우도 있는데 뭐가 걱정이야. 나도 이젠 예전처럼 호락호락하게 당하진 않아. 이래 봬도 나, 이제 벨기에에서 꽤 알려진 인물이거든. 나 건드리면 국제 문제로까지 일이 커질걸?"

그렇다면야 다행이긴 하지만…… 그래도 루애는 내심 불안하고 걱정이 되었다. 그런데 방금 한 그 말은 무슨 뜻일까? 근우 덕이라니, 뭐가?

"그런데 미진아, 근우 덕이라니 그건 무슨 소리야?"

"으이그, 역시 미우나 고우나 지 낭군이라고 근우 얘기만 귀에 쏙 들어오는 모양이구나?"

"아니, 그런 게 아니라."

"됐고. 그게 확실치는 않은데, 뭐 근우 녀석도 지 말로는 저하고는 상관없는 일이라고 했고. 하지만 내 감으로는 아무래도 근우가 날 위해서 그치들을 응징해 준 것 같단 말이지."

"어떻게?"

"그야 나는 모르지. 근우가 입을 꾹 다물고 있으니까. 그런데 그 일 이후로 한국에 돌아오고 싶으면 언제든지 돌아올 수 있게 됐으니까, 아무 걱정 말고 당당하게 살라고, 언제든 돌아오라고 한 걸 보면 아무래도 그 자식이 은밀히 손을 쓴 것 같단 말이지."

루애는 그 얘기에 고개를 가로저으며 설마했다. 근우가 어떻게 오랫동안 은밀하게 감춰져 있던 미진의 아버지에 대한 추한 비리들을 알아낼 수 있단 말인가. 하지만 미진은 확신하고 있는 듯싶었다.

"그 자식이 원래 그렇잖아. 지가 엄청 잘난 줄 알고 이 사람, 저 사람 안됐다 싶으면 죄 도와주고 다니는데, 겉으로는 그런 내색을 일절 하질 않아요. 그게 또 제 딴에는 엄청 멋있어 보인다고 생각해서 그러는지 모르겠지만. 그러니까 자식이 실속 없이 엄한 일에 끼어들어서 소중한 제 밥그릇이나 놓치고 그러지. 멍청한 새끼."

미진이 생각하면 분통이 터진다는 듯 씩씩거렸다. 루애가 주저하며 물었다.

"혹시 너도 알아? 근우하고 내 일, 그때 어떤 일들이 벌어졌었는지?"

"자세히는 모르고 대충. 그 자식이 그런 말을 시시콜콜 해 주는 놈이냐. 거기다 진환이 놈까지 끼어 있는 것 같던데. 그 새끼가 지 허물은 얘기해도 지 면피하자고 친구 놈 허물을 떠벌리고 다닐 그런 놈이 아니잖아. 답답한 거지. 췟. 그렇다고 누가 몰라? 대충 얘기만 들어 봐도 어떻게 흘러간 스토리인 줄 다 알겠더구만. 잘난 척은 혼자 독판 하면서 그럴 땐 왜 그렇게 멍청한지 몰라. 그런 거 보면 너희 둘, 아주 천생연분이야. 답답하고 제 잇속 챙길 줄 모르는 헛똑똑이들. 아후, 답답해."

미진이 큰 소리로 시원한 물 좀 달라고 소리쳤다. 주방에 있던 알바생이 부리나케 달려와 얼음까지 띄운 시원한 생수를 두 잔 내려놓고 후다닥 주방으로 들어갔다.

그 모습을 빤히 지켜보고 있던 미진이 알 듯 모를 듯한 말을 또 지나치듯 툭 내뱉었다.

"자식, 알바생 교육 하나는 잘 시켰네."

얼음물을 시원하게 들이켜는 미진을 보던 루애가 참다못해 넌지시 물었다.

"아까부터 그게 무슨 소리니? 그 자식이라면 근우 얘기 하는 거야? 근우가 저 알바생하고 무슨 상관인데?"

"엥, 너 아직 몰라? 쯧쯧. 자식, 아직 그 얘기는 하지도 않았고만. 여기, 근우가 너하고 처음 데이트한 곳이라고 추억관처럼 사들인 곳이잖아. 너희 둘, 여기서 처음 데이트했다며."

루애의 심장이 엇박자로 쿵쿵, 뛰기 시작했다.

"언제더라, 파니하고 다 같이 술을 진탕 마신 적이 있었는데, 그때 그놈이 술김에 그러더라구. 넌 언제 돌아와 줄지 모르고, 어디로 숨었는지 찾아지지도 않고, 시간만 하염없이 가는데, 너하고 추억이 깃든 장소들은 자꾸 하나둘씩 없어진다고 말이야. 그곳들이 모두 사라져 버리면 너하고 정말 영영 끝나 버리는 건 아닌가 싶어서 무섭다고도 했었어. 그래서 여기하고 또 어디더라? 아, 그래. 홍대에 있는 무슨 매운탕집이라고 했던 것 같은데. 여하튼 여기는 아예 건물을 통째로 사 버렸고, 거기는 돈을 빌려주고 대신 보존하기로 했다나, 뭐 그랬다는 것 같더라구. 그래서 내가 한마디 해 줬지. 돈지랄한다고. 그랬더니 자식이 피식 웃더라. 그렇게라도 할 수 없었다면 자기는 미쳐 버렸을 거라구. 그 망할 돈이라도 있어서 얼마나 다행인지 모르겠다고 말이야."

터질 것 같은 숨을 몰아쉬며 가슴을 부여잡고 있는 루애를 바라보고 미진이 한숨을 폭 내쉬었다.

"그러니까 루애야, 웬만하면 이제 그만 근우 용서해 줘라. 나는 걔 그만큼 했으면 지가 했던 멍청한 짓에 대한 대가도 충분히 치렀고, 반성도 할 만큼 했고, 후회도 할 만큼 했다고 생각해. 내 입으로 이런 말을 할 때가 올 줄은 몰랐지만 솔직히 인정할 건 인정해야지. 세상에 근우 같은 놈이 또 어디 있냐. 막말로 걔가 진짜 너 배신하고 바람피운 것도 아니었잖아. 설마, 너 아직도 그걸 오해하고 있는 건 아니지?"

루애는 말없이 고개를 가로저었다.

"그래, 알 만한 거 다 알았는데도 아직까지 그놈을 의심하고 오해한다면, 그건 네가 잘못된 거지. 그리고 내가 보기엔 너 아직도 근우 사랑하고 있는 것 같은데, 내 말이 맞지?"

루애가 시선을 들어 미진을 바라보았다. 그녀의 눈동자가 정처 없이 흔들리는 나뭇가지처럼 흔들렸다.

"하지만……."

"하지만은 뭐가 하지만이야. 근우가 비록 멍청한 짓은 저질렀지만 너 배신한 적 없었고, 오매불망 너 하나, 오직 너 하나만 사랑한다는데. 거기다 너도 근우에 대한 마음이 여전하다면 다 된 거잖아. 대체 뭐가 문젠데? 네가 힘들었던 시간들? 네 아버지? 근우 부모님? 후우. 이 멍충아. 그건 다 부수적인 문제잖아. 사랑하는 건 니들이고, 니들 인생인데, 그리고 니들이 함께 있어야 행복하다는데 부모님들이 어쩔 거야. 다행히 니들 부모님들은 내 부모처럼 자신들만 아는 인간 말종은 아니시잖아."

미진이 손을 뻗어 루애의 손을 와락 끌어당겨 잡았다.

"알아, 네가 뭘 두려워하는지도. 하지만 루애야, 그것도 다 잊혀져. 넌 극복할 수 있어. 네가 아버님을 용서했듯이. 어머니가 아버님을 용서했듯이. 그리고 너한테는 근우가 있잖아. 근우 그 새끼, 지가 뭐라도 되는 줄 알고 거만 떠는 게 재수 없어서 그렇지, 같은 실수 두 번 할 놈은 절대 아니야. 그건 내가 보장한다. 나는 네가 진짜 원하는 게 무엇인지 그것만 생각하고 용기를 냈으면 좋겠어. 날 봐. 나는 내가 사랑하는 사람하고 함께하기 위해서 너무 큰 대가를 치러야만 했어. 하지만 넌 아니잖아. 넌 진짜 행운아야. 지금보다 조금만 더 네 자신에, 네 감정에 솔직해지고 당당해지고, 용기만 낸다면 넌 네가 원하는 걸 얻을 수 있으니까."

"난……."

그래, 근우를 사랑한다. 근우를 원망하며 떠났을 때조차 마음속 깊은 곳에서는 그를 버리지 못하고 사랑했다. 그리고 모든 진실을 알게 된 지금은…… 더더욱 그를 사랑하게 되어 버렸다.

이토록 지독하게 한결같은 사랑을 보여 준 사람인데, 어떻게 사랑하지 않을 수 있단 말인가! 어쩌면 그의 사랑은 그녀의 사랑보다 더욱 깊고 원대할지도 모르겠다. 아니, 그의 사랑은 너무 깊어서 그 끝이 어디인지 보이지도 않는다.

가슴이 벅차오른다. 미진의 말대로 자신은 행운아인지도 모르겠다. 손만 뻗으면 그 지독하도록 전부인 사랑을 자신의 것으로 만들 수 있으니 말이다.

그런데도 무엇을 주저하는가. 왜, 무엇을 망설이는가.

아빠? 근우의 부모님? 죽은 아지에 대한 미안함?

아니, 미진의 말대로 그건 부수적인 핑계일 뿐이었다. 근본적인 문제는 그녀 안에 있었다.

다시 찾은 사랑에 어쩔 줄 몰라 하면서도 그 사랑을 또다시 허무하게 잃을지도 모른다는 막연한 두려움이 그녀를 자꾸 움츠리게 만들고 있었다.

이전에도 그가 그녀를, 그녀가 그를 사랑하지 않아서 벌어졌던 일이 아니지 않는가. 이런저런 주변의 부침에 그도, 그녀도 중심을 잡지 못하고 흔들렸을 뿐. 그러니 또 그런 일이 벌어지지 않으리라는 보장은 없다.

하지만 그래서 뭐?

그래서 또 도망치겠다고? 아직 벌어지지도 않은, 아니, 벌어지지 않을지도 모르는 먼 미래의 흔들림, 막연한 불안 때문에 하나뿐일 사랑을 놓치겠다고? 그것만큼 멍청하고 어리석은 일도 없을 터였다.

근우를…… 믿자. 내 자신은 믿지 못해도 그를 믿어 보자. 다시 한 번, 아니, 이번에는 제대로 진실되게 그를 믿는 거다.

그라면…… 그라면…….

루애가 자리에서 벌떡 일어났다. 미진이 깜짝 놀라 루애를 올려다보았다. 루애가 떨리는 목소리로 말했다.

"미진아, 미안한데 나 이만 가 볼게."

"갑자기 어딜?"

"가야 돼. 지금 당장……."

그제야 루애가 가려는 곳이 어딘지 깨달은 미진이 함뿍 미소를 머금고 고개를 끄덕거렸다.

"그래, 빨리 가 봐. 그 녀석 더 애태우지 말고."

"고마워. 연락할게. 곧 다시 보자. ……네 와이프, 그분하고 같이."

뛰쳐나가는 루애의 뒤에 대고 미진이 소리쳤다.

"그분이 뭐냐. 친구 마누라한테. 그냥 파니라고 그래! 그게 서로 편하니까. 그리고 그 녀석 지금 아마 니들 신혼집에 있을 거다. 그리로 가 봐."

달려가던 루애의 걸음이 우뚝 멈췄다.

"뭐, 어디?"

미진이 뜨악한 표정으로 혀를 끌끌 찼다.

"뭐냐, 그 자식. 그것도 얘길 안 한 거야? 징한 놈. 그럼 대체 한 달 동안 뭘로 널 구워삶은 거야? 신기한 놈일세."

"미진아!"

"어? 아, 그래. 청담동 로얄 스위트 빌라로 가 봐. 거기 701호. 그 자식이 그 미친년 때문에 일 벌어지기 훨씬 전부터 너하고 신접살림 차린다고 장만한 집이었단다. 너 한강 야경 좋아한다고 고르고 고른 집인 모양이더라. 너한텐 비밀로 하고, 너 깜짝 놀라게 해 준다고 말이야. 보나 마나 거기서 저 혼자 별의별 궁상을 다 떨고 있었을……. 야, 어디 가. 내 말 아직 안 끝났는데!"

말이 끝나기도 전에 쏜살같이 카페를 빠져나가는 루애의 뒷모습을 보고 미진이 못 말리겠다는 듯이 고개를 절레절레 저으며 혀를 끌끌 찼다.

"아이구, 저렇게 좋을까. 저러면서 그동안 어떻게 견뎠대? 아닌 척하더만, 저것도 순 내숭이었어. 쯧쯧. 하긴 사랑이 어디 감춘다고 감춰지고, 견딘다고 견뎌 내지는 건가. 아, 나도 내 사랑 찾아 빨리 가야지. 우리 파니 혼자 심심하겠다. 허니, 잠깐만 기다려. 이 혈기 왕성한 남편이 가서 오늘 밤 아주 죽여줄게."

결혼반지를 내려다보며 미진이 씨익, 음흉하게 미소 지었다.

❈ ❈ ❈

딩동, 딩동, 딩동.

쉴 새 없이 울리는 초인종 소리에 근우가 푹 숙이고 있던 고개를 비죽 들어 올렸다.

오늘은 루애를 만나지 못한다. 지금쯤 루애는 김미진을 만나고 있을 터였다. 그리고 어젯밤 루애는 시간을 달라고 했었다. 그를 용서하고 다시 받아 주기 위해서 생각할 시간이 필요하다고 했었다.

그래서 그러마고 약속했다. 바보처럼. 4년 전에도 그래 놓고, 멍청하게 또 그러마고 약속을 해 버리고 말았다.

하지만 이번에는 그 기다림이 결코 길지 않을 것임을 안다. 아니, 이번에는 루애가 그렇게 말했으니까 그러리라고 믿는 것이다.

그런데 루애가 언제 '곧' 이라고 했던가? 일주일이면 일주일, 한 달이면 한 달. 기다림의 시간을 못 박았던가?

아니, 그런 말을 들은 기억은 없었다. 그저 '연락할게' 라는 그 말 한마디만을 믿을 뿐이었다. 그 말에 함축되어 있는 의미들을 되새길 뿐이었다. 예전의 그녀는 그런 말조차 없었다. 그러니 이번에는 다를 것이다.

"그럼, 그렇고말고."

딩동, 딩동, 딩동.

근우가 힘없이 고개를 주억거리는데 초인종이 거듭 쉴 새 없이 울어 댔다. 올 사람이 없는데 누군지 몰라도 거참, 징하게도 눌러 댄다.

어머니인가? 그렇다면 벌써부터 술에 취해 있는 아들을 보고 또 가슴을 두드리며 몰래 눈물을 훔치시겠군.

"그럼 안 되는데. 소녀 같은 우리 어머니, 더 이상 울리면 안 되는데……."

근우는 주섬주섬 주변에 널려 있는 술병들을 대충 치웠다. 치우다 보니 마셔도 참 많이 마셨다 싶었다. 양주 한 병에, 맥주가 하나, 둘, 셋…… 젠장. 여덟 병이 넘는다. 기다림을 견디는 첫날이라 작심하고 초저녁부터 닥치는 대로 술을 들이부었더니 이 꼴이 되고 말았다.

그런데도 정신은 아직 말짱하다. 취하고 싶은데도 취하질 않으니, 괴물 같은 주량이 이럴 땐 하등 도움이 되지 않는다.

딩동, 딩동, 딩동.

"후우. 알았습니다, 어머니. 지금 나갑니다. 나간다구요."

근우는 중얼거리며 커다란 장신을 일으켰다. 쓸어 올릴 머리카락도 없는 짧은 머리를 손으로 거칠게 쓸어 올리며 현관으로 걸어갔다.

"이 시간에 웬일이세……."

문을 열고 불시에 들이닥친 방문자의 얼굴을 확인한 근우는 결국 하던 말을 끝맺지 못했다. 두 눈을 부릅뜬 채 멍하니 현관 밖에 서 있는 루애를 쳐다보았다.

"내가 지금 꿈을 꾸고 있는 건가? 크, 어쨌든 취하긴 취한 모양이군. 헛것이 다 보이다니."

근우는 혼잣말을 중얼거리며 세차게 고개를 흔들었다. 그리고 다시 상대방을 내려다보았다. 그런데, 루애가 여전히 눈앞에 보였다. 도자기처럼 새하얀 얼굴에 커다래진 눈망울 가득 금방이라도 쏟아질 듯한 물기를 함뿍 담은 채……. 잠깐, 눈물? 눈물이라고?

근우는 다시 두 눈을 부릅뜨고 눈앞의 환상인지, 실체인지 구분이 되지 않는 루애를 뚫어지도록 쳐다보았다. 루애가 그런 그를 한없이 가슴 떨리는 다정한 눈빛으로 바라보며 속삭이듯 말해 주었다.

"나, 들어가도 돼?"

아……. 진짜 그녀인가 보다. 헛것이나 환영이 아닌가 보다. 환영이라면 루애의 목소리가 이토록 선명하게 들릴 리 없을 테니까. 그녀의 달콤한 향기가 이토록 강하게 맡아질 리 없을 테니까.

하지만 어떻게?

근우의 두 눈이 다시 부릅떠졌다. 반쯤 풀어 헤쳐진 셔츠 깃 사이로 선명하게 돋아난 목울대가 크게 오르내렸다. 루애가 다시 한 번 물었다.

"나, 들어가도 돼?"

그제야 정신을 차린 근우가 황급히 뒤로 물러났다.

"어, 들어와."

당연하지 않은가. 이곳은 그녀의 집인데. 누가 누구한테 들어가도 되느냐고 청하고 들어오라 말라 허락을 한단 말인가. 비록 그 주인한테 버림받은 곳이지만, 아니, 그 주인은 존재하는지도 몰랐던 텅 빈 집이지만.

근우는 그런 생각을 하며 현관으로 올라서는 루애를 멍하니 지켜보았다.

'여기였구나. 이런 곳이었구나. ……우리가 함께 있어야 했던 곳이…….'

커다란 거실을 채우고 있는 것이라고는 소파와 테이블밖에 없는 쓸쓸한 공간을 둘러보며 루애가 떨리는 목소리로 말했다.

"여기서 혼자 사는 거야? 언제부터?"

"좀…… 됐어."

"그런데 왜 이렇게 텅 비었어. 너무…… 허전하다."

근우가 쓰게 미소 지었다.

"앉아."

자리를 권했으나 루애는 앉지 않았다. 루애의 뒷모습을 떨리는 눈빛으로 바라보며 근우가 말했다.

"여긴 어떻게……. 아, 김미진이 얘기한 모양이구나. 김미진은 어떻게 하고."

"근우야……."

나지막이 흘러나온 루애의 목소리에 근우는 일순 긴장했다. 루애가 자신을 만나러 와 줬다는 것이, 그녀가 이 공간에 서 있다는 것이 믿기지 않았다. 꿈만 같았다.

허나 동시에 불안하고 두렵기도 했다. 여러 가지 감정들이 복받쳐 머릿속이 어지러웠다.

"우리…… 정말 다시 시작할 수 있을까?"

헉! 일순 근우의 입에서 목이 졸린 듯한 신음이 터져 나왔다. 어지러웠던 머릿속이 순간적으로 하얗게 비어져 버렸다. 근우는 숨까지 멈춘 채 루애의 뒷모습을, 그녀의 떨리는 어깨를 망연히 바라보았다.

"솔직히 나는 아직 자신이 없어. 두렵고 무서워. 너 때문이 아니야. 나 때문에, 내가 뒤틀리고 온전하지 못해서, 그런 내가 또 내 자신을, 너를 상처 입히고 아프게 할까 봐…… 나는 그런 내 자신을 믿을 수가 없어."

루애가 천천히 뒤를 돌아 충격으로 얼어붙은 근우를 올려다보았다.

피폐해진 얼굴에 움푹 들어간 눈. 겁먹은 아이처럼 흔들리는 검은 눈동자. 태양처럼 빛나며 어떤 순간에도 당당하고 자신감에 차 있던 남자는 지금 그곳에 없었다.

그녀의 가슴이 무너져 내렸다. 이미 그를 향해 열리고 균열이 가 있던 마음속 뒤틀렸던 마지막 성벽까지도 와르르 무너져 버렸다. 안타깝고 그리운 이를 오롯이 담은 그녀의 눈망울에 투명한 물기가 차올랐다.

"내 맘속에는 상처 받은 어린아이가 웅크리고 있어. 아무것도 모르던 가장 순수했던 시절에, 그래서 가장 행복했던 순간에, 그 행복의 전부였던, 가장 사랑하는 사람한테 받았던 상처를 잊지 못하고 꼭 움켜쥐고 있는 고집스러운 아이지. 정작 내가 상처 받았던 것도 아니었는데, 이미 다 지난 아주 오래전 일인데도, 이미 다 용서하고 그 소중했던 사랑을 되찾았는데도 그걸 아직 잊지 못하고, 또다시 상처 받을까 봐 미리 겁먹고 스스로를 계속 괴롭혀 대는 이상한 아이야. 항상 그러는 건 아니야. 평소에는 깊이, 아주 깊이 잠들어 있어. 그러다가 가장 행복한 순간에 반짝 눈을 뜨고 깨 버려. 스스로 만든 불안감에 주변을 경계하며 스스로를 방어한답시고 사방을 마구 찔러 대. 그러다 결국 제 스스로 견디지 못하고 손안에 움켜쥔 소중한 것을 힘껏 던져 버리는 거야."

루애가 손을 들어 텅 빈 제 손바닥을 아프게 내려다보았다.

"빼앗기는 것보다 차라리 제가 먼저 던져 버리는 게 덜 아프고 덜 고통스러울 것이라고 생각하기 때문이겠지. 그러면 적어도 언제 갑자기 버림받을지 모른다는 공포에서는 벗어날 수 있을 테니까. 버림받기 전에 내가 먼저 버려 버리자. 상처 받기 전에 내가 먼저 상처를 입히자."

"루애야……."

오랫동안 가슴속에 묻어 두고만 있던 스스로의 고통과 생채기를 떨리는 목소리로 담담히 토해 내는 루애의 모습이 너무도 가슴이 아파 근우의 심장도 붉은 피를 토해 냈다.

루애가 한동안 내려다보고 있던 자신의 텅 빈 손을 가만히 움켜쥐었다. 간절한 열망이 피어나는 눈동자로 그를 올려다보았다.

"그런데 이제부턴 안 그러려고. 안 그러고 싶어. 내 건 내가 지켜야 되는 거잖아. 빼앗길까, 놓칠까 지레 겁먹고 불안에 떨다가 포기하고 버려 버릴 게 아니라 내 거니까, 다시없을 내 소중한 거니까 누가 빼앗으려고 하면, 내 손에서 빠져나가려고 하면 필사적으로 싸우고 악착같이 지켜야지. 안 그래?"

"하루애……."

"그런데 난 여전히 불안하고 이기적인 멍청이, 겁쟁이라서 잘해 낼 수 있을지 모르겠어. 또 언제 흔들려 버릴지 나도 모르겠다고. 그래서…… 네가 필요해, 근우야."

루애가 꼭 움켜쥔 손을 그를 향해 내밀었다.

"네가 잡아 줘. 내가 이것을 놓지 않도록, 악착같이 움켜쥐고 지킬 수 있도록. 너라면…… 나, 할 수 있을 것 같아. 너를, 아니, 우리를 위해서라면 해 볼래. 다시 한 번 해 보고 싶어. 날 잡아 줘, 근우야."

뜨겁게 일렁이는 그녀의 눈가에 차오른 눈물이 더 이상 버티지 못하고 주르륵 흘러내렸다. 붉어진 근우의 깊은 눈가에서도 뜨거운 물줄기가 주르륵 흘러내렸다.

오롯이 서로만을 갈망하고 염원하는 두 사람의 뜨거운 시선이 허공에서 하나로 뒤엉켰다. 지난 아픔과 고통, 설렘과 두려움, 기쁨과 환희가 한달음에 달려와 한 덩이로 뒤섞였다.

근우가 감정들이 하나로 뒤엉켜 뜨겁게 타오르는 눈빛으로 루애를 응시했다. 그리고 천천히 손을 뻗어 그녀의 꼭 움켜져 있는 오른손을 가만히, 그러다 이내 으스러트릴 듯 강한 악력으로 억세게 움켜쥐었다. 꽉 다물려져 있는 그의 입가가 경련을 일으키듯 바르르 떨렸다.

"다시는 안 놔. 네가 놓으라고 해도 절대. 너도 절대 놓지 마. 무슨 일이 있어도 꽉 움켜쥐고 있어. 아니, 이젠 네가 놓고 싶어도 못 놔. 내가 절대 안 놔줄 거니까."

"어, 놓지 마. 무슨 일이 있어도 절대로……."

부릅떠진 그의 눈동자에 뜨거운 불꽃이 피어올랐다. 그와 동시에 근우가 억세게 그러잡은 그녀의 손을 확 잡아당겼다. 그녀의 몸이 헝겊 인형처럼 그에게로 훅 딸려 갔다.

근우가 남은 한 손으로 그녀의 얼굴을 움켜쥐고 난폭하리만치 격정적으로 입술을 집어삼켰다. 한껏 들어 올려진 그녀의 얼굴이 그의 커다란 손에 감싸여 이지러졌다.

루애 역시 열성적으로 그의 격정적인 키스에 화답했다. 한 손으로 그의 목을 다급하게 끌어안고 매달렸다. 기꺼이 입을 열고 뜨거운 그의 혀를 맞아들였다. 기다렸다는 듯이 사납게 밀고 들어오는 두툼한 혀를 열렬히 환영하며 제 혀로 칭칭 휘감고 깊숙이 빨아들였다.

"하아, 루애야!"

하나로 벌어진 틈새로 그의 떨리는 신음이 뜨거운 숨결과 함께 입안으로 밀려 들어왔다.

알싸한 담배 냄새와 독한 술 내음 사이로 근우의 달콤한 타액이, 근우만의 매혹적인 체취가 그녀의 온몸을 잠식하며 밀려들어왔다.

4년 만에 맛보는 그의 입술이었다. 그리운 체취이자 뜨거운 숨결이었다. 삽시간에 머릿속이 그로 가득 차 버렸다.

"하아, 근우야! ……사랑해, 사랑해!"

터져 버릴 것 같은 격정을 더 이상 견디다 못해 루애가 먼저 온 마음을 다해 소리쳤다. 일순 그의 몸이 뻣뻣하게 굳는가 싶더니 이내 바르르 경련하듯 떨렸다.

맞닿은 뺨을 통해 그의 뺨에 흘러내리는 뜨거운 눈물이 느껴졌다. 그가 그녀의 얼굴을 잠시 떼어 내고 뜨겁게 젖은 눈동자로 루애를 집어삼킬 듯이 내려다보았다.

"내가 그 말을 얼마나 듣고 싶었는지 알아? 내가 이 순간을 얼마나 애타게 그리워했는지 알아? 지난 4년간 이 순간만을 기다렸다. 매일 밤 같은 꿈을 꾸었지. 널 이렇게 내 품에 끌어안고 네 입술에 뜨겁게 입 맞추는 꿈. 하아……. 넌 모를 거다. 지난 한 달이 내게 어떤 시간이었는지. 지독하게 달콤했지만 참기 힘든 고통의 연속이기도 했어. 그렇게 찾아 헤매던 여자를 드디어 찾았는데, 사랑하는 여자가 바로 눈앞에 있는데 손끝 하나 대지 못하고 사랑한다는 말조차 할 수 없었지. 넌 절대 모를 거다. 어쩌면 그 한 달이 지난 4년보다 더 힘들고 고통스러웠을 거다. ……아아, 루애야. ……사랑해, 사랑한다, 하루애."

"근우야……."

루애가 울먹이며 그의 이름을 안타까이 불렀다.

"이게 꿈은 아니지? 너, 진짜 나한테 돌아온 거 맞지?"

아직은 믿기 힘든 듯 그의 눈동자가 불안하게 출렁거렸다. 루애가 아랫입술을 꽉 깨물고 세차게 고개를 주억거렸다.

"어, 어, 근우야."

아, 하느님, 감사합니다!

근우가 다시 루애를 와락 끌어안았다. 그의 입김이 더욱 뜨겁게 그녀의 살갗을 태우고 그녀의 전신을 짓누르듯 밀어 댔다.

그의 크고 단단한 육체와 맞닿은 어깨, 가슴, 허벅지 어디 할 것 없이 저릿한 전율이 일며 벼락같이 소름이 돋았다. 아랫배를 압박해 오는 그리운 그것의 꿈틀거림에 배 속에서 뜨거운 열기가 치솟아 올랐다.

무섭게 들썩이는 가슴의 박동에 따라 한껏 벌어진 그녀의 입에서 거친 숨결이 가쁘게 새어 나왔다. 그 거친 숨결이 오롯이 그의 입속으로 빨려 들어갔다. 대신 그의 달콤한 숨결이 선물로 되돌아왔다.

터질 듯 부풀어 오른 그녀의 심장에 짜릿한 전율이 일며 삽시간에 온몸으로 퍼져 나갔다.

근우는 단번에 자신의 혀를 그녀의 입속으로 깊숙이 밀어 넣으며 잡고 있던 턱을 밑으로 잡아당겼다.

루애가 기꺼이 입을 열고 열정적으로 그를 받아들이고 있음에도 근우는 극심한 갈증을 느꼈다. 아직 턱없이 모자랐다. 아직 불안하고 이 꿈같은 현실이 믿기지 않았다. 그녀의 모든 것을 송두리째 맛보고 가져야만 실감날 것 같았다.

자신이 너무 서두르고 있다는 자각도 얼핏 들었다. 너무 흥분했다고, 너무 난폭하다고, 이러다 루애를 상처 입힐지도 모른다는 생각에 겁도 났다.

좀 더 천천히, 좀 더 부드럽게……. 하지만 그건 어디까지나 일말의 이성이라도 남아 있을 때의 이야기였다. 지금은 그나마 있던 이성조차 흔적 없이 사라지고 루애에 대한 기갈난 욕심과 욕망만이 미쳐 날뛰었다.

조금 더 그녀를 선명하게 느끼고 싶었다. 루애가 자신에게 돌아왔다는 것을 좀 더 명확하게 확인해야만 마음이 놓일 것 같았다.

그녀가 또다시 겁을 먹고 도망치기 전에, 결심이 흔들리기 전에 확실하게 자신의 것으로 만들어야만 조금이라도 안심이 될 것 같았다.

근우가 그녀의 입술을 거침없이 탐하며 루애의 가는 허리를 빠듯하게 끌어안았다. 약간의 틈도 허락할 수 없다는 듯 루애를 제 몸에 바짝 밀착시키고 소파 쪽으로 조금씩 밀었다.

그에 따라 뒤로 떠밀리며 루애는 더욱 적극적으로 그에게 매달렸다. 벌써부터 뜨겁게 아랫배를 찔러 오는 그의 중심에 그녀 역시 흥분해서 잘게 진저리쳤다. 온몸에 짜릿한 전율이 휘돌며 다리 사이가 축축이 젖어 가는 것이 느껴졌다.

그녀 역시 매일 밤 그를 꿈꾸고 그를 욕망했었다. 이미 다 끝났다고, 잊었다고 하면서도 실은 근우를 잊지 못하고 그리워했었다. 그리곤 아침마다 자괴감에 빠져 괴로워했었다.

하지만 이젠 더 이상 그러지 않아도 된다. 억지로 그를 향한 사랑과 염원을 참지 않아도 된다. 마음이 시키는 대로, 원하는 대로 솔직하게 사랑하고 또한 사랑받을 것이다.

때로는 다투고 서로를 아프게 하고 실망하는 순간도 있을 것이다. 그러나 그러면 어떤가. 더 이상은 혼자 모든 것을 끌어안고 아파하지 않을 것이다. 아프면 아프다고, 화가 나면 화가 난다고 솔직하게 말하고 그와 함께 극복해 나갈 것이다.

이젠 믿는다. 그의 사랑을. 그라면 그녀를 절대 혼자 내버려 두지도, 상처 입히고 아프게 하지도 않을 거라는 것을.

"아아, 근우야……."

두 사람은 어느새 소파에 길게 누워 하나로 뒤엉켜 있었다. 그와 그녀의 몸에 걸쳐져 있던 거추장스러운 옷들도 모두 어디론가 사라져 버리고 없었다. 스스로 벗어 던진 것인지, 서로가 서로의 옷을 벗겨 낸 것인지도 정확히 기억나지 않았다.

선명하게 느껴지는 건 오직 맨살에 닿는 서로의 뜨거운 체온과 육체뿐이었다.

가녀린 여체에 실리는 크고 단단한 육체의 무게감은 더없이 황홀하고 짜릿했다. 그녀의 몸을 쉴 새 없이 어루만지며 지나가는 커다란 손과 뜨거운 입술의 감촉은 소름 끼치도록 짜릿하고 경이로웠다.

그녀의 손끝이 닿는 곳마다 바르르 떨리며 불끈거리는 단단한 근육들이, 이미 활짝 벌어진 허벅지 안쪽의 여린 살갗을 끊임없이 압박하고 희롱해 대는 뜨겁고 커다란 남자의 육체가 미치도록 야하고 관능적이었다.

그의 커다란 손이 헐떡거리는 루애의 쇄골을 지나 가녀린 팔로 미끄러져 내려갔다. 들썩거리는 그녀의 옆구리를 어루만지며 천천히 위로 거슬러 올라갔다.

그러다 마침내 부서질 듯 가는 그녀의 몸이 감당하기에는 혹독하다 싶을 만큼 풍만한 가슴을 커다란 손으로 빠듯하게 그러잡았다.

"하앗!"

루애가 상체를 파드득 들썩이며 신음을 터트렸다. 그의 입에서도 나지막한 신음이 흘러나왔다. 고개를 뒤로 꺾고 신음을 흘리는 루애를 내려다보며 근우가 천천히 입술을 내렸다.

그의 커다란 손으로도 온전히 잡히지 않는 풍만한 젖가슴을 이리저리 희롱하고 주무르며 오독 솟아오른 애욕의 정점을 혀로 할짝거렸다. 그리고는 이내 함뿍 입에 담고 아이처럼 가열차게 빨았다.

"아흑!"

루애가 고개를 가로저으며 전율했다. 퍼덕거리던 그녀의 상체가 활처럼 휘어졌다.

근우가 허공에 뜬 그녀의 가는 허리를 한 손으로 휘어 감고 다른 한 손으로는 출렁이는 가슴을 강하게 움켜잡았다. 그의 입과 손안에서 뽀얀 젖살이 이리저리 이지러지며 축축하게 젖어 갔다.

그의 불끈거리는 단단한 육체를 탐욕스럽게 어루만지던 그녀의 손이 어느새 근우의 뒤통수를 와락 움켜잡았다. 잡히지도 않는 근우의 짧은 머리카락을 어떻게든 잡기 위해 바동거리며 그의 머리를 거듭 끌어당겨 힘껏 품에 안았다. 상체를 들썩이며 그의 입속으로 자신의 가슴을 조금 더 깊이 밀어 넣었다.

루애는 근우가 자신을 좀 더 강하게 탐해 주기를 바랐다. 아니, 차라리 온전히 그에게 집어삼켜져 버렸으면 좋겠다. 그가 그녀인지, 그녀가 그인지 모를 정도로.

하나가 되고 싶었다. 그를 좀 더 깊이 느끼고 싶었다. 그를 그녀 안에서 다시 한 번 생생하게 느끼고 싶었다.

'부족해……. 이 정도로는 그가 온전히 느껴지지 않아. 근우야, 빨리……. 제발 날 좀 어떻게 해 줘. 날…… 날 너로 가득 채워 줘. 빨리 널 온전히 느낄 수 있게 해 줘.'

기갈난 욕망에 따라 루애는 화급히 손을 내리고 근우의 엉덩이를 와락 움켜잡았다.

당장이라도 그녀의 아랫배를 꿰뚫고 들어올 듯 쿵쿵 찧어 대며 사납게 비벼지는 그의 움직임을 따라 양다리를 활짝 벌리고 엉덩이를 들썩거렸다.

그 움직임에 따라 아직 하나가 되지 못한 채 맞닿아 있는 젖은 살들과 수풀들이 하나로 뒤엉키며 음란한 소리를 토해 냈다.

"아흑, 루애야……."

그 자극적인 음란한 움직임에 근우는 거친 신음을 토해 내며 온몸을 부르르 떨었다.

처음이었다. 그토록 많이 루애와 사랑을 나눴음에도 그녀가 먼저 지금처럼 적극적으로 그를 요구하며 날것 그대로의 욕망을 드러낸 것은.

물론 루애는 항상 뜨거운 연인이었다. 그의 품에서 뜨겁게 불타오르고는 했었다. 그러나 그녀가 먼저 이토록 몸이 달아 그를 달라고 요구한 적은 없었다.

기왕에 고삐가 풀려 버린 욕망이었다. 오랜 시간 잠들어 있었던 것만큼 애타게 그리워했던 그녀의 살냄새에 폭주해 버린 욕망이었다.

그녀는 그에게 미칠 듯한 그리움이었고 유일한 사랑이었으며 절대적인 신앙이었다.

그 절대적인 신앙이 그를 요구하고 있었다. 더 이상 기다릴 수도, 참을 수도 없었다. 근우는 그녀의 요구에 기꺼이 화답했다. 상체를 들고 자리를 잡을 여력도 없었다. 손을 내려 이미 성이 날 대로 난 그것을 움켜잡고 그대로 그녀 안으로 밀어 넣었다.

"하악!"

"헉!"

두 사람의 입에서 동시에 단말마와도 같은 환락의 교성이 터져 나왔다. 그대로 온몸이 타 버릴 것만 같았다. 아니, 그대로 산산이 부서져 버릴 것도 같았다.

근우는 4년 만에 되찾은 자신의 뜨거운 둥지로 몸 끝을 깊숙이 밀어 넣은 채 한동안 꼼짝하지 못했다. 머릿속이 하얗게 비어져 버리는 무시무시한 전율이 거듭 그의 전신을 강타했다.

루애도 그를 품은 채 한동안 꼼짝하지 못했다. 배 속을 가득 채워 오는 그를 오롯이 느끼며 벌써부터 절정의 전율에 휩싸였다.

본능적인 저항감에 움츠러들던 내벽이 강하게 압박하며 밀고 들어오는 거대한 이물질에 한계까지 벌어졌다. 속살이 경련을 일으키면서 애액을 왈칵, 쏟아 내는 것이 어렴풋이 느껴졌다.

더 이상은 내 것이 아니라고 생각했었다. 앞으로는 이런 순간을 갖지 못할 것이라고 생각했었다. 그런데 다시 찾았다. 다시 내 품으로 돌아왔다.

루애의 질끈 감긴 눈가로 뜨거운 눈물이 흘러내렸다. 익숙하면서도 아직은 낯선 빠듯한 이물감과 뭉근하게 느껴지는 아픔조차도 이 순간에는 그저 달콤하기만 했다.

근우가 탁한 신음을 터트리며 움찍거리는 루애의 골반을 강하게 내리누르고 슬쩍 뒤로 물러났다가 다시금 강하게 그녀를 열고 들어왔다. 루애의 입술과 은밀한 그곳이 다시 한계까지 벌어지며 그를 열렬하게 맞았다.

"아읏, 근우야……."

"그래, 나야, 나다. 루애야. 하아, 하아. 너…… 지금 너무 뜨거워. 으윽, 미칠 것 같아."

근우가 거친 신음을 토해 내는 중에도 루애는 그를 있는 힘껏 조이고 허리를 들썩거렸다.

"헛! 자, 잠깐, 잠깐만 루애야. 이대로 폭주해 버리면 널 다치게 할지도 몰라."

루애가 힘겹게 눈꺼풀을 들어 올리고 뜨겁게 젖은 눈망울로 그를 올려다보았다.

"괜찮아. 참지 마, 근우야……. 우리, 너무 오래 참아 왔잖아. 너무 오래 떨어져 있었잖아. 이 정도로 나 안 다쳐. 날 다치게 할 너도 아니고……. 난 널 믿어. 그러니까 너도 날 믿어."

"루애야……."

루애가 고개를 들어 그의 입에 뜨겁게 입을 맞췄다. 그리고 보스스 눈꺼풀을 들어 올리고 격정으로 넘실거리는 근우의 검은 눈동자를 깊숙이 응시했다. 입술을 맞붙인 채로 루애가 속삭였다.

"사랑해. 8년 전 처음 본 순간부터 지금까지 단 한순간도 빠짐없이 널 사랑했어. 널 미워한다고, 잊었다고 하면서도 널 잊지 못해 매일 밤 네 꿈을 꿨었어. 너와 이렇게 사랑을 나누는 꿈을……."

그가 다시 한 번 눈을 부릅뜨고 잘게 전율했다. 그 바람에 하나로 연결되어 있는 그녀의 몸 깊숙한 곳에서도 짜릿한 전율이 일었다. 하! 루애가 교성을 터트리며 눈을 질끈 감았다가 떴다.

자신으로 인해 바로 눈앞에서 욕망에 전율하는 그녀의 얼굴을 본다는 것은 또 다른 환희와 아찔한 경험이었다. 온몸의 근육들이 터질 듯 부풀어 올랐다. 루애가 힘겹게 마저 속삭였다.

"그런데 그 꿈이 비로소 다시 현실이 됐어. 너무 기뻐. 너무 좋아. 너무 행복해서 꿈이라면 영원히 깨지 않았으면 좋겠어."

"나도…… 마찬가지야."

참기 힘든 욕망으로 탁하게 가라앉은 그의 음성이 미세하게 떨리며 달라졌다.

루애가 흐릿하게 미소 지으며 그의 얼굴을 손끝으로 다정하게 어루만졌다. 그리곤 다시 한 번 그를 힘껏 움켜잡았다.

그의 눈매가 일그러지며 이마에서 굵은 땀방울이 주르륵 흘러내렸다. 그 땀방울을 루애가 혀로 할짝거리며 입에 머금었다. 재촉하듯 짙어져 가는 그의 눈동자를 똑바로 바라보며 스스로 엉덩이를 천천히 앞뒤로 움직였다. 그러다 점차 빠르게 허리를 들썩였다.

"하, 하, 하아!"

"으, 으윽, 하아……."

서로를 집어삼킬 듯 뜨겁게 응시하며 두 사람은 함께 허리를 움직였다. 빨라지는 움직임에 따라 두 사람의 입에서 터져 나오는 신음도 점점 커지고 급박해져 갔다.

근우가 들썩거리는 그녀의 허리를 양손으로 움켜잡고 강하게 그녀 안으로 돌진해 들어갔다가 빠져나오기를 반복했다.

이제 더 이상은 두 사람 모두 어떤 말도 할 수 없었다. 그저 서로의 눈만을 쳐다보며 서로가 서로이기에 불러일으킬 수 있는 그들만의 언어로 사랑을 속삭였다.

고요한 텅 빈 거실에는 그들만이 자아낼 수 있는 사랑의 밀어가 점차 고조되는 거친 숨소리와 함께 찌걱거리며 울려 퍼질 뿐이었다.

근우가 갑자기 상체를 번쩍 일으켜 세우고 루애의 등을 곧추 안아 일으켰다. 등과 허리를 단단히 감싸 안고 그녀를 올려다보며 쉼 없이 그 안을 파고들었다.

더욱 깊어진 것 같은 그의 분신에 루애는 거친 숨을 몰아쉬며 근우의 어깨를 단단히 움켜잡았다. 그러면서도 두 사람의 시선은 한시도 떨어지지 않았다.

루애가 그의 어깨를 단단히 움켜잡고 스스로 상체를 위아래로 움직이기 시작했다. 정수리까지 치밀어 오르는 또 다른 자극에 근우는 거친 탄성을 터트리며 오롯이 그녀의 움직임만을 따라 허리를 움직였다.

어느 순간 주도권이 바뀌고 그가 아니라 그녀가 그를 집어삼키기 시작했다. 루애는 그에게 걸터앉아 자신이 선사하는 쾌락에 몸서리치며 전율하는 그를 보고 또 다른 욕망에 잠식당해 환호하고 전율했다.

그를 몸속 깊숙이 품은 채 허리를 앞뒤로 빠르게 움직였다. 마찰의 강도가 세질수록 두 사람의 신음도 점차 급박하게 고조되어 갔다. 근우가 루애를 도와 두 손으로 그녀의 허리를 움켜잡고 빠르게 앞뒤로 흔들어 댔다.

"앗, 아읏, 아, 아, 아!"

"하, 하, 하……."

급기야 루애가 두 손으로 그의 목을 버팀목처럼 움켜잡고 미친 듯이 허리를 움직이기 시작했다. 그러다 어느 한순간, 루애가 허리를 빳빳하게 곧추세우며 목을 뒤로 꺾고 자지러질 듯 경련했다.

"아흑!"

동시에 근우도 참고 있던 욕망을 마침내 분출시켰다.

“으, 으헉!”

두 사람은 약속이나 한 듯 서로를 으스러트릴 듯 끌어안고 아주 오랫동안 경련하듯 전율했다.

“앗, 하지 마, 근우야. 더러워.”

거실 소파에서 한 차례 더 뜨거운 사랑을 나눈 후, 루애는 기진맥진해서 축 늘어졌었다.

근우가 그런 자신을 안고 침실로 들어와 매트리스뿐인 침대에 조심스럽게 눕혔던 것까지는 어렴풋이 기억이 났다. 그리고 푹신하고 따스한 기운에 취해 얼핏 잠들었던 것까지도.

그러다 문득 아래가 시원하다는 느낌에 눈이 번쩍 떠졌다. ‘뭐지?’ 하고 내려다본 시야에 근우가 젖은 물수건으로 자신의 발을 닦고 있는 모습이 들어왔다.

하루 종일 씻지도 않은 더러운 발인데. 창피해서 얼른 빼고 싶었지만 그가 하도 정성스럽게 닦고 있어서 차마 그럴 수는 없었다. 솔직히 엄청 감동스러웠기도 하고. 그래서 쑥스러워하면서도 그 모습을 다정하게 바라보고 있는데, 일순 그와 시선이 마주쳤다.

“어, 깼어? 미안. 깨우려던 건 아니었는데. 더 자. 날 밝으려면 한참 멀었어.”

그가 젖은 수건을 한편으로 치우며 감미롭게 미소 지었다. 그러면서도 그녀의 발을 연신 부드럽게 쓰다듬고 있었다.

신 중의 신인 제우스마냥 모든 걸 내려다보며 전권이나 휘두를 것 같은 사람이 그녀의 발을 마치 대단히 성스러운 보물인 듯 소중하게 쓰다듬고 있는 모습을 보니, 괜히 가슴 한편이 울컥하며 눈물이 나올 것만 같았다.

루애는 얼른 고개를 가로저으며 발을 빼려고 했다.

"괜찮아. 다 잤어. 이제 안 졸…… 엇, 근우야!"

그러나 근우는 그녀의 발을 놓아주지 않았다. 놓아주기는커녕 다 잤다는 그녀의 말에 돌연 눈을 빛내며 그 발을 제 입으로 가져가 버렸다. 그리곤 까무러칠 듯이 놀라는 루애를 지그시 바라보며 발가락 하나하나에 입을 맞췄다. 루애가 버둥거리며 소리쳤다.

"하지 마. 더럽다니까."

"하나도 안 더러워. 내가 방금 깨끗이 다 닦았는데, 뭐. 그리고 네 건데 뭐가 더러워. 네 건 하나도 안 더러워. 그게 뭐가 됐든 나한테는 그 무엇보다 깨끗하고 소중하고…… 또 달콤하지."

근우는 천천히 그녀의 발등으로 입술을 내렸다. 그리곤 이내 발목으로, 종아리로, 그리고 시트를 스르르 걷어 내며 허벅지에 입을 맞추고 거슬러 올라왔다. 그녀의 눈을 뜨겁게 응시하면서.

그 모습이 어찌나 섹시하고 관능적인지, 잠시 잠들어 있던 욕망이 삽시간에 깨어나 미친 듯이 환호성을 내질렀다. 루애의 얼굴이 금세 벌겋게 달아올랐다.

"근, 근우야……."

그의 얼굴은 이제 허벅지 안쪽, 은밀한 그곳까지 거슬러 올라와 있었다. 루애의 다리가 본능적으로 바짝 오므려졌다.

그러나 근우가 한발 빨랐다. 이미 다리 사이에 자리를 잡은 그가 오므려지려는 그녀의 다리를 양손으로 슬그머니 벌리며 욕망으로 탁하게 갈라진 목소리로 속삭였다.

"특히, 여기는 너무 달콤해서 한번 맛보면 도저히 입을 뗄 수가 없을 정도였지. 기억나니? 내가 네 여기를 어떻게 맛봤었는지?"

그가 속삭일 때마다 뜨거운 입김이 은밀한 속살을 뜨겁게 데워 댔다. 발작적인 전율과 쾌락이 그녀의 온몸을 휘감으며 삽시간에 정수리까지 치고 올라왔다.

기억난다. 기억나고말고. 그가 그곳에 처음 입을 댔을 때는 정말 기겁하고 창피해서 미치는 줄 알았었다.

그녀의 그곳을 맛보고 싶다며 한 번만이라고 애원하던 그를 끝내 거절하지 못해 허락하면서도 수치심과 당혹감에 그를 쳐다보지 못했었다. 그리곤 이내 그곳에 와 닿던 그의 뜨거운 숨결과 입술, 촉촉한 혀의 움직임에 온몸이 뻣뻣하게 굳어 버렸더랬다.

결국 얼마 가지 못해 감당할 수 없는 엄청난 쾌락에 몸서리치며 울부짖고 말았지만. 그리고 그 후, 사랑을 나눌 때마다 반복되는 그의 이 음란한 행위를 번번이 거부하다가 결국 무너지고 말았더랬다.

그런데 그가 또 음란한 행위로 그녀를 미치게 만들려고 한다. 그래서 싫으냐고? ……아니. 솔직히 싫기는커녕 손발이 저릿해질 정도로 벌써부터 흥분이 되고 기대가 된다.

여전히 쑥스럽고 부끄럽긴 하지만…… 꿈속에서도 그의 입술과 혀로 절정에 올랐던 적이 한두 번이 아니었다.

루애는 부끄러워 어쩔 줄 몰라 하면서도 흥분과 기대를 감추지 못한 채 그를 내려다보며 마른침만 연신 삼켰다. 그런 루애를 올려다보며 그가 씨익, 한쪽 입술 끝을 말아 올렸다. 사악하도록 섹시하고 매력적인 미소였다.

그가 천천히 고개를 내려 그곳에 입을 맞췄다. 순간 그녀의 온몸에 짜릿한 전류가 흘렀다.

루애는 감전이라도 된 사람마냥 펄쩍 뛰며 급박하게 숨을 들이마셨다. 그러다 불현듯 그곳이야말로 발보다 더 더러울 것이라는 데에 뒤늦게 생각이 미쳤다.

발이야 그가 정성껏 닦아 주어 그나마 괜찮았을지 몰라도, 그곳은 아니지 않는가. 더욱이 이미 그와 두 번이나 사랑을 나눈 상태였다. 예전처럼 콘돔을 사용했던 것도 아니어서 자신의 애액과 그의 정액으로 뒤범벅이 되어 있을 텐데. 맙소사!

"안 돼, 그만, 근우야!"

혀를 내밀어 할짝이려던 근우가 '왜?' 하는 눈빛으로 그녀를 쳐다보았다. 익은 게보다 더 벌겋게 달아오른 얼굴로 루애가 횡설수설했다.

"그, 그게 아까 우리…… 네 거랑 내 거랑, 그게 그러니까……

하여튼 지금은 안 돼. 하지 마."

근우가 다시 한 번 거부할 수 없는 매력적인 미소를 씨익, 지어 보였다.

"괜찮아. 내 정액 때문이라면 이미 깨끗이 닦아 냈거든."

"뭐?"

"내가 설마 네 발을 닦으면서 그전에 여기를 안 닦아 줬을 것 같아?"

루애는 순간 너무 당황해서 어, 어, 하며 아무 말도 하지 못했다.

"네 체취가 사라지는 건 싫었지만, 내 걸 맛보는 건 나도 싫거든."

눈 하나 깜박이지 않고 저런 낯부끄러운 말을 당연하다는 듯이 하다니. 하여튼 이근우, 뻔뻔하고 음흉한 건 알아줘야 한다. 아니, 그것보다 그럼 처음부터 이럴 생각으로 닦아 줬다는 거야?

뜨악해진 루애의 표정을 보고 그녀의 생각을 읽은 근우가 어깨를 으쓱거렸다.

"온전히 그 이유 때문만은 아니었지만 내심 바라기는 했었지. 네가 깨어나 주면 좋겠다고 말이야. 안 깨어나면 안타깝지만 포기할 생각이었고. 오늘만 날은 아니니까."

"너 정말!"

루애가 발끈해 소리쳤다. 그러든가 말든가, 근우가 두 눈을 지그시 감고 숨을 깊이 들이마셨다. 그의 입가에 만족스러운 미소가 지어졌다.

"으음, 네 냄새. 다행이다, 네 냄새는 사라지지 않아서."

"야!"

"아까 분명 자신의 감정과 서로에 대해서 당당하고 솔직해지자고 하지 않았었나? 난 분명히 그렇게 들은 것 같은데."

"그, 그렇긴 하지만……."

"그 감정에는 서로에 대한 욕망도 포함되어 있는 것 아닌가? 나는 너의 모든 것을 욕망한다, 하루애. 그리고 너 또한 그래주기를 바라고. 하지만 네가 진짜 원하지 않는다면, 네가 싫어하는 짓 따위는 절대 하지 않을 거다. 그치만…… 내가 기억하기로는 너 또한 이거…… 싫어하지 않았던 것 같은데. 아니, 너 또한 꽤 좋아했었지. 절정에 몸부림치는 네 모습을 몇 번이나 봤었으니까. 그 모습이 나에겐 커다란 기쁨이었지. 황홀했었어."

꿈을 꾸듯 그가 달콤하게 속삭였다. 그녀의 그곳을 뜨겁게 응시하며 커다란 사탕을 앞에 두고 안달 난 꼬마 아이처럼 혀로 입술을 핥기도 했다. 그 모습이 또 어찌나 외설스러운지, 루애의 등줄기로 짜릿한 전율이 흘러내렸다.

"사랑한다, 하루애. 너라서, 너이기 때문에 네 모든 것을 욕망한다는 것을 잊지 마. 이 세상에서 나를 이렇게 만들 수 있는 사람은 오직 너 하나뿐이다."

"근우야……."

파르르 흔들리는 그녀의 눈동자를 오롯이 응시하며 근우가 다시 그곳으로 천천히 입을 내렸다. 소중하게 입맞춤하고 달콤하게 혀로 쓸어 올렸다.

"하앗!"

루애가 시트를 와락 움켜잡고 턱을 위로 치켜들었다. 그리고 점차 그녀의 정수리가 푹신한 베개 깊숙이 파묻혀 가끔씩 경련하듯 좌우로 움직였다. 허락받은 달콤함을 마음껏 맛보고 들이마시는 음란한 소리와 함께 루애의 헐떡거림은 고조되어 갔다.

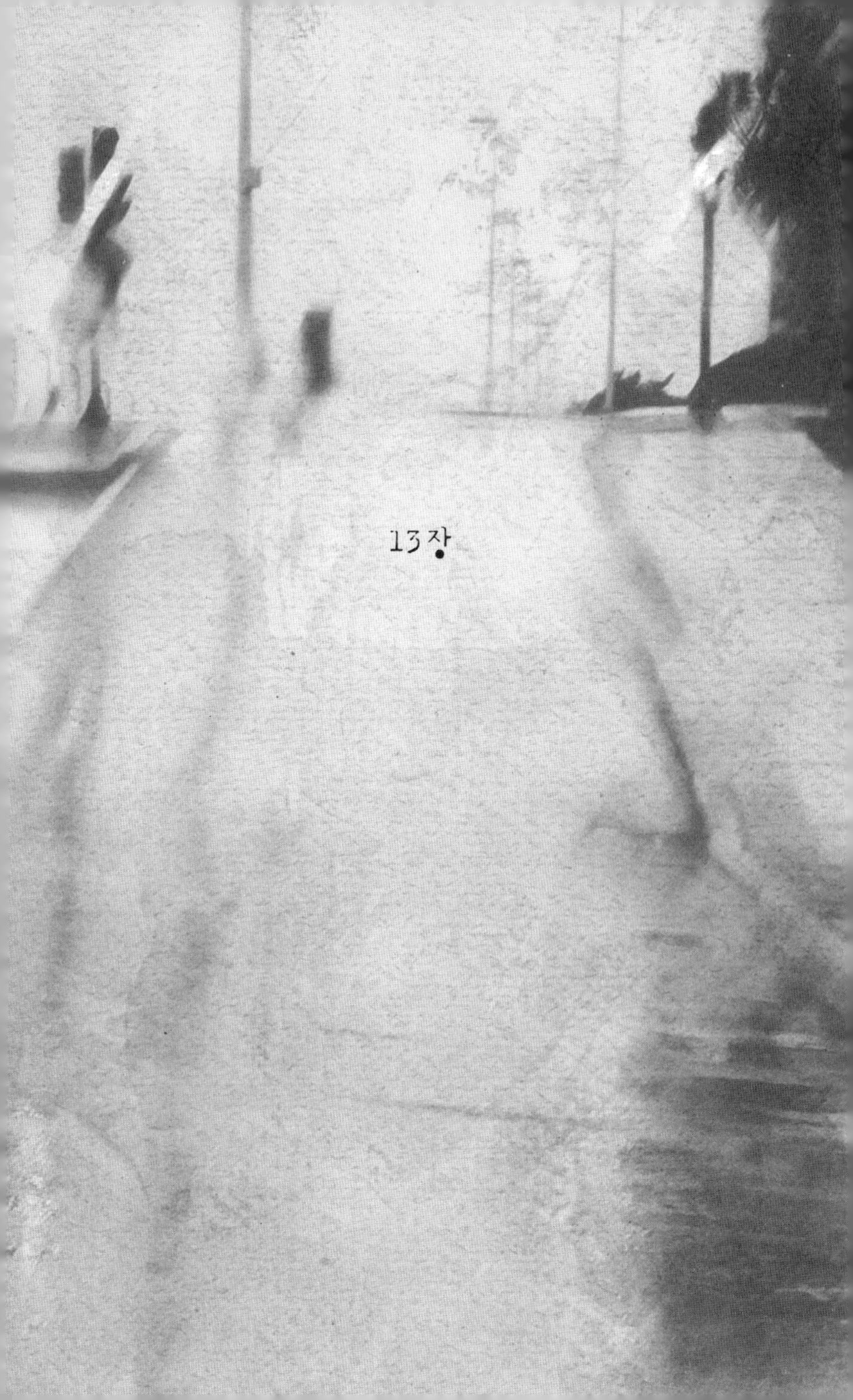

13장

이른 아침부터 평창동은 난리가 났다. 늦더라도 반드시 귀가하겠다고 약속했던 루애가 아무 연락도 없이 결국 집에 들어오지 않았기 때문이었다.

긴 밤을 뜬눈으로 지새운 하 사장은 오전 7시가 되자마자 어제 혹시나 해서 루애한테 억지로 물어 알아낸, 미진이 묵고 있다는 호텔로 전화를 걸었다. 신호가 간 지 한참 만에야 누군가가 전화를 받았다.

—Hallo.

잠결인 듯 불분명한 발음으로 흘러나온 난데없는 불어에 하 사장은 일순 당황했다. 그러나 이내 침착함을 되찾고 차분하게 응수했다.

"여보세요, 거기 혹시 김미진이라는 분 계십니까?"

잠시간의 침묵 뒤에 웬일인지 수화기 저편에서 바짝 긴장한 듯한 목소리가 흘러나왔다.

—누구시죠?

이번에는 다행히 한국어였다. 그것도 젊은 여자의 목소리. 미진일지도 모른다는 생각이 들었다.

"혹시 미진이니? 나, 루애 아비 되는 사람인데."

—어머, 아버님! 네, 미진이에요. 그간 안녕하셨어요? 건강은 괜찮으시구요?

"그래, 잘 있었니? 나야 그만하지. 넌 어떠니? 외국 생활을 오래해서 아무래도 먹는 것이 많이 부실했을 텐데, 어디 아픈 데는 없고?"

—그럼요, 저야 튼튼하죠. 우와, 서울에 오니까 좋기는 좋네요. 아버님이 이렇게 직접 안부 전화를 다 주시고. 그러고 보니까 제가 어제 루애 만나서 아버님 괜찮으신지는 물어보지도 못했네요. 죄송해요. 조만간 찾아가서 인사드릴게요.

하 사장의 미간이 미세하게 찌푸려졌다.

"그래, 얼굴 한번 보자꾸나. 그런데 미진아, 너 그럼 지금 루애하고 같이 있는 것이 아니냐?"

—예?

"어제 루애가 집에 안 들어와서 말이다. 난 너하고 오랜만에 만나서 얘기가 길어지는 모양이다 했었는데, 그것도 아니었던 모양이구나. 혹시, 밤새 같이 있다가 출근한 건 아니고?"

미진이 어, 하면서 제대로 대답을 하지 못했다. 그에 혹시나 싶었던 자신의 예감이 맞았던 것은 아닌가 싶어 하 사장의 낯색이 더욱 굳어졌다.

"그럼 애가 대체 어딜 간 게야. 연락도 없이. 이런 적이 한 번도 없던 앤데. 미진아, 어제 루애하고는 몇 시에 헤어졌니? 혹시 루애한테 누구 만난다는 얘기는 들은 것 없고?"

—저, 그게……. 실은 어제 일찍 헤어졌어요. 한 9시 조금 넘어서요. 그리고…….

그리고? 하 사장은 미진이 뭔가 알고 있는 건 아닌가 싶어 수화기를 귀에 바짝 들이댔다.

—제가 5년 만에 나타나서 직접 뵙고 말씀드리는 것도 아니고 전화상으로 이런 말씀 드린다는 게 외람되고 송구스럽다는 것도 아는데요, 아버님. 루애, 이제 성인이잖아요. 그것도 서른 한 살이나 된 어른이요. 그 정도면 제 인생 제가 책임지고 선택하고 결정할 권리가 있는 거 아닌가요? 그리고 또 루애가 생각이 짧거나 그릇된 선택을 할 애도 아니구요.

대번에 그의 굳은 안색만큼이나 굳은 목소리가 흘러 나갔다.

"무슨 말을 하려는 게냐? 너, 혹 뭔가 알고 있는 게야?"

—네, 전 지금 루애가 어디서 누구하고 같이 있는지 알 것 같은데요.

"그게 어딘데? 대체 누구하고 같이 있다는 게야?"

—제가 끼어들 문제도 아니고, 아버님한테 이런 말 한 거 알면 나중에 루애한테 본인이 알아서 할 건데 제가 괜히 끼어들어서 문제만 더 크게 일으켰다고 한 소리 들을지도 모르겠는데

요. 제 생각에는 이런 일일수록 빨리 터트려 버리는 게 나을 것 같아서 말씀드리는 거예요. 걔네한테 맡겨 놔 봤자 시간만 질질 끌 것 같기도 하고, 이럴 땐 그냥 폭탄을 확 터트려…….

"미진아!"

—아, 네. 죄송해요, 제가 말이 너무 많았네요. 루애 지금 아마 근우하고 같이 있을 거예요. 어제 근우 만나러 간다고 했거든요. 제 생각에는 걔네 다시 만날…….

하 사장이 주먹으로 테이블을 세게 내리쳤다. '쾅!' 하는 소리에 미진이 움찔해 입을 다물었다.

"그래서, 지금 그 둘이 같이 있다는 게냐?"

—어…… 아마도요?

"어디로 만나러 갔는지는 알고?"

—어, 그게 그러니까…….

"됐다. 나머지는 내가 알아서 알아보마."

—저기, 아버님, 아버님!

하 사장은 미진의 애타는 목소리를 무시하고 전화를 사납게 끊어 버렸다.

"역시 어제 새벽에 본 놈이 그놈이 맞았던 게야!"

회식이라고 해도 너무 늦는 루애가 걱정되어 집 앞에서 서성이다가 큰길까지 나가 보던 차에 골목을 들어서던 차 한 대와 우연히 마주쳤었다.

루애의 차인가 싶어서 목을 길게 빼고 봤는데, 하얀색이 아닌 검은색 차였다. 그래서 그냥 돌아서려는데 그 검은색 차가 아무래도 눈에 익은 듯싶었다.

거리에서 흔히 볼 수 있는 차도 아니고 외제차 중에서도 흔한 차종이나 모델이 아닌지라 차가 눈에 익은 것이 더욱 의아했었다.

그래서 멀어져 가는 그 차의 뒤꽁무니를 한참을 돌아보고 서 있었다. 그러다 불현듯 생각이 났다. 그 차를 언제 봤었는지, 어떤 놈이 그 차를 타고 있었는지.

2년 전까지 걸핏하면 나타나 이 앞을 어슬렁거리던 그놈이 타고 있던 차가 바로 그 차였다.

처음에는 누구 차인데 툭하면 집 앞에 서 있나 했었다. 꽤 고가일 텐데 아무리 보안이 잘되어 있는 고급 주택가라고 해도 버젓이 골목에 세워 놓은 것이 참 의아하다 하면서 말이다.

그러다 하루는 루애 걱정에 기분이 한없이 울적해져서 모처럼 친구 녀석들을 만난 김에 꼭지가 돌도록 술을 마셨었다. 그리고 자정 넘어 귀가를 하는데, 그 고가의 검은색 차가 또 집 앞에 서 있는 것이 보였다.

그런데 놀랍게도 안에서 그 녀석이 내렸다. 녀석은 불이 꺼져 있는 루애의 방 창문을 한동안 멍하니 올려다보고 있었다.

어두컴컴한 골목에 뒷모습뿐이었지만 하 사장은 근우를 단박에 알아봤다. 농구 선수처럼 커다란 키에 떡 벌어진 어깨하며 흔치 않은 다부진 뒤태도 뒤태였지만, 한밤중에 남의 집 앞을 어슬렁거리다 루애의 방 창문을 하염없이 올려다보고 서 있을 놈은 그놈밖에 없을 테니 말이다.

녀석은 하 사장의 차가 다가오는 소리를 듣고 흠칫 놀라선 재빨리 차에 오르려고 했다.

술도 취했겠다, 근우를 보자마자 그동안 쌓여 있던 분노가 한꺼번에 폭발해 버린 하 사장은 운전기사한테 얼른 놈의 앞을 막으라고 시켜 놓고 차에서 내렸다. 그리고 트렁크에서 골프채를 꺼내 들고 녀석한테 달려갔다.

놈을 차에서 끌어내 미친 듯이 골프채를 휘둘렀었다. 네놈이 여기가 어딘지 알고 그 뻔뻔한 낯짝을 들이대는 것이냐고, 우리 루애가 누구 때문에 집을 떠나 외국을 전전하고 있는데, 네 놈이 여기가 어디라고 감히 찾아오느냐고 고함을 질러 대면서 말이다. 뭐, 그러다 결국 본인이 먼저 뒷목을 잡고 쓰러지고 말았지만.

어쨌든 그랬던 전적이 있는지라 그놈이 타던 차와 똑같은 차를 보고 흠칫 놀랐더랬다. 혹시 그놈이 또 나타난 건가 싶어서.

그래서 한참을 돌아서 지켜봤는데, 그의 집 앞을 그대로 지나쳐 골목으로 내려가는 것이 보였다. 그제야 하 사장은 아니었나 보다 하고 걸음을 내처 돌렸더랬다.

큰길가에서 한참을 기다려도 루애는 올 생각을 하지 않았다. 그런데 뜻밖에도 루애가 전화를 걸어 왔다. 자신은 이미 귀가를 했는데 어디 계시냐고, 빨리 들어오시라고 말이다.

택시를 타고 큰길가에 내려 지름길인 좁은 샛길로 올라왔다고 했다. 그래서 길이 엇갈렸던 모양이라고. 뭔가 찜찜하고 의아했지만, 어쨌든 루애가 무사히 집에 돌아왔으니 그것으로 됐다 싫어서 넘어갔었다.

그런데 바로 다음 날, 미진과 5년 만에 만나게 됐다고, 해서 아무래도 또 귀가 시간이 늦어질 것 같다고 말하며 출근했던 애가 연락도 없이 외박을 했다.

어젯밤 내내 이상하게 불안했었다. 계속 그 전날 봤던 검은색 차가 떠오르면서 혹시나, 하는 몹쓸 생각이 끊이질 않았다.

헌데, 맙소사! 그 망할 안 좋은 예감이 맞았다니!

"아무래도 둘이 다시 만나기로 한 것 같다고? 천만에! 우리 루애가 미치지 않고서야 그 녀석을 다시 만날 리가 있나. 그래, 미진이 그 애가 뭔가 잘못 알고 있는 게야. 하긴 5년 동안 연락도 없던 애가 뭘 알겠어."

하지만 루애가 직접 그 녀석을 만나러 간다 했다고 하지 않는가. 그러니 어떤 식으로든 어제 그 녀석을 만나러 간 것만은 틀림없는 사실일 터였다. 그렇다면 그건 녀석한테 다시는 제 앞에 얼씬거리지 말라는 경고를 하기 위해서임이 틀림없다. 그런데 그 후로 루애의 행적이 묘연하다? 그렇다면 필시!

"이, 이 죽일 놈의 새끼. 감히 네놈이 우리 루애를 붙잡고 감금을 해? 내, 내 이놈을……! 오냐, 이노옴, 내 이번만은 루애가 무어라 말려도 네놈을 가만두지 않을 것이다. 만에 하나 우리 루애 몸에 손끝 하나 대기라도 했어 봐라. 내 손으로 직접 네놈 숨통을 끊어 주마!"

이러고 있을 때가 아니었다. 어서 빨리 놈이 있는 곳을 찾아 내 루애를 안전하게 빼내 와야 할 터였다. 그렇다면, 어디부터 시작을 해야 하는 건가. 어떻게 알아낼 수 있을까.

"그래, 그놈 부모라면 녀석이 지금 어디 있는지 알고 있겠지. 적어도 녀석하고 연락은 닿을 것이 아닌가."

하 사장은 두 번 생각해 볼 것도 없이 미친 듯이 차를 몰고 홍제동으로 달려갔다.

딩동, 딩동, 딩동, 딩동.

이른 아침부터 난데없이 울리는 요란한 초인종 소리에 일하는 이를 도와 아침 식사 준비를 하고 있던 홍 여사가 깜짝 놀라 거실로 달려갔다.

"이 시간에 누가 남의 집 초인종을 저렇게 누르는 거야?"

"뭐야, 아침부터 왜 이렇게 시끄러워?"

출근 준비를 하고 있던 이 회장도 무슨 일인가 싶어 거실로 나왔다.

"모르겠어요. 혹시 당신 회사 사람들 중에 아침에 온다는 사람 없었어요?"

"그런 약속이 있었으면 당신한테 미리 얘기했겠지. 그리고 회사 사람이 벨을 저렇게 무식하게 누를 리가 있나."

"그러게요. 그럼 대체 누구지?"

홍 여사가 고개를 갸웃거리며 인터폰 화면을 켰다. 화면을 본 홍 여사의 입에서 대번에 놀란 신음성이 터져 나왔다.

"어머, 저분은!"

누구기에 홍 여사가 저리 놀라나 싶어 이 회장이 미간을 찌푸리고 큰 걸음으로 성큼성큼 다가왔다. 화면에 비친 뜻밖의 인물을 본 이 회장의 눈도 대번에 휘둥그레 커졌다. 저 양반이 여긴 무슨 일로 왔지? 홍 여사가 커다래진 눈을 깜박이며 이 회장을 올려다보았다.

"여보, 저분, 루애 아버님 맞죠? 청림의 하성수 사장님."

이 회장이 고개를 짧게 끄덕였다.

"저분이 우리 집에는 어쩐 일이시죠? 그것도 이 이른 시간에 갑자기……."

딩동, 딩동, 딩동.

그 와중에도 하 사장은 초인종을 쉴 새 없이 눌러 대고 있었다. 홍 여사를 옆으로 물러나게 한 이 회장이 인터폰 통화 버튼을 누르고 물었다.

"누구십니까."

—나, 청림의 하성수입니다. 그쪽 아들 일 때문에 찾아왔으니 얘기 좀 합시다.

"자식들 일로 하 사장님을 뵐 일은 더 이상 없……."

—그쪽 아들이 문제를 일으켰으니 내가 이렇게 찾아온 것 아닙니까! 길게 얘기할 것 없고. 그쪽 아들, 지금 어디 있습니까.

인터폰으로도 하 사장의 분에 찬 음성이 고스란히 느껴져 왔다. 홍 여사가 사색이 되어 남편의 팔뚝을 움켜잡았다.

"여보……."

"나 원 참, 아닌 밤중에 홍두깨라고 이게 갑자기 뭔 난리인지. 아무래도 오해가 생겼나 본데, 당신은 걱정 말고 여기 있어. 내가 내려가서 무슨 일인지 알아보고 오지."

무슨 일인지도 모르고 아들 일이라는 한마디에 덜컥 겁부터 집어먹은 홍 여사를 토닥여 안심시킨 이 회장은 성큼성큼 밖으로 나가 대문으로 향했다. 그리고 육중한 철문을 벌컥 열고 이른 아침부터 들이닥친 불청객을 마주했다.

"하 사장님, 대체 무슨 일이십니까. 무슨 일이기에 이 이른 시간에 남의 집에 와서 소란을……."

"그쪽 아들이 내 딸을 납치해서 붙잡아 두고 있소."

언짢아하던 이 회장의 표정이 대번에 싸늘하게 굳었다.

"이보십시오, 하 사장님!"

"그쪽 아들이 정신 못 차리고 또 내 딸 주변을 어슬렁거린단 말이오! 그래서 어제 우리 루애가 얼씬거리지 말라는 말을 하러 갔다가 돌아오지 못했소."

"그쪽 딸이 외박한 걸 왜 우리 아들 탓을 하는 겁니까. 증거라도 있습니까?"

"어제 우리 아이가 그놈을 만나러 가는 걸 본 사람이 있소!"

이 회장이 코웃음을 쳤다.

"허 참. 그럼 납치도 아니고만. 요즘엔 제가 좋아서 제 발로 찾아간 것도 납치라고 한답니까?"

"제가 좋아서 찾아갔다니. 이봐요, 이 회장! 그걸 말이라고 합니까? 우리 애는 그놈이라면 학을 떼는 애예요! 세상 천지에 남자가 그놈 한 놈밖에 남지 않아도 눈에 흙이 들어가기 전에는 절대 거들떠도 보지 않을 애란 말입니다! 그런 애가 오죽했으면 그만 좀 괴롭히라고 제 발로 따지러 갔겠습니까. 그게 다 그놈이 정신 못 차리고 자꾸 나타나니 그런 것 아닙니까!"

얼굴이 벌겋게 달아오른 하 사장을 이 회장이 거만하게 내려다보며 비소를 머금었다.

"그럼 눈에 흙이 들어갔나 보지요."

"뭐요?"

"그쪽 딸이 우리 아들을 한 달 전부터 은밀히 만나고 있었다는 얘깁니다."

"아니, 그게 무슨!"

"허나 걱정 마십시오. 다시 시작할 요량으로 만난 것은 아닐 테니 말입니다. 우리도 그쪽 딸, 탐탁지 않아요. 우리 근우도 그 사실을 아주 잘 알고 있구요. 우리 아들은 지금 큰일을 앞두고 있습니다. 한낱 여자 따위로 신경 쓸 시간이 없는 애다, 이 말씀입니다. 큰일 앞두고 저 딴에는 정리할 것이 있어서 잠깐 만났던 모양인데, 그도 얼마 안 남았으니 곧 깨끗이 마무리 될 겁니다."

머릿속이 더욱 복잡해진 하 사장이 거친 숨을 몰아쉬며 이 회장을 노려보았다.

"헛소리 집어치우시오! 우리 애가 그놈을 다시 만날 리가 없소. 정리라니, 끝난 지가 언젠데 이제 와서 정리하고 말 게 어디 있다고! 만약 그 말이 사실이라면 그놈이 강제로……."

"하 사장님, 억지를 부려도 정도껏 하십시오. 어찌 됐든 나

보다 연배가 한참 있으신 분이라 간신히 참고는 있습니다만, 계속 이러시면 나도 더 이상은 못 참습니다. 그쪽 딸이 말도 없이 외박한 걸 가지고 왜 멀쩡한 남의 아들을 잡고 이 난리를 피우시는 겁니까! 막말로 그쪽 딸이 딴 놈을 만나느라 외박을 한 건지, 이제 깨끗이 정리하자는 우리 아들놈 바짓가랑이를 붙잡고 늘어지고 있는 건지 누가 안답니까! 걔네 둘이 지금껏 같이 있다는 증거라도 있습니까? 아님, 우리 아들이 그쪽 딸을 붙잡아 두고 있다는 증거라도 있어요? 당신 딸 제대로 간수 못 한 걸 왜 여기 와서 생떼를 쓰고 난리예요!"

"이!"

분노한 하 사장이 이 회장의 멱살을 붙잡기 위해서 달려들려는 순간, 이 회장의 뒤에서 바르르 떨리는 목소리가 들려왔다.

"정, 정말이에요? 걔네 둘이 만나고 있다는 거 사실이냐구요. 여보……."

흠칫, 놀란 이 회장이 얼른 뒤를 돌아보았다. 홍 여사가 커다래진 눈망울로 그를 올려다보며 간절히 기도하는 소녀상마냥 가슴 앞에 두 손을 꼭 모으고 있었다. 무섭도록 차갑게 굳어 있던 이 회장의 얼굴에 낭패감이 어렸다.

"왜 나왔어. 내가 알아서 한다니까. 들어가 있어."

"여보……."

"어허! ……후우, 알았어. 하 사장님 보내고 내 곧 들어가 다 얘기해 줄 테니까 당신은 걱정 말고 빨리 들어가."

마음 여린 홍 여사가 있으면 일만 더 복잡해질 뿐이라 이 회장은 얼른 홍 여사를 집으로 올려 보내고 싶었다. 그래서 한껏 굳은 표정은 누그러트렸으면서도 홍 여사가 고집을 부릴 수 없도록 단호한 목소리로 일갈했다.

평소였다면 홍 여사도 그런 남편의 말에 순순히 따랐을 터였다. 허나, 다른 누구도 아닌 근우 일이라지 않는가. 게다가 근우와 루애가 다시 만나고 있다지 않는가. 그리고 하 사장, 저 점잖으신 어른이 예까지 찾아와 저런 말씀을 하실 정도면 보통 일이 아니구나 싶었다.

'그 아이들이 정말 어젯밤을 함께 보냈다면? 어머머, 웬일이니! 드디어 루애가 근우를 용서해 준 건가? 드디어 우리 근우가 그 오랜 기다림에 보답을 받은 거야?'

루애를 잊지 못해 날이면 날마다 삐쩍 말라 가던 아들의 상한 얼굴이 홍 여사의 눈앞을 휙, 스쳐 갔다.

'어머, 그럼 내가 이러고 있을 때가 아니지. 나라도 우리 아들을 도와줘야지. 나라도 걔네한테 힘이 되어 줘야지.'

소소한 일에 아이처럼 투정을 부리며 남편을 쥐락펴락했던 홍 여사였다. 하지만 그 외에는 단 한 번도 남편의 뜻을 어기거나 따르지 않았던 적이 없었다.

남편이 아들하고 부딪힐 때도 결국엔 남편의 뜻을 따랐었다. 그것이 결국에는 아들을 위하는 길이라고 믿었기 때문이었다.

허나 지금은 아니었다. 어쩌면 지금이야말로 엄마로서 아들을 위해 나서야 할 때가 아닌가 싶었다. 돌아가는 사정을 보아하니, 아들을 도와줄 사람은 자신밖에 없는 것 같았다.

지난 사정이야 어떻든, 아들이 그 아이 아니면 안 된다지 않는가. 아들이 원하고, 아들을 위하는 일이라면 못 할 짓이 무엔가.

회사 일 같은 건 솔직히 잘 모른다. 그건 남편의 뜻이 옳을 것이라고 믿었다. 하지만 아들의 사랑 문제라면 상황이 다르다. 그 문제에서만큼은 아들의 마음이 우선이다. 그리고 홍 여사는 무조건 그런 아들의 편이었다.

결심을 굳힌 홍 여사가 물러나기는커녕 되레 입을 앙다물고 앞으로 나섰다. '어라?' 하고 놀라는 이 회장을 어깨로 밀어내며 하 사장과 마주했다. 그리곤 90도로 허리를 깊게 숙여 인사했다.

"어르신, 정말 오랜만에 뵙습니다. 이런 말씀 드릴 상황이 아닌 줄은 압니다만, 그동안 무고하셨습니까? 건강은 괜찮으시구요?"

순간적으로 이 회장은 물론 하 사장도 몹시 당황했다. 얼떨결에 마주 고개를 숙여 인사를 한 하 사장은 흠흠, 헛기침을 하며 얼굴을 모로 돌려 버렸다.

"하긴 이런 상황에서 인사를 드린다는 것도 너무 송구스럽네요. 오죽 걱정이 되셨으면 예까지 찾아오셨겠어요. 압니다. 저도 자식 가진 어미인데, 그 마음 이해 못 하겠습니까. 더군다나 루애는 딸자식인데요. 아들하고는 또 다르죠. 사내놈이야 몇 날씩 집에 안 들어와도 그런가 보다 하지만, 아무리 어른이 됐어도 결혼도 하지 않은 딸이 연락도 없이 집에 안 들어오면 그건 보통 일이 아니죠. 게다가 루애가 어디 허튼 일을 할 앱니까. 제 앞가림 똑 부러지게 잘하고 누구보다 바르고 참한 앤데요."

홍 여사가 자기도 걱정되어 애가 탄다는 듯 한숨을 폭폭 내쉬며 발을 동동 굴렀다.

"하유, 그런데 그런 애가 연락도 없이 집에 안 들어왔다니, 그건 정말 보통 일이 아니네요. 어르신, 루애가 정말 어제 우리 애를 만나러 갔답니까? 둘이 같이 있을까요?"

"흠흠, 분명합니다. 내 그러지 않았다면 예까지 찾아왔겠습니까. 서로 얼굴 마주해서 뭐 좋을 일이 있다고. 허니 그놈……여사님 아들이 어디 있는지나 알려주십시오."

"그럼, 그렇겠지요. 어르신이 어떤 분이신데 확실치도 않은 일 가지고 이렇게 찾아오셨겠어요. 하유, 그럼 이를 어쩐다. 애들이 지금 어디 있을까요. 우리 아들이 분가한 지가 좀 됐거든요. 아! 그러고 보니 거기 있을지도 모르겠네요."

손뼉까지 '착!' 마주치는 홍 여사를 못마땅하게 내려다보며 이 회장이 얼른 끼어들었다.

"어허, 당신은 좀 가만히 있어. 확실치도 않은 일 가지고 왜 당신까지 나서서 엄한 소리를 하고 그러나."

"확실치도 않다니!"

"여보! 당신이나 좀 가만히 계세요. 제가 지금 어르신하고 대화 중이잖아요."

홍 여사가 이 회장을 찌릿, 쏘아보며 앙칼지게 대답했다. 이 회장이 기가 막혀 뒷목을 부여잡았다.

"어허, 이 사람이!"

"어르신, 그럼 저하고 지금 거기 한번 가 보실래요? 걔네 둘이 같이 있다면, 제 생각에는 아무래도 거기밖에 없지 않을까 싶은데 말이에요."

"거기가 어딥니까. 알려만 주십시오. 저 혼자 가겠습니다."

"어머, 아니에요. 저도 같이 가서 확인을 해 봐야죠. 만약 어르신 말씀대로 우리 근우가 루애를 강제로 붙잡아 두고 있다면 저희도 알아야죠. 잠깐만 기다려 주세요. 제가 얼른 차 키만 가지고……."

돌아서려는 홍 여사를 하 사장이 얼른 붙잡았다.

"아니요, 그럴 것 없이 그럼 그냥 내 차로 같이 가십시다."

"어, 그럼 그럴까요?"

"어허, 이 사람이 점점! 가긴 어딜 가! 당신 이리 좀 와 봐."

하 사장의 뒤를 따라가려는 홍 여사의 팔뚝을 확 잡아챈 이 회장이 아내를 계단 쪽으로 끌고 갔다. 하 사장한테 들리지 않도록 소리를 죽여 윽박을 질렀다.

"당신 정말 왜 이래!"

"내가 뭘요. 애들이 같이 있을지도 모른다잖아요. 확인은 해 봐야 될 거 아니에요."

"하, 이런 답답한 사람을 봤나. 같이 있으면 어쩌려고. 저 노친네가 가만있을 것 같아? 어차피 시간이 지나면 저가 알아서 돌아갈 텐데, 왜 이 시간에 들이닥쳐서 일을 더 복잡하게 만들려고 그러나! 그래 봤자 어차피 끝난 애들이고, 더 이상 엮일 일도 없는 애들이야."

"누가 그래요, 끝난 애들이라고? 끝난 애들이면 다시 만났겠어요? 당신이 방금 그랬잖아요. 다시 만나고 있다고."

이 회장이 답답하다는 듯 성마르게 앞머리를 쓸어 올렸다.

"그야, 그건……."

"아, 난 몰라요. 나한테 더 이상 얘기하지 말아요. 은행에 근우를 끌어다 앉히든 말든 그건 당신 마음대로 하는데요, 이 일만은 그렇게 못 하겠네요. 당신은 몰라요. 루애, 그렇게 잃고 나서 우리 근우가 어떤 마음으로 지금껏 버텨 왔는지. 걔, 지금도 지 방에 루애 사진을 잔뜩 늘여 놓고 있어요. 난 손도 못 대게 한다구요. 당신 눈에는 안 보여요? 당신 아들이 하루가 다르게 삐적 말라 가는 게?"

"그래서 당신은 근우가 그 아이를 데려오면 다시 받아 주기라도 하겠다는 거야, 뭐야!"

"네! 받아 주고 말구요. 우리 근우가 걔 아니면 안 된다는데, 걔밖에 없다는데, 그럼 어떻게 해요! 멀쩡한 아들, 산송장으로 말라 죽어 가는 걸 지켜만 봐요? 난 지금이라도 루애가 우리 근우 다 용서하고 다시 만나 준다는 것만으로 너무 감사해요. 둘이 다시 잘만 된다면, 내가 여왕처럼 받들며 아주 업고 다닐 거라구요."

"제정신이 아니고만. 정신 차려, 이 사람아. 그건 아들을 위하는 게 아니야. 그리고 당신도 루애, 걔 이제 싫다며? 너무하다고 원망했었잖아."

그야, 하며 우물거리던 홍 여사가 남편을 획 째려보았다.

"그것도 다 지난 얘기구요. 끝만 좋으면 됐지, 뭘. 난요, 우리 근우가 걔가 옆에 있어야만 행복하다면 지난 원망 따윈 다 잊을 수 있어요. 솔직히 막말로 먼저 잘못한 건 우리 근우였잖아요. 그때 루애가 너무하다 싶을 만큼 독하게 떠난 거, 근우 엄마로서는 원망했지만 같은 여자로서는 이해 못 할 것도 없었다구요. 아니, 백 번 이해하고도 남지. 그리고 만에 하나 루애가 반대로 바람을 피워서 그렇게 됐었다고 해도, 우리 근우가 그럼에도 걔 아니면 안 된다고 못 잊고 그리워하다가 다시 만나서 결혼하겠다고 하면 난 그러라고 할 거예요. 그래야 우리 근우가 행복하다는데, 그걸 내가 왜 말려요? 어떻게 말려? 내 맘이 중요한가? 당사자인 근우 맘이 중요하지."

처음이라고 할 정도로 강경하게 나오는 홍 여사의 태도에 이 회장은 기가 막히고 당혹스럽기도 하여 더 이상 말을 할 수가 없었다.

"그리고 당신도 그러는 거 아니에요. 당신도 실은 걔네 둘이 지금 같이 있을 거라고 생각하면서 왜 근우 집에 못 가게 막으려는 거예요? 왜요, 걔네가 침대에 같이 있는 장면이라도 바깥 어른이 보게 된다면, 루애 책임지라고 근우 발목이라도 잡을까 봐? 하, 진짜. 딸 가진 부모하고 아들 가진 부모하고는 입장이 천지 차이라더니, 그 말이 딱 맞네. 그래도 그렇지, 아무리 루애가 마음에 안 들어도 걔네 둘이 진짜 다시 그렇게 깊은 사이가 됐다면 눈 딱 감고 받아 줘야지, 그걸 또 모른 척하고 억지로 떼어 놓을 궁리부터 해요? 루애가 당신 딸이라면 그랬겠어요?"

"하, 이 사람이 정말."

"난 차라리 걔네가 그러고 있었으면 좋겠네요. 그럼 바깥어른도 울며 겨자 먹기 식으로 허락할 수밖에 없을 거 아니에요."

"당신, 그래서 저 노친네를 거기로 데려가려는 거야?"

"네. 어쩌면 그 방법이 제일 빠를 수도 있을 테니까. 당신도 옛날에 그랬잖아요. 나 임신 먼저 덜컥 시켜 놓고 아버님한테 배 째라는 식으로 나가 놓고선. 그래서 아버님도 할 수 없이 나 허락해 주신 거 아니에요. 당신네 핏줄을 배고 있다는데 내칠 수가 없어서."

그야 그렇지만……. 이 회장은 미간을 잔뜩 찌푸리고 생전 처음으로 자신에게 바득바득 대드는 생경한 아내 얼굴을 심각하게 내려다보았다. 순하고 여리디여린 아내가 이 정도로 강하게 나오는 것을 보니, 여간해선 꺾일 것 같지가 않았다.

'흐음, 아무래도 내가 생각을 다시 해 봐야만 할 것 같군.'

"어떻게 할 거예요. 당신도 같이 갈 거예요? 아님 저리 비켜요. 바깥어른 기다리시잖아요."

자신을 밀치고 대문으로 달려가려는 홍 여사의 팔을 얼른 다시 잡아채고 이 회장이 마지못해 말했다.

"기다려. 차 키하고 외투 가지고 올 테니까."

"어머, 당신도 같이 가게요? 그럼 그냥 바깥어른 차 타고……."

"됐어. 내가 그 노친네 차를 왜 타나. 아직 이렇다 할 결론이 난 것도 아닌데. 기다려."

홍 여사한테 기다리라고 단단히 못을 박아 놓은 이 회장이 서둘러 집 안으로 달려갔다.

❈ ❈ ❈

삑삑, 삑삑삑.

도어록을 해제한 홍 여사가 빌라 문을 빼꼼 열고 집 안의 동정을 살폈다. 애들의 모습이 보이나, 안 보이나. 거실에는 아무도 없는 것 같기는 한데……. 그새를 못 참고 하 사장이 현관을 활짝 열고 홍 여사를 지나쳐 집 안으로 들어갔다.

가장 먼저 눈에 띈 건, 현관에 가지런히 놓여 있는 두 켤레의 신발이었다. 하나는 항공모함처럼 커다란 남자 로퍼였고, 그 옆에 나란히 놓여 있는 것은 심플한 디자인의 여자 단화였다.

그 단화가 루애의 구두라는 것을 단박에 알아본 하 사장의 얼굴이 붉으락푸르락 일그러졌다. 뒤를 따라 집 안으로 들어온 이 회장이 구두 두 켤레를 힐끗 내려다보고는 쓴 입맛을 다셨다.

'루애야!' 하고 크게 소리쳐 부르려는 하 사장의 팔을 재빨리 잡아채며 홍 여사가 손가락을 입으로 가져갔다.

"감금을 했든 뭐든 현장을 잡아야 되잖아요. 그러니까 쉿."

들릴락 말락 작게 소곤거린 홍 여사가 먼저 앞장을 섰다. 너른 거실에 본데없이 덜렁 놓여 있는 소파를 지나치던 세 사람의 입에서 동시에 '헉!' 하는 신음이 터져 나왔다. 테이블 주변으로 남자와 여자의 것이 분명한 옷가지들이 여기저기 널브러져 있었기 때문이었다.

금세 낯빛이 허옇게 질려 버린 하 사장이 비틀거리며 소파 등받이를 움켜잡았다. 반사적으로 부축한 이 회장의 손을 하 사장이 거칠게 '탁!' 쳐 냈다. 그에 이 회장도 괜한 일을 했다는 듯 손을 코트에 탁탁 털어 내며 고개를 휙 돌려 버렸다.

마음이 급해진 하 사장이 홍 여사를 뒤로 물리고 그녀가 열려던 방문 손잡이를 확 잡아당겼다.

홍 여사가 '어머' 하고 뒤로 물러난 것과 동시에 세 사람은 눈앞에 드러난 광경에 약속이나 한 듯 급하게 숨이 들이켜며 얼음이 되어 버렸다.

너른 거실만큼이나 커 보이는 공간에는 생뚱맞은 화장대 하나와 킹사이즈의 매트리스만이 놓여 있었다. 그리고 그 매트리스에는…… 근우와 루애가 연리지처럼 하나로 뒤엉켜 서로를 꼭 끌어안은 채 깊이 잠들어 있었다.

시트가 두 사람의 몸을 대충 가리고 있긴 했지만, 언뜻 봐도 알몸이라는 것은 삼척동자도 알 만큼 빤했다.

두 사람은 문이 벌컥 열리고 사람 기척이 느껴지는데도 세상 모르고 깊이 잠들어 있었다. 심지어 한시도 떨어지지 않겠다는 양, 서로를 꼭 끌어안고 무의식적으로 어루만지고 있었다.

근우가 잠결에 루애의 허리를 바짝 끌어당겨 안자, 루애가 으음, 기분 좋은 신음을 나른하게 흘리며 빙그레 미소 지었다.

"근우야……."

그러며 더욱 근우의 품으로 파고드는 루애. 근우가 그런 루애의 이마에 입을 맞추며 자세를 조금 바꾸었다. 뒤척이는가 싶던 근우의 허리가 야릇하게 움직이며 중요한 부위를 가리고 있던 얇은 시트가 미묘하게 흔들렸다. 그러자 대번에 루애의 입에서 한숨 섞인 야릇한 신음이 흘러나왔다.

"하아…… 근우야……."

어느 정도 예상은 했다지만, 다 큰 자식들의 정사 장면을 목격하는 것만큼 부모로서 충격적인 일도 없을 터였다. 거기다 아직 결혼도 하지 않은, 아니, 어디 결혼만 하지 않았다 뿐인가. 예전에 그 난리를 피우며 양가 부모들 마음을 시커멓게 태워 먹은 놈들이 아닌가.

그래 놓고 이제 와 천연덕스럽게 저러고 있는 모습을 보니 기가 찰 뿐이었다.

하 사장은 특히 더욱 그러했다. 믿는 도끼에 발등 찍힌 것마냥 루애한테 배신감까지 들었다. 오죽했으면 미진의 얘기를 듣는 순간, 근우가 강제로 루애를 어떻게 한 것이 분명하다고까지 생각을 했겠는가. 그런데…… 맙소사!

하 사장이 먼저 비틀거리며 뒤돌아 방을 나갔다. 딸아이가 벌거벗은 채 남자 놈 품에 안겨 신음을 흘리는 장면은 도저히 더 이상 눈뜨고 볼 수가 없었다. 하 사장이 걱정된 홍 여사가 그 뒤를 얼른 따라 나갔다.

이 회장 혼자 방문 앞에 우두커니 서서 두 아이의 꼬락서니를 무섭게 노려보았다. 그러나 그도 이내 고개를 절레절레 흔들며 시선을 돌렸다. 그리곤 옆으로 몸을 돌린 뒤 무섭게 소리쳤다.

"일어나!"

그제야 근우와 루애가 흠칫, 놀라 잠에서 깨어났다. 동이 터올 때까지 파김치가 되도록 근우한테 시달린(?) 루애는 눈은 간신히 떴지만 여전히 의식은 몽롱한 상태였다.

어떤 상황인지 감도 잡지 못한 채 멍하니 눈을 끔벅이는 루애 대신 근우가 먼저 문 앞에 서 있는 이 회장을 발견하고 번쩍 정신을 차렸다.

아버지!

소스라치게 놀란 와중에도 근우는 먼저 시트로 루애의 벗은 몸을 꽁꽁 덮어 주고 자그맣게 속삭였다.

"여기 가만히 있어."

"응? ……무슨 일인데?"

"……아버지가 오셨어."

"뭐!"

화들짝 놀란 루애가 눈을 번쩍 뜨고 자리에서 일어나려고 했다. 근우가 얼른 루애의 어깨를 눌러 도로 눕히고 다정하게 속삭였다.

"걱정 마. 내가 알아서 할게. 넌 그냥 여기 있어."

"하지만……."

"나 믿지?"

"……어."

루애는 겁먹은 표정으로 그를 올려다보면서도 순하게 고개를 끄덕거렸다. 그가 빙긋이 미소 지으며 루애의 이마에 입을 맞췄다. 그 모습을 곁눈으로 힐끗 쳐다본 이 회장이 혀를 끌끌 찼다.

"네놈이 알아서 하긴 뭘 알아서 해! 잔말 말고 둘 다 옷 갖춰 입고 밖으로 나와라. 하 사장…… 루애 아버님도 같이 오셨으니까 제대로 갖춰 입고 나와."

그리고 이 회장은 문을 쾅 닫고 밖으로 나가 버렸다.

"헉!"

루애의 입에서 경악에 찬 비명이 터져 나왔다. 금세 하얗게 질린 루애가 용수철처럼 상체를 일으켰다. 비명이 터져 나올 것 같은 입을 틀어막고 안절부절못했다.

"어떡해, 어떻게 하지? 아, 아빠가 여길 어떻게 알고……. 어떻게 해, 근우야. 설마 세 분이 같이 오신 건가? 대체 우리가 여기 있는 건 어떻게 아시고……."

"글쎄, 나도 전혀 예상하지 못했던 상황이라서 뭐가 어떻게 된 건지……."

황당하고 당혹스럽긴 근우도 마찬가지라서 그는 굳은 얼굴로 턱을 쓸어내렸다. 자신의 부모님뿐이라면 어떻게든 그가 해결할 수 있을 터였다. 허나 아버님까지 계시다면…… 그건 문제가 달랐다. 그의 설득과 고집 몇 마디로 간단히 넘어갈 수 있는 문제가 아닌 것이다.

헌데 가만 생각해 보니, 어쩌면 차라리 잘된 건지도 모르겠다는 생각이 들었다. 기왕 이렇게 된 거, 오늘 이 자리에서 하 사장한테 맞아 죽더라도 정면 돌파하는 것이 좀 더 빠르고 효과적으로 루애와의 관계를 다시 인정받는 길이 아닐까 싶었다.

근우가 양손으로 루애의 어깨를 잡고 단호한 어조로 속삭였다.

"루애야, 잘 들어. 우리 부모님이나 아버님이 뭐라고 하시든 넌 가만히 있어. 용서를 구하든 뭐든 내가 다 알아서 할 테니까 넌 그냥 내 옆에만 있어. 아버님이 나한테 주먹을 날리신다고 해도 절대 끼어들지 마."

"싫어. 우리가 같이 결정해서 선택한 건데 왜 너한테만 짐을 지워. 우리 아빠는 내가 잘 알아. 내가 말씀드릴게. 당장은 너무 놀라고 화가 나셔서 어떤 말도 들으려 하지 않으시겠지만, 결국엔 이해해 주실 거야. 인정하고 받아 주실 거야. 어쩌시겠어, 내가 좋다는데. 너 아니면 안 되겠다는데."

"진짜? 이제 나 아니면 안 되는 거, 확실해?"

이 와중에도 그가 환하게 미소 지으며 그녀를 사랑스러워 죽겠다는 듯 뜨거운 시선으로 바라보았다.

"어, 확실해."

두 사람의 입술이 너무도 자연스럽게, 당연하다는 듯이 하나로 겹쳐졌다. 살짝 맞닿았다가 떨어진 입술이 잠시의 떨어짐도 참지 못하겠다는 듯이 다시 겹쳐지고, 또다시 겹쳐지고를 반복하다 이내 뜨거운 키스로 발전했다.

두 사람은 시트가 벗겨지는 것도 모른 채 서로를 꼭 끌어안고 체취와 숨결을 나누며 오랫동안 키스를 했다.

그가 그녀의 허리를 휘감아 바짝 끌어당기고, 그녀가 그의 목을 휘감으며 매달렸다. 루애는 어느새 근우의 탄탄한 허벅지 위에 답삭 올라가 있었다.

그가 루애의 달콤한 숨결과 타액을 거침없이 탐하며, 금세 달아올라 조금씩 본능적으로 움직이기 시작하는 그녀의 엉덩이를 와락 움켜잡고 이미 웅장하게 커져 버린 제 분신에 그녀의 중심을 빈틈없이 밀착시켰다. 음란하게 비벼지는 자극에 루애가 신음을 흘리며 애원했다.

"하아, 하아. 근우야……. 하지 마. 안 돼. 밖에……."

"알아. 안 해. 그런데 하아…… 미치겠다. 그냥 이대로 네 안에 들어가고 싶어. 나로 인해 신음하며 우는 네 얼굴을 다시 보고 싶어. 그럴 때 네 얼굴이 얼마나 예쁜지 알아? 얼마나 사랑스러운지 알아? 그럴 때 네가 날 얼마나 미치게 만드는지……."

루애가 아랫입술을 깨물며 손끝으로 근우의 얼굴을 어루만졌다. 그리곤 그 못지않게 떨리는 목소리로 허덕거리며 속삭였다.

"알아, 나도 그러니까. 너처럼 나도……."

그때였다. 문밖에서 이 회장의 호통 소리가 벼락처럼 날아왔다.

"뭐하는 게야! 서두르지 않고!"

움찔한 두 사람이 이크, 하는 표정으로 어깨를 움츠렸다. 그러다 이내 서로를 바라보며 소리 없이 키득거렸다.

잠시 후, 삭막할 정도로 넓기만 한 거실에 마침내 다섯 명의 사람들이 모였다. 파리한 안색으로 입을 꾹 다문 채 표정마저 참담하게 일그러져 있는 하 사장과 다르게, 건너편 소파에 홍 여사와 나란히 앉아 있는 이 회장의 얼굴은 무섭도록 차갑고 담담하기만 했다.

홍 여사는 잔뜩 긴장한 얼굴로 남편과 하 사장의 눈치를 힐끔힐끔 살피며 가끔씩 근우와 루애를 향해 따뜻하게 미소 짓고는 했다. '걱정 마. 다 잘될 거야' 라는 응원의 기운을 담뿍 담아서.

그 앞에 근우와 루애는 두 손을 꼭 맞잡고 서 있었다. 루애의 옷이 거실에 있었던 터라 그녀는 아쉬운 대로 근우의 커다란 옷을 헐렁하게 입고 있었다.

이 집에 있는 옷이라고 해 봤자 온통 검은색에 디자인까지 비슷비슷한 것들뿐이라 두 사람의 모습은 일부러 커플티를 입은 것만 같았다. 그 모습이 또 괘씸하고 불쾌한 하 사장은 고개를 아예 돌려 버리고 두 사람을 쳐다보려고조차 하지 않았다.

시간은 어느덧 오전 9시를 향해 달려가고 있었다.

상황이 상황인지라 방에서 나오기 전에 급히 회사에 병가를 낸 루애는 어른들이 먼저 어떤 말이라도 해 주시기를 기다리며 담담히 고개를 숙였다.

그런데 세 분 중 어느 분 하나 먼저 입을 열 생각을 하지 않았다. 안 되겠다 싶어 죄송하다고 입을 떼려는데, 근우가 한발 빨랐다.

“죄송합니다. 제가 생각이 짧고 어리석어 부모님들께 너무 많은 심려를 끼쳤습니다. 루애한테도 용서받기 힘든 잘못을 저질렀습니다. 모두 제가 부족하고 못난 탓입니다. 그런 저 하나 때문에 세 분, 그리고 루애까지 겪지 않았어도 될 힘든 시간을 겪게 하고 아픈 상처를 줬습니다. 입이 열 개라도 드릴 말씀이 없습니다. 죄송합니다. 용서해 주십시오.”

그러자 참담한 표정으로 입을 꾹 다물고 있던 하 사장이 불이 당겨진 도화선처럼 근우를 획 돌아보며 벼락처럼 고함을 내질렀다.

“그런 놈이, 그렇게 잘 아는 놈이 일을 또 이 지경으로 만들어? 네놈이 뭔데, 무슨 염치로 또 우리 루애 앞에 나타나서 애를 흔들어 놓는 게냐. 이제 겨우 다 잊고 잘 살고 있는 애를 네가 뭔데, 무슨 자격으로! 네 이노옴, 네놈이 또 뭔 술수를 부려서 우리 애를 꼬드겼는지는 모르겠다만, 어림없다. 아무리 이런 짓을 벌여도 난 절대 네놈을 용서 못 해!”

“아빠! 그런 게 아니에요. 아빠, 제발…… 역정만 내지 마시고 저희 말도 좀 들어 주세요.”

루애가 한 발 앞으로 나서며 간곡히 사정했다. 그러자 하 사장이 테이블을 쾅 내리치며 자리에서 벌떡 일어났다.

“말은 무슨 말! 더 들어 보고 자시고 할 것도 없다. 안 되는 건 안 되는 거야! 네가 무슨 마음으로 저놈을 용서했는지는 몰라도 그걸 아비한테 강요하지는 마라. 나는 다른 건 몰라도 한 입으로 두 말 하는 놈, 결혼도 하기 전에 여자 문제로 널 아프게 하는 놈 따위는 상종도 하고 싶지 않다. 절대 용서 못 해! 가자. 이런 자리에는 더 이상 있고 싶지도 않구나. 우리 얘기는 집에 가서 따로 하기로 하고, 썩 따라 나와!"

"아빠! 저한테 실망하셨다는 거 알아요. 아빠가 어떤 심정이신지, 저 때문에 얼마나 아파하셨는지도 잘 알아요. 그래서 너무 죄송해요. ……죄송해요, 아빠. 잘못했습니다. 그땐 제가 너무 어렸어요. 변명 같지만, 너무 어려서 제 안의 상처밖에 보지를 못했어요. 아빠가 그런 저 때문에 얼마나 아파하고 괴로워하시는지 알면서도 일부러 모른 척하고 외면했어요. ……그래도 우리 결국에는 서로 용서하고 이해했잖아요."

"너!"

하 사장은 단박에 루애가 아비를 원망하고 증오했었던 어린 시절의 이야기를 하고 있다는 것을 알아차렸다. 서로 알면서도 너무 미안하고 아파서 모른 척 인내하며 덮고 지나쳐 왔던 그 시절의 이야기를 말이다.

그런데 이제 와서 그 얘기를 꺼내다니! 저놈이 너한테 그렇게 중요하단 말이냐? 저놈이 너한테 그렇게 대단한 의미야! 어떻게 네가 이 아비한테 그런 말을 꺼낼 수가 있니. 어떻게! 루애를 쳐다보는 하 사장의 주름진 눈가가 경련하듯 부들부들 떨렸다.

"그러니까 아빠, 아빠도 이제 그만 근우를 용서해 주세요. 제 잘못을 근우한테 전가시키지 마세요. 근우, 저 배신했던 거 아니에요. 전부 말씀드릴 수는 없지만 그럴 만한 사정이 있었어요. 오해였다구요. 그런데 제가 옹졸해서 근우 얘기를 들어 보려고 하지 않았어요. 들어 보려고도 하지 않고 제 마음대로 판단하고 결론짓고…… 제 스스로를 상처 입히고 아빠를 힘들게 했어요. 그리고 근우를 고통 속으로 밀어 넣어 버렸어요. 그런데도 근우는 절 포기하지 않아 줬어요. 절 원망하지 않는대요, 절 용서해 준대요."

루애가 시선을 돌려 이 회장과 홍 여사를 바라보았다. 고개를 푹 숙이고 사죄했다.

"정말 죄송합니다. ……죄송합니다."

너무 면구스러워 차마 아버님, 어머님이라는 말은 나오지 않았다. 홍 여사는 양손으로 얼굴의 반을 가리고 '어머, 아니야, 얘' 라는 말만 반복하며 눈물을 주룩주룩 흘렸다.

근우가 얼른 루애를 제 등 뒤로 감추며 앞으로 나섰다.

"아닙니다, 아버님. 모두 제 잘못입니다. 제가 어리석고 모자라서 벌어진 일입니다. 이전 일도 그렇고 이번 일도……. 루애를 되찾아야 한다는 생각밖에 하지 못했습니다. 솔직히 부모님은 그다음이라고 생각했습니다. 우리 둘의 사랑이 견고하다는 것을 확인해야만 부모님들 앞에서 떳떳하게 용서를 구하고 말씀드릴 수 있다고 생각했습니다. 결코 이런 식으로 충격을 드릴 생각은 없었습니다. 이렇게 루애와 제가 다시 시작하기로 했다는 사실을 알려 드리게 된 점은 깊이 사과드립니다. 죄송합니다, 아버님."

근우가 시선을 들어 하 사장을 똑바로 바라보았다.

"하지만 저희의 결정을 후회하지는 않습니다. 잘못했다고 생각하지도 않습니다. 루애와 저, 이제 어떤 일이 있어도 두 번 다시는 헤어지지 않을 겁니다."

"누구 마음대로! 내가 허락할 성싶으냐?"

"쉽지 않을 거라는 거 압니다. 어쩌면 제가 아버님한테 인정받는다는 건 불가능한 일일지도 모르죠. 하지만 그 또한 포기하지 않을 겁니다. 최선을 다해 볼 생각입니다. 그게 루애를 진정 위하는 길일 테니까요. 하지만 아버님이 저를 끝내 용서해 주시지 않으셔도, 인정해 주시지 않으셔도 제가 루애의 손을 놓는 일은 결코 없을 겁니다. 루애가 제 손을 놓는 일도 없을 거구요. 저희는 반드시 함께할 겁니다."

"이, 이!"

하 사장의 손이 번쩍 치켜 올라갔다. 그러나 근우는 피하기는커녕 눈도 깜박하지 않았다. 깊은 눈빛으로 일그러진 하 사장의 얼굴을 내려다보며 담담하게 말했다.

"루애는 제 여자입니다, 아버님."

급기야 하 사장의 손이 근우의 뺨으로 날아갔다. 찰싹! 새된 마찰음이 공간을 울리며 근우의 얼굴이 왼쪽으로 휙 돌아갔다.

"아빠!"

"근우야!"

루애와 홍 여사의 입에서 동시에 비명이 터져 나왔다. 이 회장은 사납게 입술을 일그러트렸을 뿐, 미동도 하지 않았다.

근우가 루애를 보고 괜찮다며 빙긋이 웃어 보였다. 그리곤 씩씩거리는 하 사장을 향해 깊숙이 고개를 숙였다. 자리에서 벌떡 일어나 어쩔 줄 몰라 하는 홍 여사를 향해서도 괜찮다며 미소를 지어 보인 뒤 홍 여사와 이 회장에게 고개를 깊숙이 숙였다.

"죄송합니다."

근우는 고개를 들어 매섭게 자신을 노려보는 이 회장과 시선을 얽었다. 허공에서 부자(父子)의 시선이 첨예하게 대립했다.

"루애와 함께하기 위해서 먼 길을 돌아왔습니다. 좌절도 하고 타협도 하고 제 인생의 항로를 바꾸기도 했습니다. 그러나 이젠 더 이상 헤매지 않을 겁니다. 더 이상의 타협도 없습니다. 허나 제가 한번 결정한 일에는 책임을 다할 겁니다. 그러니 믿고 지켜봐 주십시오. 제가 사랑하는 사람을 어떻게 지켜 가는지, 어디까지 갈 수 있으며 약속을 어떻게 지켜 내는지, 저희 두 사람이 어떻게 살아가는지를 말입니다. 부탁드립니다."

이 회장의 입술이 비스듬히 기울어졌다.

'요놈 보게. 어쨌든 은행에 들어가겠다는 약속은 지킬 테니 헛짓은 하지 말라, 이 뜻이렸다?'

근우도 이 회장이 수틀리면 뭔 짓을 벌일지 모르지는 않는 모양이었다. 그럼 간신히 잡은 저 아이와 결국에는 철천지원수가 되어 현대판 로미오와 줄리엣이 되리라는 것도 말이다.

'자식, 그럼 나 죽었습니다, 제발 한 번만 봐주십시오, 하고

넙죽 엎드릴 것이지, 어서 되도 않은 협박질을 하고 있나. 하긴, 안 그러면 이 이만섭의 아들이 아니지.'

곧 죽어도 고개를 빳빳이 쳐드는 게 역시 내 아들이구나 싶어 은근히 마음이 흡족했다. 따지고 보면 이 회장으로서도 밑질 것 없는 장사였다.

탐탁지 않은 며느리를 보는 것이 영 내키지는 않지만, 어쨌든 제 놈이 제 발로 기꺼이 은행으로 들어와 아비의 뜻대로 살아 보겠다고 하지 않는가. 저 아이만 옆에 두게 해 준다면 말이다.

강제로 은행에 들어오게 할 수는 있어도 아비에 대한 반감으로 능력 발휘도 하지 않고 작심한 채 엇나가면 그건 또 어쩌나 골치가 아팠는데, 저 아이와 짝만 맞춰 주면 적어도 그런 걱정은 하지 않아도 될 것이 아닌가.

덤으로 아내를 기쁘게 해 줄 수도 있고 하 사장, 지 딸이 뭐나 된 줄 알고 깝죽거리는 저 망할 노친네 속도 뒤집어 놓을 수 있으니 일석삼조가 아닌가 싶었다.

'애지중지하는 딸내미, 나한테 뺏기면 속이 타 아주 죽으려고 하겠지? 흥, 누구 덕에 그 알량한 회사 유지하고 있는지도 모르는 주제에, 고마운 줄 모르고 남의 귀한 아들을 괄시하더니. 망할 노친네. 오냐, 한번 당해 봐라.'

이 회장이 싸늘히 굳어 있던 표정을 풀고 자리에서 일어났다. 그리고 고심하듯 고개를 끄떡이며 앞으로 걸어가 근우와 루애 앞에 섰다.

당치도 않은 인자한 표정으로 아들의 어깨를 한 번 툭, 쳐 주고 바짝 굳어 있는 루애의 손을 꼬옥 잡아 주었다. 흠칫, 놀란 루애가 고개를 번쩍 들고 이 회장을 올려다보았다.

화장을 하지 않아 더욱 뽀얗고 하얀 루애의 말간 얼굴을 안타깝게 내려다보며 이 회장이 다정하게 말했다.

"이런, 너도 놀라긴 많이 놀랐나 보구나. 안색이 아주 창백해. 쯧쯧. 하긴 얼마나 기겁을 했겠어. 갑자기 어른들이 들이닥쳤는데. 에휴."

한숨을 푹 내쉬며 루애의 손등을 톡톡 두드렸다.

"그래, 니들이 정 좋다면, 서로가 아니면 안 되겠다는데 어쩌겠니. 이렇게 벌써 운우지정까지 다 통하고 확고하다는데 말이야. 만약 이놈이 그만두겠습니다, 했어도 내가 안 된다고 했을 게다. 요즘 세상이 아무리 변했어도 결혼도 하지 않은 남의 집 처자를 취했으면 사내놈이 책임을 져야지. 우리 집안 핏줄이 벌써 들어섰을지도 모르는데 나 몰라라 해서야 말이 되나."

뽀얗던 루애의 얼굴이 삽시간에 벌겋게 달아올랐다. 루애가 고개를 푹 숙이고 아랫입술을 잘근거렸다.

"근우 말마따나 먼 길을 돌아오긴 했다만, 결국 이리 된 걸 보면 아무래도 네가 우리 집 사람이 될 운명이긴 했던가 보다. 아가야, 고맙다. 어쨌든 우리 근우 맘 다시 받아 주고 이놈 얼굴에 생기 나게 해 줘서 말이다. 나나 근우 엄마나 다른 건 일절 상관없는 사람들이다. 무조건 우리 아들의 행복이 제일이고 우선이지. 그리고 그 행복이 바로 너라면, 너 또한 우리한테는 제일이고 우선이다. 솔직히 네가 그렇게 우리 근우 떠나 버리고 나서 널 원망하는 마음이 들지 않았던 건 아니다. 저놈이 오죽 망가졌었어야지. 헌데 그도 다 지난 일이니, 우리 서로 깨끗이 잊고 훌훌 털어 버리자꾸나."

"아버님……."

비로소 루애의 입에서 아버님이라는 말이 흘러나왔다. 이 회장의 깊은 배려와 자상함에 감동한 루애의 눈에서 뜨거운 눈물이 흘러내렸다.

"울긴 왜 울어. 이렇게 좋은 날에. 고운 얼굴 다 망가지겠고만. 울지 마라. 네가 울면 이 녀석은 피눈물을 흘린다."

"네, 네, 아버님……. 감사합니다. 정말 감사합니다. 그리고 너무 죄송해요."

"아니다. 이젠 그런 말도 하지 말자. 다 훌훌 털어 버리고 잊자니까. 아, 네 아버님 때문에 그러니?"

이 회장이 부러 하 사장을 힐끗 내려다보았다. 하 사장은 갑작스러운 이 존극에 어지간히 기가 막힌지, 꺽꺽거리며 가슴을 치고 있을 뿐이었다.

"그래, 그 마음도 이해한다. 너한테 하나뿐인 부모님 아니냐. 안사돈 돌아가시고 나서 널 혼자 이만큼 키우셨는데, 행여라도 딸자식 잘못될까 염려하시는 마음이야 어련하실까. 그런 아버지 뜻을 거스르는 너도 마음이 영 편치 못할 거고. 허나 걱정 마라. 네가 아들딸 낳고 잘 사는 모습 보여 드리면 언젠가는 다 용서하시고 기뻐해 주실 게다. 그때까지는, 아니지, 어디 그때뿐인가. 앞으로 죽을 때까지 평생 내가 네 아버지고, 이 사람이 네 어머니다. 우리 근우 잘 부탁하고, 앞으로 행복하게 잘 살아 보자구나, 아가야.”

이 회장의 그럴싸한 퍼포먼스에 감동한 홍 여사가 ‘어머, 여보’ 하고 달려와 남편을 우러러보며 눈물을 흘렸다. 연신 눈물을 닦아 내며 한 손으로는 근우의 어깨를 쓸어내리고 다른 한 손으로는 루애의 어깨를 꼭 끌어안았다.

루애도 ‘어머니’ 하며 홍 여사를 꼭 끌어안았다. 그 모습이 흡사 사랑으로 가득 찬 한가족 같았다.

두 눈 멀쩡히 뜨고 있다가 난데없이 끼어든 독사 한 마리한테 하나밖에 없는 금쪽같은 딸내미를 강탈(?)당한 하 사장은 기함한 것도 기함한 거지만 억장이 무너지는 것 같았다.

헌데 눈물을 뚝뚝 흘리며 홍 여사한테 꼬옥 안겨 있는 루애를 보니, 성질대로 고함을 지르며 딸을 빼앗아 올 수도 없었다. 그랬다간 정말 자신만 개밥의 도토리 신세가 되어 독사 같은 이 회장한테 딸을 완전히 뺏겨 버릴지도 모르겠다는 생각이 불쑥 든 까닭이었다.

거기다 자꾸 운우지정이 어쨌네 하며 애가 들어섰을지도 모른다는 소리까지 해 대니 딸 가진 아비로서 합죽이가 될 수밖에 없었다.

몇십 년 만에 상봉한 모녀 지간처럼 서로를 끌어안고 우는 루애와 홍 여사의 머리 위로 근우와 이 회장의 시선이 은밀하게 마주쳤다. 근우가 피식, 웃으며 고개를 까닥거렸다.

어쨌든 감사합니다, 아버지.

웃지 마, 이 녀석아, 징그러워. 내 이번에는 속는 셈치고 져 준다만, 다음에는 어림도 없을 줄 알아. 어딜 감히 아버지를 이기려고 들어. 약속이나 어기지 말고 확실하게 지켜! 이래 놓고 또 딴마음만 먹어 봐라. 그땐 내……!

루애 배 속에 진짜 아버지 손자가 자라고 있을지도 모르는데요? 손주 재롱 보고 싶으시면…… 알아서 하십시오.

뭐, 뭐, 뭐야!

훗, 걱정 마십시오. 약속, 꼭 지키겠습니다. 그러니 아버지도 약속, 꼭 지켜 주십시오. 제 행복이 제일이고 우선이시라면서요. 그 행복이 루애라면, 루애 역시 아버지한테 제일이고 우선이구요. 그 제일과 우선만 잊지 마시고 지켜 주시면 됩니다.

내, 내 저놈을! 으이그, 내가 말을 말아야지. 말로 저놈을 어떻게 당해! 고얀 놈, 아비를 꼭 이겨 먹으려 들어. 걱정 마라! 네놈이 약속 지키면 나도 그놈의 약속, 철석같이 지킬 테니.

'흥!' 하고 고개를 팩 돌려 버리는 이 회장이었다. 근우의 입가에 미소가 더욱 깊어졌다.

피도 눈물도 없는 돈놀이꾼에, 독사 같은 기업 사냥꾼이라는 꼬리표를 훈장처럼 평생 달고 살아온 아버지. 천문학적인 자금을 등에 업고 사람들의 약점을 틀어쥔 채 전횡을 휘둘러 온 무서운 분이었지만, 그런 아버지에게도 가장 치명적인 약점이 있었으니, 그건 바로 어머니와 아들, 특히 하나밖에 없는 아들, 근우였다.

그래서 아들인 그로서는 아버지를 존경할 수는 없었지만 사랑할 수밖에 없었다. 그리고 그 자신에게도 가장 치명적인 약점이 하나 있었다.

세상에 하나뿐인 유일한 사랑, 절대적인 신앙, 하루애.

그 약점은 언젠가는 아버지처럼 하나에서 둘 혹은 셋이 될 터였다. 그리고 그 약점은 배가 된 만큼 더 큰 행복과 축복으로 다가와 그를 세상에서 가장 강한 남자로, 강한 아버지로 만들어 줄 것이다.

내 여자, 내 사랑, 내 가족, 그리고 우리…….

그 우리를 내려다보는 근우의 눈가가 촉촉이 젖어 들어갔다.

Epilogue

"아니라니까."

"아니긴. 내 이 두 눈으로 똑똑히 봤는데 뭐가 아니야!"

"아니야, 아니라니까! 도대체 사람이 왜 그래? 제발 의심할 걸 좀 의심해라. 어떻게 그런 의심을 하냐? 그냥 어쩌다 보니까 우연히……. 하유, 말을 말자."

"어라, 이것 봐. 점점. 왜 갑자기 말을 말재? 왜, 뭔가 켕기는 게 있긴 있나 보지? 거봐, 내 그럴 줄 알았어. 내가 나타나니까 갑자기 입 딱 다물고 허둥지둥 급하게 빠져나가는 눈치가 딱 그렇더라니까! 안 그럼 다 늦은 저녁 시간에 사무실에서 단둘이 대체 뭘 하고 있었던 거야? 게다가 딱 달라붙어 있던 그 야리꼬리한 포즈는 또 뭐고!"

"야리꼬리는 무슨! 말했잖아. 내가 실수로 서류철을 떨어트렸는데 흩어져 있는 서류를 줍다가 서로를 못 보고 부딪혀서 넘어지려던 걸 잡아 준 거라구. 그때 마침 네가 들어왔던 것뿐이야. 아, 제발 이제 그만하자. 도대체 몇 번이나 설명을 해야 돼? 네가 오해할 만한 상황이었다는 건 충분히 이해하는데, 그래도 이건 너무하잖아. 너, 이거 의처증 초기 증상이야. 알아? 비켜, 나 씻을 거야."

루애는 정말 넌더리가 난다는 듯 손사래를 치며 드레스 룸으로 휭하니 들어가 버렸다. 씩씩거리던 근우가 어쭈, 하는 표정으로 눈을 부라리며 냉큼 뒤쫓아 들어갔다. 재킷을 벗어 옷걸이에 거는 루애의 어깨를 그가 확 잡아 돌렸다.

"말해. 그놈이 너한테 무슨 짓을 하려고 했는지 다 말하란 말이야."

정말 징하다, 이근우. 회사에서 집으로 오는 내내 몇 번이나 말해 줬는데 대체 뭘 더 말하라는 건지. 한 시간 가까이 하도 들들 볶였더니 이젠 막말로 없는 얘기라도 지어내 들려 주고 싶은 심정이었다.

허나 있지도 않은 얘기를 어떻게 지어내란 말인가. 요즘 같아선 이근우, 진짜 의처증으로 정신과 상담이라도 받게 해야 되는 거 아닌가 싶다.

생전 가야 질투심 따위는 있지도 않던 사람이 얼마 전부터 잊을 만하면 저 난리를 피우는데……. 의심병도 전염이 되는 건 아닌가 심히 의심스러울 지경이었다.

옛말에 부부는 살면서 닮아 간다는데 아무래도 그녀 탓인 듯

싫기도 하고, 아우, 몰라. 하여튼 피곤해 죽겠다.

근우와 엄청난 파장을 일으키며 극적으로 결혼에 골인한 지 어언 5년째. 이젠 근우도 서른세 살. 드디어 그도 장년의 나이대에 접어들었다. 그래서 그런가. 두어 달 전, 별일도 아닌 것으로 괜히 신경을 곤두세우더니 오늘로 벌써 세 번째였다.

처음 발단은 오랜만에 만난 현설과의 단순한 포옹 때문이었다.

현설이 오랜 시간 매달렸던 '5D MAX-1'이 드디어 작년에 개발에 성공했다. 작은 칩이 내장된 셋톱박스를 TV 수상기나 모니터에 연결만 시키면 가정에서도 얼마든지 5D 영상을 볼 수 있는 시대가 열린 것이다.

대기업이 아닌 일개 벤처 수준의 영세 회사가 일궈 낸 그야말로 새 시대의 변혁이었다. 국내 IT 업계는 물론 세계가 다 깜짝 놀랐었다.

대기업에서 서로 자기네와 제휴하자는 제안이 줄을 잇고 투자 제안도 물밀듯이 밀려 들어왔다. 그중에는 세 살배기 어린아이들도 다 알 만한 세계적인 외국 기업도 있었다.

한솔은 고민 끝에 그 유명한 외국 기업과 손을 잡았다. 그것도 당당한 파트너 자격으로 말이다. 해서 현설은 지금 미국 캘리포니아 쿠퍼티노시에 가 있었다. 회사의 본사가 거기 있기 때문이다.

그 회사의 캠퍼스라고도 불리는 곳에서 현설은 당당히 한솔시스템 미국 지사라는 간판을 내걸고 상용화 개발에 더욱 박차를 가하고 있었다.

그녀 자신이 이룬 성과도 아닌데 어깨가 으쓱거려질 정도로 현설이 얼마나 자랑스러운지 모르겠다. 그런 분과 함께 일을 하고 있다는 것만으로도 그녀는 자신이 참으로 운이 좋다고 생각했다.

헌데 그런 분과 오랜만에 봐서 반갑다고 포옹 한 번 한 걸 가지고 그 난리를 피우고, 오늘만 해도 어쩌다 현설과 단둘이 사무실에 있게 된 걸 보고는 또 저 난리였다. 다른 남자 직원들하고 같이 있을 땐 안 그러는데, 왜 현설만 보면 눈이 쌍심지가 되는지 모르겠다.

"내 참, 기가 막혀서."

그래도…… 뭐, 살짝 귀엽기는 하다. 내 남자가 질투하는 모습이 그렇게 귀여운지 예전에는 미처 몰랐는데.

하여 그날 밤, 근우의 상한 마음도 풀어 줄 겸 큰맘 먹고 찐한 서비스를 해 줬었다. 움직이지 못하게 손을 넥타이로 묶어 놓고 입으로 턱이 빠지게…… 흠흠. 깜짝 놀라는 척하면서 좋아하기는 또 어찌나 좋아하던지.

그 모습에 그녀까지 또 확 가서는 끝까지 해 주는 바람에 다음 날 오전 내내 턱관절이 다 얼얼했었다. 좀체 빨리 끝나는 사람이어야 말이지. 한번 서면 한 시간도 좋다 하는 사람이니…….

뭐, 그런 절륜한 젊은 남편 덕분에 매일 밤 파라다이스를 경험하긴 하지만 말이다.

어쨌든 그날 밤은 환락, 그 자체였다. 원래도 사랑하는 사람들끼리 사랑을 나눌 땐 창피한 것도, 꺼려할 것도 없다는 주의라 서로 맘만 맞으면 별의별 낯부끄러운 행위도 다 했었지만 그날 밤에는 정말 이렇게까지 해도 되나 싶을 만큼 둘 다 거의 미쳤었다. 옆방에 잠들어 있던 정민이 깨지 않은 것이 되레 신기할 정도로 말이다.

하긴 우리 아들이 효자이긴 하지.

갓난아기 때부터 얼마나 의젓하고 점잖으신지, 밤낮이 바뀐 적도 없고 한번 잠들면 세상모르고 깊이 자 주는 기특한 아들이었다.

5년 전 그날. 이 회장이 루애의 배 속에 이씨 집안 핏줄이 자라고 있을지도 모른다고 했던 말이 씨가 됐는지, 루애는 정말 덜컥 임신을 해 버리고 말았다.

덕분에(?) 하 사장은 입 한 번 벙긋 못 해 보고 울며 겨자 먹기로 두 사람의 결혼을 허락해 줄 수밖에 없었다.

그렇게 두 사람은 양가의 축복(?) 속에 3개월 만에 결혼을 하고 근우가 혼자 지키고 있던 두 사람의 보금자리, 청담동 빌라에서 신혼 생활을 시작했다. 그리고 7개월 후에 눈에 넣어도 아프지 않을 보물, 정민이 태어났다.

유별나게 입덧도 심했고, 루애가 노산이라고 홍 여사가 어찌나 노심초사 걱정을 하던지 신혼여행은 꿈도 못 꿨다. 두 사람이 처음으로 하나가 되어 사랑을 나눴던 서울 시내의 호텔 스위트룸에서 5일 동안 푹 쉬며 마음껏 먹고 자고 한 것으로 대충 때울 수밖에 없었다.

정민은 말 그대로 복덩어리였다. 견원지간까지는 아니어도 내내 서먹하기만 했던 양쪽 부모님들을 한가족으로 완전히 묶어 줬으니까. 뭐, 가끔 정민을 서로 차지하겠다고 다투시기는 하지만.

모유를 떼고 난 몇 달 전부터는 한 주가 멀다 하고 서로 정민을 당신들이 돌보겠다며 쟁탈전을 벌이시니, 정작 부모인 근우와 루애가 아들과 함께할 시간이 모자랄 정도였다. 그러니 정민이 네 살이 된 지금은 오죽하겠는가.

저번 주에는 시부모님들이 정민을 달랑 들고 가 내내 끼고 사셨는데, 그게 또 엄청 샘이 나셨는지 정민이 집에 돌아오자마자 이번에는 하 사장이 '이번 주는 내 차례다' 하시며 어제 데리고 가 버리셨다.

정민이 바다를 보고 싶다고 했다면서 제주도까지 가 버리셔서 이번 주에도 정민의 얼굴을 보기는 다 글렀다.

일에 바쁜 엄마, 아빠를 대신해 낮에 정민을 돌봐 주시는 건 대단히 감사한 일이기는 하나 가끔은 너무들 하신다는 생각이 들었다.

하여 루애는 요즘 일을 관두고 정민과 하루 종일 있을 수 있는 전업주부가 되어 볼까 하는 생각을 심각하게 고려 중이었다. 은행에서 중요한 직책을 맡고 있는 근우가 일을 관두고 집에 들어앉을 수는 없는 노릇이니 말이다.

아까도 현설한테 퇴직 얘기를 넌지시 꺼내 보려고 하던 중이었는데, 근우가 갑자기 들이닥쳐선 빨리 퇴근하자며 공포 분위기를 마구 조성해 댔던 것이다.

현설이 성격이 좋아 껄껄 웃어 넘겨 줘서 그렇지, 루애 입장에서는 근우가 그럴 때마다 정말 미안하고 창피해서 현설을 볼 낯이 없었다.

루애는 얼른 속옷과 편한 옷을 챙겨 들고 드레스 룸을 나와 욕실로 향했다. 화장대 앞에 앉아 클렌징을 하려는데 지치지도 않고 따라 들어온 근우가 연신 씩씩거리며 거울 속의 그녀를 노려보았다.

"하루애, 너도 그래. 내가 그 늙은이하고 단둘이 있는 거 싫어하는 거 알면서 왜 툭하면 같이 있는 건데?"

이건 또 무슨 말도 안 되는 억지인가. 루애가 클렌징크림을 탁 내려놓고 기가 막힌다는 표정으로 근우를 쳐다보았다.

"그럼, 같이 일하는데 사장님만 보면 피하니? 말이 되는 소리를 해."

"그렇다고 꼭 단둘이 남아 있을 필요는 없잖아."

"일하다 보면 그럴 수도 있는 거지. 그럼 일하다 말고 사무실에 아무도 없구나, 사장님이 오시는구나, 그러면 하던 일 접고 줄행랑쳐? 어떻게 그러니? 그리고 대체 사장님이 뭘 어쩌셨다고 이래. 너 정말 이상하다. 이유도 없이 왜 점잖으신 분을 이상한 사람으로 만들어. 너 혹시 사장님하고 나 모르게 무슨 일이라도 있었니?"

근우가 코웃음을 치며 입술을 이죽거렸다.

"내가 그 인간하고 일이 있을 게 뭐 있냐."

"그런데 왜 그래?"

"아, 몰라. 난 그냥 그 인간이 싫어. 처음부터 기분 나빴어. 사람 좋은 눈빛으로 널 바라보면서 흐뭇하게 웃는 것도 기분 나쁘고. 지가 네 오빠야? 삼촌이야? 지가 뭔데 남의 와이프를 그렇게 다정한 눈빛으로 쳐다보고 난리야. 도대체 그 인간은 이번엔 왜 이렇게 오래 서울에 있는대? 미국에 다시 안 가? 혹시 그 인간, 천재입네 뭐네 하더니 들통 나서 서울로 도망쳐 온 거 아니야?"

어쭈, 점점. 하도 기가 막히니 헛웃음밖에 나오질 않는다. 루애는 고개를 절레절레 저으며 애처럼 억지를 부리는 근우를 무시해 버리려다가 힐끔 시선을 들어 그를 쳐다보았다. 저러다 말겠지, 하고 내버려 두기에는 오늘따라 남편의 깜찍한 질투가 유난히 심해 보인다.

'흐음, 안 되겠어. 오늘도 특단의 조치를 내려야겠고만.'

루애가 거울 속의 근우를 빤히 응시하며 화장대를 짚고 의자에서 일어났다. 순간적으로 확 달라진 루애의 형형한 눈빛에 근우가 일순 입을 다물고 마른침을 꿀꺽, 삼켰다.

근우는 벽에 바짝 기대 서서 천천히 다가오는 루애를 두려움, 아니, 기대에 찬 눈빛으로 내려다보았다.

근우의 단단한 육체에 제 몸을 슬쩍 밀착시키며 다가선 루애가 반쯤 가라뜬 눈꺼풀을 매혹적으로 들어 올리며 오른손 검지 끝으로 실룩거리는 근우의 뺨을 간질이듯 긁어내렸다. 그리곤 뜨거운 눈빛으로 그를 올려다보며 나지막이 속삭였다.

“이상하네. 우리 신랑이 왜 오늘따라 이렇게 뿔이 났을까. 별일도 아닌 걸 가지고 막 트집을 잡고 말이야. 왜? 오늘 은행에서 무슨 안 좋은 일이라도 있었어?”

“일, 일은 무슨. 그럴 일이 뭐 있다고. 없었어.”

“그래? 그런데 왜 이렇게 화가 났을까?”

“그, 그야 그 늙은이 때문에…….”

루애가 그의 눈앞에서 검지를 까딱까딱 좌우로 흔들었다.

“흐음, 아니지. 내가 보기엔 그건 그냥 핑계 같은데? 가만 보자. 은행에서 안 좋은 일도 없었는데 괜히 신경질이 나고 화가 난다……. 음, 그럼 답은 하나뿐이네.”

“뭐, 뭐…… 무슨?”

루애가 긴 속눈썹을 파닥거리며 매혹적인 미소를 머금었다.

“욕구불만.”

근우의 목울대가 크게 꿀렁거렸다. 루애가 그의 귓가로 입술을 움직여 나지막이 속삭였다.

“근데 그건 정말 너무했다. 매일 밤 사람을 그렇게 괴롭혀대면서 욕구불만이라니, 너무 양심 없는 거 아니야?”

“루애야…….”

“혼나야겠어.”

루애가 근우의 귓불을 앙, 하고 깨물었다. 근우가 전기에 감전이라도 된 듯 부르르 떨었다. 그가 욕망으로 탁하게 갈라진 목소리로 속삭였다.

“어떻게 혼낼 건데?”

"글쎄, 어떤 방법이 좋을까……."

루애의 입술이 그의 목을 타고 점차 밑으로 미끄러져 내려갔다. 근우의 가슴이 기대감에 들떠 세차게 들썩거렸다. 그 들썩이는 단단한 가슴 위로 그녀의 손이 어지럽게 돌아다녔다.

쉼 없이 크게 꿀렁거리는 목울대를 입에 머금고 혀로 핥아대며 루애가 그의 목을 답답하게 조이고 있는 넥타이를 천천히 풀었다. 넥타이가 풀리고 이내 셔츠 단추가 똑똑, 풀어졌다.

벌어지는 셔츠 사이로 요동치는 그의 탄탄한 구릿빛 가슴이 점차 모습을 드러냈다. 그 위로 그녀의 촉촉한 입술과 혀가 달콤한 궤적을 그리며 미끄러져 내려갔다.

그러다 이내 벨트 버클이 풀리고 지이익, 지퍼가 욕망을 달구는 소리를 내며 활짝 열렸다. 그리고…….

"허윽!"

거친 신음성과 함께 근우의 고개가 뒤로 젖혀졌다. 벌어진 셔츠 사이로 드러나 있는 탄탄한 구릿빛의 근육들이 바짝 조여들며 단단하게 뭉쳐 세차게 꿈틀거렸다.

움직이지 않기 위해 있는 힘을 다해 참고 있던 그의 양손이 더 이상 견디지 못하고 루애의 뒤통수를 와락, 움켜잡았다.

"컥! 아웅……."

순간 목 깊은 곳으로 치고 들어온 그로 인하여 한계까지 벌어진 그녀의 입에서 목이 졸린 듯한 신음성이 불분명하게 흘러나왔다.

일순 희미한 토기가 밀려왔으나 루애는 뒤로 물러나지 않았다. 자신이 기꺼이 선사하는 쾌락에 몸부림치는 근우를 보는 것은 그녀에게도 역시 최상의 쾌락이자 짜릿한 전율이었다.

루애는 천천히 고개를 앞뒤로 움직이며 그를 올려다보았다. 주체하기 힘든 욕망과 쾌락에 함락된 그의 일그러진 눈자위가 벌겋게 달아올라 있었다.

그녀를 통째로 집어삼킬 듯 뜨겁게 내려다보는 그의 검은 눈동자는 점차 커져 가는 욕망과 쾌락으로 검붉게 타오르고 있었다. 악다문 그의 입에서 연신 탁한 신음이 흘러나왔다.

"하아아, 아흑, 으, 으…… 루, 루애야…… 아흑."

근우의 달뜬 부름에 화답하듯 루애가 그를 머금은 채 사악하도록 매혹적인 미소를 지었다. 그에 한 가닥 남아 있던 근우의 자제력이 툭, 끊어져 버렸다. 양손으로 그녀의 머리카락을 와락, 움켜잡았다. 그녀의 머리를 단단히 고정시키고 허리를 빠르게 흔들었다.

"우흡, 우흡!"

"하아, 하아, 으읏!"

죽음과도 같은, 끔찍하도록 황홀한 열락에 빠져들면서 근우는 마음껏 소리쳐 신음하며 목을 뒤로 꺾었다. 활화산처럼 터지는 쾌락 속에서 근우는 어렴풋이 생각했다.

'아아, 이대로 죽어도 좋아……. 하지만 아직은 아니지. 아직은 안 돼. 참아.'

하지만 루애가 그를 가만 내버려 두지 않았다. 그를 움켜잡고 거침없이 빨아들이며 원하는 것을 빨리 내놓으라고 다그치고 있었다.

"잠깐, 잠깐만, 루애야! 핫! 으헉!"

결국 이번에도 그녀가 이겼다. 루애의 머리카락을 쥐어뜯을 듯 움켜잡은 그의 전신이 한순간 벼락이라도 맞은 사람마냥 뻿뻿하게 굳어 경직됐다. 그리고는 이내 경련하듯 온몸을 부르르 떨었다.

여진처럼 움직이는 그를 끝까지 다 받아 낸 그녀가 그제야 젖은 입을 닦으며 몸을 일으켰다. 아직 천상의 황홀경에서 빠져나오지 못하고 있는 근우를 만족스럽게 바라보며 그의 귓가에 촉촉하게 젖은 목소리로 속삭였다.

"좋았어?"

이 요녀!

근우가 루애를 확 잡아채 벽으로 밀어붙였다. 그리곤 그녀의 얼굴을 뒤로 돌려 거칠게 입술을 삼켰다. 그녀의 입에서 자신의 맛이 났다. 상관없었다. 그의 것이든, 그녀의 것이든 경계와 구분이 사라진 건 이미 오래전이니까.

다급하게 스커트를 밀어 올리고 곧장 그녀 안으로 파고 들어갔다.

"아흑!"

루애가 자지러질 듯 교성을 내지르며 손을 뒤로 뻗어 그를 움켜잡았다. 이미 축축하게 젖어 있던 그녀가 평소보다 더욱 뜨겁고 열렬하게 그를 환영하며 강하게 빨아들였다.

"하아, 루애야……. 이제 내 차례야. 각오해."

"응, 응, 아, 아! 그, 근우야! 그래, 거기! 아읏! 아아, 더, 더……."

근우가 뒤로 젖혀진 그녀의 목을 잡아 뜯듯 삼키고 씨익, 음흉한 미소를 머금었다.

'역시 이 질투 작전은 실패하질 않는다니까. 문 사장 고맙소. 아버님, 감사합니다!'

무슨 영문으로 자신들이 감사를 받는지 까마득히 모를 현설과 하 사장을 향해 근우는 거듭 마음속으로 감사의 말을 전했다. 그리고 마지막으로 그제 밤 잠들기 전에 새끼손가락을 걸고 약속했던 사랑하는 아들, 정민에게 새삼 다짐했다.

'기다려라, 아들아. 아빠가 이번에는 꼭 예쁜 동생 갖게 해 줄게. 그래서 엄마랑 매일매일 같이 놀 수 있게 해 줄게. 고맙다, 아들. 넌 역시 효자야!'

—*The End.*

작가 후기

안녕하세요, 김도경입니다.

무더워지는 날씨에 난데없이 메르스까지 기승을 부리는 요즘, 독자님들 모두 무탈하니 잘 지내고들 계신지 모르겠네요.

저는 나날이 늘어가는 체중만 제외한다면, 무탈하게 아주 잘 지내고 있습니다.

〈하루애 비〉.

이 이야기는 제가 지난 2년 동안 눅진히 품고 있다가 지독한 산고 끝에 선보이는 아이랍니다. 처음에 시작할 땐 근우와 루애의 이야기를 너무 하고 싶어서 신이 나 쓰기 시작했는데요, 어느 순간 탁 막히기 시작하더니, 저를 무진장 고생시키더라구요. 그래서 본의 아니게 연재까지 중단하고 이 아이들과 엄청난 씨름을 해야 했답니다.

읽어 보신 분들은 다들 짐작하셨겠지만, 〈하루애 비〉라는 제목은 여주인 하루애의 이름과 남주인 근우의 이름을 합친 거랍니다. 근우의 '우' 자가 雨, 비 우 자거든요.

저는 '비'를 떠올리면 가장 먼저 떠오르는 것이 외로움, 쓸쓸함, 애잔함, 그런 건데 여러분은 어떠신가요? 그러면서도 소리 없이 대지를 축축이 적시며 따듯하게 감싸 안는 그런 비 말입니다.

물론 때로는 천둥도 치고 벼락도 치면서 제 맘대로 세상을 요동치게도 만들죠. 강하면서도 부드럽고 때로는 한없이 깊고 여리기도 한 그런 비를 닮은 남주를 만들고 싶었습니다. 잘됐는지는 모르겠네요.

반면 여주인 루애는 대지랍니다. 한결같은 모습으로 고집스레 세상을 떠받들고 있는 대지요. 변함없이 단단하지만 실상 저 깊은 곳에서는 뜨거운 마그마가 부글거리며 끓고 있기도 하고, 갑작스러운 폭우나 지진에 한순간 파이고 무너지고 뒤집어지기도 하는 대지가 바로 루애랍니다.

비를 닮은 근우, 대지를 닮은 루애. 그들은 무척이나 다르지만 한편으로는 너무도 닮은 사람들입니다. 처음 만난 순간, 첫눈에 사랑에 빠져 주변의 시샘과 부러움을 살 만큼 뜨거운 커플이 되지만, 결국 그 두 사람 역시 익숙해진 사랑에 조금씩 지쳐 갑니다. 그 지친 마음에 끼어든 오해라는 난관을 두 사람은 현명하게 이겨 내지 못합니다. 상대방을 이해하기보다 자신이 먼저 이해받기를 바라는 마음이 두 사람을 결국 헤어지게 만들죠.

그리고 그 후에야 서서히 깨달아 가죠. 자신이 무엇을 잘못했는지, 자신이 그를 혹은 그녀를 얼마나 사랑했고 사랑하는지 말입니다. 허나 애석하게도 그 과정에서조차 두 사람은 서로에게 솔직하지 못하죠. 서로가 아니면 안 된다는 것을 알면서도, 서로를 간절히 원하면서도 자신을 온전히 내려놓지 못합니다. 특히 믿었던 사랑에 배신을 당했다고 믿는 루애로서는 결코 쉬운 일이 아니었죠. 세상에서 가장 믿고 사랑했던 아빠의 외도 사실을 알게 되었을 때 받았던 어린 시절의 충격과 상처가 앙금으로 남아 계속 그녀를 괴롭힙니다.

허나 두 사람은 마침내 변함없는 서로의 사랑을 확인하고 더욱 단단한 사랑을 이루어 냅니다. 그리고 약속하죠. 서로에게 솔직하기로, 어떠한 난관에도 더 이상 흔들리지 않기로, 다시 잡은 손을 영원히 놓지 않기로 말입니다.

그런 이야기를 하고 싶었습니다. 어떠한 사랑도 시간이 흐르면 익숙해지기 마련이고, 서로에게 부단히 노력하지 않으면 그 익숙함으로 인하여 서로에게 실망하고 지치기 마련이라고. 그리고 그 익숙해진 관계를 방치하다 보면 결국엔 영원할 것 같던 사랑도 무너지기 마련이라는 것을 말입니다. 그리고 그 소중한 것을 되찾기 위해선 몇 배의 고통과 노력이 뒤따른다는 것을 이야기하고 싶었습니다.

그러니 지금 옆에 있는 사람을 한번 돌아보세요. 오랜 시간을 함께한 상대라면 더욱 진실되게 마음을 열고 상대방을 바라보기시를 바랍니다. 이 정도면 됐겠지. 그렇게 오래 봐 왔으면서도 나를 몰라? 굳이 새삼스레 말하고 표현하지 않아도 알겠지, 이해하겠지, 하는 마음은 잠시 접어 두고, 상대방의 눈을 바라보며 솔직하게 자신의 감정을, 생각을 이야기하고 상대방의 이야기를 진심으로 들어 주는 시간을 가지시는 건 어떨까 싶습니다.

서로 다 아는 사이에 새삼 낯 뜨거운 짓일까요? 후후.

사실 저도 말은 이렇게 하지만, 남편과 마주 앉아 새삼스레 사랑이 어떻네, 저떻네 진지하게 이야기를 할라치면 웃음 먼저 터져 나오더라구요. 건강 얘기, 일 얘기, 돈 얘기 그런 것만 실컷 하게 되구요.

그래도 오늘 밤에는 옛날 연애할 때를 생각하면서 남편과 오붓하게 앉아 낯간지러운 이야기를 한번 해 볼까 합니다. 그럼 우리 남편은 갑자기 이 여자가 왜 이러나, 낮에 뭘 잘못 먹었나, 하겠죠? 무섭다고 도망가지만 않으면 다행입니다, 에효.

모쪼록 무더워지는 여름, 모두 건강 조심하시고 사랑하는 사람들과 행복한 시간 보내시기를 바랍니다.

이 책을 읽어 주신 모든 분들께 깊이 고개 숙여 감사드리고, 나날이 불어 가는 뱃살을 보고도 귀엽다고 어루만져 주는 남편한테 무한한 애정과 감사의 키스를 보냅니다. 이 글을 출판해 주신 봄 미디어와 편집에 수고해 주신 편집장님께도 감사하다는 말씀을 꼭 드리고 싶습니다. 아, 그리고 제가 몸담고 있는 〈깨으른 여자들〉의 작가님들과 운영자님, 회원님들께도 깊이 고개 숙여 감사드립니다.

모두 행복하시고 어디서 무엇을 하시든 하시는 일마다 모두 원하시는 바를 꼭 이루기를 기원합니다.

2015년 푹푹 찌는 어느 여름날
김도경 배상.